Rudolf Hagelstange
Spielball der Götter

RUDOLF HAGELSTANGE

SPIELBALL DER GÖTTER

AUFZEICHNUNGEN
EINES
TROJANISCHEN
PRINZEN
ROMAN

LIST BIBLIOTHEK

Umschlaggestaltung: Gabriele Feigl, München,
unter Verwendung eines Motivs von Gerhard M. Hotop.

ISBN 3-471-72880-2

Neuausgabe 1990 Paul List Verlag
in der Südwest Verlag GmbH & Co KG München
 Printed in Germany
Druck und Bindung: May & Co, Darmstadt

INHALT

Mit dem besten Willen der Treuherzigkeit
kann kein Mensch über sich selbst die Wahrheit sagen.

Heinrich Heine

Seit langem verdrießt es mich, die Weisheit immer nur als einen Krückstock in der Hand des Alters zu sehen. Denn ich sage mir: Wenn sie uns von Wert sein soll, müßte sie uns wie ein Lanzenschaft in der Faust liegen, damit wir mit ihrer Hilfe Breschen reißen können in die Phalanx der Dummheit, die sich freilich – den Göttern sei's geklagt! – immer wieder behende mit ameisenhaft strebsamem Nachwuchs auffüllt.
Aber – das Vorurteil besteht, daß es ein Vorrecht der Alten sei, ihr Leben und damit die Umstände darzustellen, denen sie sich widersetzten, unterwarfen oder auswichen. Und wahrhaftig: Ihre Erfahrungen und Einsichten dürfen sich umso angelegentlicher einer ehrfürchtig gestimmten Mit- und Nachwelt als beherzigenswert und nutzbringend empfehlen, als sie nutzlos geworden sind für den, der sie gewonnen hat. Wer das Nachsehen hat, fordert Nachsicht heraus; denn vor allem soll ja erlittener Schade den Menschen klug machen. Und so kommt er wenigstens noch in späten Tagen zu Vorteil.
Indem ich auf solchen Vorteil nicht rechnen kann, nehme ich den anderen wahr: in den Braten zu beißen, solange er heiß und saftig ist, und die Rose zu riechen, die in der Blüte steht. Nur darum sind ja die Götter ewig jung und weise, weil sie in ihrer Gegenwart leben. Nicht einmal gewisse Torheiten (die allein wir ihnen absehen) gereichen ihnen zum Schaden. Ich möchte viel eher glauben, daß sie in diesem Netz ihrer Torheiten die glänzende Beute der Weisheit fangen.
Ich gebe also der Versuchung nach, mein Leben aufzuzeichnen, ehe ich in die Verlegenheit komme, es aus der Entfernung vieler Jahre kleiner zu sehen, als es in jedem Augenblick war, da ich es lebte. Vielleicht gehen auch mir ein paar glänzende

Fische ins Netz und – um aufrichtig zu sein: die unruhigen Zeitläufe könnten es mir vielleicht auch verwehren, eines späten Tages mit zahnlosem Munde meine Stockfische auf dem Markte auszubieten. Kann ich mich dabei auf erlernte Künste nicht berufen, so weiß ich mich umso unbehinderter in dem Vorhaben, der Wahrheit die Ehre zu geben, jene Ehre, die die Schöngeister ihr nur dann zu geben bereit sind, wenn sie schön genug ist, enthüllt zu werden. Meine Augen haben die strahlenden Leiber von Göttinnen ebenso wie zerstückte und geschleifte Leiber von Männern gesehen; ich habe den Reiz und den Ernst der Wahrheit geschmeckt. Ich bin mehr Stufen als andere hinaufgestiegen, und ihrer hinab werden nicht weniger sein, wenn dieser Krieg das Ende nehmen sollte, das unsere Feinde uns zudenken.

Es möchte dennoch nicht an Leuten fehlen, die den Einwand erheben könnten, das Schicksal eines trojanischen Prinzen sei keine Fabel, für viele verbindlich. Die Kesselflicker wünschen einen Kesselflicker als Helden, die Gerber einen Gerber, die Köche einen Koch. Aber was hindert den Sohn eines Königs, sich wie ein Kesselflicker in das Weib eines anderen zu vergaffen, dickfellig zu sein wie die Ware eines Gerbers und eine Mahlzeit zu richten, an der sich viele den Magen und mehr verderben? Und wenn es euch eines Tages einfallen sollte, einen Kesselflicker zu krönen – er wird euch umso kräftiger übers Ohr hauen und zum Narren halten.

Wer schreibt – das fühle ich schon –, bedarf eines Zuhörers, eines Lesers. Und da ich keinen habe, bilde ich mir ein, ich hätte deren viele. Dies ist, glaube ich, die erste Voraussetzung eines Schriftstellers. Und warum sollte ich nicht, insgeheim, auch mit dem Gedanken liebäugeln, es könnte ein Tag kommen, da ich – nach dem Abzug der Griechen – meinen erstaunten Schwestern und Brüdern einiges aus dieser Niederschrift vorläse, an trojanischen Kaminen sozusagen? Einiges, sage ich. Und: meinen nächsten Freunden. Denn unsere bar-

barische Sitte würde es nicht zulassen, – übrigens auch mein persönlicher Geschmack nicht –, daß ein Prinz aus königlichem Hause und Geschlechte jedem Papastratos und Papaphilos die Eingeweide seiner Existenz entblößte.
Aber vielleicht sollte ich solche Gedanken überhaupt abweisen. Gefallsucht würde sich in mein Beginnen mischen, und da ich deren genug im Leben bewiesen habe, scheint es geboten, sich ihrer allmählich zu entwöhnen. Ich hege zudem den Verdacht, das Aufzeichnen eines Lebensberichtes könnte eine erlesene Unterhaltung vor allem für den Berichtenden selbst sein.
Seit mehr als neun Jahren leben wir im Kriege, erwehren uns unter zehrenden Opfern eines mächtigen Feindes, denken in Waffen, rechnen in Soldaten, nähren uns von Rationen, beten nur noch um Sieg – und ich sehe mich bemüßigt, aus Buchstaben Wörter, aus Wörtern Sätze zu bilden, um Vergangenes – und warum nicht auch Gegenwärtiges? – in eine Scheinwelt zu übertragen, von der am Ende, wer weiß es denn, niemand außer mir Kenntnis erhält?! Kann es Sinnloseres geben als dies?
Und wenn ich – wem anders als mir selbst – auch noch eingestünde, daß es vielleicht nichts als pure Langeweile ist, die mich zum Schreiben veranlaßt? Könnte ich meinem ohnehin verdunkelten Ruf noch einen peinlicheren Schatten hinzufügen als den, ein Schreiberling zu sein?
Ich kann es nicht verhehlen: Mich ödet das sinnlose Morden an, das durch lange Jahre unter dem Vorwand fortgeführt wird, es gelte, einen beleidigten Fürsten zu rächen und eine Frau in ein Bett zurückzuholen, das sie vor einem Jahrzehnt verließ, weil es ihr damals schon nicht mehr warm genug schien. Bei allen Reizen Aphrodites! Kann jemand es für bare Münze nehmen, daß viele Tausende gesunder Männer sich auf Jahre hinaus den Umarmungen ihrer Frauen und der Fürsorge für ihre Kinder entziehen, nur um einen Hahnrei zu-

friedenzustellen, der eine flinke Zunge in der Völkerversammlung und ein primitives Regiment in seinem Lande führt?
Diese Herren sticht unser Wohlstand, unser Handel. Und was den Spartaner Menelaos angeht, so mag eben dieser eine besonders empfindliche Milz besitzen. Daß Blutsuppen kräftigen, glaube ich gern; daß sie schmackhaft sind, dagegen weniger. Aber sie reizen wohl den Appetit an nach besseren Dingen. Und von diesen haben wir einige. Eine gelegenere und tiefsinnigere Verbindung von Ehre und Nutzen, als dieser Krieg sie stiftete, ist schwerlich zu finden. Wir sind ein feister Sündenbock.
So streiten sie denn allesamt um Gatten- und Frauenehre, die guten Fürsten, und das Gesetz des Krieges bestimmt ihre Handlungen. Es mangelt nicht an Essen und Trinken, und an gutgewachsenen Sklaven und Sklavinnen nicht minder. Sie werden nicht eben bescheiden auftreten, wenn ihnen – was die Götter verhüten möchten! – der Sieg zufallen sollte. Die einzige Chance für uns, nicht gerade als klägliche Dorfköter in die Geschichte einzugehen, wird ihrem Bedürfnis zu danken sein, als echte Helden einen leidlich Ebenbürtigen besiegt zu haben. Auf solche Weise ist schon mancher Prügelknabe noch zu seinem Recht gekommen. Daran freilich, daß sie keinen Stein auf dem anderen, kein Kind an der Mutterbrust und keinen Mannbaren am Leben lassen würden, hege ich keinen Augenblick Zweifel. Wenn die Kultur meint, die Barbarei besiegen zu müssen, hat sie einen trefflichen Vorwand, sich ihrer Tugenden zu enthalten.
Gleich, wie es endet: Der Sieger wird die Gesetze schreiben, das Recht und die Schuld verteilen. Und wer weiß, wofür es gut sein mag, wenn ich da ein wenig aus der Schule plaudere und auch sonst die Hand am Puls behalte. Dies enthebt mich zugleich auch am ehesten der Versuchung, der gewisse Historienschreiber erliegen, die immer den Darm dort abzubinden

und zu verknoten pflegen, wo er platzt oder zu kurz wird, und damit der Geschichte einen Sinn abklemmen, den sie vermutlich gar nicht hat.
Unser aller Leben ist seltsam verwoben mit dem Gang der Zeit – aber wohl kaum nach der Art und Weise der Teppichknüpfer, die ihre Muster schon kennen, ehe sie ans Werk gehen. Und wenn wir auch mitweben, so sind wir doch Weber und Webstoff zugleich. Ich könnte mir am Ende sonst schmeicheln, der Urheber dieses Krieges gewesen zu sein. Aber ich kann an diese Rolle nicht glauben. Ich fürchte, nicht einmal der Anlaß gewesen zu sein. Mag sein, daß ich es schließlich noch zu dem Trostpreis eines guten Vorwandes bringe.
Dies reichte mir aus.

BÄRENDIENSTE · KINDHEIT UND HIRTENDASEIN DER ANFÜHRER

Wir alle sind einmal Kind gewesen, und doch: was wissen wir, was wußten wir je von diesem Kindsein...
Wenn ich mich unter meinen Neffen und Nichten umblicke – und ich habe deren eine ganze Reihe –, wenn ich ihren Spielen zuschaue, sie reden höre, den Sturzbach von Tränen aus den Augen der Jüngsten hervorbrechen sehe und immer wieder erstaunt wahrnehmen muß, wie sich kläglichstes Geschrei augenblicks durch ein listig ablenkendes Wort in glucksendes Gelächter verwandelt; erfahre, wie Tadel gleich einem Windstoß ihr Gemüt durchfährt, ohne eine Spur zu hinterlassen; Geschenke sie beglücken, um in der nächsten Stunde verworfen zu sein – verworfen werden, um nach Monaten plötzlich Glück auszulösen; wenn ich beobachte, wie Menschen sie fesseln und, aus ihren Augen, nach kurzer Zeit ins Wesenlose, Niegewesene zurücksinken... dann frage ich mich oft, was

denn das Glück der Kindheit ausmache, da es doch eine unabsehbare Reihe von winzigen Glücksanflügen und Betrübnissen flüchtigster Art ist, deren Summe nicht zu ziehen, deren Wirkung nicht zu wägen ist.
So frage ich und gebe mir selbst die Antwort: Sie leben nur dem Augenblick. Ihr ganzes Wesen bietet sich auf, erschöpft sich im Verzehr dieser Gegenwart. Ein Bild überdeckt das andere, ein neuer Name den alten, ein Ruf übertönt den vorhergehenden, die Freude von heute macht jene von gestern, ein frischer Schmerz den alten vergessen. Sie leben gedächtnislos und ohne Zukunft; gedankenlos. Sie stehen und nehmen den Augenblick an. Wenn sie beginnen zu denken, sich zu erinnern, gehen sie schon auf das Tor zu, das aus dem Garten der Kindheit hinausführt.
So waren wir Kind und können über das Eigentliche nichts aussagen: es hat keinen Sinn, sich zu täuschen oder zu träumen. Und so will ich denn wiedergeben, was mir andere über meine Kindheit berichtet haben und was sich darüberhinaus, sehr nebelhaft, in meiner Erinnerung abhebt.

Als meine Mutter mit mir schwanger ging, litt sie an Alpträumen – was an sich nicht verwunderlich sein mag. Aber da es wohl zu keiner Zeit an Traumdeutern gefehlt hat und man sie beschäftigen muß, erzählte Hekuba ihre Träume, und einer dieser Träume zeichnete sich durch eine so aufdringliche Eindeutigkeit aus, daß es genügte, ein Familientalent zu befragen. Mein Stiefbruder Aisakos, einer der Söhne aus der ersten Ehe meines Vaters, der sich einiges auf seine Deutungen einbildete, nahm nur zu gern die Gelegenheit wahr, die Chancen seiner nachgeborenen Stiefgeschwister zu beeinträchtigen. Jedenfalls fand er eine höchst beunruhigende Auslegung für das Feuer, das meine Mutter in ihrem Traum geboren hatte und das, um sich greifend, ganz Troja in Schutt und Asche legte. Er behauptete nämlich, das erwartete Kind werde, wenn es am Leben bliebe, Stadt und Reich zerstören. Und da Hekuba bereits in Hektor einem kräftigen Knaben das Leben geschenkt hatte, ließen sich meine Eltern bestimmen, auf dieses sich so wenig empfehlende Kind zu verzichten.

Ich verarge einem Manne staatserhaltende Berechnungen nicht; jedenfalls hegte ich nie Groll gegen meinen Vater. Meiner Mutter freilich habe ich es nicht vergessen können, daß sie ihre Leibesfrucht und mein Leben so gering achtete. Statt sie zu lieben, kann ich nur Mitleid für sie empfinden; aber dieses Mitleid teilt sie mit allen jenen Weibern, die ihre natürlichsten und schönsten Instinkte der Staatsraison aufopfern und die Rolle der edlen Hindin aufgeben für das traurige Ansehen, das eine Stallkuh in den Augen eines Bauern genießt. Es ist einigermaßen merkwürdig, wie das Schicksal ihrer Instinktlosigkeit zu spotten wußte. Man übergab mich einem Knechte, meinem langjährigen Pflegevater Agelaos, damit er mich in der Wildnis des Ida aussetze. Agelaos folgte diesem Befehl, aber sein Gewissen trieb ihn tagelang um. Es tat gut daran: Fünf Tage später fand er mich wieder, gesund und wohlgenährt. Die Natur rettete den, der von der Widernatur aufgegeben war.

Ich kann hier nur – mit allem Vorbehalt – wiedergeben, was Agelaos mir berichtet hat, der nur das wunderbare Wirken der Götter sah, ohne weiter darüber nachzudenken, wie überaus sinnreich und taktvoll sie sich ihrer Dienerin, der Natur, bediente, um dieser, die ja selbst ein Wunder ist, das Wirken des Wunders zu überlassen:

Agelaos hatte einige Tage zuvor, bei einem Waldgang, zwei junge Bären gefunden, die von ihrer Mutter – wohl, weil diese sich auf Nahrungssuche begeben hatte – allein gelassen waren. Er entführte die Tierchen rasch, brachte sie unbeschadet nach Troja und tauschte, sozusagen, einen kleinen Prinzen für sie ein. Diesen fand die Bärin dann, die – ihrer Säuglinge beraubt – unter dem Andrang ihrer Milch offenbar so sehr litt, daß sie sich entschließen mußte, mich zu säugen, statt mich zu fressen.

Wie dem auch sei – die Götter stellten sich auf die Seite der Natur und schenkten mir das verwirkte Leben noch einmal neu. Wieviel Frevel versuchen die Mächtigen dem kleinen, wehrlosen Mann aufzubürden, indem sie ihn als Werkzeug mißbrauchen! Er muß sich die Hände besudeln, damit die seiner Auftraggeber – so meinen diese wenigstens – nicht schmutzig werden. Agelaos, einfältig, derb, aber reinen Herzens, liebte mich, weil ich überlebte, und erzog mich wie ein Sohn. Sollte ich ihn nicht lieben dafür?

Sicher sind es die Erfahrungen meines Lebens und nicht die Regungen meines königlichen Blutes, die mich gelehrt haben, die einfachen Leute zu lieben – allerdings nicht auf die plumpe und berechnende Art, die manche Regierende in dieser Hinsicht pflegen. Es gibt da eine rhetorische Volksliebe, die bei gewissen Anlässen zelebriert wird, um den kleinen Mann glauben zu machen, man lebe in steter Fürsorge um sein Wohl: Man schüttelt Hände, streichelt Kinderköpfe, wechselt leutselige Worte – Worte, die die kleinen Leut' selig machen sollen, vertrauensselig. Sie sollen sich dieser Leutseligkeit erinnern, wenn Steuern und Abgaben erhöht oder besondere Opfer von ihnen verlangt werden. Ich spreche hier von jener ungetrübten Empfindung, die alle unverdorbene Natur auslöst. Der Krieg und das wachsende Leben der Stadt haben da zwar einen gewissen Wandel geschaffen. Aber wenn ich an Agelaos und seine Artgenossen denke, an die Hirten und kleinen Bauern meiner Jugend, ihre nie berechnende Gastlichkeit, ihre Opferbereitschaft, ihre kunstlose Herzlichkeit, die sich sehr wohl verträgt mit gesundem Vorteilstreben in Dingen des bescheidenen ländlichen Handels, will mir scheinen, daß es eine höchst freundliche Fügung war, die mich zu diesen Menschen verschlug. Außer Agelaos und seinem Weibe wußte ja niemand, welchen Ursprungs ich war.

Gemäß der Herkunft und den Geschäften dessen, der Vaterstelle an mir vertrat, unterschied sich meine Kindheit in nichts von der, die überall die Kinder von einfachen oder gar armen Leuten verleben. Das erste Begebnis, dessen ich mich genauer zu entsinnen vermag, war ein Streitfall im Hause der Pflegeeltern, der wohl bezeichnend war für die Art der Sorgen und Nöte, die dem kleinbäuerlichen Leben seine Spannung verliehen. Ich war vier oder fünf Jahre alt, als Agelaos eines Abends von der Bestellung seines Äckerchens heimkam und feststellte, daß die Sau, die eben geworfen, einige ihrer Ferkel gefressen hatte. Ich war ihm in den Stall gefolgt, wo das Tier mit blutverschmierter Schnauze in einer Ecke lag, indes die übriggebliebenen Ferkel das Blut ihrer vertilgten Geschwister in Gestalt der nun besonders kräftigen Milch aus den Zitzen der Mutter sogen. Agelaos wurde kreidebleich und dann puterrot, und ich glaubte, er würde sich nun in sinnloser Wut auf die Sau stürzen und sie erschlagen. Vielleicht war ihm danach. Aber er sah wohl ein, daß das den Schaden nur vergrößert hätte. Er rief nach seiner Frau, die ahnungslos herbeikam, und ließ in heftigen Scheltworten seinen Zorn an ihr aus, die so erschreckt, bestürzt und wehrlos war, daß sie nur stumm vor sich hinweinen konnte. Aus Furcht vor dem Wütenden und aus Mitleid für die Gescholtene begann auch ich zu weinen und barg meinen Kopf in ihrer Schürze. Und so schluchzten wir beide, einander im Schmerz befeuernd. Ich vernahm, wie Agelaos brummend hinausging, nachdem er die restlichen Ferkel von der barbarischen Mutter getrennt hatte – aber er kam gleich wieder zurück, schickte die Frau ins Haus, nahm mich bei der Hand und führte mich aus dem Stall. »Das hätte dir auch geschehen können«, sagte er ruhig. »Hör auf zu flennen. Eine Sau frißt zwar manchmal ihre Jungen, aber ein Mann nicht seine Frau. Geh, sag ihr, sie soll das Essen auftragen!« Und bei Tisch war er wieder ganz ruhig, fragte die Mutter, und diese antwortete; der Friede war wiederhergestellt.

Wir waren damals sechs am Tisch, und ich war sozusagen das zweite der vier Kinder, nicht viel jünger als der Bruder, nur wenig älter als ein Zwillingspärchen, das immer halbnackt vor dem kleinen Steinhause herumrutschte, welches nur aus zwei Kammern bestand. Mir fiel nicht auf, wie schmutzig sie wohl waren; aber sie waren es gewiß. Der Vater liebte sie sehr, aber er hatte kaum Zeit, sich mit ihnen zu befassen. Das Stückchen Land, das er bebaute, hätte nie ausgereicht, sechs Mäuler zu stopfen, und so arbeitete er die meiste Zeit als Tagelöhner, betreute das Vieh anderer mit, arbeitete auf den Feldern, schlug Holz in den reichen Waldungen des Ida, führte Botengänge aus, und wenn in den Monaten des Übergangs von einem Sommer zum anderen die ländlichen Arbeiten ruhten, stieg er wohl auch manche Woche hinunter in die große Stadt, verkaufte das Beste von dem, was er an Frucht und Vieh gezogen hatte, und verdingte sich als Hilfsarbeiter.
Ich begriff erst viel später, daß er ein Wunder an Fleiß war. Als ich ihn verließ, hatte er es zu bescheidenem Wohlstand gebracht, wenn man diesen Begriff überhaupt für seine Verhältnisse anwenden kann. Seine Herde wuchs ständig; später begann er eine Bienenzucht, und als wir beiden Älteren zupacken konnten, erweiterte er sogar das Häuschen um zwei Kammern und einen schönen Stall. Er muß heute sechzig Jahre alt sein, und ich fürchte, die Beutezüge der Griechen haben ihn wieder zu dem armen Mann gemacht, der er war, als ich in sein Haus kam.
Meine Pflegemutter ist früh gestorben – bei der Geburt des vierten Kindes, das nur wenige Tage die Mutter überlebte. Es war vielleicht drei Jahre nach jenem Streitfall, und sie war der erste tote Mensch, den ich sah. Sie hatte geboren, und alles schien seinen erhofften Gang zu nehmen. Agelaos war zwei Tage im Hause und wurde dann zu den Herden gerufen, weil ein junges Rind abgestürzt war. Als er nach zwei Tagen wiederkam, fand er eine Tote und fünf weinende Kinder.

Er sandte den Ältesten um eine Nachbarin aus – mehr als eine halbe Wegstunde weit –, gab uns zu essen und schickte uns aus der Kammer. Ich sah durch einen Spalt, wie er sich um das Neugeborene bemühte und versuchte, ihm Ziegenmilch einzuflößen. Der Hunger schien es gelehrig zu machen; nach einer Weile wurde es ruhiger und schlief ein.

Ich ließ kein Auge von ihm und sah ihn aufrecht vor dem Lager der Toten stehen, anscheinend unbewegt. Aber dann sah ich, wie ihm das Wasser aus den Augen lief und den Bart netzte, der im Schein der kleinen Öllampe plötzlich wie ein Bergmoos funkelte, das von den ersten Sonnenstrahlen getroffen wird. Und dann, plötzlich, schien ihn ein furchtbarer Schmerz zu stechen: er preßte beide Fäuste an die Schläfen und ließ sich schwer auf die Knie fallen, streckte die Arme weit über das Bett wie ein Ertrinkender und legte den Kopf auf die Brust der Toten. Ein Schluchzen schüttelte seinen Leib – ich wunderte mich, daß es das Haus und die Erde nicht mitriß. Ich mußte weinen und schlich mich rasch auf mein Fell. Aber da die anderen alle fest schliefen, vernahm er wohl mein unterdrücktes Weinen.

Er öffnete die Tür leise und trat zu mir.

»Die anderen schlafen...«, sagte er tonlos und streichelte meinen Kopf. Und nun weinte ich noch mehr, aus Scham darüber, daß ich ihn in seinem Schmerz belauscht hatte. Er klopfte mir beruhigend die zuckenden Schultern. Dann ging er hinaus, und ich fiel in Schlaf.

Zwei oder drei Tage darauf starb auch der Säugling, aber er starb im Hause der Nachbarin, die ihn mitgenommen hatte. Wir sahen ihn nie wieder und vernahmen auch von Agelaos kein Wort darüber. Eine Zeitlang war er überaus wortkarg und oft wie abwesend; aber dann schien er seinen Gram verwunden zu haben. Seine älteste Schwester, die eine Hasenscharte und keinen Mann hatte, kam ins Haus und sorgte für uns. Aber da ich um diese Zeit schon begann, Agelaos beim

Besorgen des Weideviehs zu helfen, und oft tagelang mit ihm fortblieb, weiß ich nicht viel über sie zu sagen. Ich habe freilich noch das schlürfend-schmatzende Geräusch im Ohr, mit dem sie ihre Milch trank oder die Suppe aß; es hing wohl mit ihrer verkürzten Oberlippe zusammen. Sie blieb auch nicht viel länger als ein Jahr – dann brachte Agelaos eine Frau aus Troja mit, und seine Schwester verließ ihn wieder. Ich brauchte mich nicht lange an die neue Pflegemutter zu gewöhnen; denn um diese Zeit lebte ich schon viel mit den Herden und kam nur selten und nur für kurze Zeit in das Haus der Pflegeeltern zurück. Agelaos zeugte neue Kinder, und diese besetzten die alten Schlafplätze. Mein Stiefbruder und ich – wir waren nun, für ländliche Begriffe, alt genug, unser Brot selbst zu verdienen und das Zubrot daheim abzuliefern. Mein leiblicher Vater Priamos hat einmal einen ganzen Abend mit mir verbracht, um von mir eine Darstellung der Leiden und Entbehrungen zu erhalten, die ich – nach seiner Meinung – im Hause des guten Agelaos und in den Jahren danach ausgestanden haben müßte. Es wollte mir nicht gelingen, ihm diese verspätete Besorgnis auszureden. Er fühlte sich wohl schuldig und wollte wiedergutmachen. Aber ich habe nichts entbehrt in jenen Jahren, hernach freilich manches zuviel genossen von dem, was meines Vaters schlechtes Gewissen und seine Güte mir aufdrängten. Die Menschen meinen ja törichterweise oft, alte Fehler durch neue wieder ausgleichen zu können.

In Wahrheit waren diese Jahre, in denen ich begann, auf eigenen Füßen zu stehen – so schwach sie auch immer noch waren –, die ersten eigenen Gedanken zu denken, ein freies Leben zu führen – selbst wenn es im Dienste anderer stand –, die beste Schule, die ich mir hätte wünschen können. Es wäre kein Fehler, wenn man alle Söhne regierender Häuser ein paar Jahre Herden hüten ließe, ehe man ihnen die Obhut ihrer Völker anvertraut.

Ein Prinz lebt sozusagen als der Schauspieler seiner eigenen Rolle: Der Vorhang ist aufgezogen, die Gaffer warten darauf, Beifall zu klatschen oder ihr Mißfallen kundzutun. Ein junger Hirte hat nur seine Tiere, die unverstellte Weite der Natur, das teilnahmslose Auge der Sonne. Ein Lämmchen, das sich verstieg, zu retten, ein Raubwild zu erlegen, das die Herde bedroht, einen Vogel im Fluge zu treffen – das sind Unternehmen, die nicht um des Beifalls willen getan werden. Sie werden von der Pflicht, von den Notwendigkeiten gefordert und zuweilen auch von der Lust, vor sich selbst zu bestehen. Ich hatte weder die Gelegenheit noch die Absicht, anderen zu gefallen. Viel später erst, als ich auftretende Gefahren mit Gelassenheit und Erfahrung bestand und vieles alltäglich geworden war, was den Knaben noch außerordentlich dünkte, ergriff mich die Lust nach größeren Mutproben, nach Wettkämpfen mit meinen Altersgenossen, nach jenen Spielen, die aus einem Überschuß der Kräfte geboren werden und den Ehrgeiz zum Nährvater haben.
Und tut ein Knabe nicht gut daran, sich auch dort zu versuchen, wo das Leben ihn nicht herausfordert? Er wäre wohl nicht gesund, wenn er den Reiz nicht verspürte, mit der Gefahr zu spielen, Mutproben auf sich zu nehmen. In diesen Dingen überlistet der erwachende Geist den heranwachsenden Körper zu dessen Vorteil: er verführt ihn zu nur scheinbar zwecklosen Übungen und Anstrengungen, die die Grenzen seiner Kraft ausweiten, Sehnen und Muskeln geschmeidig machen und den Leib zu weiterem Wachstum beflügeln. Denn so wie ein Handwerker, durch stete Übung allmählich von einem unbeholfenen Lehrling zu einem geschickten Meister heranreifend, Lust an den erworbenen Fertigkeiten gewinnt und schließlich immer überlegener mit ihnen zu spielen versteht – so ermutigen auch den heranwachsenden Jüngling die Bestätigungen seiner Kraft zu immer neuen Versuchen und Wagnissen und wecken in ihm eine beinahe künstlerische

Freude an seinem Körper, der ihm Meister und Material in eins wird. Eine natürliche Wollust erfüllt ihn, seine erstarkten Arme und Schenkel zu sehen, seine tiefer atmenden Lungen, sein fester schlagendes Herz zu fühlen; er beginnt, sich selbst mit freudigerem Stolz zu besitzen. Und diese Empfindungen zu wecken, bedarf es zunächst weder eines Lehrmeisters noch eines Vorbildes, ja vielleicht nicht einmal eines Gefährten.
Ich jedenfalls mußte oft ohne Gefährten auskommen. Nur manchmal waren wir in diesen Jahren zu zweit bei der Herde, mein Stiefbruder und ich, und dann taten wir manches gemeinsam: schnitzten uns Pfeile und Bogen, rangen miteinander, hoben Feldsteine oder erstiegen hohe Bäume, einander zurufend oder ein Lied singend. Das letztere freilich jeder für sich; denn mein Bruder sang unwahrscheinlich falsch und brachte mich binnen kurzem völlig aus der Melodie. Ich ließ ihn dann lieber allein fortfahren und erheiterte mich an seinem Singsang, der an Lautstärke ersetzte, was ihm an Wohlklang abging.
Überhaupt war Mopsos – so hieß mein Stiefbruder – ein überaus merkwürdiger Bursche, der ebensoviel Sympathie wie Widerwillen in mir weckte. Er hatte ein rundliches, fast weichliches Gesicht, das ihm wohl seine Mutter vermacht hatte, aber in diesem stand die geschwungene väterliche Nase wie ein Türklopfer vor. Diese Mischung zwischen Mondgesicht und Vogelkopf hatte etwas unglaublich Komisches an sich, das mir erst im Laufe der Jahre aufging, als ich begann, mich für Gesichter zu interessieren. Der Widerspruch in der Bindung seines Gesichtes wiederholte sich übrigens auf drolligste Weise noch einmal an seinem Körper: Er besaß nämlich neben einer wohlausgebildeten Brust ein erstaunlich breites, ungeformtes Hinterteil. Er hatte angenehme, sehnige Hände, aber er verunstaltete sie, indem er die Nägel kaute. Ich versuchte wiederholt, ihn zu bewegen, sie wachsen zu lassen, und erbot mich, sie dann mit einem Messer zu schneiden.

Aber er enthielt sich nie mehr als zwei Tage seiner Untugend. Wäre er nicht in den Hüften zu steif gewesen – ich fürchte, sein Laster hätte auch vor seinen Füßen nicht haltgemacht. Aber alles in allem hatten wir doch verhältnismäßig selten Gelegenheit, beisammen zu sein. Ich muß sagen, daß er als Rivale und anfeuernder Gefährte kaum seinen Platz ausfüllte. Es beseelte ihn keinerlei Ehrgeiz außer dem einen, möglichst viel in sich hineinzustopfen und eine Bernsteinkette zu erwerben, um – manchem Erwachsenen darin nacheifernd – sie stundenlang spielend durch die Finger gleiten zu lassen. Von diesem Wunsche sprach er immer wieder, und eines Tages sah er ihn auch erfüllt. Ich bin sicher, daß er die Kette gestohlen hatte; denn er hielt sie stets verborgen, wenn ich ihn im Hause der Pflegeeltern traf, statt sie offen und als Schmuck zu tragen. Für Mädchen hatte er nie etwas übrig, und soviel ich weiß, hat er sich ihrer immer enthalten. Ich sah ihn vor etlichen Jahren als den Wirt einer kleinen Vorstadtschenke wieder. Er trug drei Ketten am Gürtel, war bartlos und leicht verfettet. Wie ich vernahm, hatte seine Schenke einen gewissen Ruf erworben.

Entbehrte ich so, wenigstens für die ersten Jahre, eines ebenbürtigen Gefährten, so fehlte es mir dennoch nicht an Zeitvertreib und Beschäftigung. Das Besorgen einer größeren Herde ist kein Spiel, vor allem dann nicht, wenn es um Geißen und Schafe geht. Der Trieb, eigene Wege zu gehen, ist bei den ersteren nur schwer zu bändigen, und die Unwegsamkeit eines Gebirges schließt ein gemächliches Hüten nahezu aus. Viele Male am Tage mußte ich auf- oder absteigen, um die Ausflügler zu ihren weniger unternehmungsfreudigen Artgenossen und Verwandten zurückzutreiben, und gelegentlich brauchte es halbe Tage, ein verirrtes Tier wieder aufzuspüren, das sich vielleicht inzwischen einer anderen Herde angeschlossen hatte oder vom Nachbarhirten stillschweigend übernommen war.

Bei solcher Gelegenheit übrigens erfuhr ich zum ersten Male in meinem Hirtendasein, daß man besitzrechtliche Entscheidungen durch Gewalt und Körperkraft treffen kann. Als mein widerstrebender Rivale mir eines Tages verwehren wollte, eine entlaufene Geiß davonzuführen, rang ich mit ihm und warf ihn auf die Schultern. Dies jedoch war der Auftakt zu einer längeren Freundschaft, die uns dann veranlaßte, die Herden oft gemeinsam zu hüten. Er war etwas älter als ich und lehrte mich, meine Kräfte im Kampf mit den Weidetieren zu üben, wenn es eines menschlichen Partners ermangelte.
Wir begannen zunächst mit den Geißböcken, die uns weniger durch ihre Kraft als ihre Geschicklichkeit zu schaffen machten. Der Freund entwickelte eine bewundernswerte Fertigkeit, einen Bock an den Hörnern zu Boden zu schleudern. Freilich widerfuhr ihm dabei zweimal das Mißgeschick, dem Tier das Genick zu brechen. Wir trieben dann die Herden rasch an einen steilen Hang und warfen das Opfer in die Tiefe, so einen Unfall vortäuschend. Der Preis, den wir für unser Spiel hätten entrichten müssen, wäre schmerzhaft und hoch gewesen.
Später gingen wir zu den Kälbern über, die uns weniger Geschicklichkeit als Kraft abforderten. Und am Ende taten wir es den größeren Hirten nach, die mit Jungstieren rangen. Hier war beides vonnöten: Kraft und Geschicklichkeit, und der Kampf war nicht ungefährlich. Aber da wir gelernt hatten, jeder Gefahr ein gehöriges Maß an Mut und Fertigkeit entgegenzusetzen oder vielmehr: unseren Kräften nichts zuzumuten, was sie bei äußerstem Aufwand nicht doch hätten zwingen müssen, wuchsen wir an solchen Gelegenheiten. Vor allem der Gefährte entwickelte einen gesunden Instinkt für das, was erreichbar war und unsere jungen Leiber nicht überforderte. Umso grausamer war darum die Ironie seines Schicksals, das ihn, der ein musterhafter Hirte war, um eines abgestürzten Zickleins willen, das kläglich schreiend, aber

fast unverletzt in einem Buschwerk hing, die Gesundheit seiner Glieder verlieren ließ. Ich mußte seinen Sturz mitansehen und glaubte ihn tot. Es brauchte eine Weile, bis ich mein Entsetzen meisterte und Hilfe holte. Sie trugen ihn auf einer rasch gerichteten Bahre zu Tal, und er vermochte nie wieder zu seinen Tieren zurückzukehren.

Das unglückliche Begebnis lähmte meine Unternehmungsfreude einige Wochen, und noch lange blieb eine leise Unsicherheit in mir zurück, wenn es galt, Abhänge zu bezwingen oder an Abgründen entlang einen Pfad zu suchen. Dann aber stärkte die Natur meine Kräfte, und die alte Sicherheit kehrte wieder. Ich fand neue Freunde unter den Hirten und sollte bald Gelegenheit haben, mich ihrer Zuneigung wert zu machen.

Je höher die kargen Weideplätze lagen, die ich mit den Tieren aufsuchen mußte, umso mehr wuchsen die Gefahren für Leib und Leben, und die ärgsten drohten nicht von der Wildnis, ihrer Unwirtlichkeit oder reißenden Tieren, sondern von Menschen. Raubgesindel trieb sich dort herum, erstach Jungvieh und schleppte fort, was es tragen konnte, um die Beute auf dunklen Wegen an die Küchen Trojas zu verschachern. Der schwierige Handel setzte viele Hände voraus, denen das Blut von Tieren und Menschen gleich wenig Flecken verursachte. Wer sich ihrem Handwerk in den Weg stellte, wurde niedergemacht, und zu machen Zeiten waren diese Banden eine fürchterliche Plage des Gebirges, das ihnen Schlupfwinkel und geheime Pfade genug bot.

Es war schon einige Male versucht worden, der übelsten Burschen habhaft zu werden; aber es fehlte an einem Zusammenhang der Maßnahmen und Unternehmungen. Zudem wechselten die Räuber sehr willkürlich ihr Tätigkeitsfeld, so daß man sich gern dem trügerischen Glauben hingab, für die nächste Zeit verschont zu sein, wenn eben nahebei ein Überfall erfolgt war. Ich selbst glaubte mich zu jung, um in dieser

Sache mehr tun zu können, als auf der Hut zu sein und mich nach besten Kräften zu beteiligen, wenn man ihnen nachsetzte. Aber dergleichen geschah nur selten, und die Verfolger zeigten sich nicht eben geschickt in ihrem Vorgehen.

Nun geschah es eines Morgens, daß ich zwei meiner Jungtiere vermißte, und als ich mich auf die Suche machte, stieß ich schon bald auf die Spuren ihres Schicksals. Die Räuber hatten den Tieren die Köpfe abgetrennt, die zungenlos im Gestrüpp hingen, und nicht weit davon lagen andere abgehackte Gliedmaßen – der Schauplatz sah einigermaßen abscheulich aus. Der Verlust und die Roheit des Raubes erfüllten mich mit Schmerz und Wut, aber ich machte kein Aufsehen davon. Ich begann jedoch, in reichlich mühsamen Gesprächen mit den anderen Hirten für einen Plan zu werben, der das Raubgesindel – wenn nicht für immer, so doch auf längere Zeit – lähmen sollte. Und schließlich gewann ich die meisten dafür, vor allem meine Altersgenossen.

Wir vereinigten in immer verschiedenen Zeitabständen unsere Herden bis auf eine, die zwei der Gefährten mit einigem Umstand auf abgelegene, einem Überfall günstige Weidestelle trieben. Bei anbrechender Dunkelheit folgten wir dann den beiden nach, insgesamt etwa zwanzig bis fünfundzwanzig Hirten, vereinigten uns in aller Stille mit ihnen und bezogen, immer einige in günstigem Abstand von anderen, verborgene Posten rund um die Herde und durchwachten die Nacht. Jeder der Posten hatte sein Zeichen – einen Vogelruf, einen Tierschrei – und sollte, wenn die Banditen ihr Werk vollbracht hätten und abgezogen wären, dieses Zeichen vernehmen lassen, worauf wir alle gemeinsam im Schutze der Nacht die Verfolgung aufnehmen wollten. Denn ein nächtlicher Kampf erschien mir unvorteilhaft und von Zufällen allzu abhängig. Zudem galt es, weniger die einzelnen Ausführenden als vielmehr die ganze Bande zu treffen.

So umständlich sich dieses Verfahren auch zunächst ausnahm,

es sollte sich bald als zweckdienlich und erfolgreich erweisen. Die ersten beiden Nächte warteten wir vergeblich, und etliche machten schon Miene, das Spiel wieder aufzugeben. Aber in der dritten übten die Banditen einen Raub aus, dem drei Schafe zum Opfer fielen. Wir folgten den Viehräubern, die mit ihrer Last einen gangbaren Weg wählen mußten, unbemerkt bis zu ihrem Standquartier, das sie in der schluchtartigen Vertiefung eines Seitentales aufgeschlagen hatten, umstellten sie und erwarteten die Morgendämmerung. Nachdem uns zwei von ihnen, die Schultersäcke mit Fleisch davontrugen und die wir unbehelligt ziehen ließen, um sie dann in einiger Entfernung leicht zu überwältigen, ohne Kampf in die Hände gefallen waren, überschütteten wir das Gros mit Feldsteinen, Lanzen und Pfeilschüssen und machten den größeren Teil dabei soweit kampfunfähig, daß der Rest nach kurzem, wenn auch heftigem Widerstand niedergemacht war. Drei jüngere Burschen ergaben sich, die anderen blieben verwundet oder tot auf dem Kampfplatz. Und nach diesem wohlgelungenen Auftakt fehlte es uns nicht an Mut und Lust zu ähnlichen Expeditionen, wo immer sich Überfälle und Räubereien ereigneten.

Obwohl ich einer der Jüngsten war, übertrugen mir meine Gefährten die Rolle des Anführers, und weil unsere Strafzüge, mit Umsicht vorbereitet und dann mit Unerbittlichkeit durchgeführt, mehr und mehr den Alpdruck von der Landschaft nahmen, strömten uns auch neue Helfer zu, und wir bildeten bald eine kampferprobte Schar. Und da sich so auch die räuberischen Elemente zu größerer Geschlossenheit herausgefordert sahen, kam es gelegentlich zu regelrechten kleinen Feldschlachten, die auch für uns nicht ohne Verluste blieben. Aber in jungen Jahren findet man viel Gefallen an solchen Taten, und ich trug den Namen, den mir meine Gefährten gaben – sie nannten mich Alexander, ›Männerhilfe‹ –, nicht ohne Stolz. Denn in alle Befriedigung des Sieges mischte sich auch das schmeichelhafte Gefühl, dem Recht zu dienen und den Menschen zu nützen. Aber vielleicht waren wir damals im Recht, ohne viel davon zu wissen. Denn je wissender wir in den Künsten der Moral werden und je sicherer wir auf dem hohen Roß des Rechtes einhertraben, umso leichter werden wir unversehens zu Packeseln des Unrechts – der Gauner von Antreiber muß uns nur weismachen, wir wären Ritter, obwohl wir Gerittene sind.

DIE REGENSCHLACHT · DAS STOPFEI DER HEKUBA

Ich hätte nicht geglaubt, daß das Geschäft des Schreibens so schwierig wäre. Meine barbarische Unbekümmertheit ließ mich annehmen, die Problematik liege vor allem im Handwerk selbst.

Ich will dies nicht leugnen; aber zunächst einmal ist mir deutlich geworden, daß man zum Schreiben vor allem Muße braucht. Dergleichen, so schien mir wenigstens, hatte ich früher oft. Aber seitdem ich begonnen habe, mein Leben aufzuzeichnen, sind Wochen vergangen, ohne daß ich Zeit gefunden hätte, meine Bemühungen fortzusetzen. –

Mancherlei Anzeichen verraten, daß unsere Gegner gewillt sind, das Kriegshandwerk wieder etwas ernsthafter zu betreiben, und das Bedürfnis nach Bundesgenossen schickte mich auf eine weitere Reise. Ich habe sie beendet – zur Zufriedenheit meines Vaters und zum Nutzen unserer Sache. Zugleich auch zu meinem eigenen Vorteil.

Ich habe Anlaß, dankbar zu sein für diese Abwechslung – in jeder Hinsicht. Es tut gut, sich der Enge einer eingeschlossenen Stadt für etliche Wochen zu entziehen und Raum zu atmen: und es erfrischt die Sinne, neue Eindrücke aufzunehmen. Es belebt auch die Zuneigung zu einem Weibe, selbst wenn man deren grundsätzlich nicht enträt. Als ich Helena,

nachdem ich dem Vater Bericht gegeben hatte, in ihrem Gemach aufsuchte und in die Arme schloß, schien mir, ich hielte sie zum ersten Male. Wir denken, daß wir denken, und werden gedacht. Unser Körper denkt auf eine so erstaunliche Weise für sich selbst, daß ich manchmal meine: wir dächten viel zu klein von ihm, indem wir ihm einen überlegenen Regenten zuweisen, der merkwürdigerweise doch zugleich mit ihm abtritt: den Geist. Oder indem wir ihm eine edlere Freundin beigeben, die auch nicht länger atmet als ihr Freund: die Seele. Sind wir nicht das Land zwischen diesen großen Flüssen? Dreistromland? –
Ich war eben gesonnen, in meinem Bericht fortzufahren, als ein Alarm mich auf die Mauern rief und nötigte, die Feder mit dem Bogen zu vertauschen und ein Stückchen an der Gegenwart zu schreiben. Die Griechen unternahmen einen ihrer von Zeit zu Zeit wiederkehrenden Sturmangriffe – ich war recht ungehalten über diese brachiale Störung. Der Unwille beflügelte meine Pfeile, und soweit sie noch denken, werden manche an mich denken. Eine Pfeilwunde ist ein übles Ding, so wenig entstellend sie sich auch ausnimmt. Hektors Feldsteine hinterlassen, wenn sie treffen, zwar derbere Spuren, aber sie bereiten den griechischen Chirurgen weniger Kopfzerbrechen als den Getroffenen selbst.
Es brauchte zwei Stunden energischer Abwehr, ehe die Gegner einsahen, daß ihr Angriff fehlgeschlagen war. Sie begannen, ihre Toten zu sammeln und sich geordnet zurückzuziehen. Hektor, kampfdurstig wie immer, setzte den Abziehenden – gegen meinen Einspruch – mit einem rasch zusammengewürfelten Haufen und einigen Streitwagen nach. Aber der Feind stellte sich sofort, brachte den Unseren Verluste bei und machte schon Anstalten, unsere Verwirrung zu einem neuen Anlauf zu nutzen, als sich etwas ereignete, das den Kampf binnen weniger Minuten auflöste.
Ein Unwetter brach los, wie ich es in solcher Heftigkeit noch

nie erlebte. Der Himmel öffnete sich zu einem Wolkenbruch – man hätte glauben können, das Weltall stünde kopf und das Meer stürze aus der unverhofften Umkehrung seiner Lage eiligst in die alte zurück. Das Wasser schien die Luft zu verdrängen; es fiel in solcher Dichte, daß beinahe Dunkelheit herrschte. Kämpfende, die sich umschlungen hielten, glitten aneinander ab; andere stürzten beim Speerwerfen zu Boden, der sich binnen Minuten in einen Sumpf zu verwandeln schien. Die Streitwagen versanken bis über die Achsen im Morast; die Pferde schüttelten sich wie nasse Hunde; der Regen prasselte auf die Rüstungen; die Helmbüsche glichen Zöpfen, von denen das Wasser wie aus einer Leitung abfloß. Die Unterkleider sogen sich so voll Wasser, daß ihre Schwere bei den etwas beleibteren Helden verhängnisvolle Entstellungen hervorrief. Ich sah Menelaos, wie er, mit der Linken das über Schenkel und Knie rutschende Beinkleid und mit der Rechten den Schild über sich haltend gleich einem Schirm, einem Hornisten vergeblich Befehl gab, zum Abzug zu blasen; der Gute brachte keinen Ton hervor.

Aber – es bedurfte eines solchen Signals nicht. Die stürzende Regenflut hatte die hitzigen Streiter so rasch abgekühlt, daß hier und dort geradezu Freundschaftsbeweise gegeben wurden: Man half sich gegenseitig auf, und in einigen Fällen versuchte man sogar dankbare Händedrücke. Es wurde hernach berichtet, daß der wegen seiner Humorlosigkeit sehr gefürchtete Achill, über solche ›Unmännlichkeiten‹ empört, einem griechischen Biedermann mit der flachen Schwertklinge einen Hieb auf den Hintern versetzt habe, wobei er selbst so unglücklich gefallen sei, daß er um ein Haar ins eigene Schwert gestürzt wäre.

Auf jeden Fall: Der Regen beendete die Schlacht und gestattete niemandem, aus der Verwirrung des anderen Vorteil zu ziehen. Um wenigstens Gesicht und Augen vor den herabtrommelnden Wassergüssen zu schützen, ahmten die meisten

Griechen des Menelaos Beispiel nach und wateten, die Schirme aus Erz und Leder über sich haltend, in Richtung auf die Schiffe davon, und durch dieses Beispiel angeregt, hielten es die meisten der Unseren ähnlich. Ich hatte mich dem Ausfall nicht angeschlossen und sah, von einer Zinne leidlich geschützt, dem Abzug der Streitenden von der Bühne des Kampfes zu.

Am anderen Morgen schickten die Griechen einen Gefangenen mit dem Angebot einer fünftägigen Waffenruhe. Wir ließen dafür einen gefangenen Griechen frei, um die Abmachung durch ihn bestätigen zu lassen. –

So könnte ich denn fortfahren in der Darstellung meiner Jugend, aber als ich eben die letzten Seiten meines Berichtes nachlas, um den Übergang zu finden, kamen mir fragwürdige Gedanken über Raub und Diebstahl. Man sollte meinen, daß die Schwere einer Verfehlung von der Größe des Schadens bestimmt werde. Aber diese Meinung ist wohl irrig. Die Leute, die wir damals bekämpften, waren zumeist Hammeldiebe; sie fielen eigentlich erst dann über Menschen her, wenn diese sich zur Wehr setzten oder ihre Verfolgung aufnahmen. Sie machten sich schmutzige Hände bei ihrem Geschäft, und das muß wohl als besonderer Nachteil gelten. Wie würde ich vor der Welt dastehn, wenn es mir eingefallen wäre, Menelaos einen Hammel zu entführen! Wenn man raubt, muß man wohl vor allem darauf sehen, was man raubt und wie. Abgeschnittene Hammelköpfe sind ein peinliches Indiz.

Ich machte mir schon gestern Gedanken darüber, und der Anlaß war einigermaßen grotesk. Er hängt mit meiner Mutter zusammen und einer Eigenheit von ihr, die viele der vornehmen Trojanerfamilien kennen, über die aber niemand – öffentlich – spricht, umso weniger, als Hekuba sich bei den meisten echter Beliebtheit erfreut. Manche rechnen ihr gewiß heute noch hoch an, daß sie mich nach der Geburt aussetzen

ließ; denn daß ich am Leben blieb, kann man ihr weder zum Vorwurf machen, noch zu ihren Verdiensten zählen.
Ich habe mir vorgenommen, in diesem Bericht nichts – weder was mich, noch was die anderen betrifft – auszulassen, das der Wahrheit dienen könnte, und ich denke, daß Wahrheiten vor allem dann nach Enthüllung verlangen, wenn sie zur Erheiterung beitragen.
Der gestrige Tag stand noch im Zeichen der mit den Griechen verabredeten Waffenruhe, und diesen Umstand nahm meine Mutter wahr, um eine lange geplante und, wie sich herausstellte, wohlvorbereitete Unternehmung durchzuführen.
Wie ich schon vermerkt habe, gehört Hekuba zu jenen Frauen, die einen hochentwickelten Sinn für Staatsraison besitzen. Diese Eigenschaft wurzelt offenbar in ihrer Natur, und insofern zweifle ich nicht, daß sie eine geborene Königin ist. Sie hält auf Sitten und Gepflogenheiten – zunächst ganz allgemein. Darüberhinaus aber ist sie auf das angelegentlichste besorgt, ihre königliche Rolle voll auszuspielen, Empfänge zu geben, Mütterkonventen und Frauenvereinen ehrenhalber zu präsidieren, Wohltätigkeitsveranstaltungen durch ihr Eintreten zu dem gewünschten Erfolg zu verhelfen und das Ehrenpatronat beziehungsweise -matronat verschiedenster, oft gegensätzlicher Bewegungen zu übernehmen. Als ›die fortschrittlichste Dame Trojas‹ ließ sie sich kürzlich dazu verleiten, einer Zusammenkunft ihren Schutz zu leihen, die von Anhängern der freien Liebe mit dem Motto ›Aphrodite hilft Ares‹ versehen war. Sie war dort durch eine Grußadresse vertreten, die allgemeines Schmunzeln und bei einigen sogar unverhohlene Heiterkeit ausgelöst haben soll. Von den Gegnern der freien Liebe – unseren Frauenvereinen – wurde daraufhin eine Gegenveranstaltung in Szene gesetzt, für die man sich ebenfalls eine Grußadresse erbeten hatte. Aber da Hekuba gerade der Geschmack nach Repräsentation stand, erschien sie – womit niemand gerechnet hatte – plötzlich per-

sönlich und brachte so das ganze Programm durcheinander. Denn der Takt verbot es nun den Veranstaltern, eine Bewegung anzugreifen, deren versteckte Ziele durch die königliche Grußadresse geheiligt erschienen. Und so erschöpften sich denn die Sprecherinnen des Abends in unaufhörlichen Lobpreisungen bürgerlicher und ehelicher Tugenden, was auf die Dauer so langweilte, daß die Veranstaltung eher als eine Fortsetzung des Aphrodite-Ares-Unternehmens mit anderen Mitteln gelten durfte denn als die beabsichtigte Gegenkundgebung. Es ist leicht, gegen übertriebenen Genuß des Weines aufzutreten, wenn man die Zuhörer mit den Folgen der Trunksucht erschrecken kann. Aber einen ganzen Abend hindurch in langatmige Wiederholungen den Zustand der Nüchternheit zu feiern – das kann nur durstig stimmen. Auf jeden Fall, so behaupteten böse Zungen, habe gerade diese Veranstaltung der Sache der freien Liebe jene Anhänger zugeführt, welche die vorhergehende ihr nicht habe gewinnen können.

Gestern freilich waren solche Mißverständnisse ganz und gar ausgeschlossen, denn Veranstalterin war die Königin selbst, und Fragen der Sitte standen, zunächst wenigstens, außerhalb jedes Betrachts. Um den Trojanern vor Augen zu führen, was sie in diesem Krieg an ideellen Gründen und Symbolen verteidigen, wurde ihnen eine Ausstellung des Kronschatzes geboten. Aber die Ausstellung beschränkte sich nicht auf den Kronschatz allein, sondern dieser bildete gewissermaßen das Kernstück einer erweiterten Schau, für die alles zusammengetragen worden war, was im Besitz unseres Hauses ist, der persönliche Besitz Hekubas mit inbegriffen.

Die Königin eröffnete selbst die Ausstellung mit den gewohnten Erklärungen, daß Ares die Musen nicht vertreibe, daß gerade in Kriegszeiten die Seele legitimen Hunger nach Schönheit leide, und was dergleichen unvermeidliche Reden mehr sind. Dann kam sie auf das Vaterland zu sprechen, auf

Heim und Herd, auf Vätersitte und Mutterlaut, auf die Gesamtheit und den Einzelnen – sie wußte eine Fülle von Werten aufzuzählen, für die sich die erstaunten Trojaner schlugen. Und die Überraschung löste sich endlich in stürmischem Applaus, als sie auch den persönlichen Besitz des Einzelnen nicht vergaß. Denn – so schloß sie in einem Anflug unfreiwilligen Humors – wir besitzen zwar, was allen gehört; aber nicht alle besitzen, was ihnen gehört!
Die Stimmung war so exemplarisch gehoben, daß die Königin wohl gern geblieben wäre; aber das offizielle Zeremoniell sah vor, daß sie sich etwa sechzig Pulsschläge lang nachdenklich in den Anblick von Krone und Zepter versenken, dann aber – nach langsamem Durchschreiten des ihren persönlichen Besitz zeigenden Raumes – die Ausstellung verlassen sollte. Prinzen und Prinzessinnen folgten ihr in kurzen Abständen; nur ich enthielt mich des Zeremoniells und mischte mich unter die Besucher. Der Zulauf war beträchtlich; die ältesten und angesehensten Familien waren nahezu bis auf das letzte Glied erschienen.
Ein besonderes Gedränge herrschte in dem Raum, der dem persönlichen Gut Hekubas vorbehalten war, und hier ließ sich denn auch am besten untertauchen. Man vermutete kein Mitglied des Königshauses mehr in den Räumen und gab sich etwas zwangloser. Als eine sehr würdige Troerin, die für ihren Mutterwitz bekannt ist, Hekubas Schlußphrase abwandelte in »Nicht allen gehört, was sie besitzen«, bemächtigte sich eine gedämpfte Ausgelassenheit gerade jener Gruppe, die der Adel stellte, und ich hörte, mich im Hintergrund haltend, köstliche Bemerkungen.
»Sieh doch, Teuerste! Da ist das Elfenbeinbesteck für die Salate! Kannst du dich noch auf den reizenden Abend besinnen, an dem sie es mitgehen ließ?«
»Und dieses silberne Ei dort, das Nähzeug enthält! Hat sie nicht einen vortrefflichen Geschmack, unsere gute Hekuba?«

Und dann gab es ein Getuschel, in dem die mir sehr wohl bekannte Geschichte des silbernen Eis unterging, die so reizend ist, daß man sie nicht unterschlagen darf.
Meine Mutter hat eine angeborene Zuneigung für attraktive Dinge und ergreift Besitz von dem, was ihr gefällt. Es handelt sich natürlich nur um Kleinigkeiten, die man in einer Handtasche verschwinden lassen kann. Und zu diesen Kleinigkeiten gehörte das silberne Stopfei.
Sie hatte es bei einer Abendgesellschaft, welche die Gattin des Generals Hodios gab, entdeckt und an sich genommen. Aber zufällig hatte Priamos sie dabei beobachtet und drei Tage später das kleine Gerät der Eigentümerin stillschweigend zurückgeschickt. Während dieser drei Tage hatte sich Hekuba weidlich ergötzt an dem neuen Besitztum, als ihr abends – bei einer anderen Gesellschaft – eine zauberhaft gearbeitete Maniküre in die Hände fiel; sie paßte genau in die Handtasche, ohne daß jemand die Inbesitznahme gewahrte. Durch diesen neuen Besitz abgelenkt, nahm sie den Verlust des Stopfeis zunächst gar nicht wahr. Vielmehr entdeckte sie bei einer zweiten, kleineren Gesellschaft des Hodios das inzwischen zurückgegebene Stopfei neu, erinnerte sich des ihren und begehrte, das neue mit dem alten zu paaren. Da sie es eifersüchtig bewacht fand, es also nicht einfach an sich nehmen konnte, begann sie, derart entzückt von dem ihren zu schwärmen, daß man den Wunsch schließlich aus ihrem Entzücken schälte und ihr das Ei zum Geschenk machte.
Am anderen Tag gab es nahezu eine Palastrevolution, als das erste Ei – das ja mit dem zweiten identisch war – nicht auffindbar war. Der gutmütige Priamos wagte nicht, den Sachverhalt einzugestehen; vielmehr ließ er rasch einen Silberschmied kommen, der ein gleiches Gerät nach dem köstlichen Vorbild herstellen mußte. Es geriet zum Verwechseln ähnlich und traf gerade im Palaste ein, als Hekuba das erste Ei – das

für sie ja das zweite war – ›verlegt‹ hatte. Sie nahm nun das zweite, das wirklich das zweite Ei war, für das zweite, das in Wahrheit das erste gewesen war, und suchte weiter verzweifelt nach dem ersten, das in Wahrheit das zweite war, ohne zu erfassen, daß es sich hier um ein drittes handelte, das in Wahrheit ein zweites war.

Um den einigermaßen verwirrenden Sachverhalt zu klären: Eine bestochene Sklavin hatte das erste Ei wieder zurückgestohlen; denn Hekuba entdeckte es bald danach bei einem überraschenden Besuch im Hause des Hodios von neuem auf dem Tisch der Besitzerin. Sie erstarrte zu einer königlichen Salzsäule, und dies umso nachdrücklicher, als der Gatte der Betroffenen sich gerade wegen Feigheit vor dem Feind hatte eine Rangminderung gefallen lassen müssen. Es blieb der leidenden Gattin nichts andres übrig, als unter Tränen einzugestehen: sie habe so sehr an diesem mütterlichen Erbstück gehangen, daß sie es durch ein mit einer Sklavin der Hekuba befreundetes Kammermädchen zurückstehlen ließ. Und um ihre Zerknirschung Nachdruck zu verleihen, überließ sie, außer dem Stopfei, meiner Mutter noch eine kunstvoll gearbeitete mysische Puderdose, die nicht nur den Rang des gemaßregelten Generals wiederherstellte, sondern zugleich auch eines der hübschesten Stücke der intimen Ausstellung war. Woraus zu ersehen ist, daß Diebstahl vor allem dann als unmoralisch erscheinen kann, wenn er sozusagen als ausgleichender Akt der Gerechtigkeit geübt wird. Ein sachgerechter Diebstahl setzt eine erste Hand voraus.

Bleibt nur noch zu sagen, daß die Ausstellung ein voller Erfolg war. Hekuba hatte klugerweise darauf verzichtet, einen Katalog beizugeben, der es den Besuchern erlaubt hätte, die annektierten Gegenstände anzuhaken. Es blieb bei rhetorischen Reminiszenzen, die von der vaterländischen Gesinnung und der Königstreue der Betroffenen in gebührlichen Grenzen gehalten wurden, und das allgemeine Urteil des Adels

pries den guten Geschmack der Königin und schmeichelte sich damit selbst. –
Ich kann nicht verschweigen, daß mich diese und ähnliche Veranstaltungen immer wieder erheitern. Ich sehe wohl ein, daß sie zu den Spielen gehören, bei denen man – mit leichtem Einsatz – wichtige Gewinne erzielen kann, und da dieser Krieg nicht eben populär ist, bedarf es zweifellos gewisser Versuche, die Gemüter immer wieder anzuregen und das Volk opferwillig zu stimmen. Aber erlebt man nicht stets von neuem und gerade bei den Spielern selbst, daß sie unversehens das Opfer ihrer eigenen Vorwände werden und selbst glauben, was sie nur andere glauben machen wollten? Es muß da ein verborgenes Bedürfnis nach Selbstrechtfertigung wach sein, eine Art mildtätiger Nachsicht mit sich selbst, die auch die Nachsicht der anderen herausfordert. Der Glaube der Königin (oder auch des Königs) rührt das Volk, und dessen Glaube wiederum regt den Glauben dieser an. Keiner will dem anderen etwas schuldig bleiben, und so behält das Falschgeld seinen Kurs, weil jedermann handelt, als wäre es pures Gold, mit dem da gezahlt wird.
Indem ich das niederschreibe, werde ich eines Vorzugs inne, den offensichtlich die Schriftsteller vor ihren Zeitgenossen voraushaben: Sie wechseln sozusagen nach Belieben die Dimension. Das macht sie elastisch und entbindet sie zugleich von gewissen Verpflichtungen, die für den einfachen Zeitgenossen verbindlich sind. Der Adel einer sehr edlen Unzurechnungsfähigkeit zeichnet sie aus; sie sind so angelegentlich mit Dingen beschäftigt, die andere nicht oder nur aus zweiter Hand kennen, daß man ihnen vieles von dem erläßt, was sie billigerweise auch leisten sollten. Der Zeitgenosse glaubt, er hielte sich seine Schriftsteller; in Wahrheit hält sich dieser seine Zeitgenossen. Er hält sie wie ein Bauer seine Kühe: Er melkt ihnen seine Existenz ab, und gelegentlich schlachtet er sie auch – wenn sie keine Milch mehr geben.

Die Griechen lassen ihre Sagen von schreibgewandten Leuten aufschreiben, und ich bin sicher, daß dies erst der Anfang eines Handwerks ist, das eines späteren Tages ungeahnte Macht ausüben könnte. Der Hunger des Menschen nach einem guten Ruf ist so elementar, daß er keine Kosten scheuen wird, die zu entlohnen oder zu kaufen, die solchen Ruf verbreiten könnten. Ich möchte argwöhnen, daß manche Heldentat ungetan bliebe, wenn nicht die Aussicht auf Veröffentlichung bestünde. Wie ich denn auch glaube, daß manches Abträgliche ungetan bleiben wird – aus Furcht vor unerwünschter Verbreitung. Schon die kümmerlichen Bekanntmachungen, die zuweilen die Mauern Trojas verunstalten, tragen der menschlichen Eitelkeil so auffällig Rechnung, daß mein Verdacht begründet erscheint. Ich werde meine Bemühungen als Schriftsteller sehr geheim halten, um nicht unerwünschte Gunstbeweise von führenden Zeitgenossen herauszufordern. Vorerst weiß nur Helena von diesem neuen Ehrgeiz – ohne freilich seine Früchte geschmeckt zu haben –, und ich habe den Eindruck, sie wünscht nichts sehnlicher, als eine gute Rolle zu spielen. Seit sie weiß, daß ich mein Leben aufzeichne, scheint sie weniger darauf bedacht, daß ich mir Ruhm in der Schlacht hole. Und dieser Umstand wiederum legt die Vermutung nahe, daß das Schreiben zwar gefahrloser, aber nicht weniger ruhmvoll sein könnte als das Töten von Männern – wenigstens in den Augen der Frauen. Bis vor kurzem war Helenas ständige Wendung, wenn ich in die Schlacht zog:
»Sei tapfer, Paris, und gib acht dabei!«
Als ich sie gestern nacht verließ, umarmte sie mich noch einmal zärtlich und flüsterte mir ins Ohr:
»Schreib gut von mir, Paris!«

Ich war herangewachsen – fast wie ein Tier der Wildnis. Die wenigen regenreichen Monate des Winters ausgenommen, lebte ich meist unter freiem Himmel. Ich war viel allein mit meinen Hunden und meinen Herden, und wenn ich Gefährten hatte, so gehörten sie meinem Stand an; sie lebten gleichfalls mit den Elementen und verstanden zu schweigen. Aus diesem Schweigen stiegen zuweilen Lieder auf oder Flötenstimmen, und wenn wir uns an Festtagen oder nach erfolgreichen Kampfzügen, im Kreise um ein Feuer scharten, dann konnte es geschehen, daß wir bis tief in die Nacht hinein spielten, sangen und tanzten und daß die vielen ungesagten Worte wie Fische aus tiefer See aufstiegen und in bewegten Schwärmen die Oberfläche durchbrachen, rasch aufspringend und gleich wieder zurücktauchend in ihr Element. Aber auf solche Nacht folgten dann wieder Wochen der Einsamkeit und des Schweigens, eines Schweigens, das nur unterbrochen wurde durch einen Pfiff nach den Hunden, den Schrei eines Sperbers, den Laut der Singvögel; denn das Rufen meiner Tiere nahm ich nur wahr, wenn es Hilferuf war. Die unzähligen Eidechsen, die meinen Weg kreuzten, legten keine Eile an den Tag. Sie erkannten keinen Feind in mir.

Von den Tieren erfuhr ich auch mein Geschlecht, und die dämonische Aufwallung rätselhafter innerer Kräfte, die meine Augen fesselte, wenn meine Tiere sich paarten, beunruhigte mich tief und tiefer, je älter ich wurde und solche Kräfte in mir selbst erwachen und wachsen fühlte.

Manche der älteren von uns Hirten redeten zuweilen, wenn der Wein ihre Scham entzügelte, in halb spöttischem, halb wollüstigem Ton von Dingen oder von Erfahrungen, die sie mit irgendwelchen Mädchen gemacht haben wollten. Aber es waren nicht die besten, die dies taten, und ihre Reden schienen mir das Anziehende nur abstoßend zu machen. Selten traf ich ein Mädchen, das meine Natur ansprach; denn die Frauen des Gebirges arbeiten viel, und was an ihnen schön ist, welkt rasch dahin. Und so flüchtete ich in die Träume, oder die Träume kamen zu mir.

Ich machte mir jetzt schon Gedanken über mein Leben; denn meine Anführerrolle in den Zügen gegen das Raubgesindel hatte Ehrgeiz in mir erweckt, und die gelegentlichen Wettkämpfe, die wir Hirten untereinander austrugen und die ich fast immer als Sieger bestand, nährten nur den Wunsch nach größeren Proben und tüchtigeren Gegnern. So träumte ich zuweilen davon, ein Heer anzuführen und ein Mädchen zu besitzen, dessen Schönheit anbetungswürdig sein sollte. Aber das Leben selbst trug andere Züge. Noch lebte ich nicht in der Gier, sondern in der Erwartung.

Ich ging ins sechzehnte Jahr, als mich eines Morgens ein unwiderstehliches Verlangen überkam, mit mir allein zu sein. Ich ließ meine Tiere und stieg ein gutes Stück gegen das Gebirge auf, dorthin, wo alte Steineichen die Waldungen wie ein Wall gegen die Fallwinde schützen und wo der Blick frei wird auf das ferne Meer, nach dem ich schon oft sehnsüchtig ausgeschaut hatte.

Auf dem Wege zur Höhe kam ich an einem Felsüberhang vorbei, von dem in leichtem, aber stetem Fließen Wasser rann, das sich in einer Mulde, nicht größer als fünf oder sechs Schritte in jeder Richtung, gesammelt hatte. Ich trat unter den kleinen Fall und trank aus den zusammengefügten Handtellern das frische Wasser und erblickte mein Spiegelbild – so klar wie nie zuvor in einem Wasser.

Ich weiß nicht, wie lange ich da kniete oder stand, aber es war lange genug. Ich betrachtete mein Gesicht, das lose wellige Haar, das es einrahmte, den Hals, die kräftigen Schultern – als gehöre dies alles einem anderen. Dieser andere gefiel mir und sah mich erwartungsvoll an, als wollte er fragen: Was wird mit uns beiden? Ich mußte lächeln, und er lächelte zurück, als wollte er sagen: Du hast recht, es ist eine überflüssige Frage. Dann wieder wurde er ernster und sah mich unverwandt an. Ich wich seinem Blick aus, nicht in Verlegenheit, sondern um das schöne Bild ganz in mich aufzunehmen, das leicht im Wasser bebte, als fühlte es mein Wohlgefallen. Und als ich meine Augen wieder auf die seinen richtete, erkannte ich, daß auch er mich betrachtet haben mußte mit gleichem Wohlgefallen: Sein Blick schien mir verlegen; auch er fühlte sich ertappt. Aber dann lächelten wir beide uns unbekümmert zu, und ich streckte meine Hand nach der seinen aus, die – wie von *einem* Gefühl gerufen – mir entgegenkam. Aber mitten in der Bewegung hielten wir beide inne – als fürchte jeder, die Hand des anderen zu ergreifen und die schwebende Reinheit einer unsäglichen Empfindung zu beenden, wie ein Pfeilschuß des Jägers den Vogel auf die Erde stürzen läßt. Wir erkannten die Gefahr, nahmen, als ob unsere Herzen schon eins wären, beschämt die Hand zurück und wichen unseren Augen aus.

»Nein«, sagte ich. »Wir wollen uns nicht berühren.«

Und seine Lippen bewegten sich auch; wir waren einverstanden.

Und wieder hingen meine Augen an ihm und streichelten die schöne Jünglingsschulter, an der die Muskeln sich rundeten wie Feigen, ehe die Reife sie rissig werden läßt; das aschblonde Haar, das mutwillig seine Locken auswarf und dem jungen Antlitz ein Ansehen gab, das jenseits der Geschlechter zu liegen schien; den schlanken, etwas zu hohen Hals, um den es fiel. Ich sah mich satt an ihm und er an mir, und wir wurden es doch nicht satt, einander zu betrachten.

Ich wagte nicht fortzugehen, weil ich wußte, daß ich ihn verlieren würde. Aber dann begriff ich lächelnd – und auch er begriff es –, daß *ich* es war, der mir dort begegnete.

Ich erhob mich und tat ein paar Schritte; aber es war wie die Trennung von Geliebten: die Begierde, sich wieder zu besitzen, wächst mit der Dauer der Entfernung. Ich kehrte zurück an das Felsenbecken, und er kam mir schon entgegen. Mit entzücktem Blicke begegneten wir uns, schieden wieder, trafen uns aufs neue.

War ich sein Spielbild? War er das meine? Es hätte mir genügt, das seine zu sein – so sehr liebte ich ihn. Aber ich wußte ja, daß er das meine war, und liebte ihn dafür noch mehr. Es dauerte lange, bis ich ihm Lebewohl sagte: Wir streckten uns wieder lächelnd die Hand entgegen, langsamer als zuvor, und winkten uns Abschied. Jenen Abschied, der um das Wiedersehen weiß...

Ich muß heute lächeln über dieses süße, törichte Spiel und weiß doch, daß ohne Torheit keine Süße ist. Sind es nicht die Torheiten, die den Göttern ihr Dasein so süß machen? Denn sie wären doch weise genug, der Torheiten entraten zu können. Aber da sie weise sind, bekennen sie sich zu ihrer Torheit. Nur wir sind feige genug, uns ihrer zu schämen, obwohl unser Herz weiß, daß es nicht selig sein kann, ohne töricht zu sein.

Ich weiß jetzt, daß es die Götter waren, die diese Torheit über mich verhängten; es war göttliche Torheit, in der ich mein Spiegelbild betrachtete, erkannte und liebte. Aber ich konnte nicht ahnen, daß die Götter im Begriff standen, mich in ihre Weisheit einzuweihen, damit ich Richter sein könnte über göttliche Torheit.

Ich war über jedes Maß heiter und glücklich an diesem Morgen: meine Füße schienen beflügelt – so leicht stieg ich nun bergan, immer höher und höher, als könne ich dem festen Boden entweichen, dem wir verhaftet sind. Meine Knochen schienen mir nicht mit Mark, sondern mir Luft gefüllt – wie die Knochen der Vögel. Auch die Landschaft schien mir verändert; denn unerwartet breitete sich hinter einem Felsvorsprung ein baumbestandenes Geviert mit einem Rasen, den noch nie eines Weidetieres Huf zertreten haben mochte.

Jungfräuliche Luft umgab mich, leicht gewürzt vom Geruch des Thymian; in der Ferne blinkte das Meer, und Trojas Dächer blitzten in der Sonne. Nie hatte ich solche Schönheit wahrgenommen; oder ich sah mich selbst und die Welt nun neu.
Ich war wie trunken und schloß die Augen, der Sonne zugewandt, und nun schwammen sie, leicht versiegelt wie Muscheln, in einem Meer aus Licht und Blut.
Ich weiß nicht, ob ich bis zu diesem Augenblick ein Geräusch wahrgenommen hatte. Nun aber schien mein Blut aus der Lautlosigkeit seines Umgangs zu erwachen und begann zu tönen wie ein Kätzchenbaum in den Frühlingstagen, wenn die Bienen den ersten Honig schmausen. Ich hielt die Augen geschlossen und vernahm das brausende Gesumm, das mehr und mehr anschwoll und sich zugleich verdichtete und verfeinerte zu einer Stimme der Stimmen, die über den anderen ein betörendes, selbstvergessenes Lied sang. Eine unglaublich süße, sich verzehrende, fieberhafte Stimme. Die Stimme einer einsamen Zikade, die meinem Blut antwortete, der mein Blut antwortete. Ich konnte nur lauschen.
Aber noch während ich lauschte, begann ich das Schweigen zu fürchten, das Ende des Liedes. Es hob einen solchen Raum aus der Stille des Mittags – sein Aufhören mußte die Luft in diesen freiwerdenden Raum einstürzen lassen, wie Trauer einfällt in ein verlassenes Herz.
Ich hielt den Atem an und lauschte…
Die Zikade brach ab, sie schwieg, und es geschah: die Luft stürzte ein; es war, als ob ein riesiger Vogel mich mit seiner Schwinge gestreift hätte.
Ich öffnete die Augen und bemerkte, daß ich nicht mehr allein war. Eine männliche Gestalt, schlank, doch athletisch gewachsen, stand vor mir, nur zwei oder drei Schritte entfernt, als sei sie aus dem Boden gewachsen oder dem Äther entstiegen.

Diese Wahrnehmung hätte mich zutiefst erschrecken sollen, doch wunderbarerweise kam es nicht dazu: mit einer unnachahmlichen Gebärde der Beruhigung und Ermutigung fing der edle Unbekannte mein Erschrecken ab, lächelte freundlich und sagte:
»Kein Grund zu erschrecken, junger Freund! Keine Furcht. Wahrhaftig, zu Furcht ist kein Anlaß.«
Er trat auf mich zu, nahm meinen Arm und nötigte mich sanft zum Gehen. Und während wir langsam dahingingen, fuhr er fort zu sprechen, unbefangen, heiter, obenhin fast. Als spräche er vom Wetter, sagte er mir die erstaunlichsten Dinge über den Streit dreier Göttinnen, deren jede nach dem Ruhmestitel der Schönsten hungerte. Es hätte bereits eine Art Vorwahl stattgefunden, denn natürlich habe beinahe jede der himmlischen Frauen dem Glauben gehuldigt, diese Schönste zu sein. Aber nun seien drei übriggeblieben, von denen keine zurückstehen wolle.
»Es ist, wie es ist«, schloß er. »Auch Göttinnen wollen einander den Rang ablaufen.«
»Göttinnen...?« fragte ich fassungslos und blieb stehn.
»Komm!« sagte er freundlich, aber entschieden, und zog mich weiter. »Beim Gehen wirst du rascher denken können Du hast nicht viel Zeit. Es ist auch gar nicht so wichtig für dich, zu wissen, daß du über Göttinnen richten sollst. Das Göttliche steht ohnehin fest. Sie wollen als Frauen gesehen und gewertet sein. Es ist beschlossen, daß sie sich deinem Urteil unterwerfen müssen.«
»Ich? Ich einfacher Hirte ...?« wandte ich überrascht ein.
»Mein lieber Junge«, sagte er stehenbleibend und mit beiden Händen meine Schultern fassend, »sprich keinen Unsinn. Du bist ein Mann – das sollte genügen. Nimm deine Stunde wahr! Die Götter wählen keinen Esel zum Schiedsrichter.«
Mir war, während er so redete, als flösse von seinen Händen Kraft auf mich über. Wer war es? Wer war ich?

Da tauchte das Bild des Jünglings wieder vor mir auf, das sich mir im Wasser gespiegelt hatte, und machte mir Mut.
»Gut. Ich gehorche den Göttern.«
Der Unbekannte lächelte mit leicht hochgezogenen Brauen. »Du hast auch keine Wahl«, meinte er belustigt. »Und – nun hast du die Wahl!«
Damit drehte er mich mit einem gutmütig-energischen Ruck an den Schultern herum und gab mir einen leichten Stoß in den Rücken. Und nun sahen meine Augen, was sie nie gesehen hatten, nie wieder gesehen haben und nie mehr sehen werden – wenn es überhaupt meine Augen waren, die es wahrnahmen.
Von der Lichtung her kamen drei Frauen auf mich zu. Sie gingen langsam; aber ihre Füße schienen das Gras kaum zu berühren – so leicht schritten sie. Himmlische Erscheinungen an Adel und Anmut. Ich hätte sie wohl auch ohne die Auskunft meines unbekannten Beraters nicht für sterbliche Frauen gehalten. Sie waren in feinste, hauchzarte Gewänder gekleidet, und da sie gegen die Sonne traten, sah ich den Wuchs ihrer Glieder und die niegeschauten Formen des Weibes.
Ich schlug meine Augen nieder, mein Herz zitterte, und mein Haar sträubte sich – ich glaubte mich einer Ohnmacht nahe. Schrecken, Scheu und Scham stritten mit dem Entzücken, das ich fühlte. Das Entzücken siegte.
Ich senkte grüßend die Stirn und fühlte, wie meine Augen es eilig hatten, die göttlichen Frauen wieder zu sehen; sie sprangen unruhig von der einen zur anderen der Gestalten, die nun wenige Schritte vor mir anhielten und einander fragend anblickten, worauf die beiden Jüngeren mit leichtem Neigen des Kopfes der dritten zu verstehen gaben, daß ihr der Vortritt gebühre. Mir wollte scheinen, als ob dabei ein Anflug von Berechnung die Miene jener Göttin streifte, deren Gewand an Lieblichkeit und Freigebigkeit das der beiden anderen übertraf; sie senkte ehrerbietig ihre Stirn, aber doch nicht tief ge-

nug, um nicht einen Blick unter den Lidern hindurchschlüpfen zu lassen, der mein Herz erwärmte.
Es war eine hohe, volle Gestalt, von majestätischer, fast Ehrfurcht gebietender Schönheit, der ich mich nun gegenübersah. Ich kam mir ein wenig schmächtig und unerwachsen vor angesichts dieser bestürzenden, selbstherrlichen Körperlichkeit und blickte verlegen nieder – auf wohlgestaltete, kräftige, ein wenig zu große Füße.
»Sieh mich an, Paris!« hörte ich mich zur Ordnung gerufen und gehorchte. »Ich bin Hera. Zeus ist mir Bruder und Gatte zugleich.«
Ich dachte flüchtig: Sie macht zwei aus einem – warum tut sie das? Aber da sah ich zum ersten Male ganz ihre Augen, große, dunkelbraune, überaus glänzende, etwas melancholische, etwas eifersüchtige, überaus mißtrauische und im letzten unsichere Augen. Beinahe alltägliche Augen für mich; ich konnte im Augenblick nicht sagen, weshalb sie mir alltäglich erschienen. Es blieb auch keine Zeit, darüber nachzudenken; denn sie sprach schon wieder, mit diesem leichten Unterton von Bevormundung und Rechthaberei, der langsam, aber unaufhaltsam meine Befangenheit in Aufsässigkeit verwandelte.
»Du siehst diesen goldenen Apfel!« sagte sie, hob ihn ins Licht, und jetzt erst sah ich den funkelnden Preis.
»Ich sehe ihn«, sagte ich gehorsam.
»Du wirst nicht lesen können, was auf ihm geschrieben steht«, fuhr sie mit beflissener Nachsicht fort. »Darum sage ich es dir. Eris, die Göttin der Zwietracht, hat ihn mit der Aufschrift ›Der Schönsten‹ versehen und ihn unter die Gäste geworfen, die bei der Hochzeit der Thetis mit Peleus versammelt waren.«
Wieder machte sie eine kurze Pause, als übe sie Geduld mit einer möglichen Langsamkeit meines Erfassens.
»...die zur Hochzeit der Pelis mit Theteus versammelt waren...« murmelte ich wie ein fernes Echo und sah ihr treuher-

zig in die Augen, die zwischen Unmut und Unsicherheit einen Augenblick lang so ratlos und dumpf blickten, daß ich blitzartig begriff, weshalb mir diese Augen alltäglich erscheinen konnten. Und da ich Hirt war und den Umgang mit meinen Tieren liebte, fühlte ich unversehens Sympathie für die pompöse, kuhäugige Hera und lächelte ihr erheitert zu.
Und sie lächelte zurück.
Mit einem Schlage schien sich ihre hochgemute Unsicherheit, ihr majestätisch-eifersüchtiges Mißtrauen verflüchtigt zu haben, und ihr Blick strahlte mich in überwältigender Vertrauensseligkeit und Eitelkeit an.
»Du bist zum Richter ausersehen«, fuhr sie in gelösterer Rede fort. »Du sollst urteilen, wer von uns die Schönste genannt zu werden verdient. Wenn du mir, der Obersten aller Göttinnen (das zu verschweigen, ging wider ihre Natur), diesen Apfel zusprichst, werde ich dir Macht und Herrscherkräfte dafür verleihen, und das schönste Reich der Erde soll dein werden – wiewohl du nur ein armer Hirte bist.«
Dieses Wort vom armen Hirten saß mir augenblicks wie ein kleiner Dorn in der Fingerkuppe, aber ich hatte keine Gelegenheit, ihn herauszuziehen; denn schon trat die Göttliche auf mich zu, lächelte mit herablassender Hoheit und reichte mir den Apfel. Er lag mir in der Hand, als sei er für sie gewachsen. Dann trat sie gemessen zurück und beiseite und richtete den Blick in die Ferne, als achte sie des Weiteren nicht.
Nun nahte sich mir die zweite und sah mich nachdenklich aus wundervoll klaren, blauen Augen an. Eine Anmut eigenster Art strahlte von ihr aus, die bezauberte, ohne zu verwirren. Ich mußte wieder an mein Spiegelbild denken, das ich eben so lange im Bergwasser betrachtet hatte.
»Ich bin Pallas Athene«, sagte sie ruhig und mit einem Anspruch, der nur sich selbst meinte, »die Göttin der Weisheit.«
Welche Stimme! dachte ich bei mir. Sie klingt melodisch und

zugleich wie geschmiedetes Metall. Welche Stirn! dachte ich. Denn ich sah diese Stirn sehr genau; sie hielt sie ein wenig gesenkt, wie in leiser Verlegenheit darüber, daß sie von sich selbst sprechen mußte. Eine edle, gewölbte Stirn, fast eines Mannes Stirn, dem das Denken eine Lust ist, rein in den Linien wie die Horizonte des anbrechenden Tages; und über diese Linien spannte sich eine glatte, gebräunte Haut, in die ein paar feine, hellere Runen der Nachdenklichkeit gekerbt waren. Zugleich aber wurde mir bewußt, daß sie es verschmäht hatte, sich auf ihren hohen Vater Zeus zu berufen, dessen Stirnkind sie doch war. Welche Klugheit! dachte ich bei mir. Welche stolze Bescheidenheit! Was wird sie dir bieten...

Ich sah sie erwartungsvoll an.

Sie errötete. Aber ich begriff sofort, daß es ein Erröten besonderer Art war. Einmal errötete sie – daran ist mir auch heute kein Zweifel –, weil sie meine Bewunderung, vielleicht sogar meine Zuneigung spürte. Aber dann mischte sich sofort in dieses frauliche, fast mädchenhafte Erröten die Röte des Unmutes, die Röte einer zornigen Scham, und dieses Wider- und Ineinanderspiel ihres Blutes war ein herzerwärmendes, beseligendes Schauspiel. Schwester! hätte ich sagen mögen. Aber ein so kühnes Wort ging mir natürlich nicht von den Lippen. Ich konnte sie nur ansehen. Schließlich sagte ich, halb in Bewunderung und Hingerissenheit, halb aus Verlegenheit:

»Du *bist* die Göttin der Weisheit...«

»Ja«, sagte sie leise, beinahe tonlos. Aber dann entsann sie sich wohl ihrer göttlichen Natur, und ihre Stimme klang wieder fest und bestimmt, als sie anschloß:

»Weisheit, die höchste der Männertugenden, wirst du erlangen, wenn du mir den Apfel zuerkennst.«

Ihr Blick ruhte wieder frei und liebevoll auf mir; sie lächelte gelassen und wollte zurücktreten, als ich – aus Furcht, sie möchte sich mir schon entziehen – mit meinen Armen eine

Bewegung vollführte, die wie eine Bitte verstanden wurde, zu bleiben – und es war eine Bitte.

In ihren Augen blitzte es hell auf; sie warf den schönen Kopf, daß das blonde Haar zu fließen begann, und ein knabenhaftes Lächeln schmückte den leicht geöffneten Mund.

»Wähle die Weisheit!« sagte sie, nur mir vernehmlich, wandte sich und ging zurück. Sie ging mit sicheren Schritten. Das leichte Gewand stäubte um die festen, schmalen Hüften.

Ich hatte keine Muße, ihr lange nachzusehen oder mich zu fragen, warum ihr Wesen mich so gefangennahm, denn nun trat die dritte der Göttinnen auf mich zu, ein wenig näher noch, als Athene es getan – ich spürte ihren Atem, und mir schien, als begännen alle Kräuter stärker zu duften. Noch ehe sie sprach, lächelte sie mit ihrem schönen, frischen Munde. Aber mehr noch als dieses Lächeln der Miene bezauberte das Lächeln der Augen.

Vielleicht gehe ich fehl damit, es ein Lächeln zu nennen; denn nicht Heiterkeit war seine Weise, sondern Süße. Nur die Liebe läßt so die Augen tief werden, tief und nah zugleich. Wie der Gefangene hinter dem Schlüsselloch, an das er sein Auge preßt, eine Welt der Freiheit weiß, so scheinen solche Augen dem Gefangenen der Liebe eine Welt zu versprechen, vor der die, in der er lebt, in nichts versinkt.

Da standen die beiden anderen Göttinnen im Lichte des steigenden Tages, eine Augenweide gleich der dritten. Erde, Himmel und Meer breiteten ihren Glanz vor mir aus – und ich sah nur diese Augen: Sie hatten die Welt in sich getrunken, und wer diese Welt wiederfinden wollte, der mußte in diese Augen stürzen, oder er schien arm für immer.

Sicher gab es unter dieser Augen Blick einen Augenblick, da ich die meinen senkte, verwirrt von ihnen oder auch gewillt, mich im Geiste wieder zu versenken in die Blicke Athenes, die mir eben noch des Preises würdig erschienen war. Sicher auch regte sich in mir der Ehrgeiz, ein unbestechlicher

Schiedsrichter zu sein. Aber da ich in diese Augen gesehen hatte, fühlte ich nur den Wunsch, ihnen wiederzubegegnen. Und indem ich ihnen wiederbegegnete, mußte ich erkennen, daß ich ihnen nicht lange standhalten konnte. Und wohin immer ich ihnen ausweichen wollte – ich fühlte sie auf mir; und wohin ich auswich, stürzte ich in neue Verheißung.

Die Göttin wiegte lächelnd das Haupt, und ich sah in die Muschel des zierlichen Ohres. Sie lachte leise, und ich sah hinter den makellosen Zähnen die purpurne Grotte ihres Mundes, in der die rosige Zunge atmete. Ich glitt mit meinem Blick den Schaft des weißen Halses hinab und ruhte aus, wie ein Wanderer innehält, der zwischen den Hügeln, die ihn entzücken, einen Weg sich öffnen sieht, den er allein geht und der ihn hineinzieht in das Unbekannte – unwiderstehlich.

Meine Knie zitterten, Schauer überflogen meinen Rücken, und ich fühlte, wie in meine Knochen, die ich eben noch leicht und gehöhlt wie die der Vögel geglaubt hatte, das Mark wiederkehrte. Zugleich fühlte ich mich erröten und schloß rasch die Augen, um nicht bestechlich zu erscheinen – da rief mich ein Hüsteln zurück in den Tag. Es kam von Hera, die wieder ein wenig näher getreten war, als wolle sie mich an meine Pflicht erinnern oder uns zur Eile anhalten.

Mir schien es freilich eine kleine Ewigkeit, die ich in solcher Anschauung verbracht hatte; aber es waren wohl nur Sekunden gewesen – wenn die Blicke Aphrodites einem so oberflächlichen Maßstab unterworfen sind. Und nun sprach sie endlich, und ihre Worte schienen mir alle auf einmal gleichzeitig gesprochen – sie lockten mich wie die Kerne des aufgesprungenen Granatapfels, und ich hörte sie, ohne zu hören. Ich weiß nicht mehr genau, was sie zu mir sagte; doch erinnere ich mich, daß sie behauptete, Macht auszuüben, greife das Herz an, und die Weisheit bereite Kopfschmerzen.

»Ich weiß«, sagte sie mit einer Stimme, die alle meine Sinne umschmeichelte, »wonach des Menschen Herz begehrt und

was ihm nur Lust und Freude bereitet. Und du, Paris, weißt es auch. Zu lieben, bedarf es keiner Anstrengung und Mühe, keines Vorsatzes. Ich gebe, was du nur zu lieben brauchst: das schönste Weib dieser Erde wird dein werden, wenn du der wahrhaft Schönsten den Apfel schenkst. Du wirst es schon erraten haben: ich bin Aphrodite.«
Sie legte, mich unverwandt ansehend, die schönen Arme, mit denen sie lose und zierlich gespielt hatte, unter dem göttlichen Busen zusammen und ging, ohne sich zu wenden, langsam zurück. Und je weiter sie sich – ganz langsam – von mir entfernte, umso sichtbarer fügte sie die Hände zu einer Mulde von des Apfels Größe, um sie dann lächelnd, wie in völliger Ergebenheit in mein Urteil, wieder sinken zu lassen.
Nun standen die Göttinnen wieder beisammen. Das Sonnenlicht verklärte sie. Ein lauer, vom Meer kommender Wind spielte mit ihren Gewändern.
Ich blickte auf Hera, die, von keinen Zweifeln bewegt und die Hände auf die griffigen Hüften gestützt, wie eine Traube in ausgewogener Üppigkeit lockte. Und dann hing mein Auge an Athenes schlanker Gestalt und suchte das reine Auge und die edle Stirn. Die Göttin schien ernst; ein Schatten von Trauer lag auf ihrer Miene, und eine plötzliche Wehmut stach mein Herz.
In diesem Augenblick begann die Zikade aufs neue ihr Lied, und meine Augen begegneten den Augen der Aphrodite, die nichts als Anmut, Verheißung, Bezauberung, Schönheit war. Sie sah mich an, und ich sah sie an. Ich ging auf sie zu, ohne der anderen zu achten, und sie kam mir entgegen und lächelte, wie nur sie lächeln kann, die Göttin der Liebe. Sie streckte mir ihre Hand entgegen, und ich legte in sie den goldenen Apfel, der für diese Hand gewachsen schien.
Ich hörte noch, wie die Zikade ihr markerschütterndes, selbstmörderisches Lied abbrach. Dann schwanden mir die Sinne, und ich stürzte ohnmächtig zu Boden.

Ich komme von der Bestattung meines jungen Nebenbruders Polydoros, den die Griechen auf das grausamste hingemordet haben; und hätte ich nicht mit eigenen Augen ansehen müssen, wie sie den wehrlosen Knaben in den Tod schickten – ich würde mich weigern zu glauben, daß kampfgewohnte Männer und Fürsten aus edlem Hause solcher Handlung fähig wären oder sie zuließen.

Wir sind es gewohnt, von ihnen Barbaren genannt zu werden, und ich zögere nicht zuzugeben, daß ich in ihren Städten und auf ihren Inseln manches sah, das mich mit Bewunderung erfüllt und das sie uns voraushaben. Sie verfügen über Geräte, die wir nicht kennen, sie verstehen sich auf Spiele und Wettkämpfe, und die Künste des Gesanges, der Musik, des Tanzes, des Tempelbaus, der Töpferei stehen bei ihnen in höherem Ansehen als bei uns. Sie sind ärmer – das macht sie arbeitsamer. Sie sind arbeitsamer – das macht sie erfinderischer. Sie sind erfinderischer – das macht bessere Künstler aus ihnen. Sie sind bessere Künstler – das macht sie hochmütiger. Am hochmütigsten aber stimmt sie ihr Ruf, bessere Krieger zu sein. In jeder Verhandlung, die im Laufe dieses Krieges oder vor ihm zwischen ihnen und uns gepflogen wurde, war dies ihr letztes Argument, die uneinnehmbare Hochburg ihres Charakters. Was für sympathische, verdienstvolle Leute könnten sie sein, kämen sie nicht schon mit Beinschienen zur Welt!

Aber müssen wir uns deshalb vor ihnen schämen? Wir sind wohlhabender als sie – das stimmt uns friedlicher und bequemer. Wir sind bequemer – das macht uns menschlicher. Wir sind weniger gute Künstler – das stimmt uns dankbarer. Wir sind bessere Kaufleute – das macht uns umgänglicher. Und was das Handwerk des Krieges betrifft, so hätten wir ihnen in neun Jahren wohl vor Augen geführt, daß die Erde auch außerhalb Griechenlands tapfere Männer trägt. Aber eben dieser Umstand scheint ihnen auf das äußerste zu mißfallen und sie in einem unerreichbar zu machen –: in ihrer Grausamkeit. Sie aber heißen uns Barbaren, wiewohl wir zu den gleichen Göttern beten. Es scheint, daß es auf dieser Welt nur Griechen und Barbaren gibt. Kann man die unerschöpfliche Vielfalt der Stämme und Völker törichter leugnen als durch dieses Wort?

Ich bin mir wohl bewußt, daß der Krieg die Gehirne vernebelt und die Sinne trübt, und ich wäre kein Mensch und kein Trojaner, wenn ich nicht Partei ergriffe für meine Vaterstadt. Aber dennoch verstehe ich mich schlecht auf blindwütigen Haß. Ich weiß mehr von ihnen als sie von uns; und ich lebe mit einer der ihren in ehelicher Gemeinschaft. Schon dies stimmt mich nachsichtiger und gerechter gegen die Völker, die uns verderben wollen. Aber was sage ich da... die Völker? Wollen Völker ein anderes Volk verderben?

Ihre Herrscherhäuser sind es, die das Los über sie verhängen, andere zu bekriegen, zu überfallen, auszuplündern. Nur zu gut kenne ich die Geschichte der Tantaliden, aus deren Haus ihre Anführer Agamemnon und Menelaos stammen. Es ist ein verruchtes Geschlecht, eine Sippe von Verwandtenmördern und Frevlern, die ihresgleichen nicht hat, nicht in Griechenland, noch sonstwo. Aber ich trenne die Geführten von ihren Führern, ich hasse nicht, was sie sind, sondern was sie tun. Es gibt auch unter diesen großherzige und untadelige Männer, und den Edelsten von ihnen habe ich gekannt. Aber welches Schicksal haben sie ihm bereitet?

Nie hörte ich einen Menschen ihrer Zunge schöner singen und meisterlicher die Leier schlagen als Palamedes, den Fürsten von Euböa, dem ich in Sparta begegnete und der sich der Freundschaft dieses Königshauses rühmen durfte. Einer seiner vertrautesten Diener, der im dritten Jahr des Krieges zu uns überlief, hat uns von seinem Ende berichtet. Sie steinigten ihn zu Tode, angeblich weil sie einen Brief meines Vaters bei ihm gefunden hätten, der von einer hohen Bestechungssumme sprach, für die der Grieche Verrat geübt haben sollte. Nie hat mein Vater einen solchen Brief geschrieben, und nie hat Palamedes einen solchen empfangen. Sein Diener wird nicht irregehen in dem Verdacht, daß alles ein elendes Verleumdungsspiel des Odysseus war, eine späte, aber grausame Rache für jenen Sieg der Klugheit über die Verschlagenheit, den Palamedes erzielte, als er dem sich irre stellenden Ithaker dessen eigenes Kind vor den Pflug legte, um ihn der Verstellung zu überführen, durch die er sich dem Waffenzuge entziehen wollte.

Hätte ich Palamedes nie gekannt – seine letzten Worte würden ihn mir lieb machen. Aber da ich seiner beseelten Stimme lauschen konnte, ist es mir, als hätte ich seinen Ruf mit eigenen Ohren vernommen, den Ruf aller Vergewaltigten und Verratenen vergangener und künftiger Zeit, die man stumm macht:

»Freue dich, Wahrheit! Du bist vor mir gestorben!«

Da sie mit ihresgleichen so verfahren – wie sollte ihnen das Recht von Barbaren heilig sein…

So sind sie in Mysien eingedrungen, haben die Grenzwachen niedergemacht und ihren königlichen Landsmann Telephos und seine Stadt überfallen, haben ihn selbst schwer verwundet und sich mit Bürgerblut befleckt – weil sie Barbaren vor sich glaubten. Mehr als zwanzig Städte hat ihr Halbgott Achill heimgesucht und in Asche gelegt. In Kilikien brachen sie ein, eroberten Theben und machten den König und seine sieben Söhne nieder, weil er der Schwiegervater Hektors war. Und weil Kyknos von Kolonä uns das Bündnis hielt und in ihre Schiffsstadt einbrach, raubten sie alle Kinder aus seiner Hauptstadt Mentora. Und wie sie mit Freunden und Feinden umgehen, so auch mit denen, die außerhalb dieses Krieges in Frieden leben möchten. Die edelsten Frauen, Töchter von Priestern und Königshäusern, haben sie von ihren wahllosen

Raubzügen als Kebsen und Sklavinnen mit sich geführt, denn barbarischen Busen und Schoß verschmähen sie keineswegs. Sie haben große Gaben, aber sie kennen keine Mäßigung. Sie könnten in Frieden groß sein und erniedrigen sich im Kriege. Und am tiefsten stürzten sie heute.

Es ist schon etliche Jahre her, daß mein Vater Priamos den anmutigen Polydoros, den er mit seiner Nebenfrau gezeugt hat, zu der ihn in beginnendem Alter noch einmal eine Leidenschaft ergriff, aus dem Hause schickte. Es war sein letztes Kind, und wir alle liebten den Knaben – ausgenommen natürlich meine Mutter Hekuba, die immerhin ein gewisses Recht hatte, über die verspätete Leidenschaft ihres Gatten nicht entzückt zu sein, der eine so schöne Frucht entwachsen war. Mag sein, daß Priamos seinen väterlichen Gefühlen allzu offen die Zügel schießen ließ; alternde Männer sind oft verliebt in ihre jüngsten Kinder. Das blühende Leben, das einem schon dahinwelkenden entspringt, gibt diesem noch einmal entschwundenen Zauber zurück – es wirkt wohl wie ein Spiegel, der ein verjüngtes Ebenbild wirft. Auf jeden Fall konnte sich Priamos nicht ungestört dieser Vaterschaft freuen. Zugleich aber trieb seine Liebe ihn an, den zarten Knaben vor den Unbilden des Krieges zu bewahren und ihn dem früher oder später drohenden Waffendienst zu entziehen. Er erwog, Polydoros für einige Jahre – er meinte wohl: bis zum Ende des Krieges – in den Schutz eines anderen Fürstenhauses zu geben, damit er dort gebührend erzogen würde. Und weil Hekuba hierin eine günstige Gelegenheit sah, ihr eifersüchtiges Auge von diesem feinen, aber schmerzenden Dorn zu befreien, befürwortete sie die Erwägungen. So hatten beide gute Gründe, von denen sie sprachen, und schlechtere, die sie – wie wir alle es tun – verschweigen. Polydoros wurde, reich ausgestattet, an den Hof des Thrakerkönigs Polymnestor geschickt, und jeder glaubte ihn dort sicher.

Vor zwei Tagen nun erschien Polydoros im Gewahrsam einiger Kriegsleute, die als Begleitmannschaft einer griechischen Abordnung beigegeben waren, welche aus den Fürsten Odysseus, Diomedes und Menelaos bestand, vor den Toren der Stadt. Die Gesandten begehrten, unter Berufung auf das Völkerrecht, Einlaß in die Stadt – wie sie sagten, um ein Friedensangebot zu machen. Sie nahmen freilich nicht den weiteren Weg zur Burg, sondern wählten den in jeder Hinsicht kürzeren auf den nahen Markt, wo der zungengewandte Menelaos den von allen Seiten neugierig herbeiströmenden Trojanern eine schmeichelhafte Bußpredigt hielt, indem er ihnen vor Augen führte, wie sinnlos das unaufhörliche Blutvergießen sei, das einzig und allein durch den Raub Helenas ausgelöst wäre. Er verteilte Lob und Friedenshonig, Tadel und Kriegsgalle so geschickt unter das Volk, daß manchem Mütterchen die Augen naß wurden. Und als ihm der Faden seiner Rede abriß, nähte der schlaue Odysseus weiter, indes der vortrefflich aussehende Diomedes ein Standbild griechischen Wohlanstandes abgab. Und zu alledem ließ Polydoros, zwischen Furcht und Hoffnung, seine Knabentränen fließen. Es gelang den beiden beredten Griechen, die Menge so für sich einzunehmen, daß auch die inzwischen herbeigekommenen Ältesten keinen nennenswerten Widerspruch wagten. Ihrem Vorsteher Antenor, in dessen Haus Menelaos und Odysseus schon einmal als Gesandte Gastrecht genossen hatten, schmolz das erinnerungsschwere Herz; immerhin aber entsann er sich der Verfassung und unserer Gesetze und eröffnete den Griechen, daß Priamos das letzte Wort behalte – auch in dieser Sache. Er führte die Gesandten aber immer noch nicht zur Burg, sondern veranstaltete sofort einen Rat der Ältesten und befragte diese über ihre Meinung. Das geraubte Kind in der Mitte, ließen sich die Griechen die freundlichsten Dinge sagen und waren wohl selbst nicht wenig überrascht, sich so uneingeschränkter Wertschätzung zu erfreuen. Hätte nicht Antimachos, den ich mir als Spürhund im

Ältestenrat halte und der eine Griechin aus dem Gefolge der Helena zur Frau hat, endlich wider den Stachel gelöckt – es hätte noch ein Liebesmahl gegeben zwischen den schlauen Griechen und den kahlköpfigen Ältesten.

Antimachos ließ sich freilich zu weit hinreißen und, statt nur zu spüren, bellte er laut und beschimpfte die Griechen weidlich. Er warf ihnen jahrelange Raubzüge vor, in denen sie nah und fern Verbündete wie Neutrale gebrandschatzt hätten, nannte sie Urkundenfälscher und Meuchelmörder und erkundigte sich – damit man diesen Seitenhieb auf Odysseus auch ja verstände – im gleichen Atemzug nach dem Befinden des früheren Gesandten Palamedes, bezeichnete sie als Erpresser und riet, die Gesandten so lange festzuhalten, bis sie bereit wären, den geraubten Knaben ohne Lösegeld herauszugeben. Es kam zu erregten Auseinandersetzungen zwischen ihm und den Griechen, die solche Behandlung für einen Bruch des Völkerrechtes erklärten, und um die guten trojanischen Sitten zu beweisen und den hinderlichen Widerredner loszuwerden, schloß man ihn kurzerhand aus der Versammlung aus. Wutschnaubend kam Antimachos nun auf die Burg und berichtete, was im Gange war. Ihm folgte bald darauf ein Vertreter der Ältesten, um Priamos die Meinung des Rates vorzutragen. Wir, die Männer des Königshauses, versammelten uns rasch und hörten ihn an. Sein Rat lautete: Helena gegen den jungen Polydoros auszutauschen und die Bedingungen eines ehrenvollen Friedens auszuhandeln.

Es ging um meine Haut, vielmehr um die schönere meines Gemahls, und ich hielt es für geraten, mich jeder Meinungsäußerung zu enthalten. Überraschenderweise fand ich in Hektor einen Anwalt – ich hätte mir keinen besseren wünschen können.

Mein Bruder erklärte frei heraus, daß er meine Tat nie gebilligt habe und auch niemals billigen werde. »Aber«, so fuhr er gleich fort, »in solchen Dingen gibt es nie einen Täter allein.

Die Griechin, die Paris entführt hat – ohne Blutvergießen, im Gegensatz zu Herakles, der unsere Tante Hesione nach Mord und Totschlag geraubt hat (was der gute Priamos mit einem wiederholten Nicken seines greisen Hauptes bekräftigte) –, ist als Schutzflehende hier erschienen, und als solche nahmen wir sie auf. Es hätte nur eines Wortes bedurft, und wir hätten sie mit wertvollen Sühnegaben in ihre Heimat zurückgeleitet, aber sie sprach diesen Wunsch nie aus. Vielmehr erklärte sie, Paris zu lieben und sein Weib bleiben zu wollen; sie nicht aufnehmen, hieße, sie in Tod und Schande stoßen.
Wir haben darüber beraten und beschlossen, ihr Gast- und Heimatrecht zu gewähren. Wir haben beiden ein eigenes Haus errichtet, und sie lebt mit Paris unter uns – aus freien Stücken. Auch das Volk hat sie aufgenommen und freut sich ihrer Schönheit. Jetzt wird es unter den Lasten des Krieges wankelmütig. Wollen wir uns dem Wankelmute des Volkes nun unterwerfen, oder sind wir seine Führer und stehen wir zu unserem damaligen Entschluß?«
Und da niemand auf diese Frage antwortete, schlug er vor, den Griechen Ersatz zu bieten für alles von mir mitgenommene Gut und – an Stelle der geforderten Helena – eine der Töchter des Hauses, mit königlicher Mitgift ausgestattet, Menelaos als neue Gattin anzutragen, entweder die schöne und kluge Kasandra oder die eben zum Weibe gereifte Polyxena.
»Wenn eine Frau wirklich der Anlaß zu diesem Kriege gewesen sein sollte«, so schloß er, »so könnte eine andere ihn beenden helfen. Fast alle Griechen leben in ihrer Schiffsstadt mit geraubten Frauen. Warum sollte ein Mann sich sträuben, eine ungeraubte zu besitzen...?«
Alle stimmten ihm bei, und nun bat Priamos die Gesandten in unseren Rat und ließ Hektor unser Anerbieten vortragen. Odysseus – ich lasse offen, ob aus Klugheit oder aus Vorsicht, gemahnt durch die Anspielungen des Antimachos hinsicht-

lich des Palamedes – hielt sich zurück und wiegte den Kopf. Diomedes blickte prüfend in die Ferne. Menelaos aber bekam einen Wutanfall und schrie uns unbeherrscht an:
»Behaltet eure Barbarentöchter für euch! Ich will sie nicht. Gebt mir mein gestohlenes Weib heraus – um nichts anderes bin ich gekommen. Ich treibe mit Dieben keinen Handel und mit Barbarenweibern keinen Beischlaf.«
Wiewohl das gelogen war – oder vielleicht, weil es gelogen war, fuhren diese Worte wie giftige Schlangen unter uns, die wir schon wähnten, einen gangbaren Weg gefunden zu haben. Mein Schwager Äneas – Schwiegersöhne sind oft empfindlicher für Beleidigungen der angeheirateten Familie als diese selbst – stand ruhig auf; aber seine Stimme war heiser vor Erregung.
»Beruhige dich, Gockel!« sagte er verächtlich. »Wenn ihr meint, ihr hättet allein den Freibrief, Weiber zu nehmen, die euch gefallen – ohne euch freilich zu lieben –, so nur, weil euch der geschwollene Kamm über das Auge kippt und ihr blind seid für die Grenzen eurer Habgier. Kräht weiter und lauft flügelschlagend zu euren Schiffen. Und wenn ihr eure Hälse retten wollt, fahrt mit dem nächsten Wind davon! Ein anderer Umgang mit Barbaren als der, den wir euch wohlmeinend vorschlugen, könnte euch die letzten Schwanzfedern kosten.«
Der Gute grollte wie ein Berg, ehe er Feuer speit, und dies übernahmen denn auch sogleich die anderen. Hektor hatte alle Mühe, die drei Griechen aus dem Saal hinauszubringen – so viele Drohworte und Schmähungen mischten sich in den Beifall, den Äneas für seine Worte erhielt.
Sie zogen ab und vereinigten sich mit ihrer Begleitmannschaft, die am Markte auf sie wartete. Ohne daß ein Trojaner sie daran gehindert hätte, nahmen sie den geraubten Knaben in ihre Mitte und verließen die Stadt. Wir sahen ihnen von der Burg aus zu, und jetzt erst erkannte Priamos den geliebten

Knaben, den wir gar nicht in der Stadt vermutet hatten. Der fiel einige Male auf die Knie, wohl um seine Freilassung bittend, aber die Griechen trieben ihn mit sich fort. Sein Vater wendete sich tränenden Blickes ab und ging in seinen Palast zurück.

Darüber war es Nachmittag geworden, und jeder von uns war der Meinung, daß der Tag genug an Aufregungen und Begebnissen gebracht habe. Aber eine Stunde vor Sonnenuntergang gab es einen Volksauflauf, der uns wieder auf die Mauern rief. Die Griechen waren mit Streitwagen zurückgekehrt, und auf einem der Wagen führten sie den gefesselten Polydoros mit sich. Sie stellten ihn unweit der Stadtmauer auf einen kleinen Hügel, banden ihn an einen rasch errichteten Pfahl und steinigten ihn. Von zahllosen Feldsteinen getroffen, sank ihm das zerschmetterte Knabenhaupt auf die Brust.

Wir sahen wie gelähmt das schauerliche Schauspiel und eilten, als die Griechen johlend davonfuhren, hinunter vor die Stadt, um ihn loszubinden. Er war so gräßlich entstellt, daß wir Priamos beschworen, ihn nicht anzusehen, damit er das Bild des Kindes ungetrübt in seinem Herzen bewahren könne.

Heute morgen verbrannten wir den Leichnam vor den Augen der Trojaner, und viele schämten sich, Fürsprecher der Griechen gewesen zu sein.

So wechseln die Gesinnungen und Meinungen, die Argumente und Vorwände. Wie einer Hydra wachsen dem Kriege – hier wie dort – neue fürsprechende Häupter für jedes alte nach, das man abgeschlagen glaubt. Es braucht nur ein wenig Geduld, so folgen den eigenen Fehlern und Vergehen schon die größeren des Feindes nach, damit die Gemüter Nahrung finden, aufs neue zu hassen und die Saat des Hasses weiterzutragen.

Das Blut des gemordeten Knaben ist wie Öl in ein nur noch matt brennendes Feuer geflossen und hat es hell wieder auflodern lassen.

Ich will den Schatten des Polydoros zu den Schatten schicken und mich wieder dem Lebenden zuwenden, der, aus seiner Ohnmacht erwachend, nicht zu sagen gewußt hätte, ob das Vorausgegangene Traum oder Wirklichkeit gewesen.
Eines freilich fühlte ich mit Gewißheit: daß ich zu einem neuen Leben erwacht war. Ungeheure Empfindungen durchwogten mein Inneres – die Welt hatte sich von Grund auf verändert. War mir der Lohn sicher, den Aphrodite verheißen hatte? Wo würde ich ihn finden? In welcher Gestalt, unter welchem Namen? Und wann? – Ich wußte alles und nichts zugleich.
Mich meiner Herde entsinnend, stieg ich langsam bergab und kehrte zu den verlassenen Tieren zurück. Niemand war, dem ich meine Erscheinung hätte mitteilen können; und hätte es jemanden gegeben – ich hätte sie ihm nicht mitteilen können. Ich ging tagelang wie ein Träumender und versuchte, mich jedes Augenblicks, jeder Geste, jedes Wortes zu erinnern, um das Bild der Göttinnen vor meinem inneren Auge wieder aufstehen zu lassen. Ich wollte es halten, aber ich konnte nicht hindern, daß es zu einer Gestalt zusammenfloß: zu der Aphrodites, die Göttin und künftige Geliebte in eins war, Erinnerung und Zukunftsbild.
Zugleich bedrängte mich mein Geschlecht mächtig und trieb mich zuweilen des Nachts von meinem Lager auf, und ich ging den nicht ungefährlichen Weg zu einer Ansiedlung oder schlug eine Richtung ein, in der ich Menschen vermutete oder eine andere Herde. Aber dann kehrte ich doch auf halbem Wege wieder um, ernüchtert von dem sinnlosen Unternehmen und zerschunden von dem steinigen Gang. Es war wie eine Erlösung, daß unerwartet in einem Teil des Gebirges aufs neue einiges Raubgesindel von sich reden machte, denn so fand ich Gelegenheit, unter Menschen zu kommen und einen

neuen Strafzug einzuleiten, der uns eine Reihe von Tagen auf die alte Art umhertreiben sollte.
Es war das schwierigste Unternehmen, das ich je anführte; die Burschen hatten uns manches abgesehen, was uns gewohnter Vorteile beraubte. Aber schließlich wurden wir ihrer Herr und hielten unbarmherzig Gericht über sie. Ich überraschte mich selbst dabei, daß ich ungewohnt grausam verfuhr. Ich erwürgte einen von ihnen, der sich schon ergeben hatte, mit eigenen Händen und verspürte eine seltsame Wollust dabei.
Wir vereinigten uns nach Abschluß der Expedition mit den anderen zu einer großen Runde und feierten den schwer erkämpften Sieg. Ich trank viel an diesem Abend und lauschte gespannter und erregter den Reden und Anspielungen der älteren Hirten. Sie stießen mich noch immer ab; aber mehr noch zogen sie mich an.
Einer der Gefährten, einige Jahre älter als ich, schweigsam und von angenehmem Äußeren, sah mich des öfteren forschend an und nahm mich plötzlich beiseite:
»Komm, laß sie reden. Sie sind betrunken. Wir wollen ein wenig für uns sein.«
Ich ließ mich willig führen, und er fuhr fort, verächtlich von den anderen zu sprechen, die den schmutzigsten Weibern nachliefen, um nur eine Wade zu sehen oder einen bloßen Arm. »Sie meinen, das sei der Inbegriff der Schönheit.«
Wir setzten uns, und dann begann er, mein Vorgehen bei dem eben abgeschlossenen Zuge zu loben, fragte mich, ob ich schon ein Mädchen besessen hätte – was ich mit einem Kopfschütteln verneinte –, und dann: ob ich einen wahren Freund besäße. Ich überlegte, und dahinein ergänzte er:
»Einen, für den du zu sterben bereit wärest!«
Ich verneinte.
»Ich wäre es für dich!« sagte er leise und legte seinen Arm um meine Schulter. Dann ließ er sich zurücksinken, ohne mich loszulassen, und ich sank auch zurück ins Gras.

Er schwieg eine Weile, dann rühmte er wieder meine Vorzüge. Und plötzlich griff er meinen Hals, zog ihn näher zu sich und küßte mich auf die Wange. Ich wußte nicht, wie mir geschah. Seine Hand fuhr durch mein Haar, und ich stellte mir vor, es sei die Hand eines Mädchens, und erschauerte bei diesem Gedanken. Er streichelte mit seiner Linken meinen Arm und summte eine Melodie vor sich hin; ich hörte seine dunkle, weiche Stimme nicht ungern. Mittendrin aber brach er ab, warf sich mit einer geschmeidigen Bewegung über mich, griff hart in mein Haar und begann, mich wild zu küssen. Ich erschrak und suchte mich ihm zu entwinden; aber er hielt mich mit dem Gewicht seines Leibes fest und stieß hastige Worte hervor. Ich vernahm kaum, was er sagte. Aber ich spürte, wie eine Wolke von Knoblauchgeruch sich über mein Gesicht ergoß – ich meinte zu ersticken.

Eine Zehe Knoblauch in einem Gericht für fünf oder sechs Menschen nehme ich heute noch gern hin. Aber der stinkende Anhauch aus dem Munde dieses Liebhabers ernüchterte mich mehr, als ein kühles Bad es vermocht hätte. Ich besann mich auf meine Kraft, warf ihn mit einem Ruck ab und stand schweigend auf.

»Gehen wir ...«, sagte ich mit gespielter Gelassenheit.

»Ich sehe schon«, murmelte er in herablassendem Tone, »aus dir wird ein Weiberheld.«

Ich antwortete nichts, aber bei mir dachte ich: Vielleicht meinst du das Gleiche wie Aphrodite, nur eben in der Sprache der Koblauchfresser.–

Ich hielt weiter Ausschau in der darauffolgenden Zeit nach dem mir versprochenen Preis. Aber – es ist wohl die Regel, daß alles, was man allzu geflissentlich und ungeduldig begehrt, sich beharrlich verbirgt. Mein Ausschauen und Wünschen schien vergeblich. Die Ruhe und selbstverständliche Gelassenheit meiner jungen Jahre war dahin. Ich war wie gespalten.

An manchen Tagen umfing mich die alte Verzauberung: Ich konnte das Bild der Göttinnen wieder in mir aufrufen und hörte die Stimme Aphrodites und ihre Verheißung. Aber an anderen wieder, den meisten, lähmten mich Schwermut und Hoffnungslosigkeit. Du hast geträumt, sagte ich mir. Wie sollen Gottheiten sich einem Hirten offenbaren! Wie sollen Göttinnen sich dem Urteil eines unreifen Jungen unterwerfen! Ich hatte nie vernommen, daß Göttinnen sich mit sterblichen Männern abgegeben hatten; es hätte sie wohl ihrer Unsterblichkeit beraubt. Und hatte ich nicht recht, so zu denken?

Das Leben der Götter ist reich durchwirkt mit Neigungen und Leidenschaften zu sterblichen Frauen. Die Götter scheinen das irdische Fleisch zu lieben – vielleicht, weil seine Verwelkbarkeit die Blüte köstlicher für sie macht. Oder sie teilen mit uns das Schichsal, daß Leidenschaften sterblich, vergänglich sind. Oder aber: Unsere Leidenschaften sind göttlicher Natur, göttlichen Ursprungs; sie reißen uns von der Erde hoch und bringen uns – für eine flüchtige Frist – den Göttern nahe, lassen uns von ihrem Dasein kosten. Aber – hätten die Göttinnen nicht ein gleiches Recht wie die Götter? Diese nehmen sich die Freiheit, sterblichen Frauen zu nahen, und lassen den Göttinnen nur das Recht, eifersüchtig zu sein. Das ist, wie man zugeben wird, eine sehr bescheidene Freiheit; sie ist nicht größer als die der irdischen Frauen.

Freilich, auch die Götter verbergen ihren Gemahlinnen solche Leidenschaften, vielleicht um den Kümmernissen und Unbilden zu entgehen, welche die Eifersucht mit sich bringt. Aber sie verbergen sich zumeist auch vor den sterblichen Frauen, die sie lieben. Mein Schwiegervater sollte ein Schwan sein? – Es war Zeus, der ins Gefieder schlüpfte und sich von Leda halsen ließ; und er hatte, nach Schwanenart, einen langen Hals, um ihre Liebkosungen weidlich auszukosten. Dafür nahm er die kurzen Beine der Lüge gerne in Kauf, die ihm

auch sonst sehr zustatten kamen. Es war eine seiner gelungensten Metamorphosen, und das Ergebnis war Helena.
Aber zu denken, Aphrodite könnte sich einem sterblichen Manne hingeben? Vielleicht mir? Ich wagte nicht, das im Ernste zu hoffen, und spiele auch jetzt nur mit solchen Erwägungen, um einen Zustand zu umschreiben, aus dem, wie aus einem Sumpf, die trübsten und abwegigsten Gedanken aufstiegen; denn es waren Gefühle in mir geweckt, die niemanden erreichten und eben kein anderes Ziel wußten. Mir war wohl klar, daß es Aphrodite nicht nur ihre Unsterblichkeit, sondern auch ihren Erwählten das Leben gekostet haben würde, hätte sie es wagen wollen, einen Menschen zu lieben. Nicht einmal die göttliche Leidenschaft hätte mich ebenbürtig erscheinen lassen – obwohl mir ihre tiefen Blicke schon bedeuten wollten, daß sie Gefallen an mir fand. Aber das haben die Göttinnen vielleicht mit den Damen der Hofgesellschaft gemeinsam, daß sie tief blicken und tief blicken lassen, ohne freilich den Schritt zu tun, der ihre mühsame Ausschließlichkeit aufheben würde. Sie stellen, wie diese, die Sicherheit über die Leidenschaft – wer möchte es ihnen verdenken... Aber es fällt nicht leicht, bei alledem noch unbeirrt an die Gerechtigkeit der Götter zu glauben, die so sehr mit vollen Händen aus vollen Taschen ausgeben und so streng die Hand über das Täschchen ihrer göttlichen Gemahlinnen halten. Ist diese Ungerechtigkeit am Ende das einzige, das uns den Göttern ähnlich macht...?
So hegte ich die merkwürdigsten Gedanken und war ein Spielball widersprüchlichster Zustände; nirgends zeigte sich mir ein Licht, das meinen Weg hätte erhellen können. Und sooft mir das Herz wie ein glühender Stein in der Brust lag – niemand war, die Glut zu löschen. Ich tat die törichtesten Dinge, aber immer nur halb. Etwas Unerklärliches hielt mich ab zu stürzen, und etwas Bestimmtes wollte mich zu Fall bringen. –

Als die Regen und Stürme kamen, brauchte mich Agelaos für einige Arbeiten im Hause, und ich folgte nur zu gerne seiner Aufforderung. Ich spannte mich fast mit Wollust in das Joch angestrengtester Arbeit, und mein guter Pflegevater sah es mit Freuden.
»Aus dir wird ein Mann«, sagte er eines Tages anerkennend und gab mir ein Stückchen Geldes in die Hand. »Mach dir ein paar gute Tage! Bald mußt du ohnehin wieder mit den Herden hinauf.«
Es war das erste Mal, daß er so sprach und – was wichtiger ist – so handelte.
Ich machte mich auf den Weg – ich wußte nicht wohin. Ich will es kurz machen, denn es war kein rühmliches Abenteuer, das auf mich wartete.
Am Orte meiner zweiten Nachtruhe geriet ich in eine merkwürdige Gesellschaft von Männern und Frauen; die Männer waren in der Überzahl. Man lud mich zum Essen, und ich war dankbar, nicht allein sein zu müssen. Es wurde gegessen, getrunken, gesungen und schließlich auch getanzt. Die Frauen waren nicht aus dieser Gegend und für mein Gefühl allzu derb mit Bleiweiß geschminkt. Sie waren viel umworben und von jener Unmittelbarkeit und Hemmungslosigkeit, die man bei ganz gewissen Frauen – heute weiß ich das – voraussetzt.
Ich hatte ein Stückchen Geldes, nicht eben viel, aber ich hielt es nicht fest. Bald schon bemerkte ich, daß ich deshalb beiden Geschlechtern ein gern gesehener Gast war: die Frauen wollten mit mir tanzen, die Männer tranken mir zu. Dann und wann löste sich ein Paar aus der Runde, und schließlich sah auch ich mich von einem der Mädchen aufgefordert, mit ihm zu gehen.
Sie fiel mir auf dem Flur schon um den Hals und erklärte, mich zu lieben. Ich fand das voreilig, aber die Neugier reizte mich, und ich folgte ihr. Wir betraten einen Nebenraum, und wieder umarmte sie mich, und nun küßte ich sie wieder. Ich

schmeckte ihren Kuß, er erregte mich; aber noch im Schwanken meiner Sinne schien mir, daß er wie abgestandenes, laues Wasser schmecke. Dann entkleidete sie sich mit einigen allzu behenden Griffen und stand nackt vor mir.
»Nun«, sprach sie und sah mich herausfordernd an, »bin ich nicht schön?« Sie drängte sich an mich, und ich fühlte ihre Haut. Wir küßten uns, dann faßte sie mich bei den Schultern und fragte: »Was bin ich dir wert?« Und damit ich nicht ins Grübeln geriete, nannte sie gleich darauf eine Summe, die noch um einiges unter dem lag, was ich noch besaß.
»So viel habe ich noch«, brachte ich mühsam heraus und bemerkte, wie ein Widerwille meine Begierde abkühlte. Ich höre noch heute meine heisere, hilflose Stimme.
»Also einverstanden«, sagte sie, warf sich auf das schmutzige Lager und machte eine Bewegung – ich will sie nicht beschreiben. Ich griff in die Tasche, zog mein Geld heraus – »Das hat Zeit!« rief sie lachend – und legte ihr die Münzen auf den nackten Bauch. Während sie danach griff und die herabgleitenden Stücke unter Rücken und Gesäß hervorklaubte, wandte ich mich ab und verließ die Stube. Ich hörte noch, wie sie mir nachrief:
»Narr! Du vergißt deine Ware. Du sollst haben, soviel du willst!«
Aber ich war schon draußen und lief davon.

Agelaos mochte sich wundern, daß ich so rasch wieder heimkam. Aber er fragte nicht viel, und ich dankte ihm im Herzen dafür. Ich arbeitete noch einige Wochen am Hause und an den Gerätschaften des kleinen Hofes; dann kam ein früher Frühling, und ich zog mit den Tieren wieder höher hinauf.
Es wurde nicht besser mit mir: Ich vermeinte, das Alleinsein kaum noch ertragen zu können. Das Gebirge schmückte sich mit kargem Flor, die ersten Blumen kamen, die Vögel sangen – nur ich blies Trübsal. Es gab Stunden, da ich mich verloren

glaubte für diese Welt und erwog, alles im Stich zu lassen und irgendwo im Tale mein Glück zu versuchen. An klaren Tagen sah ich Troja in der Ferne daliegen wie ein lockendes Ziel, oder das Meer, das ich nicht kannte und das mir nicht weniger wunderbar erschien als der Himmel über mir. Wag es! forderte ich mich manchmal auf. Das schönste Weib der Erde sollte hier im Gebirge wohnen? Ich konnte es nicht glauben. Es liegt an dir, klagte ich mich an, wenn du dein Glück verfehlst. Brich aus! Brich auf! – Aber dann fiel mir ein, daß ich ein Habenichts war, auf den niemand warten dürfte.

Auch das ist kein Grund, entgegnete ich mir selbst. Jeder muß unten anfangen. (Das stimmt freilich nicht; doch damals wußte ich es nicht besser.) Aber soviel ich mich auch in Zuspruch und Widerrede erging – ein Unerklärliches hielt mich zurück. Ich hütete lustlos meine Herde und fügte mich, widerwillig, in mein Schicksal.

Auf den Frühling folgte rasch der Sommer, und bald wollte sich der Tag jähren, an dem ich die Göttlichen geschaut hatte. Und wieder ließ ich eines Morgens meine Herde, als ich die Weideplätze des Vorjahres erreicht hatte, und stieg bergan, um nach dem kleinen Wasserbecken zu suchen, in dem ich mein Spiegelbild geschaut hatte.

Ich fand das Wasser wieder und den kleinen Fall. Das Jahr war noch jünger, und ein paar Gewitter hatten ihn etwas reicher und ungestümer gemacht. Ich beugte mich über das Wasser, um mein Spiegelbild zu sehen, aber die Fläche war unruhig, und das Bild schwankte und zitterte – ich fand meinen Freund nicht wieder.

Nun stieg ich weiter bergan, um den Flecken zu finden, den die Füße der Himmlischen betreten hatten; aber ich gewahrte bald, daß ich mich verstiegen hatte, und kehrte mißmutig und enttäuscht um. Der Schweiß näßte meinen Leib, und ich beschloß, mich durch ein Bad zu erfrischen. Ich ließ das kühle Bergwasser des kleinen Wassersturzes über meinen Leib fließen, und nachdem ich die Erfrischung hinlänglich ausgekostet hatte, suchte ich mir unweit des Beckens ein Rasenstückchen, streckte mich aus und fühlte bald, wie der Schlaf mich überlistete.

Wie lange ich da lag und schlief, vermag ich nicht zu sagen. Ich erwachte durch ein Singen, das an mein Ohr drang, und weil es lieblicher und reiner klang, als ich je hatte singen hören, blieb ich still und lauschte.

Es war eine Mädchenstimme, einfach, aber von solchem Wohllaut, daß ich fürchtete, es möchte Sinnentrug sein. Zuweilen brach das Singen ab, dann hörte ich den Fall des Wassers; und dann begann das Singen wieder, den Laut des Wassers übertönend. Meine Neugier ließ sich nicht länger zähmen; ich richtete mich halb auf und spähte in Richtung des Gesanges.

Weit genug, nicht sofort entdeckt zu werden, nahe genug, alles sehen zu können, gewahrte ich ein Bild von zauberhaftem Reiz:

Ein schlankes, eben erblühtes Mädchen stand in perlender Nacktheit unter dem Fels und ließ das Wasser über sich fließen. Das Haar schleppte in breiten, nassen Strähnen um die Schultern, fiel über die Stirn, verschob sich wieder – je nach der Haltung des Kopfes, den sie mutwillig hin und her wandte, damit das Wasser ja alles erreiche, was nach ihm begehrte. Wenn es über Augen und Mund floß, setzte das Singen aus. Nahm es seine Bahn nur über Schultern und Leib, so setzte es wieder ein.

Ich blickte bewegungslos auf die badende Nymphe, und mein Herz schwoll. Es war auch jetzt nicht eben viel Wasser, das dort vom Felsen herabstürzte, und so wand sie, beinahe schlangengleich, den behenden Leib hin und her, schüttelte sich, prustete, lachte zuweilen kurz auf und gebärdete sich in der unbefangenen Anmut eines Kindes, das sich unbeobachtet weiß. Die jungen Brüste zitterten in der Bewegung des

Körpers; die Arme zuckten wie spielende Fische bald hierhin, bald dorthin, und die hohen Beine hatten zu tun, das Gleichgewicht des Körpers immer wieder herzustellen, so daß dabei Formen und Muskeln umso lebendiger mit sich selbst spielten.

Ich will die Göttinnen nicht schmähen und Helena nicht. Aber diese Erscheinung auf der Schwelle der Menschenalter war wie das Atemholen vor einem Liebeswort. Dieses wird begehrt; es betört. Aber das Atemholen birgt die Erwartung, den süßesten Zustand unserer Seele und unseres Leibes. Denn was wir Glück nennen, ist Verbrennung oder Erschöpfung. Wir täuschen uns selbst und den anderen, indem wir dieses Glück berufen. Es hat kein Dasein mehr, wenn wir es begreifen. Aber die namenlose Erwartung – das ist unser Teil des Glückes, unser Teil des Traumes, den wir Glück nennen.

Ich war jung und brannte darauf, zu verehren. Für wenige Herzschläge lang vergaß ich, was ich wünschte, und wünschte doch, was ich vergaß. Die Waage stand still und erwartete die Gewichte. Ich vergaß, mich zu fragen, ob dies der Preis sei, den Aphrodites Mund mit versprochen hatte. Ich sah diesen schönen Leib ohne Begierde – nein, ich täuschte mich selbst. Aber die Begierde, die ich fühlte, war nicht die nach Besitz. Es war der Wunsch, zu geben, hinzugeben, zärtlich zu sein. Heute bin ich vierunddreißig Jahre alt und weiß, wie die Kindlichkeit solchen Gefühles sich verzehrt im Laufe eines Lebens, schneller als die Zellen und Gewebe unseres Körpers. Und wenn wir meinen, in reiferem Alter klüger zu sein, so ist es eine teuer erkaufte Klugkeit, die Klugheit dessen, der viel Schaden erlitt. Wir entdecken das Tier in uns, den Mörder und zugleich den zum Tode Verurteilten, der alle Schliche wahrnehmen möchte, zu nehmen und zu halten, was er nicht halten kann. Wir sind süchtig geworden, und Sucht und Sehnsucht sind zwei Dinge wie Tod und Geburt, wie Wachsen und Verfall.

In dieser Stunde steht das Bild Oinones in seiner nie getrübten Reinheit und Anmut vor mir auf, als seien die Jahre seitdem wie gelöscht. Ich gehöre zu denen, die nicht vergessen. Ich verwinde Kränkungen und Niederlagen, wie man die Steine vergißt, die man aus seinem Schuh entfernt. Aber das Schöne meines Lebens ist in meine Blutbahn eingetreten und kann nur mit meinem Blute entweichen. Es hat sich der Luft mitgeteilt, die ich atme. Es hat sich den Sternbildern zugesellt, unter denen ich schlafe.

Als ich Oinone zum ersten Male erblickte, unter dem Wasser, war ich Hirt und Jüngling, und ich bin, der ich war. Ich war entzückt und ich bin es wieder, bin es noch. Kaum zwanzig Schritte von hier liegt eine andere Frau, die mit meinem Leben verwachsen scheint, wie mein Herz mit meinem Leibe, und der die Lebenden den Ruhm vollkommener Schönheit zugestehen. Sollte ich darum die Liebe, die Geliebte meiner Jugend verleugnen oder geringachten? Was wäre von meinen gegenwärtigen Gefühlen zu halten, wenn ich die vergangenen nicht achtete...

Genug der Schwärmerei. Es war, wie es war: Ich sah das Mädchen und liebte es. Und daß es dort stand, wo ich mein Spiegelbild gefunden, verloren und nicht wiedergefunden hatte – schien das nicht bedeuten zu wollen, daß dieses Wesen an seine Stelle treten sollte?

Jetzt lag ich und schaute, weidete meine Augen an dem schönen Bild und war töricht genug, zu wünschen, es möchte sich nie auflösen. Aber es löste sich natürlich auf.

Die Nymphe stieg aus dem kleinen Felsenbecken, trocknete ihre Glieder und schlüpfte in ihr Gewand, das sie neben das Wasser an einen Strauch gehängt hatte. Sie tat einige Schritte auf mich zu, und ich duckte mich tief an den Boden und bestürmte alle Götter und Göttinnen, sie möchte mich nicht entdecken. Und sie wandte sich seitwärts und ging davon.

Ich folgte ihr in aller Vorsicht, aber sie machte es mir nicht

allzu schwer. Denn plötzlich begann sie wieder zu singen, und so folgte ich einer doppelten Spur. Unvermittelt wich sie vom Pfade und war gleich darauf meinen Augen entzogen. Aber ihre Stimme sang weiter, und ich stieß – ihr behutsam nachgehend – auf den Eingang zu einer Felsengrotte, aus der gedämpft ihr Lied erscholl.
Ich sah nach dem Stande der Sonne, merkte mir Ort und Stunde und suchte meine Herde. Ich kannte alle Wege; aber an diesem Tage machte ich vielmals halt, bezeichnete Bäume und Felsen, aus Furcht, den Weg nicht wiederfinden zu können. Denn an diesem hier schien mir mein Leben zu hängen.

WIE NAHT EIN LIEBENDER SEINEM MÄDCHEN?

Wie naht ein Liebender dem Mädchen, das er liebt?
Ich schätze, das ist eine Frage seit je und für alle Zeiten, ein Problem, das mit jedem Menschen neu in der Welt auftritt. Den Tieren hilft ihre Natur auf die Sprünge, aber den Menschen hemmt seine Scham, sein Denken. Und je reiner, je verehrender, je beseelter seine Zuneigung ist, umso mehr fürchtet sie, sich durch Begierde entweiht zu sehen. Die süße Närrin Erste Liebe! Bei den Göttern – sie schämt sich wahrhaftig ihrer selbst. Gibt es denn eine Liebe ohne Begierde, ohne den Wunsch zu besitzen, sich hinzugeben? Freilich sie glaubt nur an Hingabe, will nur an Hingabe glauben. Und kommt sie nicht mit diesem frommen Betrug auch an ihr Ziel? Sie will hingeben und wünscht nichts als Hingabe, Hingabe auch des anderen. Und wenn sich beide hingeben – geht da die züchtige Rechnung nicht auf? Aber da eben liegt der Schatz vergraben, an dieser unerforschten Stelle des anderen Herzens. Und wenn es sich noch so wenig verbirgt – es braucht ein Weilchen, bis ein junger Mann etwas mehr Zutrauen in die Natur der Liebe gefaßt und einsehen gelernt hat,

daß seine Wünsche willkommen, ja ersehnt sein könnten. Das zu wissen, glaubt er, würde ihm schon genügen. Nur dies will er bestätigt sehen. Aber dann genügt ihm auch die bloße Zusage nicht, er will das Siegel haben, das Siegel der Lippen, den Kuß. Der entdeckt sich denn bald auch als das Gegenteil, als ein Schlüssel zu weiteren Räumen geheimer oder geheimgehaltener Wünsche. Und am Ende ist es dann doch die Natur, die uns auf die Sprünge hilft, die unentbehrliche, unerschöpfliche Lehrmeisterin unserer Tugenden und Künste, Laster und Verbrechen. Aber das muß jeder an sich selbst erfahren. Ich fand meine Tiere und trieb sie gleich ein wenig näher an die Wohnung meiner Nymphe heran, damit der Weg am nächsten Tag kürzer für mich sei. Und die ganze Zeit über zermarterte ich mein Hirn. Wie naht ein Liebender dem Mädchen, das er liebt? Aber alle meine Gedanken schienen mich im Stich zu lassen. Ich hatte keine Übung in derlei Dingen, und in dieser einfachen Welt, in der ich lebte, gab es keine Gepflogenheiten, auf die ich mich hätte berufen können. Ich wollte um ein Mädchen werben und wußte nicht wie.

In der Nacht dann, als ich noch lange wach lag, fiel mir die natürlichste Lösung zu. Ich wollte ihr schenken von dem, was ich besaß. Ich hatte nicht viel, nur eben das, was ich selbst zum Leben brauchte, was mir meine Tiere oder die Natur überließen. Aber für jemanden, der sich in der Wildnis ernährt, ist es viel. Ich erwartete mit Ungeduld den neuen Tag, der mir eine zweite heimliche Begegnung bringen sollte; aber er stellte meine Geduld auf eine harte Probe. Ich lag Stunde um Stunde, in Weite eines Bogenschusses, lauernd vor ihrer Grotte, ein aus Stengeln und Blättern geflochtenes Körbchen neben mir, in dem zwölf der schönsten getrockneten Feigen lagen, die ich meinem kargen Vorrat entnommen hatte, und nichts rührte sich. Aber endlich wurde mein Warten belohnt.

Die Nymphe kam heraus, diesmal schweigend, und schlug den Weg zum kleinen Wasserfall ein. Ich schlich hinzu und

setzte mein Körbchen vor der Grotte ab, schlug einen Bogen und pirschte mich behutsam an den Ruheplatz des Vortages heran. Aber sie war nicht zu entdecken. Wieder verging geraume Zeit; dann kam sie, in der Hand einige Blätter tragend, in die sie Beeren gesammelt haben mochte. Sie legte ihre Ernte auf einen Stein und wollte sich eben entkleiden, als sie plötzlich aufschrie und in aller Hast davoneilte.
Hatte sie mich gesehen? Ich konnte es nicht glauben, ging zu der kleinen Mulde und fand die Ursache ihres Erschreckens: eine junge Schlange tummelte sich in dem Wasser, offenbar auf der Jagd nach der Froschbrut. Eine kindische Eifersucht überfiel mich, und weil ich befürchten mußte, daß der neue Jagdgrund die Schlange wieder anziehen möchte, tötete ich sie rasch. Dann schlich ich zur Grotte, um zu prüfen, ob meine Gabe von ihr angenommen sei. Aber das Körbchen stand unberührt.
Hatte sie es im Schrecken der Flucht übersehen? Ich durfte mich nicht lange verweilen; sie hätte mich erspüren können, und ich hätte Furcht statt Neigung in ihr erweckt. Also entschloß ich mich enttäuschten Herzens, zu meinen Tieren zurückzukehren und den nächsten Tag abzuwarten.
Schon am frühen Morgen nahm ich den Weg zurück und sah: Das Feigenkörbchen war verschwunden. Ich legte ein Stück Ziegenkäse an seine Stelle und ging zurück. Um die Mittagsstunde kehrte ich wieder und nahm meinen alten Platz ein. Sie kam, aber ihr Wesen war argwöhnisch. Sie suchte den Fleck wohl nicht nur nach einer Schlange ab; ihre Blicke spähten nach allen Seiten, und sie zögerte lange, sich zu entkleiden und unter den Fall zu treten. Als das Wasser über sie floß, begann sie ein Lied, aber mittenin verstummte sie, beendete ihr Bad und wich mir aus den Augen.
Du hast ihren Frieden gestört, sagte ich mir. Deine Gaben werden ihn kaum wiederherstellen. Aber – wie naht ein Liebender dem Mädchen, das er liebt? Ich schlich davon.

Was helfen die klügsten Einsichten einem liebenden Herzen? Die Sonne stieg eben höher, da war ich schon unterwegs, ein tönernes Krüglein mit frischer Milch in der Hand, und tat, was ich nicht lassen wollte.
Ich hatte lange gelauscht auf ein Geräusch aus der Grotte und nicht den leisesten Laut vernommen. Aber ich setzte eben mein Krüglein ab, da sah ich sie seitlich aus einer Lichtung hervortreten und fand gerade noch Zeit, bäuchlings hinter einen Busch zu kriechen, kaum zwölf oder fünfzehn Schritte vom Eingang entfernt. Aber der Busch war dicht belaubt; ich durfte mich sicher glauben.
Sie sah das Krüglein, stutzte, sah um sich, wieder auf das Gefäß und schüttelte den Kopf, daß ihr helles Haar tanzte. Dann bückte sie sich, hob meine Gabe auf, betrachtete sie lange, schüttelte wieder den Kopf und nippte an der Milch. Und endlich setzte sie das Krüglein voll an den Mund und trank es aus, lachte in den Wald hinein, setzte das leere Gefäß auf den Boden und sprang in die Grotte.
Ich lag mit pochendem Herzen und wußte nicht, was tun. Wollte sie mir eine Falle stellen? Ich blieb eine ganze Weile unbeweglich liegen, und das war gut so. Denn plötzlich erschien sie wieder vor der Grotte, schaute, ob das Krüglein noch dastünde, schüttelte den Kopf und ging in ihre Wohnung zurück. Ich schlich rasch hinzu, griff mein Eigentum und sah, daß ich davonkam. Daß ich sie trinken sehen und sogar ihren lachenden Dank vernommen hatte, stimmte mich heiter und zufrieden. Jetzt fang es richtig an! mahnte ich mich. Zügle deine Ungeduld. Dein Stern steht günstig.
Drei Tage lang trieb ich mein Spiel; nur legte ich hin und wieder eine Blume oder eine Blüte dazu und enthielt mich, sie beim Bade zu belauschen. Dann aber ließ sich mein Gefühl nicht mehr in der Haft halten. Ich trieb meine Herde recht nah an die Grotte setzte heimlich Milch, Käse und einen der frischen Brotlaibe ab, die mir mein Stiefbruder gebracht hatte,

begab mich zur Mittagsstunde an meinen Ruheplatz, nahm meine Flöte und blies, was ich an Weisen wußte oder erfand. Ich verstehe mich heute auf einige Instrumente mehr, aber damals war dies das einzige, das ich kannte und zu spielen verstand. Ich legte mein Herz in mein Spiel, und es erreichte das ihre. Ich sah, wie sie aus der Lichtung nach dem Spieler spähte, und wandte mich so, daß sie mir vom Rücken her nahen und annehmen mußte, ich hätte sie noch nicht bemerkt. Mir ging fast der Atem aus, so lange ließ sie ihre Scheu zögern, näher zu kommen. Aber ich blies und blies, und die Liebe verlieh mir einen langen Atem.

Aber endlich setzte ich die Flöte ab und erhob mich. Und da stand sie, zehn Schritte vor mir, und hielt das leere Krüglein in der Hand. Ich lächelte sie an; sie senkte den Blick, sah wieder auf, errötete leicht und lächelte zurück.

So standen wir eine ganze Weile einander gegenüber, und wieder war es jenes namenlose Gefühl der Erwartung, das mich besaß. Ich wartete auf das, was ich erwartete. Aber ich war nicht sicher, ob geschehen würde, was ich erwartete. Die Gewißheit ist es, die uns undankbar und gleichgültig werden läßt.

Je länger wir standen, umso sicherer fühlte ich, daß wir beide in einer Schlinge saßen, die sich – Sekunde für Sekunde – enger um uns legte.

»Du willst mir das Krüglein zurückgeben?« sagte ich schließlich.

»Ja«, erwiderte sie. »Ich danke dir.«

Ich trat einige Schritte näher. Sie wollte das Gleiche tun, aber sie vermochte es nicht.

»Wenn du wolltest«, sprach ich leise, »würde es nie leer werden.«

Sie lächelte.

Ich trat nahe an sie heran. »Gib es mir, daß ich es zum Abend neu füllen kann.«

Sie reichte es mir. Ihre Hand bebte. »Ich danke dir«, wiederholte sie.
»Nein«, entgegnete ich. »Ich danke dir, daß du es von mir annimmst.«
»Ich nehme es gern.« Aber das kam so leise, als hätte sie es zu sich selbst gesagt.
Als sie so dastand, ein leises Rot auf den Wangen, die Stirn leicht zur Seite geneigt, daß ihr Haar das Kinn berührte, trieb es mich, sie in die Arme zu schließen; aber ich wußte gut, daß sie das erschrecken müßte. Sie sah mich zum ersten Mal; nur ich war schon ein alter Liebhaber.
»Ich will wieder gehen«, sagte sie schließlich.
»Ich gehe ein Stück mit dir. Ich kenne ja den Weg.«
Sie erwiderte nichts, und wir gingen langsam nebeneinander her. Sie war nur um weniges kleiner als ich, und wir gingen manchmal im gleichen Schritt. Ich sah ihre Füße, schöne kräftige Füße mit schmalen, dicht nebeneinander gewachsenen Zehen, und dachte bei mir: Wie schön Füße doch sein können... Ich hatte nur häßliche oder schmutzige oder breitgetretene Füße gesehen bisher. Aber darüber konnte man nicht sprechen.
Die Liebe ist ein schwieriges Geschäft, das fühlte ich, selig und glücklich zugleich. Man sollte reden, um weiterzukommen. Aber was?
Jetzt sah ich auf meine Füße beim Gehen, und sie schienen mir annehmbar. Aber dessen war ich sicher: Sie dachte nicht an meine Füße und dachte nicht daran, sie zu betrachten. Sie sah nur aus Verlegenheit zu Boden. Sie wartete wohl auf ein vernünftiges Wort von mir – oder auch ein unvernünftiges. Aber was konnte ich wohl sagen?
Du schuldest ihr Aufklärung, dachte ich und atmete auf. Ich sagte:
»Ich sah dich beim Beerenlesen und folgte dir unauffällig nach. Und dann dachte ich mir: Das ist eine zu schmale Kost.«

»O, ich habe auch anderes!« Es klang fast ein wenig stolz.
»Aber Milch hast du nicht?«
»Nein. Milch habe ich nur sehr selten.«
»Meine Herde ist ganz nah. In einer Stunde stelle ich dir ein neues Krüglein vor deine Wohnung.«
Und damit war unser Gespräch auch schon wieder zu Ende. Sie schwieg, und mir wollte nichts mehr einfallen. Einige Schritte vor der Grotte hielt sie an und reichte mir zögernd die Rechte. Sie sah mich, nur einen Blick lang, freundlich an. Dann entzog sie mir die Hand und schlüpfte in ihre Behausung.
Ich eilte zu meiner Herde, molk eine Geiß und brachte die Milch zu ihr, ohne mich bemerkbar zu machen. Am anderen Morgen holte ich das leere Krüglein zurück, füllte es neu und brachte es wieder. Sie saß vor der Grotte und zupfte aus einem kleinen Weidenkorb Wolle und drehte mit flinken Fingern Fäden daraus.
Sie hat dich erwartet! dachte ich glücklich.
Diesmal ging das Reden schon besser, und auch sie hatte einen Teil ihrer Scheu abgelegt. Ich blies auf meiner Flöte, und sie lobte mein Spiel. Ich fragte nach ihrem Namen und nannte ihr den meinen. Dann erzählte ich ihr von unseren Zügen und vergaß auch nicht, hier und da ein Scherzwort einzuflechten. Und am Ende redeten wir fast wie Schwester und Bruder miteinander. Aber mir war gar nicht brüderlich zumute.
»Ich lese jetzt Beeren«, sagte sie schließlich und setzte den Korb zurück in die Grotte.
»Ich wollte nach meiner Herde sehen«, bemerkte ich unschlüssig, als sie wieder herauskam.
»Dann geh und komm ein andermal wieder!«
Ich ging und kam wieder, ging wieder und kam. Ich konnte mir nicht mehr vorstellen, ohne sie zu sein. Meine Tiere hatten schon alles Gras abgefressen, das an dieser Stelle des Gebirges wuchs, und es wäre längst an der Zeit gewesen, den

Weideplatz zu wechselns. Aber *mein* Weideplatz lag noch unberührt.
Wie naht ein Liebender dem Mädchen, das er liebt...
Es war wohl am fünften Tage, seit ich mich ihr gestellt hatte, und wir saßen vor ihrer Wohnung, als sich ein Gewitter ankündigte. In der Ferne murrte schon Donner, und der verfinsterte Himmel drohte mit Regen. Ich war schweigsamer als sonst gewesen, und was konnte sie meiner Schweigsamkeit anderes entgegensetzen als Schweigen? Schließlich sagte ich:
»Ich muß morgen höher hinauf mit meinen Tieren. Sie finden hier nicht mehr genug.«
Sie schwieg.
»Der Weg wird dann weiter sein – zu dir.«
Sie sah auf.
»Ich komme morgen in der Frühe, dir Lebewohl zu sagen, und nach ein paar Tagen werde ich wieder nach dir sehen und etwas Milch bringen.« Bei diesen Worten war ich aufgestanden.
»Wohin gehst du?« fragte sie zögernd.
»Zu den Tieren; sie sind nicht weit.«
»Aber es wird regnen!«
»Eben darum.«
»Aber es regnet ja schon!« sie sprang auf und hielt mir ihre Hand hin. »Sieh, der erste Tropfen!«
»Ja«, sagte ich, ergriff mit der Linken ihre Hand und wischte streichelnd mit der Rechten den Tropfen fort. Sie ließ mir die Hand einen Augenblick; dann entzog sie sie mir sanft.
Jetzt spürte auch ich den ersten Tropfen. Ich fuhr sie fast an:
»Du mußt hineingehen! Das Gewitter ist gleich über uns. Da! Ein Blitz!«
»Aber wohin willst du jetzt gehen!« stieß sie zwischen Angst und Unmut hervor.
»Fort!« rief ich. »Fort! Fort! Fort!«
Und ich lief davon.

Mit jedem Schritt, den ich mich von ihr entfernte, wuchs meine Verzweiflung und mein Zorn auf mich selbst. Narr, schrie ich mich an. Warum kränkst du sie?
Ich verlangsamte meinen Schritt, blieb unschlüssig stehn und sah mich um. Sie stand noch regungslos, mir nachblickend, vor der Grotte.
Da kehrte ich um und ging, nein, rannte zurück. Mit einigen Sätzen war ich bei ihr, umschlang sie, faßte ihren Kopf und bedeckte ihr Gesicht mit Küssen. Sie war erschreckt über meine Heftigkeit, aber ich ließ sie nicht los. Und wenn auch mein Mund nichts zu sagen wußte – meine Augen beschworen sie. Ihr Widerstand schmolz, ihre Arme suchten Halt an meinem Hals, umschlangen ihn fester. Ich zügelte meine Heftigkeit, als ich dies spürte, und legte meine Wange an die ihre. Ich war so im Innersten aufgewühlt: das Wasser trat mir in die Augen. Sie nahm meinen Kopf und sah mich unsagbar zärtlich an. »Du weinst«, sagte sie leise. »Es ist der Regen«, stammelte ich. Sie schüttelte lächelnd den Kopf, schloß die Augen und überließ sich meinem Kuß. Tränensalz mischte sich darein.
Wir ließen einander lange nicht los, obwohl der Regen zu strömen begann, oder vielmehr: ich ließ sie nicht los. Aller Durst der langen, wirren Monate, seit ich die Göttinnen gesehen hatte, wollte nun mit einem Male gestillt sein. Und wie stillte es mich, sie im Arme zu halten, ihre hingerissenen Züge zu betrachten und mein Entzücken meinen Küssen anzuvertrauen! Manchmal versuchte sie, sich zu befreien. Aber wenn sie dann meinen Mund auf dem ihren fühlte, war sie wieder gefangen. Jeder trank berauscht des anderen Wesen.
Aber dann gab es doch ein vorläufiges Ende. Ich hatte manche Schwankung meines Gleichgewichtes überstanden, als sich schließlich mein Fuß in einer kleinen Luftwurzel fing – ich mußte sie loslassen, um nicht mit ihr zu stürzen.
Das Gewitter stand nun über uns, und der Regen fiel stärker.

Sie schüttelte sich, wie ein Hund, der aus dem Wasser steigt, faßte meine Hand und zog mich in die Grotte, die sich nach wenigen Schritten, die wir gebückt zurücklegen mußten, zu einem beinahe kreisrunden Raum weitete, der sich am Ende seitlich wieder verengte und in einige schräglaufende Spalten auslief; sie hätten freilich höchstens einem Kinde oder einem Hund den Ausweg ins Freie erlaubt. Aber so hatte die Natur ihr eine Feuerstelle geschenkt, und mein erstes Gastrecht war denn auch, bereitliegende Reiser zu schichten und in Brand zu setzen. Bald prasselten die Flammen und halfen dem bescheidenen Öllämpchen, die Dämmerung der Wohnung etwas aufzuhellen. Ich sah alles, was eines Menschen Wohnung ausmacht.

Oinone hatte das feuchte Gewand gegen ein anderes getauscht, und da das Feuer nun brannte, entledigte auch ich mich meines nassen Hemdes und trocknete es an den Flammen. Sie stellte Milch neben die Glut und richtete ein einfaches Mahl.

Wir nahmen es fast schweigend ein; aber es war nun ein anderes Schweigen als zuvor. Kann das Glück nicht auch stumm machen? Wir ließen unsere Augen sprechen, und die Augen sind ja besser als jeder andere Sinn berufen, Unaussprechliches auszusprechen.

Indessen hatte der Regen aufgehört, und der Himmel war vom Gewölk befreit. Die Mondsichel war schon sichtbar, als wir vor die Grotte traten und Abschied nahmen. Wir hielten uns lange.

»Wir lieben uns«, sagte ich.

»Ja«, gab sie ernst zurück, »wir lieben uns. Komm bald wieder.«

Ich war gewiß kein guter Hirte an diesem und den darauffolgenden Tagen. Ich hatte meine liebe Not, meine Herde zu sammeln, die sich gleich ihrem Hüter, nur eben auf ihre Weise, zerstreut hatte. Aber was kümmerte mich das...

Und was kümmerte mich der weitere Weg, den ich nun haben würde? Der Gang zu ihr war eine einzige, die Schritte beflügelnde Erwartung; die Rückkehr eine schwelgende Erinnerung.
Wir sahen uns manche Stunde am Tage, und unsere Liebe zueinander glich zwei Feuern, die mehr und mehr um sich greifen und verzehren, was zwischen ihnen steht. Sie setzen alles in Brand, und eines Tages vereinigen sie sich zu einem einzigen Brand.
Uns wollte scheinen, es gebe nichts auf der Erde – außer uns beiden. Ich ging zu ihr, und sie kam nun auch zu mir. Wann immer uns das Verlangen ankam, einander zu sehen und zu besitzen, folgten wir ihm. Das Bett unserer Hochzeit war überall aufgeschlagen.
Als wir eines Morgens gemeinsam an dem kleinen Wasserfall badeten, gestand ich ihr, daß ich sie dort zum ersten Male gesehen hatte. Ich entschuldigte mich:
»Ich wollte dich nicht belauschen. Deine singende Stimme rief mich.«
Sie schwieg eine ernste Weile. Dann sagte sie:
»Sicher hatten die Götter ihre Hand im Spiel, und ich vertraue ihrer Fügung. Ich liebe dich und will nie einen anderen lieben. Ich würde dich töten können, wenn du mich verließest!«
»Nie, nie!« rief ich laut und umarmte sie stürmisch.
Da lachte sie wild auf, und unter Küssen und Liebkosungen sanken wir ins Gras.
Das war die Stunde, da ich ihr von meiner Begegnung mit den Göttinnen erzählte, und sie hing an meinen Lippen, als spräche ich das Urteil über ihr Leben.
»Ich soll das schönste Weib der Erde sein? Das kann nicht sein. Entweder hast du dein Glück verspielt, oder es wird Unheil kommen für unsere Liebe.«
Sie umschlang mich zitternd. »Ich darf dich nicht einmal töten, wenn du fortgingest. Die Götter würden es nicht zulas-

sen. Oder aber – ich würde dich töten – und mich darauf.«
»So!« lachte ich. »Du gibst vor zu lieben und sinnst auf Mord!«
Sie blieb ernst: »Ich sinne nicht auf Mord. Aber ich will ohne dich nicht mehr leben. Töte mich, wenn du meiner Liebe überdrüssig wirst! Töte mich und dann geh, deine Schönste zu suchen!«
»Da habe ich nicht weit – mich trennt kaum eine Handbreit von meiner Schönsten. Könntest du dich nur selbst sehen – dir vergingen deine törichten Gedanken!«
Unter meinem zärtlichen Blick löste sich ihre Trauer auf und ging in ein Lächeln über, das sie verklärte: sie erschien mir plötzlich über die Maßen schön, und ich wollte glauben, sie sei wahrhaftig der Preis, den Aphrodite mir verheißen hatte.
»Schön bist du«, sagte ich hingerissen. »Schön bist du! Und je mehr du mich liebst, desto schöner wirst du sein.«
»Du wirst sehn«, sagte sie, mich fest umschlingend, »eines Tages wird mich die Liebe so schön machen wie Aphrodite. Dann bist du mir sicher.«
Das waren törichte und ernste Reden zugleich, die mir das Herz entzündeten, und ich glaubte ihr und mir aufs Wort. Ihr war es heiliger Ernst, und mir war es Ernst. Ich wollte die Wahrheit sagen, und sie sagte sie. Ich liebte sie, aber sie liebte mich mehr.
Kehrte ich nicht damals schon gar zu sehr ihren Ernst in meinen Scherz um? Das tut ein Mann, wenn er nicht sehen will, wenn er sich nicht stellen will, wenn er fühlt, des anderen Gefühl wiegt schwerer und er bleibt etwas schuldig. Dabei liebte sie meine Art zu scherzen. »Ich lache so gern«, gestand sie. »Ich liebe dich am liebsten, wenn du froh bist.«
Nun, sie gab mir Grund genug, froh zu sein. Aber ich fühlte doch manchmal, wie ich mit ihrem Lächeln spielte. Ich hatte begriffen – oder sie lehrte es mich –, daß ich zu bezaubern verstand.

Sie hat mich geliebt, wie mich – dessen bin ich sicher – nie wieder eine Frau liebte. Es will mir heute scheinen, sie sei eine Schwester der Athene gewesen oder doch ihr Schutzkind. Gedenke ich der Zeit, die ich mit ihr teilte, ergreift Schwermut mein Herz und wunderliches Entzücken zugleich. Wäre ich bei ihr geblieben – ich wäre weise geworden, ein Mann also von höchster Tugend.
Als ich die Göttin sah, die bezauberte, ohne zu verwirren, wußte ich einen Herzschlag lang, daß dies die rechte Wahl wäre: meine Wahl. Aber dann wählte ich, die mich wählte. Aphrodite bezauberte mich und alle meine Sinne, und so erwählte ich sie und kränkte die, die ich als edelste, liebenswerteste der Göttinnen zu erkennen glaubte.
Aber – das sind Gedanken und Schlüsse, die dem jungen Hirten fernlagen. Er wurde geliebt und liebte wieder. Es war kein Schatten über dieser Zeit, und die seltenen Augenblicke der Trauer oder eines Mißverständnisses waren nicht mehr als das Salz in der Speise, die unseren Gaumen entzückt. Liebende, die zusammen nicht weinen können, haben den Grund des Freudenbechers nicht gesehn.
Dennoch weiß ich heute, daß ich in dieser Liebe der Schwächere war. Als sich meine Herkunft entdeckte und die große Versuchung an mich herantrat, erlag ich ihr. Es geschah nicht sofort und auch nicht leichten Sinnes; ich versuchte, dieses Glück zu halten. Aber es mißlang. Bedienten sich die Götter meiner Natur? Unterlag ich dem Zauberspruch Aphrodites? War mir der Weg unausweichlich gewiesen, den ich ging? Gab es einen anderen?
Das ist das Rätsel, mit dem wir geschlagen sind und das zu lösen uns vielleicht versagt ist: ob wir Freiheit haben oder nicht, uns zu entscheiden, und ob wir der Gewalt mit Gewalt – oder mit Unterwerfung begegnen sollen.
Wir sind ein Spielball der Götter, die uns schufen. Sie können uns werfen, daß wir in ihre Hand zurückfallen, und sie kön-

nen uns werfen und verwerfen. Mich haben sie hochauf geworfen, und ich habe die Lust des Aufstiegs gekostet und die Winde gespürt, die meine Flugbahn bestimmten. Ist der Scheitelpunkt erreicht? Ich falle gelassen in mein Schicksal.

ACHILL UND POLYXENA ODER: WAS DIE LEUTE SO GERN LESEN

Wir haben in diesen Tagen ein Jubiläum eigener Art begangen, ohne es indessen, wie andere denkwürdige Tage, auch gebührlich zu feiern, obwohl es sich um einen Geburtstag handelte. Hingegen hätten wir gewiß ein Freudenfest gefeiert, wenn es sich um den Todestag des Jubilars gehandelt hätte. Aber leider erfreut sich das Geburtstagskind zunehmender Robustheit, und dieser Umstand dürfte der Mitwelt noch viele Nöte und Sorgen bereiten: Der Griechische Krieg – die Griechen sprechen natürlich vom ›Trojanischen Krieg‹ – ist in sein zehntes Jahr eingetreten.
Daß die meisten von uns sich nach so vielen Kriegsjahren noch ihrer heilen, wenn auch etwas weiter gewordenen Haut freuen, bietet an sich schon Anlaß zur Dankbarkeit genug. Neun Jahre einem mächtigen feindlichen Aufgebot standgehalten zu haben, dürfte uns sogar mit Stolz erfüllen. Aber ein so merkwürdiger Krieg wie dieser ist mit gewöhnlichen Jahreszahlen nicht zu erfassen. Zu manchen Zeiten war er ein recht friedlicher Krieg und zu anderen wieder ein recht kriegerischer Friede. Natürlich hielten die Gegner uns immer in Atem, und an gefährlichen Angriffen und verlustreichen Schlachten hat es wahrhaftig nicht gefehlt. Besonders in den ersten Wochen nach der Landung der Griechen ging es hart her, und wenn es in den folgenden so zugegangen wäre wie in der ersten Schlacht, hätte mein Vater wohl keine Söhne

mehr, und ich selbst würde als ein armseliges Häufchen Asche in einer fühllosen Urne liegen. Aber statt dessen liege ich immer noch mit gesunden und warmen Gliedern – sofern es mich gelüstet – in den Armen Helenas, und der Krieg will uns weiter glauben machen, er sei das Selbstverständlichste von der Welt.

Ich weiß eigentlich nicht, weshalb Menelaos, um dessentwillen die Griechen doch die weite, kriegerische Fahrt unternommen haben, soviel Geduld an den Tag und die Jahre legt bei dem Versuch, die entwichene Gemahlin zurückzuholen. Wollte man das ganze Gezeter um betrogene Gattenliebe, verlorene Gattenehre, geschmähtes Gattenrecht wirklich ernst nehmen, so wäre mit allem gebotenen Takt und Respekt doch darauf aufmerksam zu machen, daß Helena zwar die Tochter eines Gottes, aber darum noch keine Göttin ist. Das heißt: daß sie den Gesetzen unterworfen ist, unter deren Unerbittlichkeit alle sterblichen Frauen zu leiden haben. Eine Frau ist zwar nicht so rasch verderblich wie ein Korb Kirschen; aber daß man sich zehn Jahre Zeit läßt, eine verlorene Geliebte zurückzuerobern, zeugt entweder für eine außerordentliche Langsamkeit des Temperamentes, oder läßt den Verdacht zu, daß man es mit dem eigenen Motto nicht sehr ernst nimmt. Damit man mich nicht der Voreingenommenheit gegen meinen Rivalen zeiht, will ich mich gern einer eindeutigen Entscheidung enthalten. Selbst ein Vergleich der beiden Möglichkeiten gereicht dem wackeren Menelaos nicht zum Vorteil.

Immerhin – er hat noch immer die plausibelste Erklärung für seine Anwesenheit auf trojanischem Boden: er wartet hier auf seine Frau und bildet sich vielleicht sogar ein, diese warte auch auf ihn. Was aber die anderen Griechenfürsten betrifft, so warten sie hier keineswegs auf ihre Frauen, vielmehr warten diese seit bald einem Jahrzehnt in Griechenland auf sie, die mit dem Schwertarm für Gattentreue fechten und mit dem

linken Arm ihren eroberten Buhlinnen schöntun. Da weiß die Rechte nicht nur nicht, was die Linke tut; sie tut vergnügt das Gegenteil. Mit der einen schüren sie das Feuerchen, mit der anderen gießen sie Wasser darauf. Da wundere es einen, wenn das Süppchen nicht zum Kochen kommt! Die Kriege dauerten wohl nur halb so lange, wie sie dauern, wenn das martialische Sichherumtreiben ›für Treu und Glauben, Weib und Kind‹ nicht auch der Waffe unter dem Leibrock so viele Angriffsziele zuspielte, daß es manchem Helden schwer ankommt, von einem Felde zu weichen, auf dem Standfestigkeit sich so vergnüglich mit der Unterlegenheit paart.
Vielleicht halten sich auf diesem Felde mehr Ursachen und Anlässe versteckt, als mancher für möglich oder auch schicklich halten möchte. Auf jeden Fall ist der seit längerem schwelende Zwist zwischen dem großen Agamemnon und dem größeren Achilles, der mit seinen Leuten jegliche Teilnahme an den Kämpfen aufgekündigt hat, auf diesem Felde gewachsen. Warum sollte man, wenn man schon um einer Frau willen einen Krieg entfesselt, nicht auch um einer anderen willen meutern dürfen...
Wir wunderten uns ein wenig, diesen gefährlichsten aller Griechen seit jener denkwürdigen, im Wolkenbruch ertrunkenen Schlacht nicht mehr vor unseren Mauern zu sehen. Aber zuvor noch wunderten wir uns über die seiner Abwesenheit vorausgehende längere Kampfpause überhaupt. Beides aber hatte, wie sich herausstellen sollte, die gleiche Ursache. Daß es eine Weile dauerte, bis wir auf den Busch klopfen konnten, hinter dem der Feind sich rätselhafterweise versteckte, lag eben in dem Umstand begründet, daß dem Gotte Ares Arme und Füße eingeschlafen zu sein schienen. Erst als er sich wieder regte und die ersten Gefangenen eingebracht wurden, erschlossen die Verhöre uns die ebenso bezeichnenden wie spekulären Hintergründe dieser Friedfertigkeit, die zu beleuchten mir eine diebische Schadenfreude bereitet.

Unsere züchtigen Feinde haben, ehe sie den Krieg ernsthafter betrieben, ihr Handwerk zunächst reichlich wahllos ausgeübt. Sie haben immer wieder, von Zeit zu Zeit, Kampfzüge in die Nachbarländer unternommen, geraubt, geplündert, verbrannt und gemordet – man möchte sagen: nach Herzenslust, wenn man das Herz dabei nicht zu tief ansetzte – und sich bei dieser Gelegenheit mit den schönsten Mädchen und Frauen Kleinasiens versehen. Vor allem der Myrmidone Achilles bewies in dieser Beziehung einen vortrefflichen Geschmack, verteilte von der reichen Beute entführter Schöner großzügig unter seinesgleichen und behielt – wer möchte es ihm verdenken? – eine der anmutigsten, die den ermunternden Namen Briseis trug, für sich. Eine andere Schöne, mit Namen Chryseis – es blieb nicht immer Gold, was glänzte –, erhielt Agamemnon; und wer nicht weiß, wie gut gerade die gestohlenen Früchte munden, mag ihm übelnehmen, daß er das Mädchen liebgewann. Er hatte sich längst nicht übergessen, als unversehens der Vater der Geraubten erschien – ein hoher Priester des Apollo – und seine Tochter gegen hohes Lösegeld zurückerbat.

Die Griechen sind keine Barbaren – alle Welt entsinnt sich dessen –, aber ihre Sitten lassen fragen, worauf sie sich denn berufen, wenn sie besser zu sein glauben als wir. Ich soll Helena herausgeben; aber Agamemnon wollte seine Chryseis behalten. Er verhandelte nicht mit dem Vater und versuchte nicht, ihn umzustimmen – er jagte den Priester mit Schimpf und Drohung davon.

Man kann um vieles beten: um gute Preise, eine schöne Ernte, einen Brand beim Nachbarn – und doch nicht immer mit Erhörung rechnen. Aber dieser Priester Apollos hatte das Recht und außerdem den Gott auf seiner Seite. Er bat ihn um Bestrafung des verstockten Agamemnon, und Apollo ließ sich weder lange bitten, noch geizte er mit seiner Strafe. Er schickte den Griechen die Pest auf den Hals.

Es half nichts: um der furchtbaren Plage ledig zu werden, mußte dem Wunsche des Priesters entsprochen werden. Am zehnten Tage nach seinem vergeblichen Bittgang erhielt er seine Tochter zurück. Eine Hekatombe wurde daraufgegeben als Entgelt für die unwiderherstellbare Unschuld des Mädchens. Zugleich wich die Seuche, und wenn die griechischen Sitten halbwegs nachahmenswert wären, könnte die Geschichte zu Ende erzählt sein.

Aber der seiner Konkubine ledige Argiver, als Heerführer und König mit größerer Vollmacht ausgestattet, verlangte als Ersatz die Schöne seines Waffenbruders – das heißt: er beraubte den Myrmidonen seiner Lagergenossin. Der mußte sie herausgeben und tat es auch; aber von der gleichen Stunde an mied er die Schlacht. Er zog auch seine Truppen zurück, die zu den besten der Griechen zählen. Und wenn mich nicht alles täuscht, ist das Ganze eine wunderschöne Geschichte für die Lesebücher der Barbaren.

Wäre ich ein Grieche, man hätte vielleicht meinen Fall auf ähnliche Art auszuhandeln gesucht wie den vorliegenden. Aber es wurmt die Herren der Welt, die mit den Weibern der Barbaren umgehen wie mit Katzen oder Hunden, über die Maßen, daß ein Barbar eine Griechin besitzen und sich sogar noch ihrer unerzwungenen Liebe erfreuen soll.

So haben wir – oder hatten wir doch bisher – das Glück, diesen Achilles in der Schlacht zu vermissen, den eine Briseis – die er nicht hat – entwaffnete. Wie viele Helden mag eine Frau, eine anwesende, eine abwesende, schon entwaffnet haben…

Aber – ich rede jetzt klug daher, jedenfalls klüger, als ich selbst zu einer Zeit gehandelt habe, da vielleicht Gelegenheit bestanden hätte, Nutzen aus solcher Einsicht zu ziehen, und ich befürchte, daß ich Grund habe, mich eines Fehlers oder doch zumindest einer Unterlassung zu zeihen. Es hätte nämlich, vor drei Jahren etwa, eine Möglichkeit bestanden, diesen

Mann für die Dauer des Krieges überhaupt zu entwaffnen oder gar auf unsere Seite zu ziehen. Aber ich will mich nicht in Hirngespinste verlieren.
Ich spreche von Polyxena und ihrer Leidenschaft für diesen – was seine Sonnenseite betrifft – überaus anziehenden Griechen. Wohl weil ich für Dinge des Herzens ein gutes Gespür habe, war ich einer der ersten, die aufmerksam wurden und, teils belustigt, teils mit echter Anteilnahme, den Lauf der Dinge verfolgten.
Es gab auch damals schon Kämpfe vor den Mauern der Stadt, aber die Griechen entledigten sich ihrer sozusagen wie eines Pflichtpensums. Sie genossen noch den Krieg und den schönen Schein des Scheins. Sie lebten gut mit den vielen Barbarenweibern, und auch dem gemeinen Manne mochte es nicht an dem gebrechen, was ihn friedlich stimmt.
Wir unsererseits nahmen die Dinge auch nicht viel ernster als der Feind; wir hofften noch, er würde sich nach so langem, jahrelangem Zögern eines Tages auf die beste Lösung besinnen: eine gute Sühne auszuhandeln und mit allen Helden und Schiffen wieder heimzukehren. Auch wir litten keine Not, und das Leben verlief in leidlich gangbaren Bahnen.
Die Kämpfe, die von Zeit zu Zeit geführt wurden, waren Wettkämpfen nicht unähnlich; denn hüben wie drüben überließ man vor allem den jungen Ehrgeizlingen das Feld, die – in buntester Rüstung oft – nach Schlachtenruhm trachteten und für Trachtenruhm schlachteten. Es gab natürlich blutige Köpfe dabei, aber immer, wenn es allzu ernst zu werden drohte, schienen sich die Heerführer der geschlachteten Lämmer und Rinder zu entsinnen, die auf sie am Bratspieß warteten, und des Bettes, das ihnen eine lustgewillte Barbarin schon aufdeckte.
Unter denen, die sich damals hervortaten, war Achilles der Ansehnlichste, der Stärkste und Erfolgreichste. Wer mit ihm die Klinge kreuzte oder einen Lanzengang wagte, mußte es

jedesmal mit dem Leben bezahlen. Aber an einem Erschlagenen schien sich der Ruhmesdurst des Myrmidonen auch jedesmal gestillt zu haben. Das Schlachtfeld glich – wenn auch nicht immer, so doch oft genug – einer Arena, und bisweilen hatte es sogar den Anschein, als ginge Verfolgung und Flucht der Streitwagen unversehens in ein Wagenrennen über; und wenn der Verfolgte vor dem Verfolger am Skäischen Tor anlangte, erübrigte sich sozusagen ein Zweikampf: er hatte – auf anderer Ebene – bereits stattgefunden. Ja, es kam zuweilen vor, daß der Verfolger den eingeholten Verfolgten nicht angriff, sondern ihn triumphierend überholte und sich mit dem Beifall begnügte, der ihm von beiden Seiten reichlich zuteil wurde. Die Griechen haben ja einen hohen Sinn für den sportlichen Wettkampf. Ihre höheren Stände verschmähen daheim jegliche Arbeit und weisen ihre Lebenstüchtigkeit allein durch einen Sieg in der Arena aus.
An solchen Tagen war unsere Stadtmauer meist über und über besetzt – nicht allein von Verteidigern, sondern auch von Zuschauern. Der ganze Hof bekundete seine vaterländische Gesinnung, indem er eine kritische Zuschauerschaft abgab. Man zeigte sich in den schönsten Rüstungen und Gewändern, und des Abends galt dann derjenige als gebildet und auf der Höhe der Zeit, der alle genossenen Feinheiten – des Kampfes, des Benehmens, der Kleidung – besonders gewissenhaft wahrgenommen hatte und zu diskutieren verstand.
Polyxena war damals achtzehn Jahre alt, schöner als ihre ältere Schwester Kreusa, die bereits einen stattlichen Prinzregenten und zwei Kinder ihr eigen nannte – denn Äneas als Schwiegersohn des königlichen Hauses galt von je als ein Pfeiler unseres Thrones –, und ihre eben voll erblühte Schönheit verlangte nach entsprechendem Tribut. Und weil sie wirklich geliebt zu werden begehrte – Bewerber trojanischen Geblüts gab es genug –, suchte sie wohl ihr Glück im Außergewöhnlichen, was in diesem Falle heißt, daß der trojanische

Adel das Gewöhnlichste für sie war. Sie zog sich überaus hübsch an – manchmal zu frei für den Geschmack meiner Mutter Hekuba – und lehnte sich hingerissen über die Mauer, wenn die Helden einander den Rang abzulaufen suchten.

Ich weiß nicht, wann es begann; dergleichen beginnt ja zuweilen sogar für die Beteiligten kaum wahrnehmbar. Aber eines war nicht zu bezweifeln: ihr Herz gehörte dem Myrmidonen, und er selbst schien es darauf anzulegen, dieses Feuerchen heftig anzublasen. Er versäumte nie, meine reizende Schwester zu grüßen, mit dem Schwert oder der Lanze zu winken, und mein Bruder Polites will eines Tages sogar einen kurzen, aber inhaltsschweren Wortwechsel an der Mauer gehört haben.

Sei dem, wie ihm sei. An der Zuneigung, die beide füreinander hegten, gab es bald nichts mehr zu deuteln. Jedermann sprach von dem, was niemandem – ausgenommen die beiden selbst – anging. Er hat ihr zugewinkt, hieß es. Sie hat ihm zugelächelt. Hekuba hat süßsauer gelächelt; Priamos milde. Paris hat mit dem Finger gedroht. Menelaos soll Achilles zur Rede gestellt haben... Und so fort.

So also begann es, und ich war der letzte, der nicht seinen Spaß daran gehabt hätte. Wie langweilig war es doch zu sagen: Die Trojaner und Griechen hassen und bekämpfen einander. Wie kurzweilig und dem Stumpfsinn hohnsprechend dagegen: Polyxena liebt einen Griechen! Ein Grieche, das galt freilich nicht mehr als ein niedriger Trojaner, nur war es eine gefährlichere Wahl. Aber das sind Spielarten, die nur bei Hofe etwas gelten.

Jedenfalls war ich überrascht festzustellen, wie schnell das einfache Volk für die beiden Partei ergriff. Und wenn er ein Grieche war – was verschlugs? Er hatte es mit den Pferden, und das machte ihn fast hoffähig. Wenn er sein Gespann mit den vier herrlichen Rossen, weitaus das schönste und schnellste von allen überhaupt, um die Stadtmauern fliegen ließ, federnd in den Knien, die Zügel lockerlassend, sich kühn in den Kurven über den Wagenkorb hinauslehnend und doch immer Herr des Augenblicks, dann schlugen alle trojanischen Mädchenherzen schneller, wenn auch keines so schnell und hoffnungsvoll wie das meiner schönen Schwester.

Mein Vater sah es lächelnd, und mit dem Vater lächelte vielleicht auch der Staatsmann. Was konnte man auch einwenden, wo der Beifall aller zustimmte? Erhob sich diese Liebe nicht wie eine weiße Taube über die krächzenden Aasgeier des Krieges, ein Ölblättchen im Schnabel, für das die Völker alle Lorbeerkränze der Welt nur zu gern gäben? Polyxena liebt Achill, und Achill liebt Polyxena. Es gab nichts, das diesen Tatbestand hätte überschatten können.

Das ging so geraume Weile; aber man weiß ja, daß die Liebe ein peinigendes Ding ist, das wächst, und dies um so mehr, je abträglicher der Boden ihrem Wachstum scheint. Polyxena blühte eine Zeitlang auf der Mauer; dann aber suchte sie doch fruchtbareren Boden auf: Sie begab sich, an ruhigen Tagen, in die Skamandrische Ebene und wässerte ihre Wurzeln im Skamander. Sie entdeckte eine bis dahin kaum wahrgenommene Vorliebe für das Baden in fließenden Gewässern. Und als ich ihr einmal unauffällig nachfolgte, sah ich, daß es ihr, wiewohl sie ausdrücklich auf Gesellschaft verzichtet hatte, an solcher keineswegs gebrach. Ich muß nicht sagen, wer sie erwartete.

Bald war ich nicht der Einzige, der davon wußte, denn der Neugierigen waren viele und werden bekanntlich immer mehr, wenn sie einander erst entdeckt haben. Der Grieche machte auch mit der Zeit wenig Hehl aus seinem Rendezvous – er spürte wohl die Sympathie der Trojaner und sah sich hoffähig werden. Und weil es alle Leute interessierte, gab es bald eine ganze Gilde von Beobachtern, die flugs mit jeder Neuigkeit durch die Stadt eilten und den Stand der Dinge, mündlich oder durch kleine Maueranschläge, verbreiteten:

Polyxena Hand in Hand mit Achilles!
Troisch-Griechisches Stelldichein
am Skamander
Paris deckt die Liebschaft seiner Schwester
Priamos kneift ein Auge zu
Hektor hat Polyxena zur Rede gestellt
Hekuba verhängt Stubenarrest!

So und ähnlich albern lauteten die kleinen Texte; aber das Volk stand und gaffte und liebte mit. Alle zu kurz gekommenen Damen des Hofes und ihre domestizierten Ehemänner, der Standesdünkel und der engstirnige Patriotismus aber lehnten sich mehr und mehr auf, und was nur die beiden anging, wurde schließlich zu einem öffentlichen Ärgernis erster Ordnung. Die geschmacklosen Maueranschläge, die auf seiten der Liebenden standen, wurden zum Argument gegen sie. Und wenn man sie bald auch durch ein eigens geschaffenes ›Gesetz Polyxena‹ untersagte – der Stein, einmal ins Rollen gekommen, rollte weiter.
Die Ältesten kamen um eine Ratsversammlung ein. Die Frauenvereine erbaten Aufklärung und entwarfen Protestnoten. Der Hof ersuchte um eine Stellungnahme offizieller Art. Jede läppische Instanz fühlte sich plötzlich verantwortlich für die Ehre des Vaterlandes und die Sache des Thrones, auf dem sich – wie es in einer Resolution wörtlich hieß – ein hergelaufener Rossebändiger eine Sitzbank erschleichen wolle.
Es gab einen Familienrat. Aber bei dem Umfang unserer Familie – selbst wenn Hekuba auf Ausschluß aller Nebenbeziehungen drängte – kann man sich leicht vorstellen, daß es zu keiner Übereinkunft kam. Die Meinungen waren geteilt; es war rasch zu bemerken, daß die morganatischen Teile der Familie die legitimen durch persönliche Freundschaften und Querverbindungen bereits moralisch unterhöhlt hatten. Priamos sah sich schließlich veranlaßt, den Ältestenrat ins

Spiel zu bringen; aber auch dessen Meinung war nicht einheitlich, wiewohl die meisten sich vaterländisch gebärdeten. Aber eben diese patriotische Haltung brachte die Ältesten in heftige Gewissenskonflikte, weil der alte Antenor ihnen plötzlich – er wußte wohl selbst nicht, wie er dazu kam – eine feierliche, völkerverbindende Ehe vorgaukelte, die aus Feinden Freunde und aus einem Krieg Frieden machen könnte. Am Ende war es Hekuba, die die Sache in die von ihr gewünschte Richtung trieb; sie bediente sich dabei vor allem ihres und ihrer Tochter Einflusses auf den Schwiegersohn Äneas.

Äneas ist ja ein braver und sympathischer Bursche. Aber eben weil er angeheiratet ist, fehlt ihm die innere Überlegenheit zu einer freien menschlichen Entscheidung. Er ist immer – woraus auch ich schon Vorteil ziehen konnte – patriotischer und thronfester als die ganze übrige Königsfamilie selbst. Und da Kreusa, die – wie oft Frauen, die zu Ehe und Familie gekommen sind – die öffentliche Moral über ein geheimes Herzensbündnis stellte, ihrem Äneas auch nicht wenig zusetzte, siegte also der Thron, auf dem zwar niemand anders als mein Vater saß – aber in solchen Fragen saß wohl immer meine Mutter auf ihm.

Polyxena, die auf persönliche mütterliche Vorstellungen nicht wunschgemäß reagierte, wurde offiziell vermahnt und ersucht, ihre Begegnungen mit dem Griechen einzustellen. Sie rebellierte, sie weinte, sie schloß sich ein, sie drohte, sich das Leben zu nehmen.

Mein Vater suchte einmal mehr, mäßigenden Einfluß auszuüben. Aber er hatte nur geringen Erfolg. Man gewährte Polyxena eine letzte Begegnung – aber die endgültige Trennung war beschlossen und befohlen. Und um ihren Wünschen Nachdruck zu verleihen, träumte meine der Staatsraison unerbittlich huldigende Mutter wieder einen üblen Traum, und mein Bruder Helenos versäumte es denn auch nicht, diesem

Traum ein staatspolitisch wertvolles Prädikat zu geben. Wie ein schönes, von allen Seiten umstelltes Wild ergab sich Polyxena endlich in ihr Schicksal.

Gewissermaßen unter staatlicher Aufsicht trafen sich die beiden Liebenden noch einmal an den Ufern des Skamander, und durch die gespreizten Beine der Hopliten und Wachen sahen die bäuchlings gelagerten Neuigkeitsvermittler den letzten Kuß und Händedruck der beiden Königskinder. Die Woge der Volkssympathie überschüttete sie noch einmal. Dann wandte man sich anderen Dingen zu und überließ jeden seinem Liebeskummer.

Vielleicht hätte ich nachdrücklicher Partei ergreifen sollen in dieser Angelegenheit. Einen Achilles hält man sich besser als Schwager denn als Gegner. Aber offenbar steht ein politischer Einfluß auf die Griechen in keinem entsprechenden Verhältnis zu seinen kriegerischen Tugenden. Die Mitwelt unterliegt gern ihren Wunschvorstellungen und meint, ein guter Heerführer und Schlagetot müsse auch im Frieden ein brauchbarer Mann sein. Ich freilich habe da meine Bedenken. Wer Streit und Krieg aus dieser Welt zu schaffen glaubte, indem er die beruflichen Schlagetots zu Schiedsrichtern über die Völker erhöbe, würde – wenn die Herren alt sind – entweder auf Kalk bauen, oder aber – sofern die Herren noch der Hafer sticht – seine Hoffnungen auf vulkanischen Boden gründen. Denn allgemein darf wohl die Regel gelten, daß man diejenigen nicht zu Hütern des Lebens bestellen sollte, deren Ruhm und Eifer es eben noch war, geschäftige Handlanger des Todes zu sein.

Auf jeden Fall: Im Namen des Staates wurde der Freier abgewiesen. Wie so oft setzte sich nicht der Kopf des Throninhabers – mein Vater in diesem Fall –, sondern der Hintern dessen durch, der in Zukunft auf dem Throne sitzen wollte. Denn neben Hekuba und Äneas zählte leider auch Hektor zu den Gegnern dieser Verbindung.

Nachträglich erscheint es freilich sinnlos, sich über solche Art Versäumnisse den Kopf zu zerbrechen. Die Götter verlangen nun einmal, daß wir das, was wir nicht im Kopfe haben, mit den Fäusten zuwege bringen. Sie stellen uns beide Möglichkeiten frei und haben uns dementsprechend ausgestattet. Aber in dieser Hinsicht machen wir von unseren Möglichkeiten und Talenten leider immer wieder schlechten Gebrauch, indem wir nämlich das Pfand, das unsere Faust hält, höher einschätzen als den Gedanken, den unser Kopf denken könnte.

EHE MIT OINONE. DIE REISE NACH TROJA

Ein gescheiter und weitgereister Händler, bei dem ich mir von Zeit zu Zeit kostbare Stoffe, Schmuck und andere hübsche Dinge erstehe und dem ich einmal ein Kompliment über seine reizende, an Jahren erheblich jüngere Frau machte, sagte mir lächelnd:

»Sie ist mein drittes Leben.«

Auf mein Befragen erläuterte er seine Rede etwa folgendermaßen:

»Sie ist meine dritte Frau. Die erste, mit der ich zwölf Jahre lebte, ist mir eines natürlichen Todes gestorben: sie erlag einem Fieber. Sie war eine anziehende, tüchtige, freilich etwas allzu redselige Person. Und da ich viel auf Reisen war, verdoppelte sie ihre Redseligkeit mit gutem Recht, wenn ich daheim war. Ich hatte sie gern; aber als sie mit einem Male stumm war, wurden mir auch die Vorzüge der Stille bewußt. Dann nahm ich die zweite, die Tochter eines phrygischen Geschäftsfreundes. Da sie ihren Vater sehr liebte, ließ ich mich einige Jahre in Phrygien nieder und unternahm meine Reisen eben in umgekehrter Richtung. Weil sie schweigsam war, verstanden wir uns recht gut. Sie war ein gutes, schönes, war-

mes Tier; aber sie sagte so wenig oder fast nichts, daß ich sie mit der Zeit auch als nichtssagend empfand. Es ist ja nicht alles Gold, was schweigt. Immerhin lebten wir sieben Jahre zusammen. Wir wurden getrennt durch den Krieg, der mich hier auf einer Geschäftsreise überraschte; ich gestehe, daß ich mich gern überraschen ließ. Der phrygischen Stille überdrüssig, sah ich mich unter den Töchtern des Landes um und lebe nun bald sieben Jahre mit dieser jungen Frau. Aber jede Ehe, jede Frau war ein neues, anderes Leben. Es ist freilich nicht nur die Verschiedenheit des anderen Partners, die das bewirkt – ich selbst war dreimal ein anderer, jedes Mal ein neuer Mensch. Jede Frau hat andere Talente, Tugenden und Untugenden, Eigenschaften und Empfindungen in mir geweckt. Ich habe wirklich in diesem einen Leben schon dreimal gelebt.«
Dieser Tage nun erfuhr ich, daß die junge, hübsche Frau ihrem alternden Händler – sinnvollerweise mit einem jungen phrygischen Kaufmann – auf und davon gegangen ist. Sie tritt nun ihr zweites Leben an. Mein lebenstüchtiger Händler hat die Wahl, noch ein viertes zu versuchen. Ich wende mich wieder meinem ersten Leben zu. –
Ich lebte mit Oinone in der Wildnis des Ida, und wenn das Wort Glück ein Anhauch von Dauer oder Zeitlosigkeit beseelen sollte, so könnte es für diese Zeit stehen. Der Himmel blaute über uns; das Leben schien ein Sommertag. Wochen hindurch sah ich kaum einen Menschen – ausgenommen den einen, den ich liebte und dessen Liebe mein Wesen durchdrang und erwärmte wie die Sonne die Traube. Der zauberhafte Ernst, den Oinone wieder und wieder entdeckte, glich einer Weihe, die ich empfangen hatte, ohne sie erwartet oder begehrt zu haben. Das Wesen des jungen Menschen zielt in seinen feinsten Wurzeln auf Hingabe ab. Während der reife Mensch mit allen Zweigen seiner Natur dem Leben ein verlangendes ›Gib!‹ entgegenruft, dürstet der junge nach einem

Wesen, dem er sein ›Nimm!‹ entgegenhauchen kann. Ich schulde den Göttern Dank, daß sie meinem so verschwenderisch gesonnenen Herzen in Oinone ein so lockendes und liebenswertes Ziel boten.

Ihre Wendung ›Du bist ein Geweihter‹ erhielt damit einen neuen Sinn: es bedurfte der Weihe durch Aphrodite nicht mehr. Ich dachte nicht mehr mit ehrfürchtiger Gespanntheit an die Geberin, die noch geben soll, sondern in der Gelassenheit dessen, der bereits von ihr empfangen hat. Und wenn ich Dank verspürte, so wollte es meine Natur, daß er sich augenblicks in das Festkleid des Glückes warf und zu Oinone strebte, um ihr zu gefallen, sie lächeln und bewundern zu machen. Nur zu selten wurde ich dieser Fahrlässigkeit und Eitelkeit meiner Freude bewußt und richtete dann erschreckt ein Gebet an die Göttin. Aber die mochte lächelnd aus der Höhe ihrer Unsterblichkeit auf unsere sterbliche Liebe sehen und denken: Geduld, mein Junge. Du wirst dich meiner noch erinnern, wenn deine Stunde geschlagen hat. Du bist längst noch nicht ans Ziel gelangt. –

Als der Sommer allmählich erlosch, machte ich mich eines Morgens auf, vereinigte meine kleine Herde mit der anderer Hirten und suchte Agelaos auf. Ich traf ihn auf seinem Acker, als er sich gerade zum Heimweg rüstete. Er war nicht wenig erstaunt, mich zu so ungewohnter Zeit heimkommen zu sehen, und setzte sich mit mir an den Rand des Feldes. »Mir scheint«, sagte er, »du hast etwas auf dem Herzen?«

»Vater«, sagte ich, von seiner Selbstverständlichkeit ermutigt, »ich habe ein Mädchen gefunden, das ich liebe und das meine Liebe erwidert. Ich möchte es zu meiner Frau machen.«

Er sah mich lange an, durchdringend und offenbar von mancherlei Gedanken bewegt. Schließlich fragte er mich, ob ich also mein Erbteil wolle.

»Nein«, sagte ich. »Es geht mir nicht um mein Erbteil. Es geht um meine Freiheit.«

Er lachte leise auf: »Du willst eine Frau nehmen und sprichst von Freiheit.« Aber dann fuhr er ernst fort: »Deine Freiheit ist dein Erbteil. Sprich einfach, und wir werden sehen. Wer ist es?«

Nun bekannte ich Farbe und gestand, was von diesen Dingen zu gestehen ist. Und damit er sähe, wie ernst es mir sei, schloß ich mit den Worten: »Ich kann ohne Oinone nicht leben.«

»Das kennt man«, entgegnete er sachlich. »Immerhin«, fuhr er fort, »du machst eine Ausnahme unter meinen Kindern, und so will auch ich eine Ausnahme machen. Nimm das Mädchen und lebe mit ihr. Ich will dir einen Teil an der Herde lassen und deine Freiheit dazu. Da du mit deiner Frau nicht im Hause leben willst, können wir einig werden.«

»Gib mir, was du magst«, sagte ich, meine Freude mühsam dämpfend. »Ich bin dein Sohn und bleibe es. (Bei dieser Wendung sah ich ihn lächeln.) Was du mir anvertraust, will ich hüten wie mein Eigentum.«

»Laß mir die Nacht, es zu bedenken!« sagte er, erhob sich, und wir gingen heim, aßen unser bescheidenes Mahl und legten uns schlafen.

Am anderen Morgen begleitete er mich eine gute Wegstunde und nannte mir die Tiere, die von nun an mein eigen sein sollten: den schönsten Jungstier der Herde, zwei Färsen, zwei Kälbchen, neun Lämmer und vier Ziegen. »Es ist mehr an Vieh«, schloß er, »als dir zusteht; aber ich gebe es dir, weil Haus und Acker unberührt bleiben. Nutze die Zeit! Wenn die Regenfälle kommen, treibe das andere Vieh zu Tal und behalte das deine. Es ist gut, reinen Tisch zu machen. Wenn du Hilfe brauchst – mein Haus steht dir offen. Aber wie ich dich kenne, wirst du ihrer kaum bedürfen.«

Er gab mir die Hand, und wir küßten uns die Wangen. Wir waren beide bewegt. »Möchten die Götter dich segnen!« sagte er leise, wendete sich und ging zurück. Ich stand lange und sah ihn gehen, den guten Mann. Ich fühlte wohl, daß es eine

Trennung war. Der letzte Faden zu meiner Kindheit, meinem Pflegevater war gerissen. Dann aber beseligte mich das Empfinden, frei für alle Zukunft und Besitzer einer kleinen Herde zu sein. Ich hatte ein Eigentum, und nur der Arme weiß, was dies bedeutet.
Meine Füße trugen mich schneller als je, und ich vergoß den Schweiß gern, den mich der lange, mühsame Aufstieg kostete. Von weitem schon rief ich Oinones Namen, und sie kam mir entgegen. Es war mir wohl anzusehen, wie zufrieden ich war. »Komm!« sagte ich, sie mit mir ziehend. »Ich will dir zeigen, was uns gehört.«
Ich weiß nicht, was ich heute besitze. Es sind Herden, die ich nie sah; Schätze, die ich nie zählte; Land, das ich nie betrat. Ich habe Rechte, die ich nicht ausschöpfen kann; Vermögen, das andere verwalten. Was Eigentum heißt, Glück des Besitzes – das lernte ich in jener Stunde, da ich Besitz ergriff von den wenigen Tieren, die mir Agelaos als Erbteil überließ. Ich kannte jedes einzelne, den Tag seiner Geburt, seine Eigenarten und Launen, seine Stimme, seine Zeichnung und Farbe. Es blieben Tiere, die ich besaß, und doch schienen sie ihr Wesen verändert zu haben, seit sie mir gehörten. Ich machte einen Unterschied zwischen ihnen und den anderen; und alles, was ich in den darauffolgenden Wochen unternahm, war für sie getan.
Um eine Wohnung für uns waren wir nicht verlegen. Die Grotte bot Raum genug, und was der Bequemlichkeit und dem Schmuck dienen konnte, verschafften uns unsere Hände. Für einige Wochen kamen Mopsos und ein anderer Hirt, und sie halfen mir beim Bau einer überdachten Hürde. Jeder zog mit einem Lämmchen davon; ich konnte sie aus eigenem Besitz entlohnen.
Dann waren wir wieder allein, ließen den Regen vor der Grotte rauschen und wärmten uns an der Glut verkohlten Holzes oder dem Feuer unserer jungen Leiber.

So vergingen die Monate des Winters. Die Sonne sog den Schatten fort, auch jenen, der zuweilen unsere Gemüter zu verdunkeln drohte, wenn Gewohnheit, der Feind alles Erlesenen, uns abstumpfen wollte. Wir fühlten uns wie neugeboren in einer eben erschaffenen Welt.

Das Leben um uns wuchs weiter; die Herde vermehrte sich um etliche Jungtiere; es gab keinen Grund, unzufrieden zu sein. Trotzdem – ich sehnte mich zuweilen insgeheim nach einem Wechsel der Dinge, nach Abenteuern, neuer Bewährung. Ich hatte keinen Wunsch, der Oinone hätte kränken können, aber doch manchen, der sie nicht einschloß. Ich wünschte mir immer einen neuen Vergeltungszug gegen die Viehräuber; aber sie schienen ihr Handwerk so gut wie aufgegeben zu haben. Ich nährte in aller Stille Pläne für die Errichtung eines wohnlichen, festgebauten Hauses; aber sie waren nicht durchführbar. Ich sah mich zur Geduld aufgefordert und spürte doch, wie ungeduldig ich war. Mein Leben drängte nach außen, ohne daß ich es mir eingestanden hätte.

Ich wußte nicht, wonach es mich verlangte, und wollte es nicht wissen. Ich wollte Oinones würdig sein und fühlte, daß ein hoher Wert schon in diesem Willen beschlossen lag. Aber zugleich fühlte ich doch auch, daß man nicht immer will, was man will. Ratlos und mir selbst verdächtig, ahnte ich, daß es zweierlei Willen gibt im Menschen: jenen geistigen, dem er sich unterwerfen soll, und jenen, den unsere Natur fühlt.

Damals schien mir dies alles ein Widerspruch in sich selbst oder eine Versuchung, die abzuweisen war. Oinones Liebe band mich, und ich wollte gebunden sein. Ich spürte Heilkraft in dieser Bindung und empfand sie doch insgeheim auch als Fessel. Ich wollte der sein, der ich zu sein begehrte; aber ich erkannte zuweilen doch, daß ich im Kern meines Wesens ein anderer war. Es gab Stunden, da ich deutlich fühlte, wie uneins mein Wesen in sich selbst war, und zu fürchten begann, daß die Einheit, die ich wahrhaben wollte, eine Erfindung je-

nes Willens sein könnte, den ich anerkannte und der jenem entgegengesetzt schien, dem ich widersagen zu müssen glaubte.
So tastete ich unsicher den Grund und Boden meiner Natur ab, aber ich wußte doch kaum, daß ich es tat. Ich hielt solche Empfindungen und Zwiespalte für die Launen eines Verliebten, der seine Gefühle nicht zügelt und es hinnehmen muß, wenn sie ihn bisweilen hinter sich lassen. Denn daran, daß ich liebte, war kein Zweifel. Hätte es daran gefehlt -- Oinone wäre es nicht verborgen geblieben. Selten sah ich ein Wesen, das so angelegt war, des anderen Fühlen zu fühlen, wie sie. Es war mein Teil, dies auszutragen in aller Stille. Das Leben selbst mußte erweisen, was von alledem zu halten war, und die Probe auf das Exempel stand näher bevor, als ich ahnte.
Wir saßen eines schönen Frühsommertages vor unserer Grotte und brieten ein Wildbret, das ich geschossen hatte, als drei Männer uns aufsuchten, auf eine Art gekleidet, die mir fremd war und doch wohlgefiel. Es waren Kundschafter des Königs, ausgesandt, aus den Herden des Ida den schönsten Stier zu wählen und nach Troja zu bringen, wo er als Kampfpreis ausgesetzt werden sollte für denjenigen, der bei Leichenspielen, die Priamos einem verstorbenen Verwandten gab, siegen würde.
»Zeig uns deine Herde!« sagte der Älteste. »Unsere Wahl ist an sich schon getroffen; aber der Hirt, dem der erwählte Stier gehört, wollte uns einreden, du habest einen noch schöneren.«
Ich erschrak nicht wenig, denn es ging um den einzigen Stier, den ich mein Eigentum nannte. Aber ich verbarg mein Erschrecken und sagte:
»Zwei Hände haben mehr Finger, als Großvieh in meiner Herde ist. Es sollte mich wundern, wenn mein einziger Stier der schönste des ganzen Gebirges sein sollte. Er ist nicht einmal zwei Jahre alt.«

Die Leute waren freundlich mit meiner Jugend, und der eine sagte: »Wir wollen ihm das Wenige lassen; der andere hat mehr und will sich drücken. Ein Zweijähriger dürfte kaum als Preis in Frage kommen.« Der andere freilich schloß an: »Wenn deine Herde so wohlgeraten ist, wie deine junge Frau, möchte ich unserem Urteil nicht vorgreifen.«

Es half nichts – ich mußte sie zu der Herde führen; und was ich gefürchtet hatte, trat ein: Sie erkannten in meinem Jungstier den schönsten des Gebirges.

»Sei nicht traurig«, sagte der Älteste. »Es wird dir sicher ein Preis gezahlt werden, mit dem du dir zwei andere Stiere kaufen kannst. Wir müssen der Wahrheit die Ehre geben; es könnte uns früher oder später zum Schaden ausschlagen, wenn wir sie verheimlichten. Nimm dir ein paar Tage Urlaub von deiner jungen Frau und führe den Stier mit uns nach Troja. Dort wird man dich entlohnen und entlassen.«

Es war Gebot des Königs, und Widerstand war sinnlos. Aber mir war, als würde ein Stück aus meinem Fleisch herausgeschnitten.

»Wer wird um den Stier kämpfen?« fragte ich.

»Die edelsten und tüchtigsten trojanischen Jünglinge«, lautete die Antwort.

Ich dachte nach über den Begriff des Edlen. Schließlich fragte ich:

»Wäre ich edel genug, um mitkämpfen zu können?«

Da lachten die Männer laut auf. Aber dann sagte der Freundlichste:

»So edel bist du gewiß nicht, daß man dich ohne weiteres zum Kampfe zuließe. Aber du bist ein offener und wohlgeratener Bursche. Wenn es dir wirklich Ernst ist – ich will versuchen, ein gutes Wort für dich einzulegen.«

Ich ging zu Oinone und sagte ihr Lebewohl. »Sie wollen mir meinen Stier nehmen. Aber ich werde um ihn kämpfen. Bete zu den Göttern, daß sie mir den Sieg verleihen.«

Wir standen uns gegenüber, traurig über den bevorstehenden Verlust. Tränen traten uns in die Augen. Wir umarmten uns. Dann küßte sie mir meine Hände.
»Geh«, sagte sie. »Du wirst mit ihnen siegen.«
Ich kehrte zu den Männern zurück, bändigte den Stier in meine Hand, und er ging mit mir, als ahnte er seine Rückkehr. Wir brauchten zwei Tage bis Troja, und das war vor allem für meinen Stier ein ungewohntes Unternehmen. Er benahm sich indessen recht preiswürdig und folgte mir willig. Manchmal wollte mir fast scheinen, er genieße die Bewunderung, die ihm allenthalben zuteil wurde.
Nachdem wir etwa vier Stunden mühsamen Abstiegs hinter uns und die erste größere Siedlung erreicht hatten, rasteten wir am schattigen Ufer eines Flußlaufes, der später zum Skamander stieß. Diesen sah ich bei Anbruch des Abends plötzlich neben unserem Wege auftauchen.
Die Laubwaldungen des Ida liefen uns lange nach. Ich sah die schönsten Platanen an unserem Rastplatz, und an manchen Hängen wuchs der Wein, der uns selten und nur in bescheidenen Mengen im Gebirge erfreute. Hier war er leicht und reichlich zu haben; meine Begleiter ließen sich hinten auf ihre Reittiere je einen hübschen Ziegenbalg voll aufbinden, ehe wir weiterzogen. Der Laubwald blieb zurück, und es begann die Ebene, die hin und wieder von lichten Kiefernwaldungen durchsetzt ist. Die Erde schien ärmer, das Gras war spärlich und trocken – wir hatten Mühe, zum Mittag des zweiten Tages einen Weideplatz zu finden, der uns zugleich Schatten spendete.
Wenn uns ein Gefährt begegnete, so mahlten die groben Räder schwerfällig durch den Boden, und Ziegen- und Schafherden, die unseren Weg kreuzten oder ihn ein Stück entlangzogen, stampften Wolken Staubes auf. An die reine, stets bewegte Luft des Ida gewohnt, die wie Quellwasser war, schien mir dies wie stehendes, trübes Wasser, und ich ver-

wünschte im stillen meine Neider, die mir diese Reise eingebrockt hatten, um ihre Stiere zu behalten. Aber nach einigen Stunden der ärgsten Nachmittagsglut begann wieder der Wald. Neue Wege stießen zu dem unseren; die Straße belebte sich mit Menschen und Gefährten, und Neugier ergriff mich: wir näherten uns der Stadt. Leichtere Wagen und schön gekleidete Reiter mit kunstvoll gearbeitetem Sattelzeug und Geschirr überholten uns. Ich sah kostbare Waffen, feinere Tuche. Die einfachen Landleute legten manchmal vor diesem oder jenem die Hand an die Stirn oder auf die Brust und zeigten Ehrerbietung in ihrem Gruß. Eine neue Welt kündigte sich an, und mit jedem Schritt blieb die meine weiter hinter mir zurück. Schließlich erreichten wir eine Wegkreuzung mit einer großen Tränke für Mensch und Tier, stillten unseren Durst und wählten die im rechten Winkel abbiegende breite Straße nach Westen.

»Noch eine Stunde!« sagte der Älteste. »Dann ist unser Ziel erreicht!«

Zu sehen war freilich noch nichts, denn die Straße führte leicht gewunden bergan. Noch einmal fiel sie, um aufs neue anzusteigen – und dann lag Troja vor uns in dem schon blassenden Licht des Abends. Dieser kam so rasch, daß es wenige Minuten später schon zu dämmern begann. Wir hatten geringen Aufenthalt an dem großen Tor, durch das Menschen hinein und heraus strebten, und als wir das Pflaster der Stadt unter Sohlen und Hufen spürten, dunkelte es schon. Überall blinkten Lämpchen auf. Die Gassen schienen mir vollgestopft mit Menschen, Zeug und Tieren; die Häuser ragten hoch und schmal, und durch offene Türen sah ich in die Wohnungen und Läden der Trojaner. In manchen Räumen türmten sich Waren oder Gerätschaften, drängten sich Händler und Käufer wie Ameisen durcheinander. Geschlachtetes Vieh hing hier und da vor einem Eingang. Schreiende Händler schleppten Kästen oder Körbe mit Früchten, Gemüsen, Fischen und

bahnten sich ihren Weg durch die Menge, und ich begann an dem Ansehen meiner Begleiter zu zweifeln, die solche Mühe hatten, uns Durchgang zu verschaffen.
Doch dann war das Ärgste überstanden, und wir bogen in eine neue Gasse, die Hermes-Gasse, in der es etwas gemächlicher zuging. Es war die Straße der Tuch- und Wollhändler, die ihre Waren nicht mehr ausschrien, sondern die Vorübergehenden ansprachen und zum Eintreten aufforderten. Hier schien mir die nächsthöhere Stufe der Ameisen zu Haus, die nicht an den Bauch dachten, sondern daran, wie man ihn gut verkleide. Dann kam eine neue Straße mit wieder einer höheren Art: die der Schmuck- und Kunsthändler. Von schön bemalten Vasen bis zu zierlichen Öllämpchen, von beschlagenen Truhen bis zu gehämmerten Döschen, vom breiten Goldreif bis zu winzigen Agraffen und edlen Steinen war hier alles zu finden, mit dem der Mensch Haut und Hülle schmückt, um vor seinesgleichen zu bestehen oder zu prunken.
Der Menschenwurm in den Gassen wurde dünner und dünner und endete in der Gasse der Waffenhändler, die als Ameisen fortschrittlichster Art gelten dürfen, denn sie liefern die Mittel, die Bedürfnisse der niederen Art endgültig und in kürzester Frist aufzuheben. Sie wohnten am Fuße der Königsburg, die unser Ziel war, im Schatten der Herrschenden. Mit blieb nur Zeit, dies alles wahrzunehmen, nicht aber, es zu betrachten. Wäre mein Tier nicht so über die Maßen müde gewesen – ich hätte es in dieser ungewohnten, lärmenden Umgebung wohl kaum zu halten vermocht. Es erweckte hier auch kaum noch Aufmerksamkeit, vielleicht, weil das Außerordentliche in der Menge untergeht oder weil hier andere Maßstäbe galten.
Schließlich langten wir an dem äußeren Bezirk der Oberen Stadt an, wo sich der Marstall, die anderen Stallungen und die Wohnungen der Bediensteten und Sklaven befanden, die der

königlichen Burg vorgelagert waren. Diese selbst war von vier Tempeln umstanden, deren höchstgelegener – ein Tempel des Zeus – Burg und Stadt krönte.
Meine Begleiter übergaben mich und mein Tier dem Vorsteher des Marstalles.
»Denkt an meinen Wunsch!« bat ich müde.
»Schon gut«, war die Antwort. »Schlaf dich aus. Morgen werden wir weiter sehen.«
Ein gemauerter Stall nahm uns auf, in dem noch andere Tiere an der Kette standen. Ich machte meinen Stier fest; er wurde getränkt und mit Futter versorgt, und auch ich bekam eine Mahlzeit von einem Knecht, der seine Streu mit mir zu teilen hatte. Es war ein merkwürdiger Lagergefährte, einer, dem die Gedanken fortwährend auf den Lippen herumtanzten. Schon als er die letzten Handgriffe zum Wohle des ihm anvertrauten Viehs tat, bemerkte ich, daß er unablässig mit sich selbst oder mit den Tieren sprach, wobei er das drolligste Zeug zusammenschwatze.
»Natürlich. Das kenne ich ja. Immer, wenn ich dir für die Nacht frisches Stroh aufgeschüttet habe, mußt du dein Siegel abwerfen. So lange wartest du. Natürlich. Aber – sag einmal ... Hältst du mich zum Narren? Mir fällt ja ein: Du hattest doch schon? Ich habe ja eigens gewartet! Oder – war das etwa gestern? Nutze nur nicht mein schlechtes Gedächtnis aus! Willst du einen Ochsen aus mir machen? Geh beiseite, Bursche. Wenn ich bedenke, was du und deine Nachkommenschaft schon für Mist gemacht haben im Laufe von sieben Jahren ... Ein königlicher Misthaufen, wahrhaftig! Kälber ins Leben kitzeln und Mist abwerfen – das ist alles, was du kannst. Aber warte nur. Das sage ich dir: Ich sehe dich schon schmoren. Und ich selber drehe den Spieß. Und aus dieser Ecke da schneide ich mir ein Stück heraus – mir läuft das Wasser jetzt schon im Munde zusammen. Na ja, du hast noch ein Weilchen Zeit. Gute Nacht, alter Bursche. Kannst du nicht

antworten? Nein, du kannst eben nicht. Da siehst du wieder, was mit dir los ist. Und mit so was hat man zu tun. Ich Rindvieh ...«

Dann kam er mit einer Schüssel Suppe, in der ein paar hübsche Fleischbrocken schwammen. Auch während wir löffelten, brach sein Redefluß nicht ab. Er holte mich nach Kräften aus.

»Machen wir ein Spielchen?« fragte er dann, als er mich und die Schüssel ausgeschöpft hatte. Aber ich war von allem so müde, daß ich ihn bat, mich schlafen zu lassen.

So legten wir uns; ich drehte mich gleich auf die Seite, um ihm zu bedeuten, daß ich zu weiterer Unterhaltung keinerlei Neigung verspürte.

»Ach«, hörte ich ihn seufzend sagen, »ich möchte ein Adler sein.«

Das kam so elegisch und so wenig hochfliegend heraus, daß ich mich nicht enthalten konnte zu fragen:

»Warum denn?«

»Da könnte ich fliegen ...«, antwortete er nachdenklich.

»Ganz gewiß«, bemerkte ich, rückte meinen Mantel, der mir als Kopfpolster diente, zurecht und fühlte eben, wie der Schlaf über mich kommen wollte, als ich ihn, diesmal etwas pfiffig und unternehmungslustiger, sagen hörte:

»Ich könnte auch zwei Adler sein!«

»Mann«, sagte ich etwas abweisend, »ich will schlafen, und du willst zwei Adler sein. Laß jeden das Seine tun ...«

»Du weißt nicht, warum ...«, meinte er gelassen.

»Nein.«

»Da könnte ich hinter mir her fliegen!«

»Freilich, freilich«, erwiderte ich verblüfft. »Dann könntest du hinter dir her fliegen. Gute Nacht jetzt!«

Er antwortete nicht.

Es verging geraume Weile; ich war wohl fast eingeschlafen, da fühlte ich mich sanft an der Schulter ergriffen und hörte ihn flüstern:

»Du! Hörst du? Ein letztes Wort noch. Ein allerletztes!« Ich konnte nur noch brummen.
»Du! Hör genau zu! Hörst du?! – Ich könnte nämlich sogar drei Adler sein!« Er lachte ein leises, triumphierendes Lachen.
Ich drehte mich halb zu ihm herum und sagte verschlafen: »Sag, was du willst – mit deinen drei Adlern, aber dann laß mich endlich in Frieden!«
Er setzte sich auf.
»Wenn ich nämlich drei Adler wäre«, sagte er langsam, Wort um Wort, »dann – könnte – ich – mich – hinter – mir – herfliegen – sehen...«
»Allerdings«, murmelte ich, mich wieder auf die Seite drehend. Aber ich hatte Not, mir das Lachen zu verbeißen.
Schließlich merkte ich, wie er sich wieder niederlegte, und hörte ihn seufzend zu sich selber sagen:
»Der Kerl hat keine Phantasie...«

SIEGER ÜBER DIE BRÜDER UND GAST DES PRIAMOS

Es war längst Tag, als ich von dem Lärm, der in den Nachbarställen und auf dem sandbestreuten Hof auf- und abschwoll, erwachte. Mein Tier mahlte genüßlich sein Morgenfutter; nur ich war reichlich unglücklich. Ich fühlte mich wie ein Gefangener und litt unter der Vorstellung, ich würde diesem Steinhaufen um mich herum nie wieder entrinnen können. Ich hatte Lust, heimlich zu entweichen – es hätte mich wohl auch niemand daran gehindert. Aber dann schämte ich mich solcher Gedanken, und meine Mutlosigkeit schlug in Trotz um.
Als ich in den Hof trat, um mich an der Tränke zu waschen, kam der Vorsteher auf mich zu und sagte:
»Halt dich in der Nähe deines Tieres! Der König will es sehen. Du wirst es vorführen. Und benimm dich nicht tölpelhaft!«
Ich mußte nicht allzu lange warten in dem weiten Hof, da ka-

men einige Jünglinge, Angehörige des Königshauses, und bald darauf auch der König selbst, begleitet von dem Ältesten der Kundschafter. Zum ersten Male sah ich meinen Vater, ohne ihn zu erkennen, und liebte ihn. Seine hohe und ebenmäßige Erscheinung, die klaren, fast leuchtenden blauen Augen, das weiße Haupt- und Barthaar, sein edles und selbstverständliches Gebaren zwangen mich auf die Knie, und ich verneigte mich ehrfürchtig vor ihm.

»So jung bist du«, sagte er freundlich, »und nennst ein so schönes Tier dein eigen?«

»Es ist mein einziger Stier«, sagte ich.

»Fordere deinen Preis!« sagte er.

Diese Rede ermutigte mich. Ich erhob mich und sagte mit gebührlichem Anstand:

»Erlaube mir, daß ich mit den anderen Jünglingen um meinen Stier kämpfe. Wenn ich siegen sollte, bleibt er mein Eigentum. Wenn ich unterliege, habe ich ihn verloren und will kein Entgelt. Ich liebe dieses Tier, und es hat keinen höheren Preis.«

»So...«, sagte Priamos und sah mich prüfend an. »Ein so kostbarer Preis ist deine Zuneigung... Ich nehme dich beim Wort.«

Er winkte den anderen und ging mit ihnen davon; ich stand allein mit meinem Stier. Aber bald kamen zwei Knechte und führten das Tier wieder in den Stall. Mir aber wiesen sie eine kleine Kammer, oberhalb der Stallungen, an, brachten mir zu essen und zu trinken und ließen mich dann allein.

In der Kammer gab es nur wenige Gegenstände: ein einfaches Lager mit zwei Fellen, einen Wasserkrug und einen Schemel. An der Wand hing ein mir unbekanntes Ding, ein geschwungener Rahmen, der mit einigen Drähten bespannt war. Die Spinnen hatten in ihm ein gelegenes Feld für ihre Künste entdeckt und über Bögen und Winkel des Gerätes zarteste Fäden gewoben.

Das Ding erweckte meine Neugier; ich nahm es von der

Wand, säuberte es – und dabei begann es zu klingen. Ich begriff: dies war ein Musikinstrument, das ich noch nicht kannte. Bald fingerte ich darauf herum, erspürte Töne und Intervalle, entdeckte die Spannschrauben und versuchte, den Saiten eine einfache Melodie zu entlocken. Aber das wollte lange nicht gelingen. Dann jedoch hatte ich dem Gerät sein Geheimnis abgelistet und vertrieb mir die Zeit mit immer neuen Versuchen.

Einen ungewohnten, kaum enden wollenden Tag brachte ich so hin, zwischen Kammer und Hof, zwischen meinem Stier und der Leier, und harrte mit zunehmender Ungeduld der Dinge, die da kommen sollten.

Endlich, am Morgen des nächsten Tages, wurde ich gerufen, und einer Schar von etwa zwanzig jungen Männern zugeführt, die sich im Hof der Burg eingefunden hatten. Schließlich brachen wir allesamt auf und zogen durch die Stadt, dem Kampfplatz zu. Die meisten der jungen Leute würdigten mich keines Blickes.

Während sich das Rund der Arena mit Zuschauern füllte, wurden uns Bogen und jeweils drei Pfeile ausgehändigt. Dann erwarteten wir die Ankunft des Königs und den Eintritt der fünf Prinzen, die ebenfalls am Wettkampf teilnehmen sollten. Diese hatten den Vorrang und schossen zuerst ihren Pfeil auf eine große hölzerne Scheibe ab. Zwei von ihnen schossen am besten: Deiphobos, der nur um weniges die schwarze Mitte verfehlte, und Hektor, der älteste Sohn des Königs, der eine Handbreit neben seinem Bruder traf.

Ich mußte lange warten, bis die Reihe an mich kam; denn ich war der letzte. Alle trafen die große Scheibe, aber nur zwei taten es Hektor gleich, und nur einer setzte seinen Pfeil dicht neben Deiphobos.

Ich legte meinen Pfeil auf, gedachte Oinones und schoß. Ich traf den Rand des schwarzen Kreises.

Im zweiten Durchgang verbesserten manche ihren Platz, aber

einige – darunter die beiden Prinzen – schossen schlechter als vorher. Ich traf den schwarzen Kreis wiederum, aber diesmal am linken Rand. Im dritten Durchgang setzte Deiphobos seinen Pfeil um Daumenbreite neben den meinen, desgleichen ein anderer junger Trojaner, und Hektor berührte ebenfalls den Rand der Mitte. Während die letzten vor mir schossen, küßte ich heimlich meinen Pfeil und betete zu Aphrodite. Ich schoß und traf den Kern des dunklen Feldes. Für diesen Schuß erntete ich Zuruf und Beifall aus der Menge.
Dann traten wir allesamt zum Lauf an, um die Bahn zu durchmessen, etwa dreihundertfünfzig Schritte eines Mannes.
Ich war ungeübt und verlor an Boden, als der Lauf begann. Aber meine Lungen ließen mich nicht im Stich. Ich lief, als gälte es mein Leben, und überholte auf der letzten Geraden einen Läufer nach dem anderen, erreichte Deiphobos, der mich mit seinem Ellenbogen vergebens zu behindern suchte, und wurde Zweiter, nur drei Schritte hinter Hektor.
Dann galt es, den Speer zu werfen, und in dieser Kunst hatte ich mich an ungezählten Tagen meines Hirtendaseins geübt, und keiner hatte es mir je gleichtun können. Schon beim ersten Versuch flog mein Speer am weitesten, und so blieb es auch beim zweiten und letzten Wurf. Nur Hektor kam mir bis auf anderthalb Speerlängen nahe.
Zum Schluß rangen die acht Besten des Wettkampfes gegen einander, und das Los führte mich gleich mit Hektor zusammen, der nach mir in den drei vorhergehenden Übungen der Stärkste gewesen war. Wir rangen erbittert, und ich fühlte seine unheimliche Kraft. Aber das blinde Vertrauen in seine Muskeln machte ihn leichtsinnig. Als er mich schon erschöpft und der Niederlage nahe glaubte, gelang mir ein blitzschneller Überwurf, und ich zwang ihn auf seine Schultern. Er erhob sich, Tränen des Schmerzes in den Augen, und reichte mir die Hand. Da sah ich zum ersten Male seine untadelige Männlichkeit.

Aber der Kampf war noch nicht zu Ende. Ich besiegte einen zweiten, mir klar unterlegenen Gegner und stand dann gegen Deiphobos, den jüngeren Bruder Hektors. Ich wäre Sieger des Wettkampfs gewesen, auch wenn ich im Ringen gegen ihn unterlegen wäre. Aber ich entsann mich seines Ellenbogens beim Lauf und gedachte, ihn für diese Unritterlichkeit zu demütigen. Wir waren kaum ins Handgemenge geraten, da bekam ich ihn in den Griff, hielt ihn geraume Zeit fest in der Klammer und drückte den Atemlosen dann mit einem plötzlichen Ruck auf die Schultern. Der Richter winkte ab; ich ließ den Gegner fahren und erhob mich. Die vorurteilsfreie Menge spendete mir Beifall.

Mein Blut sang sich einen Hymnus. Ich hatte gesiegt; der Stier würde als Siegespreis und Eigentum mit mir zurückkehren. Selbst der Unmut über die Hochnäsigkeit der nun besiegten Höflinge war verflogen. Ich hatte über sie triumphiert; ich fühlte mich ihnen ebenbürtig an Kraft und Gewandtheit und wollte nun meinen Triumph krönen, indem ich mich ihnen auch an Gesinnung überlegen zeigte. Und das bewog mich zu einer Geste des Edelmutes.

Aber ach, die edlen Gesten... sie haben zwar manches für sich, aber ein Entscheidendes gegen sich: sie sind allzu beliebt. Und das nicht nur bei denen, die sie mitansehen, sondern mehr noch bei denen, die sie verschenken. Denn diese haben ja doppelten Genuß: sie genießen sich selbst *und* den Beifall der anderen. Dieser öffentliche Edelmut ist ein allzu kleidsames Geschäft; und ich erhielt denn auch eine bemerkenswerte Quittung für ihn.

Als ich mich nämlich meinem besiegten Rivalen Deiphobos zuwandte, der heftig atmend und mit zusammengekniffenen Brauen dastand, und mit entgegengestreckter, versöhnlicher Hand auf ihn zutrat, wich ihm das Blut jäh aus dem Kopfe, und er griff nach einem schönen, zierlichen Dolch, den er während des Ringens am Boden abgelegt hatte, um ihn mir in die öffentlich wohlgesonnene Brust zu stoßen. Aber weil ich ihn und mich zu gut im Auge hatte und nicht ganz der reine Tor war, für den ich gehalten sein wollte, mißlang ihm das. Im Begriff, seine Beschämung zu schlürfen, sollte ich von allen Freuden des Lebens abgeschnitten werden durch einen fein geschliffenen Stahl, und das begriff ich augenblicks. Ich sprang zur Seite und lief, waffenlos wie ich war, zu einem dem Zeus geweihten Altar, an dem die größeren öffentlichen Opfer vollzogen werden. Ich kniete auf der dritten Stufe nieder, die Hände so gegen den Himmel hebend, daß sie sich notfalls auch um das Handgelenk des nachsetzenden Deiphobos hätten schließen können, und erwartete ihn so.

Aber hier war der Punkt, da auch der tapfere, ehrliche Bösewicht Deiphobos vor der Öffentlichkeit kapitulierte. Hier nahmen sich die Götter meiner an und schützten mich, wenn nicht aus eigenem Entschluß, so doch durch den Ruf, den sie genießen.

Da stand er nun, das hübsche Messerchen in der Hand, und weil er es nicht gebrauchen durfte, warf er es ärgerlich hinter sich.

Nun ließ ich meine Arme sinken und sagte vorwurfsvoll zu ihm:

»Für einen Prinzen handelst du reichlich unbeherrscht, mein Prinz!«

»Könnte ich dir doch deine unverschämte Hand abhacken!« zischte er giftig.

»Hätte ich dir besser die Zunge herausstrecken sollen?!« erwiderte ich mit gespielter Harmlosigkeit.

»Ja«, sagte er. »Das hätte deinem Stande eher entsprochen, du – hergelaufener Ochsenknecht!« Er wandte sich und ging. Ich wollte ihm etwas Vernichtendes nachrufen; aber zum Glück fiel mir nichts ein. Denn das Geschick wollte, daß ihm auf diese Beschimpfung eine Antwort erteilt wurde, die unendlich besser und nachhaltiger war, als ich je eine hätte ersinnen können. Sie ließ freilich ein wenig auf sich warten. Natürlich hatten sein Handeln und meine Flucht einige Aufregung bewirkt, die ich jedoch nur mit halben Sinnen wahrnehmen konnte. Aber als ich nun um mich sah, bemerkte ich, daß irgendein neues Begebnis die Aufmerksamkeit aller auf sich zog. Die Leute starrten auf die königliche Tribüne, und ich glaubte zu sehen, wie sich eine kleine Gruppe aus der Menge der Höflinge löste: man trug jemanden hinweg. Zugleich aber kam ein Mann auf mich zu, hielt vor mir, der ich einigermaßen verloren und verlegen dastand, und sagte: »Komm! Du stehst unter dem Schutz des Königs. Er läßt dich rufen.«

Der Mann nahm meinen Arm, und so gingen wir gemeinsam zu der Tribüne, die Priamos, seiner Familie und den Höflingen vorbehalten war.

Der König erwartete mich stehend. Das schöne Antlitz schien ruhig, doch wie von unterirdischen Wellen rätselhafter Empfindungen unterspült.

Mein Vater hat die sprechendsten Augen, die ich je an einem Menschen wahrnahm, und das Wunderbare an ihnen ist, daß sie alles gleich ungetrübt widerspiegeln: Trauer wie Freude, den Zorn wie das Glück. In der leuchtenden Färbung kommen die Hektors ihnen sehr nahe; aber Unmut und Erregung trüben diese sofort. Meines Vaters Augen aber sind kluge Augen, und die Güte, die ihr letztes Wesen ist, trägt jenen geheimnisvollen Zwiespalt in seinen Blick, der zwischen einer unermüdlichen Hoffnung auf das Gute und der nicht abreißenden Wahrnehmung des Bösen besteht. Mein Vater ist ein prächtiger, Ehrfurcht gebietender Greis, das Bild eines gesunden, mit Gaben und Leidenschaften wohlversehenen Mannes; aber eine kindliche Seele wohnt in diesem fast erhabenen Körper. Alle Adern des Lebens, alle Menschenalter treffen sich in ihm, und so ist er ein vollkommenes Bild des Menschen. Seine Jahre trägt er nur wie ein Kleid.

Er sah mich lange an; ich konnte diesem Blick nicht standhalten. Er war liebevoll und furchtbar zugleich. Ich fühlte fast körperlich, wie mein Leben unter diesem Blick eine neue Gestalt annehmen wollte.
Er hatte mich, als ich niederknien wollte, mit sanfter Gewalt wieder emporgezogen und sagte, den Blick auf meine Brust richtend:
»Du bist Sieger geblieben in diesem Wettkampf und Eigentümer deines schönen Stiers. Vergib meinem Sohn, daß er dir nach dem Leben trachtete. Er hat heißes Blut, und die Scham, von einem niederen Manne besiegt zu sein, ließ ihn so handeln. Vielleicht wird sein Schmerz auf wunderbare Weise geheilt werden, und vielleicht war sein Unrecht nötig, damit dir dein Recht wird. Aber hier ist nicht der Ort, das zu entscheiden. Du wirst mit uns gehen und Gast sein in meinem Hause, bis es dich treibt, ins Gebirge zurückzugehen. Jetzt geh und führe deinen Preis zurück. Ich werde dich wieder rufen lassen.«
Ich machte meine Reverenz vor dem hohen Paar und sah erst jetzt die Königin. Ich sah ihre weit aufgerissenen Augen – sie schienen mich verschlingen zu wollen. Aber mir blieb keine Zeit, darüber nachzudenken. Ich ging zurück in die Kampfbahn, wo mir mein Stier zugeführt wurde. Man hatte ihm die Hörner vergoldet und ihn mit einem Kranz von violetten Strohblumen und rotem Mohn geschmückt.
Nun erhob sich, erst zaghaft, dann immer mehr anschwellend, ein Beifall, der mir die Augen feuchtete. Ich gedachte Oinones und ihrer Abschiedsworte, wünschte sie herbei und sehnte mich nach ihr. Alle, die mit mir gekämpft hatten, zogen mit mir, die Kinder liefen neben uns, und manches einfache Volk, das sich des Sieges eines Hirten doppelt freute, folgte uns.
Ich wußte und ahnte nichts von dem, was heute jedermann weiß und von dem manche, die mich dahinziehen sahen, wohl

schon flüsterten. Ich war ›Alexander‹ und hatte meinem Namen Ehre gemacht. Darüberhinaus gab es kein Ziel und keinen Wunsch.

Man wies mir, nachdem ich meinen Stier versorgt hatte, einen Raum im Palast des Königs zu und richtete mir ein Bad. Wiewohl ich zu bemerken glaubte, daß ich nicht eben abseits von den Gemächern des Priamos wohnte, konnte ich mich doch, nachdem die erste Befangenheit und das Erstaunen über die Schönheit und Pracht meiner Umgebung abgeklungen waren, nicht enthalten, zunächst leise und schließlich aus vollem Halse zu singen, als ich in dem großen Steinbecken saß. Es scholl wunderbar; nie hatte ich meine Stimme so vernommen; sie schien mir wohllautender und kräftiger denn je. Und als der Wärter nach einer Weile hineinschaute und etwas ängstlich die Tür hinter sich schloß, sagte ich fröhlich zu ihm: »Mein Herz ist eine Nachtigall – ich muß sie singen lassen. Niemand außer dir und mir hört es. Bring mir eine Leier, und dann füll heißes Wasser nach!«

Er zögerte, aber dann gehorchte er.

Er brachte ein schönes Instrument, nicht zu vergleichen mit dem, das mir zwei Tage zuvor einige Stunden vertrieben hatte, und nachdem das Wasser nachgefüllt und der Wärter wieder entlassen war, begann ich mein Lied von neuem, es hier und da mit einem Ton oder einfachen Zweiklang der hübschen Leier untermalend. Dies wirst du erlernen, nahm ich mir vor, und erst die Abkühlung des Wassers trieb mich aus dem klingenden Bade.

Ich wurde geknetet, mit Ölen und Salben eingerieben, in neue kostbare Gewänder gekleidet; ein scherengewandter Mann stutzte ein wenig meine Haare, und ich ließ lachend und staunend den Aufwand über mich ergehen, den man da mit meinem Leibe trieb.

In meinem Zimmer dann fand ich ein Mahl gerichtet, wie ich es nie gesehen, geschweige denn genossen hatte, einen starken würzigen Wein dazu, Früchte, frische und eingemachte, Backwerk, Süßspeisen, die offenbar mit Honig zubereitet waren – ich kam aus der Verwunderung nicht heraus. Ein Sklave und eine Sklavin, die in meinem Dienst standen, verfolgten lachend mein Mahl und die entzückten Gesten, die es mir entlockte. Dann räumte man ab und führte mich vor den König.

Er war allein in seinem Gemach; erst später bemerkte ich, daß in einem Winkel ein Schreiber mit seiner Wachstafel hockte, der wohl etliches von dem notierte, was ich gefragt wurde. Ich mußte Priamos gegenüber Platz nehmen, und nach einigen freundlichen Sätzen forderte er mich auf, von meinem Leben im Gebirge zu erzählen, von meines Vaters Haus und Namen – ich mußte ihm sehr genau beschreiben, wo es lag. Und da seine liebevolle Aufmerksamkeit keine Scheu aufkommen ließ, erzählte ich alles, was da zu berichten war, sprach auch von Oinone, unserem gemeinsamen Leben, meiner kleinen Herde und den Umständen und Neigungen, die mein Dasein ausmachten.

»Wie viele Wegstunden würdest du brauchen, um von hier zu deines Vaters Haus zu gelangen?« fragte er einmal.

»Wenn ich rasch und allein ginge«, entgegnete ich, »etwa zwölf bis vierzehn Stunden.«

Bald darauf wurde ich entlassen.

»Es wäre mir lieb«, sagte Priamos, »wenn du für diesen und den morgigen Tag den Palast nicht verließest. Äußere deine Wünsche, damit dir die Zeit nicht lang werde.«

Ich bat um eine Flöte und eine Leier. »Die Flöte kann ich spielen. Die Leier möchte ich spielen lernen. Ich habe mich schon versucht.«

»Ich weiß es«, lächelte er. »Du sollst beides haben und einen trefflichen Lehrer dazu. Du sollst auch die Stadt kennenlernen und das Land bis zum Meer. Es wird alles geschehen – zu seiner Zeit.«

Das war nun recht merkwürdig und sah ein wenig nach Gefangenschaft aus. Wie gern wäre ich jetzt ins Gebirge zurückgekehrt, um Oinone meinen Sieg zu sagen. Aber ich war doch auch neugierig, was die nächsten Tage bringen mochten.
Es war längst Abend, und ehrlich müde, wie ich war, legte ich mich bald zu Bett, nicht ohne mich noch ein Weilchen auf der Leier versucht zu haben, die mir auf mein Zimmer gebracht worden war. Das köstliche Lager, auf dem ich schlief, nahm mich auf wie ein unbekanntes Element. Ich legte die Arme unter den Nacken, sah dem leisen Schattenspiel des einzigen Öllämpchens zu, das ich brennen ließ, und überdachte den wunderlichen Tag. Ich träumte ihn noch einmal und fuhr in meinen nächtlichen Traum wie ein Schiff, das aus dem Strome ins Meer wechselt.
Am anderen Morgen, noch während ich beim Frühstück saß, kam Admetos, mein mir zugedachter Musiklehrer, der nur wenige Jahre älter als ich selbst war. Wir veranstalteten zunächst ein kleines Morgenkonzert: Ich blies die Flöte, er schlug die Leier dazu. Dann weihte er mich in seine Künste ein und zeigte sich entzückt von meinem Talent.
»Das wirst du bald erlernt haben«, meinte er anerkennend. Und sein Lob befeuerte meinen Eifer. Er wurde nicht müde, mich zu unterweisen, und ich ermüdete nicht, mich in der neuen Kunst zu üben. Ehe wir es uns versahen, waren wir miteinander vertraut geworden, erzählten uns unser Leben, scherzten und lachten – nie wieder in meinem Leben ist es mir so leicht gefallen, eines Mannes Freund zu werden. Und ich bin es geblieben, bis eine griechische Lanze – vor nun bald einem Jahr – diese Kehle zerschlug, aus der so kluge Worte und so herzbewegende Töne kamen.
Der Tag flog dahin, und noch ehe wir uns zum gemeinsamen Abendessen setzten, wechselten wir schon das Instrument: Er blies ein paar leichte Stücke, und ich versuchte mich in der Begleitung dazu.

An diesem Tage begann mir das Leben in den Mauern zu gefallen. Ich blieb noch lange auf, als Admetos sich empfohlen hatte, und verließ schließlich sogar leise mein Zimmer, um auf einem kleinen Balkon, den ich am Ende des Ganges entdeckt hatte, die laue Nachtluft zu atmen.
Gerade, als ich wieder hineingehen wollte, vernahm ich Bewegung unter mir und sah einige Männer müden Schrittes den Hof überqueren. Als sie am Eingang anlangten, wo zu beiden Seiten je zwei Fackeln brannten, erinnerten mich der Gang und die Haltung des einen unwillkürlich an Agelaos, meinen einstigen Pflegevater.
Der Gute... dachte ich, und mir wurde das Herz ganz warm. Wie würde er sich freuen, wenn er wüßte, was mir in diesen Tagen geschehen ist!
Dann entkleidete ich mich, dankte den Göttern auch für diesen Tag und suchte mein Lager auf.

DREI SEHR VERSCHIEDENE ZWEIKÄMPFE

Wie leicht sich das hinschreiben läßt: Ich falle gelassen in mein Schicksal...
Ich fürchte, das Schreiben verführt zu freundlichen Illusionen – nicht nur die Lesenden, sondern vor allem auch den Schreibenden selbst. Ich war alles andere als gelassen, als Menelaos mich am Helmbund erwischte und wie einen Fisch an der Angel hinter sich her zog, der griechischen Schlachtordnung zu. Aber – das will hübsch säuberlich erzählt sein, und ich will versuchen, meinem Rivalen Gerechtigkeit widerfahren zu lassen und mich selbst soweit bloßzustellen, wie es die persönliche, angeborene Scham zuläßt.
Es ist drei Tage her, daß die Griechen – es war ein Tag, so recht für eine Schlacht geschaffen – auf der Skamandrischen Ebene aufmarschierten und eine Schlacht verlangten.

Ich gebe zu, daß es mir widersteht, vor allem bei Regenwetter und im Schlamm, mich mit den Griechen zu balgen; aber an diesem herrlichen Tage empfand ich Lust, im weiten Feld zu streiten, wenngleich ich ohne die Aufforderung zum Tanz mich anderweitig auch unterhalten hätte. Aber sie kamen; Hektor meldete mir, daß die Stunde einer Schlacht geschlagen habe, und ich war mehr als bereit.

»Bruderherz«, sagte ich freundlich zu ihm, »du hast mich neulich so ritterlich in der Versammlung vertreten – ich schulde dir Dank. Zwei wohlgerüstete Schlachtordnungen, du wirst sehen, sind eine Augenweide, solange sie nicht aufeinander losschlagen, ihre schönen Rüstungen verunstalten, die guten Leiber zerfetzen. Das Volk liebt die Paraden mehr als den Krieg, und mir geht es kaum anders. Du bist der Meinung, ich hätte diesen Krieg verschuldet – so laß mich diesmal meinen Kopf für alle hinhalten. Ich will mein Glück versuchen. Marschieren wir also auf, damit das Gleichgewicht des Bildes gewahrt bleibt. Aber dann laß mich machen! Verliere ich meinen Kopf, so magst du mich rächen. Behalte ich ihn, so wird es nicht zum Schaden für unsere Sache sein. Ich rüste mich rasch. Führe du indessen das Heer vor die Stadt.«

Mein Bruder blickte verdutzt, aber dann schlug er mir auf die Schulter:

»Du sollst deinen Willen haben. Ich glaube, ich muß dir für manches Abbitte leisten.«

Ich war, wie man so sagt, wohlgemut und hatte allen Ernstes vor, ein Stückchen zu vollbringen. Polydoros' Tod hatte die Trojaner erbittert – ein Sieg des Paris würde ihnen ihren alten Mut zurückgeben. Ein Anflug von Staatsraison beflügelte meine Kampfmoral. Ich verachtete den Schriftsteller in mir und kitzelte den Helden.

Unser Heer marschierte aus den Toren, in wohlgeordneten Säulen, die sich vereinigten, und formierte sich zur Schlachtordnung. Hektor dirigierte von seinem Streitwagen

aus den Aufmarsch. Ich folgte ihm, in ein schönes Pantherfell gekleidet, mit dem Schwert und Bogen; dazu zwei federnde Lanzen.
Die Heere standen sich gegenüber, und die Griechen meinten wohl, die Schlacht werde nun beginnen, als ich vortrat und den tapfersten der Griechen zum Zweikampf herausforderte. An dieser Stelle muß ich sagen, daß ich – vielleicht törichterweise – an alle Griechen gedacht hatte, nur nicht an Menelaos. Selbst dem Myrmidonen hätte ich mich an diesem Tage gestellt; aber Achill und seine Mannen waren nicht zu sehen. Ich suchte den Kampf mit einem Soldaten; aber es sollte kein Hahnenkampf sein.
Menelaos freilich ersah eine Gelegenheit, seine Hörner zum Kampfe vorzutragen, und stampfte – kaum hatte ich zu Ende geredet – nach vorn, um sich mit mir zu messen.
Ich bekenne, daß mich dies – weniger sein Anblick als vielmehr seine Person – verwirrte, und statt auf ihn loszugehen, wich ich zurück und besprach mich mit Hektor.
»Höre«, sagte ich, »das hatte ich nicht im Sinn, vor Tausenden wie ein Hirsch um eine Hirschkuh zu streiten – das ist geschmacklos.«
Er aber fand es ganz in Ordnung und fuhr mich grob an: »Was willst du denn?! Steh doch ein für deine Verführungskünste! Willst du es dem Manne verargen, daß er's dir heimzahlen will?! Wer zum Zweikampf herausfordert, muß den Gegner annehmen, der sich meldet. Sei kein Schlappschwanz – du bist es doch sonst nicht, wenn es um Helena geht.«
So redete er weiter, ungebührlich und unfreundlich, auf mich ein, und ich mußte ihm recht geben. Meine Sonntagslaune hatte mir ein Schnippchen geschlagen; jetzt mußte ich es ausbaden.
»Gut«, sagte ich. »Es wird Ernst. Ich kann nicht mehr zurück, und ich will nicht mehr zurück. Aber wenn ich mich mit diesem Manne da – gegen meinen Willen und Geschmack –

schlagen muß, so wollen wir den Kampf wenigstens eine Bedeutung geben. Ich stelle mich unter der Bedingung, daß der Ausgang dieses Zweikampfes diesen dümmsten aller Kriege beendet. Besiegt er mich, so soll er Helena und ihre Schätze wiederhaben; ich entbehre sie dann ohnehin nicht. Besiege ich ihn, so ist der Mann beseitigt, der sie mir streitig macht, und es gibt keinen Grund – sagen wir besser: keinen Vorwand mehr, sich weiter die Köpfe blutig zu schlagen. Dann soll auch der Krieg beendet sein – so oder so. Ihr habt Ruhe – und die anderen können nach Hause fahren. Unter dieser Bedingung – oder gar nicht!«

Hektor umarmte mich. Offenbar überraschte und überzeugte ihn diese Verbindung von Tapferkeit und Zweckmäßigkeit derart, daß er sich beschämt und zugleich geadelt vorkam. Er wünschte mir aus brüderlichem Herzen Glück und trat mit herrischer Geste zwischen die Schlachtreihen, meinen Wunsch und meine Bedingung zu verkünden.

Ich hatte meine Entscheidung getroffen – und man muß zugeben, daß sie schwerwiegend genug war. Ich war gewappnet und bereit, meinen Strauß auszufechten, und kostete es mein Leben. Ich nahm meine Waffen, um mich zu stellen, da trat der Völkerhirt Menelaos vor und hielt nun seinerseits eine kleine Rede.

Er sprach von dem Kummer, der auf seiner Seele laste, nicht von dem seinen – obwohl er von dem auch sprach –, sondern von dem besonderen, der deshalb so schwer auf ihm laste, weil er auf allen laste. Er war der Kummerträger aller Griechen und Trojaner. Wie damals auf dem Markte, ehe sie Polydoros steinigten, ließ er seine Zunge schwätzen, und um aufrichtig zu sein: er schwätzte mir schon jetzt einen Teil meines Mutes ab. »Endlich soll Friede werden zwischen uns!« rief er. »Endlich, endlich! Endlich wird der Streit, den Paris durch seinen Raub entfacht hat, sein Ende finden. Wer auch von uns beiden fallen mag – ihr anderen sollt in Frieden dahingehen.

Einer von uns beiden wird sterben – die Götter sollen es entscheiden.« (Er rief das mit so rührseligem Pathos, daß beinahe alle – Trojaner wie Griechen – diesen Edelmann weiter am Leben wünschten.) »Dies sei unser Entschluß« – es war übrigens der meine – »ihm wollen wir uns durch Eid verpflichten. Laßt uns ein Opfer veranstalten und schwören. Dann wollen wir kämpfen.«
Ich wollte kämpfen, und er wollte opfern. Der kluge Volksverdummer kannte seine Schäflein; und Hektor gehörte zu ihnen. Statt des Zweikampfes hob ein feierliches Volksfest an. Die Leute, hüben und drüben, genossen es weidlich. Sie lokkerten ihre Rüstungen und lagerten sich. Aus der Stadt strömten die kleinen Händler mit erfrischenden Getränken und Früchten und machten ihr Geschäft auf beiden Seiten. Sie waren um vieles flinker als die von Hektor ausgesandten Herolde, die zwei Opferlämmer herbeischaffen sollten. Und da die Griechen – sie begnügten sich, sparsamerweise, mit einem Opferlamm – zu ihren Schiffen einen weiten Weg hatten, vergingen Stunden, ehe das Opfer gerichtet war.
Inzwischen hatte sich alles, was Augen und Beine hatte, auf den Mauern der Stadt niedergelassen und harrte des Schauspiels. Auch Helena, neben meinem Vater, schaute auf das Bild der gelagerten Heere und gab ihm, alter Zeiten gedenkend, Auskunft über die griechischen Heerführer. Und weil alle Welt, von Menelaos' Zungenschlag gerührt, schon den Frieden vor der Türe sah, mußte auch Priamos herunterkommen, um die Weihe der Stunde zu bekräftigen. Agamemnon vollzog das Opfer, die Herolde gossen Wein aus, die Heere mußten den Vertrag beschwören. Mein Vater sprach mit unverstelltem Herzen ein Schlußwort. Dann fuhr er mit den Opferlämmern in die Stadt zurück. Mir gab er einen Teil des Mutes wieder, der sich in den langatmigen, nervtötenden Vorbereitungen und Zeremonien verzehrt hatte. Aber leider: nur einen Teil.

Ich ehre die Götter und habe Sinn für echte Festlichkeit. Aber ich bin ein Springer und kein Dauerläufer. Ich liebe rasche Entschlüsse und beherztes Handeln. Aber die wohlberechneten Effekte gewisser Stimmungsmacher sind mir zutiefst zuwider. Als Odysseus und Hektor endlich den Raum des Kampfplatzes ausmaßen und die Lose warfen, wer zuerst die Lanze schleudern sollte, war mein Kampfesmut fast verraucht, und ich fühlte mein Glück von mir weichen, noch ehe ich den ersten Wurf getan hatte.

Er war gut gezielt, aber zu schwach, den schweren Menelaos zu erschüttern, der gepanzert war wie ein Turm. Der sprach rasch ein öffentliches Gebet und rief Zeus an, der ihn denn auch nicht vor aller Welt im Stich lassen konnte. Sein Wurf durchschlug meinen Schild und verletzte mich leicht an der Wade.

Nun griffen wir zum Schwert, und Menelaos führte einen Streich gegen meinen Helm, aber der hielt, indes sein Schwert klirrend zersprang.

Auch dieser Umstand veranlaßte ihn zu einem öffentlichen Gebet: Er rief Zeus an, ihn nicht am verdienten Siege zu hindern. Aber er faßte sich doch kurz, um die Gelegenheit nicht zu versäumen, die meine augenblickliche Benommenheit ihm bot. Noch ehe ich, vom Schlag betäubt, zum Gegenhieb ausholen konnte, packte mich der Grieche am Helmbusch, riß mich durch die Schwere seines Körpers zu Boden und schleifte mich hinter sich her.

O Aphrodite, dachte ich, ringen hier Schweinehirten?!

Aber dann schnürte mir der Helmgurt die Kehle zu, und meine Sinne umnebelten sich. Was dann geschah, wissen die Götter.

Wäre es mir bestimmt gewesen, durch Tod und Niederlage diesen Krieg zu beenden – ich säße nicht hier und schriebe auf, was sich an diesem Tage abspielte. Ich kann mich freilich nur für das verbürgen, was ich selbst wahrnahm. Aber das, was ich nicht wahrnahm, war wohl entscheidend. Ich erfuhr offenbar Hilfe von der Hand der Götter oder der Aphrodites, die mir nicht zugedacht hatten, von einem Völkerhirten erschlagen zu werden, der im Eifer des Gefechts zu den Kunstgriffen eines Schweinehirten hinabstieg.

Mein Gegner riß so wütend und stürmisch an meinem Helm, daß der Gurt riß, und Menelaos stürzte der Länge nach zu Boden. Den Helm hielt er fest und schwenkte ihn, nachdem seine Krieger ihm aufgeholfen hatten, triumphierend über seinem Kopfe, warf ihn dann seinen Landsleuten zu und gedachte wohl mich nun mit seinem Opfermesser wie ein Schaf abzuschlachten.

Aber – ich war nicht mehr zu sehen...

Es muß ein verblüffender Augenblick gewesen sein für alle, die ihn teilten. Hektor behauptete, für einen Herzschlag lang eine Wolke an der Stelle erblickt zu haben, an der ich betäubt liegen geblieben war. Gleich darauf sei ich wie ein Fisch in die Flut des Wesenlosen eingetaucht.

Menelaos scheint nur an die Götter, die *ihm* helfen, zu glauben; denn es fiel ihm nichts Besseres ein, als mich der feigen Flucht zu verdächtigen. Er suchte wie ein Spürhund in beiden Heeren den entwichenen Hasen; aber kein Trojaner, kein Grieche konnte ihn entdecken. Und so schnaubte er, ingrimmig fluchend, auf dem Kampfplatz umher, denn er benötigte den Besiegten, wie ein Kläger seinen Zeugen benötigt, ohne den sein Recht nur halb erscheint. Stundenlang hatten die Vorbereitungen des Zweikampfes gedauert – nun, auf dem Höhepunkt seiner Laufbahn, kam Menelaos um seine Siegerehrung.

Schließlich, als die letzte Weihe seines Triumphes in nichts zu zerfließen drohte, faßte sich Agamemnon, erklärte seinen Freund kurzerhand zum Sieger des Zweikampfes und forderte unsere Trojaner auf, ihm den Siegespreis zu erstatten, das heißt: Helena und ihre Schätze auszuliefern.

Ich wußte freilich von alledem nichts, als ich erwachte, in meinem Gemach. Ich saß in meinem schönsten Gewand in einem Ruhesessel und spürte weder meine wunde Weiche noch meinen geschundenen Hals. Aber ich spürte ein Verlangen nach Helena und ließ sie rufen.

Sie kam und schien mir ungnädig wie nie. Sie sah über mich hinweg an die Wand, ohne sich zu setzen oder näher zu treten, und hatte nur Verachtung für mich:

»Du hattest bestimmt und geschworen, mein Leib und Leben sollten dem Sieger gehören. Bin ich hier im Gemach des Siegers oder des Besiegten?«

Aber ich blieb freundlich und entgegnete:

»Du solltest dich umsehen, mein Herz. Dann wirst du schon gewahr werden, wer nach dir verlangt.«

»Schäme dich!« sagte sie vorwurfsvoll, aber sie sah mich doch jetzt an. »Noch neulich prahltest du, Menelaos solle dir nur vor das Schwert kommen! Nun ist es geschehen, und er hat dich besiegt. Lieber sähe ich dich tot hier liegen und wollte dich beklagen, als nun vor einem Geschlagenen zu stehen!«

»Ich ziehe deine Liebe«, entgegnete ich liebenswürdig, »deiner Klage bei weitem vor. Denn nicht dein erster Gatte hat mich besiegt, sondern Pallas Athene hat mir nach dem Leben getrachtet, deine und meine alte Feindin. Und wer mich hierher entführt hat, als dein erster Gatte mich wie ein Schaf abschlachten wollte – wer anders mag das gewesen sein als meine und deine Freundin Aphrodite? Du willst mich kränken und schmähst doch nur meine Retterin damit. Selten sah ich ein liebendes Weib so undankbar für die Rettung seines Gatten. Wie soll ich das verstehen...?«

Ich sah sie verwirrt; aber sie hatte sich einiges vorgenommen. Sie sammelte sich zu einer stolzen, fordernden Geste:

»Geh! Fordere ihn zum zweiten Male heraus und besiege ihn! Soll dir Aphrodite beistehen in diesem Kampfe, daß du ihm überlegen seist!«

»Liebes Kind«, verwies ich sie sanft, »du kennst dich unter den Gottheiten doch nur schlecht aus. Seit wann kümmert sich Aphrodite um die Überlegenheit des einen Mannes über den anderen in der Schlacht?! Sagtest du es nicht wieder und wieder, in unseren zärtlichen Stunden, daß ich deinem ersten Gatten weit überlegen sei, was ...«

»Schweig!« fuhr sie errötend dazwischen. »Wenn man liebt, will man auf jedem Felde den Sieg des Geliebten!«

Sie setzte sich.

»Das ist unbescheiden«, tadelte ich. »Soll der Weiseste zugleich der beste Faustkämpfer sein? Gräme dich einmal meiner Unterlegenheit in diesem glücklosen Kampf und freue dich tausendmal meiner Überlegenheit als Liebender. Oder glaubst du im Ernste, es wäre ein besseres Los, sich einmal des Sieges deines ersten Gatten freuen zu können und tausendmal dann seine Unterlegenheit in Kauf nehmen zu müssen?!«

»Ich glaube ...«, sagte sie; aber sie sagte nicht, was sie glaubte; sie schwieg.

Ich ging zum Angriff vor:

»Wenn du nach ihm mehr Verlangen hast als nach mir, liebe Helena – nichts auf der Welt könnte mich hindern zu sagen: Geh, folge der Stimme deines Herzens!«

Sie seufzte und sah mich forschend an. Ich legte alle meine Zärtlichkeit in meinen Blick. Es klang sehr verlegen, als sie gestand:

»Das ist es eben. Wenn ich mein Herz frage – es sagt immer dasselbe.«

»Komm, sag mir, was es sagt!« sprach ich leise.

Sie trat zögernd näher und setzte sich langsam zu mir. Ich legte ruhig meinen Arm um sie.

»Findest du nicht, daß die Götter dir alles gaben, was du erreichen konntest? Gerade an diesem Tage?« fragte ich sie.

Sie sah mich, halb noch abwartend, halb schon liebevoll an.

»Sieh! Du hast deinen ersten Gatten auf dem Schlachtfelde

siegen sehen und den zweiten für die Liebe behalten. Alle deine Wünsche wurden dir auf einmal erfüllt.«

Da lachte sie hellauf und küßte mich auf den Mund. Sie schmeichelte mit ihrer Wange und streichelte meinen Kopf; und meine Hände statteten ihr Dank dafür ab.

»Du wirst in vielen Schlachten siegen«, flüsterte sie, »und ich werde in ihnen unterliegen. Ich unterliege so gern.«

Aber die Stunde der Zärtlichkeit hatte noch nicht geschlagen. Dafür schlug der Türklopfer heftig, und noch ehe wir uns einer aus den Armen des anderen gelöst hatten, polterte Hektor herein, in voller Rüstung.

»Paaah!« kam es, zwischen Verachtung und Empörung, aus seinem Munde, und er stauchte den Helm hart auf die Marmorplatte des Tisches. »So muß ich dich finden!«

Ich blieb ruhig:

»Wenn du öfters unaufgefordert hereinkämst, würdest du mich öfters so finden können. Aber du hältst ja sonst so auf gute Sitten.«

»Larifari...« sagte er. Aber ein wenig verschlug es ihm doch die Sprache. Doch er fand sie gleich wieder:

»Auf dem Kampfplatz suchte man vergebens nach dem Helden Paris. Dafür treffe ich hier den Weiberhelden an. Du solltest dich schämen, Bruder!«

»Höre«, entgegnete ich ruhig. »Ein Mann, der seine Frau liebt, muß kein Weiberheld sein. Entschuldige die kleine Kränkung, Helena; er wird sich nicht mehr gehen lassen. – Willst du dich nicht setzen, Hektor?«

Aber es war nur noch ein Ruhebett frei, das sehr tief stand, und als er sich setzen wollte, schlug ihm der Brustpanzer ans Kinn.

Er stand wieder auf. »Ich stehe lieber.« Es war ihm sehr peinlich.

»Komm zur Sache, Hektor«, mahnte ich kühl. »Ich will dir alles sagen, was ich weiß. Aber du weißt mehr.«

»Du hast uns in eine üble Lage gebracht«, grollte er. »Ich sah eine Wolke dort, wo du lagst, als dein Helmbund riß – und dann warst du verschwunden. So schnell hättest du nie entwischen können. Das ging nicht mit rechten Dingen zu!«
»Wir lassen die rechten Dinge besser aus dem Spiel«, verwarnte ich mit gespieltem Ernst. »Diese Wendung könnte die Götter kränken.«
»Wieso?«
»Nun, ich weiß nicht, was mit mir geschah und wieso es geschah: Als ich aus meiner Betäubung erwachte, fand ich mich hier in diesem Zimmer, so wie du mich hier siehst.«
»Aber ich«, warf Helena ein, »ich kam erst später.«
»Das soll einer verstehen...«, Hektor war ratlos.
»Halten wir es nicht so«, fragte ich, »daß wir für alles, was wir nicht durchschauen können, die Götter verantwortlich machen? Ich kann weder fliegen, noch mich unsichtbar machen. Ich gebe Aphrodite die Ehre, meine Retterin gewesen zu sein. Vielmehr«, verbesserte ich mich, »ich gebe mir die Ehre, von ihr gerettet worden zu sein.«
»Hm«, knurrte Hektor. Er wollte sich wieder setzen; aber ihm fiel rechtzeitig sein gestoßenes Kinn ein. Er befühlte es und machte daraus eine Geste der Nachdenklichkeit. Etwas hilflos sagte er:
»Man weiß nicht, was man davon halten soll.« Er machte waffenklirrend eine Runde und blieb vor mir stehen:
»Was hältst *du* denn von der ganzen Geschichte?«
»Ich bin heilfroh«, lachte ich, »daß alles so gekommen ist. Oder hattest du schon meine Leichenrede vorbereitet?«
»Bei allen Göttern!« wehrte er in komischem Entsetzen ab. »Das wäre die schwierigste Aufgabe meines Lebens gewesen! Bei allen Göttern...«
»Immerhin«, gab ich zu bedenken, »man wächst mit seinen Aufgaben. Neulich, als die Gesandtschaft mit Polydoros kam, hast du hervorragend gesprochen. Vielleicht wäre es ge-

rade eine großartige Leichenrede geworden. Ein Gott oder eine Göttin hätte dir vielleicht geholfen!«

Er schwankte, ob ich im Ernste spräche; aber als er mich von der Götterhilfe sprechen hörte, wurde er wieder nachdenklich. Mit einem Anflug von Treuherzigkeit gestand er:

»Es geht über meinen Verstand. Die einen helfen den Griechen, die anderen uns. Es ist offensichtlich so. Heute haben wir einen überzeugenden Beweis dafür erhalten. Aber es ist schwer, mit Göttern gegen Götter zu kämpfen.« Er seufzte.

»Sei dankbar, Hektor«, vermahnte ich ihn, »daß ihrer so viele sind! Stelle dir ein barbarischeres Zeitalter vor, das glaubt, mit *einem* Gott auskommen zu können! Setze den Fall, wir wären in dieser grausamen Lage. Könnte *ein* Gott, unbeschadet seines Anstandes und seiner Ehre, auf beiden Seiten sein? Wie sollte er sich verhalten? Beide opfern ihm, beten zu ihm, rechnen fest auf ihn. Aber welche wäre seiner Hilfe sicher? Beide Parteien haben ihm Tempel erbaut, aber nur eine kann siegen. Dann zerstört der Sieger die feindliche Stadt, und alles wird ein Raub der Flammen. Auch die Tempel. Man will das vielleicht nicht. Aber es geschieht.«

»Bitte«, sagte Hektor, »schnalle mir den Panzer auf. Ich kann in der Rüstung nicht denken.«

Ich half ihm, und er dankte mir etwas geistesabwesend. Er setzte sich. Nachdem er ein Weilchen seine Stirn massiert hatte, fand er das Wort wieder:

»Sie wollten, daß wir Helena und ihre Schätze herausgäben. Agamemnon rief Menelaos zum Sieger aus. Und eigentlich – mir scheint es wenigstens so – hatte er recht. Oder?«

»Ich würde sagen«, verbesserte ich ihn, »er hatte den Schein des Rechtes auf seiner Seite. Menelaos hatte mich am Boden, und ich befand mich da schwerlich in der Lage des Siegers. Aber ich glaube nicht an Menelaos' Überlegenheit, selbst nicht auf diesem Felde. Aphrodites Hilfe scheint mir zu bedeuten, daß eine andere Göttin für Menelaos kämpfte.«

»Welche?« fragte Hektor.
»Nicht schwer zu sagen«, entgegnete ich. »Es wird Athene gewesen sein...«
»Die Göttin der Klugheit«, warf Helena lächelnd ein.
»Ja«, bestätigte ich, »ihrer bedarf Menelaos gewiß am dringlichsten. Obwohl ich sein Verhalten mehr grob als klug nennen muß! Man kann sich in der Schlacht gehenlassen und selbst mit Feldsteinen werfen. Aber in einem ritterlichen Zweikampf von Fürsten vor den Völkern sollte man sich nur der Waffen bedienen.«
»Hm«, knurrte Hektor und wiegte den Kopf. »Wenn einem das Schwert zerbricht, muß man den Gegner anders kriegen. Ich gebe zu, es sah nicht sehr gut aus, wie er dich am Helmbusch hatte. Aber ich glaube, du huldigst übertriebenen Vorstellungen von Ritterlichkeit im Kriege.«
»Zumindest«, sagte ich, »muß Menelaos gegen göttlichen Geschmack verstoßen haben; sonst hätte Zeus wohl das Eingreifen Aphrodites verhindert. Daß er es zuließ, scheint mir ein Beweis dafür, daß Menelaos unritterlich handelte an mir. Leuchtet dir das nicht ein?«
Es schien Hektor über die Maßen einzuleuchten. Er erhob sich. Seine Selbstzufriedenheit meldete sich:
»So hätte ich denn doch richtig gehandelt, indem ich mich Agamemnons Forderung nicht unterwarf!«
»Du handelst zum Schluß immer richtig«, bestätigte ich ihm. »Ich bewundere einmal mehr deine Entscheidung – auch wenn du keine allzu gute Meinung von mir hast.«
»Wir sind sehr verschieden«, entschuldigte er sich. »Aber du bist mein Bruder; und was du nicht in den Armen hast, hast du im Kopfe.«
»Wahrhaftig«, lachte ich, »wenn wir unser Bestes zusammenlegen könnten, käme ein Gott dabei heraus. Aber – das steht nicht in unserer Macht.«
»Ich werde die Leute aufklären« – er bestätigte sich selbst da-

bei durch wiederholtes Kopfnicken – »wie alles, vermutlich, sich zugetragen hat. Sie sind leider nicht gut auf dich zu sprechen. Du weißt es. Übrigens« – und er versuchte, sehr mitfühlend zu sprechen – »auch dir gegenüber, Helena, haben sie gewisse Vorbehalte.«

»Ich weiß«, sagte Helena. »Aber das bindet uns fester aneinander. Und schließlich« – sie lächelte ihm bedeutungsvoll zu – »haben wir unter den Besten auch gute Freunde.«

Er lächelte zurück. Dann straffte er sich und legte beide Hände auf die Brust:

»Der Krieg geht weiter. Ich habe mich an ihn gewöhnt.«

»Wenn nur das Sterben nicht wäre«, warf ich ein.

»Ja«, bemerkte er nachdenklich, »das vergesse ich oft. Aber ohne dies wäre man vielleicht nicht so tapfer.«

»Nein«, bestätigte ich, »du siehst an mir, wie hinderlich zuweilen die Klugheit sein kann. Du hast, für Kriegszeiten, das bessere Teil erwählt. Bekenn dich zu ihm, wie ich mich zu dem meinen bekenne. Wir sind ein gutes Bruderpaar.«

Er reichte uns die Hand; dann nahm er Helm und Brustpanzer unter den Arm, nickte uns noch einmal zu und ging.

»Ich verstehe Athene nicht«, grübelte Helena, »daß sie deine Feindin ist. Sie könnte keinen gelehrigeren Schüler finden.«

Ich küßte sie auf Stirn und Mund und sagte lächelnd:

»Du solltest wissen: Niemand kann zwei Göttinnen dienen.«

Dann zündeten wir alle Lampen im Gemach an und feierten den Sieg des Menelaos.

TRAUM UND WIEDERERKENNEN

Ich träume viel, bei Tag wie bei Nacht, aber während ich meine Tagträume – da ich sie ja diktiere – wie meinen Leibrock kenne, gelingt es mir leider nur selten, mich eines nächtlichen Traumes (der ja mir diktiert) zu entsinnen. Eine Nacht freilich – ihr Traum wie ihre Wirklichkeit – wird sich in meinem Gedächtnis wohl behaupten, solange ich lebe. Und je älter ich werde, umso traumhafter erscheint mir die Wirklichkeit dieser Nacht, umso wirklicher ihr Traum. Ja, ich frage mich manchmal, ob wir nicht überhaupt einen übertriebenen Aufwand treiben mit dieser oft so plumpen Wirklichkeit und die Gebilde unserer Phantasie, unseres verborgenen Bewußtseins, unserer Träume allzu gering achten. Die Wirklichkeit ist ein Muskelprotz, der einen Kraftakt nach dem anderen vollbringt, diesen zu unserem Nutzen, jenen zu unserem Schaden. Sie behauptet sich, indem sie sich, fortwährend in Frage gestellt, fortwährend zu beweisen versucht. Sie trumpft heute auf, und alles zollt ihr Respekt. Aber eine Woche, ein Jahr später kann jedermann sehen, wie kurzatmig ihr Triumph war. Da sind die Dinge, die die Wirklichkeit ausmachen, längst wieder auf den Kopf gestellt; und wir Wirklichkeitsakrobaten stellen uns dann flugs ebenfalls auf den Kopf, damit ja alles seine Ordnung und Richtigkeit behält. Unsere Träume und Instinkte aber machen viel weniger Wesens von sich. Sie wollen uns nichts beweisen; sie möchten nur hinweisen, aufmerksam machen. Und oft verraten sie uns – wenn auch zuweilen in Rätseln –, was wir uns selbst nicht einzugestehen wagen.

Ehe die Wirklichkeit also sich selbst und mich dazu in dieser Nacht auf den Kopf stellte, hatte ich folgenden Traum:

Ich war an einem Fleck des Ida, der jenem glich, an dem ich die Göttinnen geschaut hatte, und wartete auf Oinone. Aber als sie erschien, erkannte ich sie nicht. Sie trug wohl ihr Kleid, nicht aber ihre Mienen. Ich ging auf sie zu – da wich sie vor mir zurück.

»Warum stehst du nicht?!« rief ich.

Aber sie hob nur verweisend die Hand, und dann sah ich, daß es Athene war, jene der Göttinnen, die ich verschmähte und die doch mein Herz so eigen berührt hatte. Ich warf mich auf die Knie und legte meine Stirn auf den Erdboden. Da fühlte ich mich an den Schultern berührt und sanft emporgenötigt, und nun war es Oinone, die ich sah. Aber als ich sie umarmen wollte, griff ich wieder ins Leere. Sie war entwichen und verwandelt in die Göttin, die davonging, ohne sich umzuwenden.

Ich warf mich verzweifelt ins Gras und stammelte Oinones Namen.

Und plötzlich kniete sie neben mir, streichelte meinen Kopf und zog ihn an ihre Brust. Ich umschlang sie und klammerte mich an sie wie an mein Leben, und sie hielt mich fest. Mein Herz beruhigte sich, und nun strömte unaussprechliche Seligkeit in mich ein. Wir hielten uns wie Kinder, sagten unsere Namen, wiegten uns und sahen einander immer wieder an, als wollten wir uns unser immer wieder versichern. Unsere Blicke schlugen wie Haken in den anderen ein, banden ihn wie mit Stricken, umfingen ihn wie mit Polypenarmen. Verzweiflung, Hingerissensein, Gier, Verzückung und wieder Verzweiflung... nur wer solche Träume geträumt hat, weiß, zu welcher Ekstase wir – im Traume – fähig sind.

Dann aber wechselte der Raum: Wir waren wieder voneinander getrennt. Meine Augen suchten sie und sahen sie in einiger Entfernung davongehen. Die Szene war verändert. Stacheliges Buschwerk und niedriges Gehölz starrten ringsum. Ich rief ihr nach, aber sie wandte sich nicht, ging weiter, und sosehr ich mich auch mühte – meine schweren Füße kamen nicht einen Schritt näher, ja, der Abstand vergrößerte sich noch.

Und da sah ich, daß sie zu brennen begann.

Ich schrie auf. Aber sie ging ruhig weiter; sie schien nichts zu fühlen. Sie entzündete im Gehen das Buschwerk und Gehölz um sich her, und das Feuer legte eine brennende Wand zwischen mich und sie. Es fraß sich mir entgegen. Die Bäume brannten wie Fackeln; der Wind trug den Brand augenblicks weiter, und in tödlicher Beklemmung rang ich nach einem Schrei...

Ich erwachte, ohne zu wissen, wo ich mich befand. Aber mein Ohr glaubte, einen leisen Schritt zu vernehmen, der sich behutsam entfernte.

»Oinone!« rief ich. Und wieder: »Oinone!«

Aber alles blieb still.

Da begann ich, zu begreifen, wo ich war, und atmete auf. Ich werde hier fortgehen, sobald man es mir erlaubt, dachte ich, zurück zu ihr und unserer kargen Behausung; in unseren Frieden. Mit diesem Vorsatz schlief ich erschöpft wieder ein.

Ich konnte noch nicht lange geschlafen haben, als ich von neuem erwachte. Ich glaubte wieder, ein Geräusch vernommen zu haben, und da ich sofort wußte, daß ich mich im Palaste des Königs befand, bezwang ich mein leichtes Erschrekken. Ich stand unter dem Schutze des Königs – was sollte mir also geschehen können? Und so blieb ich liegen, wie ich lag, mit dem Gesicht zur Wand, und spitzte meine Ohren.

Ich hörte eine flüsternde Stimme.

»Nein, er ist wieder eingeschlafen.«

Ich begriff sofort, daß dies kein Selbstgespräch sein konnte, und hörte denn auch gleich eine zweite Stimme flüstern:

»Du wirst ihn wecken!«

Es flüsterte zurück:

»Nur ansehen will ich ihn, eine kleine Weile. Das darfst du mir nicht verwehren...«

»Ach«, sagte es, »meinst du, es ginge mir anders?!«

Einen Augenblick war es still.

»Wenn ich nur sein Gesicht sehen könnte...«, hob es wieder leise an. »Ich habe es ja kaum gesehen.«

»Ich kenne es schon gut.«

»Mich hat er kaum wahrgenommen.«

Der Atem, der auf diese Worte folgte, war Seufzen leisester Art.

»Zweifelst du noch?« fragte es nach einer Weile. Aber es kam keine Antwort.

»Er hat schönes Haar...«

»Ich habe es ein wenig schneiden lassen. Es wuchs gar zu wild.«

Ich spürte, wie sich etwas auf mich zu bewegte und, wie ein plötzliches Erschrecken, die Luft hörbar machte. Und dann ein mühsam unterdrücktes Schluchzen.

Ich vernahm Bewegung hinter mir, als ob jemand einen Fallenden stützte, und öffnete die Augen. Ich sah die Schatten zweier Köpfe an der Wand, die dicht nebeneinander schwankten. Ich drehte ein wenig den Kopf und schloß die Augen wieder.

»Still! Er bewegt sich...«

Aber diese Aufforderung war wohl schwer zu befolgen.

»Warum weinst du?« flüsterte es liebevoll.

Und dann kam es, mühsam den Flüsterton wahrend:

»Er ist es!«

Ich öffnete die Augen und sah den einen Kopf an den anderen gelehnt, kleiner, tiefer. Der kleinere war der Schatten eines Frauenkopfes, der an der Wand zitterte. Der Schatten sank noch tiefer, und ich sah den einer Hand, die über ihn fuhr, streichelnd, beruhigend, gütig. (Noch heute sehe ich dieses rührende Spiel der Schatten vor mir.)

Der größere Schatten wandte sich seitlich: Es war die Silhouette des Priamos. Ich sah es und schloß die Augen. Es fragte:

»Was bewegt dich so? Was sahest du?«

Wieder hörte ich unterdrücktes Schluchzen. Dann flüsterte es mühsam:

»Du mußt ihn wecken. Ich schwöre dir: Er ist es. Und – wenn du es ihm gesagt hast, alles...«

Der Flüsterton brach ab, ging in leises Schluchzen über.

»Ja, ich rufe dich dann«, kam es zurück.

Schritte entfernten sich, und des Lauschens überdrüssig und

der Lösung des geflüsterten Rätsels begierig, wandte ich mich auf die andere Seite und spürte auch schon die Hand des Priamos auf meiner Schulter. Sie rüttelte mich leicht, und ich öffnete die Augen und richtete mich auf.

»Wo...«, sagte ich und brach sofort ab. Ich hatte fragen wollen, wo ich sei; aber ich schämte mich plötzlich der Verstellung und schwieg.

Der König setzte sich auf den Rand meines Bettes.

»Du erkennst mich? Du weißt, wo du bist?« fragte er.

Ich nickte.

Er schüttelte einige Male das schöne Haupt.

»Nein«, sagte er leise. »Du weißt es und weißt es doch nicht. Und du weißt auch nicht, wer deinen Schlaf sah und nun an deinem Bett sitzt.« Er legte behutsam seine Linke auf meine Stirn und sagte nach einer stummen Weile:

»Schließe die Augen und höre die Geschichte deines Vaters!«

Ich folgte seinem Wunsche; er nahm seine Hand zurück und begann, langsam, gleichsam Wort für Wort, zu sprechen:

»Ein König, der einst über dieses Land herrschte, verspielte Thron und Nachkommenschaft – bis auf die einzige Tochter und seinen jüngsten Sohn. Diese fielen in die Hände eines feindlichen Eroberers und sollten in die Sklaverei gehen; aber die Anmut und Schönheit des Mädchens rührten den Sieger, und er gewährte ihr den Loskauf eines Gefangenen. Die Schwester kaufte mit Schmuck, den sie in ihrem Haar trug, den Bruder frei und folgte dem Sieger in die Fremde.

Der Losgekaufte erwarb das verlorene Erbteil neu und wurde Herr über Thron und Land. Er war Vater über gesunde Söhne und blühende Töchter. Aber sein Glück blieb nicht vollkommen. Denn als sein Weib vor der Geburt eines Kindes stand, erschreckte sie ein böser Traum, und ein Traumdeuter verkündete, das Kind, das geboren würde, werde wieder verspielen, was der Vater zurückerwarb. Da ließen die Eltern das Neugeborene in der Wildnis aussetzen, ehe es ihrer beider

Herz gewänne, um das geweissagte Unheil abzuwenden. Aber alle nachgeborenen Kinder konnten dieses eine nicht vergessen machen. Sooft der Vater seiner hochherzigen Schwester gedachte, gedacht er des Kindes, mit dem er sich ein zweites Mal losgekauft hatte; und sooft er des ausgesetzten Kindes gedachte, gedachte er der verlorenen Schwester. Die Jahre gingen ins Land, und der König wurde ein alter Mann. Da begegnete ihm eines Tages ein Jüngling, der Sohn eines niederen Mannes war, aber von edlem Benehmen und schöner Gestalt. Dieser maß seine Kräfte im Wettkampf mit den Jünglingen des Landes und besiegte sie alle, auch die Söhne des Königs, und es schmerzte den Vater nicht, ihre Niederlage zu sehen. In dieser Stunde aber, da der vermeintliche Niedere triumphierte, sandten die Götter einen wunderlichen Boten. Der löste mit seinem Messer die Zunge einer Seherin, damit sie aussagen konnte: der Niedere sei der ausgesetzte und nun wiedergefundene Sohn des Königs.«

Priamos schwieg. Dann sagte er leise:

»Die Götter nehmen, die Götter geben. Die dich erkannt hat, ist deine Schwester Kassandra. Der Bote der Götter aber, der ihr die Zunge löste...«

»Deiphobos...«, sagte ich, indem ich die Augen öffnete und in die meines Vaters sah, die sich mit Tränen füllten.

Er beugte sich über mich, nahm meinen Kopf in die Hände und küßte mich auf beide Wangen.

Dann richtete er sich auf und sagte:

»Ich habe nach deinem Pflegevater schicken lassen, denn niemand schenkt den Geschichten deiner Schwester Glauben. Er hat ausgesagt, daß du mein Sohn seiest. Ich werde ihn belohnen für das, was er an dir getan hat. Aber nun laß mich deine Mutter rufen. Denn auch sie hat dich erkannt.«

Er ging und ließ mich allein, und ich hätte gewünscht, allein zu bleiben, um zu mir selbst zu kommen. Sage einer jemandem, er sei nicht, der er ist, und erwarte von ihm, daß er es begreife und flugs wie ein Chamäleon seine Farbe und mehr als nur diese wechsele... Ich schwebte wie in luftleerem Raum, und zugleich drängten sich plötzlich Menschen in mein Leben, die ich nicht kannte – Eltern, Geschwister, Verwandte –, und andere gingen von mir fort. Mein bisheriges Leben sollte ein Irrtum, eine Täuschung gewesen sein? Eben noch Hirte – nun der Sohn eines Königs? Wie sollte ich das fassen können...

Aber da hörte ich sie schon kommen, meine neuen Eltern, und fürchtete mich plötzlich vor ihnen und allem wie ein Kind, und wie ein Kind, das sich fürchtet, zog ich mir plötzlich die Decke über den Kopf.

Ich vernahm, wie sie stehenblieben, und Priamos sagte:

»Es geht wohl über sein Vermögen. Er ist ja noch jung. Vielleicht sollten wir ihn jetzt in Frieden lassen.«

»Wie?« fragte meine mir eben zuerkannte Mutter enttäuscht und beinahe ärgerlich. »Ich sollte mein Kind jetzt nicht sehen dürfen?!«

Sie kniete an meinem Bette und zog mir sacht, aber energisch die Decke vom Gesicht, die ich vergebens festzuhalten suchte. »Sieh mich an«, bat sie leise. »Sieh mich an, mein Sohn!« Ihre Stimme schwang von begehrlicher Zärtlichkeit.

Und nun gehorchte ich ihrer Bitte und blickte sie an. Sie begann zu lächeln, und plötzlich lachte sie, und mitten im Lachen brach sie in Tränen aus und legte den Kopf an meinen Hals und schluchzte. Ich legte langsam und etwas unsicher meine Rechte auf ihre zuckende Schulter, denn mit der Linken mußte ich mir eine feine Haarsträhne aus den Lippen lösen, die ihre Aufwallung gelockert haben mochte, und nachdem dies geschehen war, legte ich auch meinen linken Arm um sie.

»Ja, halte mich«, schluchzte sie. »Auch ich will dich fortan festhalten, immer, immer...«

Ihre Bewegung rührte mich. Aber zugleich erinnerten mich

ihre Worte doch auch daran, daß sie mich einst hatte fahren lassen, und das half mir, meine Rührung herunterzuschlukken.

Schließlich richtete sie sich auf und sagte lebhaft, dabei immer wieder den Kopf schüttelnd:

»Ihr glaubt nicht, nein, ihr glaubt es nicht, woran ich ihn erkannt habe. Ach, ich muß es euch erzählen. Ich muß, ich muß. Setz dich hoch, mein Sohn! Da, nimm das Kissen in den Rükken! So ...«

Sie steckte ihr Haar etwas auf, trocknete mit einem Tüchlein die Wangen, und ich sah, daß sie das war, was man eine schöne Erscheinung zu nennen pflegte. Das Haar war voll, die Arme waren schön geformt, die etwas starken Jochbeine durch Augenbrauen, die fast zusammenliefen, gemildert; die Wangen schienen im Dämmerlicht noch glatt... Deine Mutter ist eine schöne Frau, dachte ich. Und als ob sie meinen Gedanken erraten habe, fragte sie erwartungsvoll lächelnd:

»Gefalle ich dir?«

Ich lächelte zurück.

»Sprechen sollst du!« – sie äffte mein Kopfnicken freundlich nach. »Aber laß es. Es geht alles über deine Kraft. Ja, und auch über die meine.«

Sie legte die Hände vors Gesicht und schluchzte wieder.

»Du wolltest uns erzählen...«, meldete sich die ruhige Stimme des Priamos.

Sie richtete sich langsam auf und schüttelte dann den Kopf, als wolle sie ihre Bewegung verscheuchen.

»Ja. Ich muß es erzählen. Es ist über die Maßen rührend und seltsam. Welche Zeichen die Natur ersinnt, ach, welche Zeichen!«

Sie sah gerührt auf mich nieder.

»Nein. So hätte ich es nicht entdeckt. Aber als du schliefest! Dabei hatte ich es vergessen. Aber dann fiel es mich wie ein Blitz an.«

Sie wurde still und ernst. Ihre Stimme beruhigte sich.
»Als mein Vater Dymas starb, war ich bei ihm. Du warst schon in meinem Leibe, aber ich ahnte es noch nicht. Er rang achtundvierzig Stunden mit dem Tod, und wir Schwestern lösten uns ab im Wachen an seinem Bett. Ich war zugegen, als er verschied. Und wie er so dalag, fiel mein Blick auf seine rechte Hand, die leicht geschlossen war, und ich bemerkte, daß er den Daumen zwischen Zeigefinger und Mittelfinger hielt. Ganz leicht. Was soll man dabei denken? Nichts, wird man sagen. Und ich dachte mir auch nichts dabei. Es fiel mir nur auf, und dann entfiel es mir wieder, und dann fiel es mir wieder ein, als man dich, mein Sohn, neben mich legte. Denn in all dem Kummer und Zweifel jener Tage ließ es mich lächeln und entlockte mir zugleich Tränen: Du trankest, und dann lagst du satt an meiner Brust – und was sah ich?! – du hieltest den winzigen Daumen, wie mein Vater Dymas den seinen gehalten hatte. Und es war die gleiche Hand dazu, die rechte.«
Sie verstummte und sank in sich zusammen. Die Erinnerung drohte sie wieder zu überwältigen.
»Ich entsinne mich wohl«, sagte Priamos in das lastende Schweigen. »Ich entsinne mich, daß du mir davon sprachst.«
Und mir schien, daß beide etwas dachten, das sie nicht aussprechen wollten in meiner Gegenwart.
Schließlich faßte sich Hekuba, und ihre Stimme klang fast heiter jetzt.
»Und was soll ich euch sagen! Ich lehne mich über deinen Schlaf, um dich anzusehen« – und bei diesen Worten wandte sie sich wie mit einem Hopser mir zu – »und sehe nichts als deine rechte Hand, denn du lagst auf dem rechten Arm, und der linke hing über den Bettrand ins Dunkel. Aber wie hältst du deine Hand?!«
Sie stand auf und hielt wie im Triumph ihre Rechte empor, den Daumen zwischen Zeige- und Mittelfinger.

»So hieltest du sie! So!!« Und leise: »Als ob du eben geboren wärest.«
»Er ist es ja«, sagte Priamos freundlich. »Ist er nicht wie neugeboren?«
»Ja«, sagte sie. »Ja, ja! Er ist mir wiedergeschenkt. Und ich habe ihn geboren, Priamos. Hörst du?«
»Ich höre.«
»Natürlich. Du weißt es ja selbst recht gut. Und was für ein schönes Kind er ist! Ach«, seufzte sie plötzlich, »wenn ich denken muß, wie reizend du mit drei, vier Jahren ausgesehen haben mußt. Ach nein, ausgesehen hättest, muß ich wohl sagen. Denn sicher« – sie wandte sich Priamos zu – »war er sehr vernachlässigt, recht schmutzig und ungepflegt da oben, bei den armen Leuten im Gebirge...«
»Es hat ihm nicht geschadet, wie du siehst.«
»Wie du nur so töricht reden kannst! Wie willst du das wissen!? Ich verstehe dich nicht, Priamos.«
Aber sogleich wandte sie sich wieder mir zu:
»Ach, du mußt uns viel erzählen, mein Sohn...«
»Aber doch nicht jetzt«, fiel ihr Priamos ins Wort. »Komm jetzt, meine Liebe! Nun soll er sich selbst gehören.«
Er zog sie sanft am Arm.
»Du hast ja recht«, seufzte sie. »Wie soll er das alles verstehen. Aber nicht wahr, mein Sohn, ein wenig gehörst du ja jetzt auch mir?«
Sie entwand sich unversehens dem Griff des Gatten, beugte sich über mich und küßte mich.
»Schlaf wohl!« flüsterte sie. »Schlaf wohl, mein Sohn.«
Dann stand sie rasch auf.
»Schlaf wohl«, rief sie noch einmal an der Tür.
»Ja, schlaf«, fügte Priamos ruhig hinzu.
»Schlaft wohl...«, antwortete ich leise. Dann war ich mit mir allein.
Ich legte mich zurück, und plötzlich fühlte ich, wie Tränen

aus meinen Augen flossen. Nicht aus Rührung oder irgendeinem mir bewußten Grund. Es war wie das stumme Schreien eines Säuglings; die Tränen drangen aus mir heraus als ein Schweiß meiner überforderten Sinne. Ich vermochte nichts zu denken und zu fühlen. Ich verlangte nach Schlaf, und der Schlaf kam und nahm den neugeborenen trojanischen Prinzen in seine Arme und entführte ihn ins Vergessen, ins Niegewußt, ins Nichtmehrsein.

AUFNAHME IN DIE FAMILIE UND EINSTAND BEI HOFE

Als Gewinner des Wettkampfes und Gast des Königs badete ich mich im wohligen Wasser des Ungewohnten – als dem plötzlich wiederentdeckten Prinzen wurde es mir bald zu heiß. Ich kam mir wie ein junger Preisstier vor, als ich am Tage nach jener denkwürdigen und verwirrenden Nacht mit meiner Familie bekanntgemacht wurde und die Schar meiner Brüder, Schwestern, Schwäger und Schwägerinnen und anderer Verwandter mich begutachtete. Es waren manche darunter, die mir sehr gefielen, vor allem Hektor, dann ein weiterer Bruder, der Polites hieß, der hübsche, sehr zarte Troilos und mein kleiner Nebenbruder Polydoros. Ich vermißte Deiphobos, und mein Vater erspürte das wohl.

»Deiphobos habe ich beurlaubt«, sagte er. »Er wird dir allein von Angesicht zu Angesicht begegnen und sich mit dir versöhnen.«

Unter den anderen freilich schienen mir viele Wind- und Schoßhunde. Die meisten waren wohlanzusehen, aber sie nahmen sich, blickte man genauer zu, doch wie ausstaffierte Puppen aus. Im Grunde waren sie Halbwüchsige oder gar noch Kinder; aber das Hofleben hinderte sie wohl daran, es zu sein.

Meine Schwestern freilich gefielen mir ausnehmend gut, zumal ihre Reihe – im Gegensatz zu meinen fast dreißig Brüdern und Nebenbrüdern, von denen mir die Säuglinge und Jüngsten erst später einzeln vorgeführt wurden – leicht zu übersehen blieb, denn es waren ihrer nur vier. Kreusa war die älteste und demgemäß auch schon eine vollkommene Dame; sie war mit einem trefflichen jungen Mann verlobt, von dem ich überraschenderweise vernahm, er sei ein Sohn Aphrodites und eines Hirten. Es brachte mich nicht wenig durcheinander, darüber belehrt zu werden, daß die Göttin sich nicht nur mit Weissagungen und bloßen Versprechungen begnügt haben sollte. Aber ich sah wohl ein: die Vorstellungen, die man von den Göttern auf dem Lande hegt, beschränken sich auf das Notdürftigste. Mythos und Mysterien sozusagen aus erster oder doch zweiter Hand erschlossen sich nur den oberen Klassen ungeschmälert. Ich hatte da manches nachzuholen. Meine zweite Schwester hieß Laodike und war ein hübsches, etwas oberflächliches Frätzchen, das sich zweier Grübchen nach Kräften bediente und mich ohne weitere Anstalten lachend auf den Mund küßte. Sie zählte und zählt im Grunde noch heute, da sie fünf Kinder hat, zu den ewigen Backfischen, die es bequem und angenehm finden, jugendlich unbekümmert zu erscheinen und auf nachsichtige Sympathie rechnen zu dürfen.

Die interessanteste schien mir Kassandra, ein schwermütiger, schlanker Typ mit langsamen, fast schleppenden Bewegungen, die einen Gott hätten zur Raserei bringen können. Daß dies tatsächlich geschehen war, erfuhr ich am Tage danach durch meine Mutter, die sehr darauf hielt, daß ich erfaßte, in welche Familie ich zurückgekehrt war.

»Sie ist ein Inbild der Tugend«, sagte sie fast verzückt, um gleich darauf seufzend hinzuzufügen: »Wiewohl ich einen Gott nicht ungern als Schwiegersohn gesehen hätte. Aber da dies den Göttern von ihresgleichen verdacht und, soviel ich sehe, auf die Dauer nicht praktiziert wird, ist es besser so.«

Und sie erzählte mir von Nachstellungen des Apollo, deren sie sich nach anfänglicher Geneigtheit doch standhaft erwehrt hätte.
»Leider«, schloß sie, »hat Apollo ihre Sinne aus Rachsucht etwas verwirrt. Sie bildet sich seitdem ein hellzusehen und sieht doch immer nur schwarz. In deinem Falle allerdings hat sie wirklich hellgesehen. Vielleicht ist das Übel im Schwinden begriffen. Wie sehr wünschte ich es.«
Hier und jetzt sagte Kassandra freilich überhaupt nichts. Sie gab mir nur schweigend die Hand und sah mich ernst, fast durchbohrend an. Sie flößte mir Respekt ein, aber sympathisch war sie mir vom ersten Augenblick an nicht. Im übrigen überzeugte mich auch der Ruf ihrer Tugendhaftigkeit nicht, und je mehr mir Apollo der liebste unter den Himmlischen wurde, umso törichter fand ich es von ihr, sich dem Gotte versagt zu haben. Anstatt die Mutter einiger Halbgötter zu werden, entschloß sie sich, ein halber Mensch zu sein, die Umwelt mit trüben Ahnungen zu erschrecken und wie ein verkanntes Genie umherzuschleichen. Dabei ging ein eigentümlicher Reiz von ihr aus, eine sinnliche Aura umgab sie, die verführerisch schien. Aber vielleicht war dies alles wirklich nur Schein, und auch Apollo erhoffte sich wohl mehr von ihr, als sie ihm hätte geben können. Auf jeden Fall ist sie der einzige Mensch bei Hofe, an dem meine Menschenkenntnis versagt.
Kassandra hielt die kleine Polyxena an der Hand, die letzte und jüngste der Schwestern, ein wahrhaft zauberhaftes Geschöpf, das inzwischen hielt, was es versprach: Sie ist schön wie ein strahlender Morgen.
Mit einiger Mühe und Fassung überstand ich auch den Nachmittag, an dem ich dem Hofe vorgestellt wurde. Auch hier mischte sich Angenehmes mit Unangenehmem, Lächerliches mit Unausstehlichem.
Mein Vater hatte mir geraten, mich bei jeder Bekanntschaft

einer festen Formel zu bedienen, die lautete: ›Ich bin sehr erfreut, dich (oder euch) kennenzulernen.‹ Aber manchmal vergaß ich die Formel. Es schien mir auch zu albern, alles über einen Kamm zu scheren. Und als sich einmal ein recht kurzbeiniger Herr – er verwaltete die Finanzen, wie ich vernahm – mit einer überaus hochbusigen und auch sonst ausschwingenden Dame vorstellte und diese, noch ehe ich meine Formel gesagt hatte, sich enthusiasmiert an mich warf mit dem Ausruf: »Mein Mann und ich, wir sind überaus glücklich...!«, fragte ich einfach:

»Warum?«

Sie blickte verdutzt und zog es dann vor, hellauf zu lachen.

»Ich war bereit, es zu glauben«, sagte ich lächelnd. »Aber vielleicht ist es eine Übertreibung.«

»Nein, nein!« versicherte er eifrigst. »Es ist uns Ernst: Wir sind sehr glücklich...«

»Sicher habt ihr schöne Kinder!« schnitt ich ihm den Satz ab.

»Wieso?« fragte sie, völlig aus dem Takt gebracht.

»Wir hoffen noch immer...«, versuchte der kleine Finanzminister die Situation zu retten.

»Worauf, bei allen Musen, hoffst du denn?« fuhr sie ihn verzweifelt an.

Er schnappte wie ein Fisch auf dem Trockenen.

»Das Wichtigste ist«, tröstete ich ihn, »daß der Staatssäckel voll ist.« Ich fühlte mich am Arm berührt und weitergelenkt.

»Frage nichts«, sagte mein Vater leise. »Sage nur: Ich bin sehr erfreut...«

Und so erfreute ich mich denn weiter vieler neuer Bekanntschaften und fand mich reichlich fehl am Platze. Eigentlich hätte ich mich unsicher fühlen sollen; aber die Ergebenheit, die die meisten an den Tag legten, langweilte mich über die Maßen.

»Leidest du sehr?« fragte mich mein Vater schließlich teilnehmend.

»Was sind das alles für Leute?« fragte ich zurück.

»Es sind – wenigstens in der überwiegenden Zahl – meine Beamten. Ich gebe zu, sie sind nicht sehr interessant, aber sehr zuverlässig und diensteifrig. Sehr brave Leute. Sie hängen von mir ab, und das macht sie so beflissen. Du solltest sehen, wie sie auftrumpfen können, wenn sie es mit niederen Rängen zu tun haben. Sie verkörpern dann den Staat!« Er lächelte.

»Und du«, fragte ich etwas naiv, »hängst du nicht auch von ihnen ab?«

Er sah mich groß an: »Wie meinst du das?«

»Nun, sie könnten sich doch empören gegen dich. Sie haben doch die Mittel in der Hand.«

»Beamte empören sich nicht«, er schüttelte energisch den schönen Kopf. »Das wäre wider jede Regel und Gewohnheit und sicher auch gegen ihre Natur. Und wieso auch? Warum sollten sie sich gegen mich auflehnen? Ich ernähre sie doch gut. Sie haben keine Sorgen. Sie bekommen ihr regelmäßiges Entgelt. Ich versorge sie, wenn sie alt sind. Sie könnten sich von einer Auflehnung nur eine Veränderung zum Schlechteren erwarten. Das macht sie überaus zuverlässig. Und wie gesagt: sie können auch ihre Zähne zeigen. Aber hier ist nicht der Ort für dieses Talent. Du wirst dich noch gut stellen mit ihnen. Sie werden dann sehr entgegenkommend sein.«

»Diese Welt ist mir neu«, gestand ich.

»Ich weiß, ich weiß. Wir werden es bald hinter uns haben.« Und er führte mich den nächsten zu.

Am leichtesten hatte ich es mit den Heerführern. Sie faßten sich kurz, schienen aber ehrlich erfreut, den siegreichen Prinzen kennenzulernen.

›Gratuliere!‹ ›Hocherfreut!‹ ›Eine Auszeichnung!‹ so oder ähnlich lauteten ihre Formeln, und das erleichterte den Umgang mit ihnen beträchtlich. Außerdem gaben sie ein blinkendes, martialisches Bild ab. Ich konnte mich nicht enthalten, den Prächtigsten von ihnen ins Gespräch zu ziehen, indem ich seine Ausrüstung rühmte. Wie sich herausstellte, war ich an einen Heerführer geraten, der die Zusammenarbeit mit den Bundesgenossen zu pflegen hatte. Er reiste viel in Vorderasien herum, hatte überall seine Hände im Spiel und im Laufe der Jahre einen solchen Schatz nicht nur an Erfahrungen, sondern auch an Auszeichnungen, Ehrengaben und Prunkwaffen auf sich versammeln können, daß er ein wahres Schaustück von General war.

»Du hast den schönsten aller Leibröcke!« sagte ich.

»Päonien!« sagte er stolz.

»Aber auch deine Beinschienen sind wundervoll gearbeitet.«

»Mäonien!« sagte er.

»Und woher hast du diesen Leibgurt, diesen wirklich gediegenen?« »Aus Phrygien!«

»Und was für einen herrlichen Speer du trägst! Etwa aus Mysien?«

»Einen hiesigen!«

»Aber dieses Wehrgehenk da, das ist doch nicht troisch?«

»Minoisch!« Er lächelte.

»Und wo hat man so riesige Bögen und Pfeile? Ihre Ausmaße sind ja beinahe zyklopisch!«

»Äthiopisch!« strahlte er.

»Du bist ein weitgereister Mann«, sagte ich belustigt. »Ich beneide dich aufrichtig. Auch um das Schwert, das ich da seh.«

»Kolonä.«

Er hatte auf alles die kürzeste Antwort, und in nichts wiederholte er sich. Die Streitaxt hatte er in Lyzien zum Geschenk erhalten. Der Brustpanzer stammte aus Solymes. Die kunstvoll geflochtenen Sandalen vom Pontus. Und so weiter.

Es war übrigens der General Hodios, und er hatte nicht nur die schönsten Waffen, sondern auch eine reizende Frau, die sich freilich – infolge der vielen Reisen des Gatten – oft langweilte. Wir kennen sie schon von der Geschichte mit dem silbernen Stopfei her.

Im übrigen war ich ehrlich erstaunt, wie viele dieser und ähnlicher Leute es bei Hofe gab.
»Wovon leben diese vielen Menschen?« fragte ich arglos.
»Wovon sie leben?« wiederholte mein Vater. »Von ihrem Sold!«
»Und wie kommt der ein?«
»Du weißt nichts von Steuern, mein Sohn?«
»Nein«, gestand ich.
»Richtig«, besann sich Priamos. »Du bist noch nicht erfaßt.«
Ich starrte ihn an.
Er suchte nach Worten: »Erfaßt... ergriffen... Nein«, er schüttelte den Kopf, »ergriffen ist auch nicht das rechte Wort. Wer von den Steuern ergriffen ist, braucht noch nicht erfaßt zu sein. Aber ich gebe zu: Wer erfaßt ist, ist oft auch ergriffen.«
»Ich verstehe so gut wie nichts«, gestand ich freimütig.
»Du brauchst das auch gar nicht zu verstehen«, schloß er erleichtert. »Es bleibt für dich ohnehin Theorie. Als Mitglied des königlichen Hauses brauchst du überhaupt keine Steuern zu zahlen. Das hieße ja den Kamm kämmen.«
Am Abend traf ich dann mit Deiphobos zusammen, und ich muß sagen, daß er keine üble Figur machte.
»Wie die Dinge stehen«, begann er, noch ehe er mir die Hand reichte, »bin ich genötigt, dich um Verzeihung zu bitten. Ich wollte einem Hergelaufenen ans Leder, aber er entpuppte sich als mein Bruder. Mein Verhalten entsprang also einem Irrtum.«
»Einigen wir uns darauf«, entgegnete ich, »daß ich dein hergelaufener Bruder bin. Ich gebe auch gern zu, daß die Unbedachtheit deines Anschlages am Ende höhere Weisheit war. So hebt ein Irrtum den anderen auf, und das Endergebnis bleibt erfreulich.«
»Dann laß uns auf das Ergebnis trinken!« schloß er und ließ uns Wein bringen.

Er erbot sich, mir am nächsten Tag die Stadt zu zeigen und das Meer, das etwa anderthalb Wegstunden von Troja entfernt beginnt, und er war mir ein guter Führer und Begleiter. Es stellte sich dabei heraus, daß uns manches gemeinsam war.
»Du solltest hierbleiben«, sagte er. »Wir würden uns gute Tage machen. Wir würden reiten, fechten, schwimmen, fischen, segeln – es gibt nichts, das wir nicht unternehmen könnten. Ich habe einen hübschen Segler, mit dem wir manches Ziel erreichen. Du würdest staunen, was ich für lockende Ziele weiß.«
Aber mich konnte nichts mehr halten in Troja; ich begehrte, ins Gebirge zurückzukehren zu Oinone und meiner Herde. Es war freilich nicht eben einfach, meinen Wunsch durchzusetzen. Mein Vater stand zu seinem Wort. Aber meine Mutter hatte Einwände die Menge. Sie nannte mich undankbar, töricht, eigensinnig, pflichtvergessen und zeigte eine sehr frostige Miene, als ich ihr meine Verwunderung offen darüber aussprach, daß sie als königliche Ehefrau so wenig Verständnis dafür bekunde, wenn ich zu meiner Frau zurückkehren wolle.
»Sie mag ein gutes Geschöpf sein«, meinte sie mit hochgezogenen Brauen, »und unter den bisherigen Voraussetzungen durchaus ebenbürtig oder gar mehr. Aber nun ...« Sie hob die Schultern.
»Aber er liebt sie doch«, wandte Priamos ein.
»Männer pflegen, wie du wissen solltest, gern auch unter ihrem Stande zu lieben«, entgegnete sie und zog diesmal nur die linke Augenbraue hoch. »Dagegen ist offenbar kein Mittel erfunden. Aber die Ehe muß ein öffentliches Gesicht haben. Er ist jetzt ein Prinz und hat das zu berücksichten.«
Priamos wurde etwas unsicher. »Aber er ist doch gebunden!« warf er schließlich ein.
»Wenn ich recht verstanden habe«, beharrte meine Mutter, »lebt er in wilder Ehe. Von den äußeren Umständen will ich

einmal ganz absehen – jeder Seele ihre Höhle. Und wenn ich weiter überlege, sogar unter falschem Namen. Nicht bewußt freilich. Aber das Ganze beruht doch auf einem Irrtum.«
Sie versuchte es in Güte:
»Du kannst das nicht ohne weiteres begreifen, lieber Sohn. Es trifft dich auch keinerlei Schuld. Du siehst dich neuen Verhältnissen und unerwarteten Aufgaben gegenüber. Bleib und denke über alles in Ruhe nach. Ich meine es gut mit dir. Ich bin sicher, du wirst zur Einsicht kommen.«
»Du magst in manchem recht haben«, sagte ich beherrscht – aber in dieser Stunde verlor sie, was sie sich so sehnlich wünschte, »und ein Vorwand wäre es gewiß, diesen Bund aufzulösen. Aber – ich will ihn gar nicht lösen!«
»Ich glaube«, schaltete sich Priamos ein, »wir hüten uns vor jeder Übereilung und lassen ihm seine Freiheit.«
»Wie du willst«, sagte sie kühl, und jeder von uns Männern konnte es auf sich beziehen. »Macht das unter euch aus!« Und sie rauschte davon.
»Man kann sie nicht mehr ändern«, sagte Priamos entschuldigend. »Aber sie hat einen unschätzbaren Vorzug: sie zieht sich immer im rechten Augenblick zurück.«
»Und was wird?« fragte ich.
»Du gehst zurück zu deiner Frau«, erwiderte er, »und lebst, wie du jetzt zu leben wünschest. Ich gebe dir zwei tüchtige Männer mit und einen Knecht, der deinen Stier führen kann. Sie stehen zu deinen Diensten. Ich werde dir einen Teil meiner Herde überschreiben lassen, und deine Begleiter werden untersuchen, wo man dir und deiner Frau ein festes Haus errichten kann und die nötigen Stallungen für den Winter dazu. Was du brauchst, sollst du bekommen. Es bleibt genügend Zeit, alles nach bester Einsicht herzurichten. Bediene dich aller Vollmachten und Mittel und lebe nach deinem Gutdünken. Deine Rechte sind dir aufgehoben, und du wirst jeden Tag hier willkommen sein. Ob auf Tage, Wochen, Monate oder

für immer – es macht keinen Unterschied. Ich will gutmachen, was ich an dir gefehlt habe.«
»Du wunderbarer und kluger Mann…«, dachte ich bei mir und hätte es gern ausgesprochen. Aber weil er es verschmähte, fremde und eigene Gefühle genüßlich auf der Zunge zergehen zu lassen, stand er schon auf, reichte mir die Hand, und wir nahmen Abschied voneinander.
Ich schlief noch einmal unter seinem Dach, und weil ich wußte, daß es die letzte Nacht sein würde, tat ich es umso lieber.
Ich lag lange wach; denn ich erwog die Möglichkeiten, die er mir bot, und machte Pläne, vor allem, was das Haus betraf, das er mir bauen lassen wollte. Ich hatte nun die Vorzüge fester Behausungen kennengelernt und überprüfte im Geiste das weite Gelände des Ida nach einem verlockenden Fleck, da das Haus mit den Stallungen stehen könnte. Und indem ich mein Luftschloß aufbaute und einrichtete, schlief ich ein.

RÜCKKEHR ZU OINONE · DER GUTSHERR · AUFBRUCH

Wir hatten den zunächst fallenden, dann aber meist leicht steigenden Anweg zu der alten Raststelle hinter uns gebracht und tauchten nun, in der Frühe des zweiten Tages, in die vielgestaltigen Waldungen des Gebirges ein, dessen Schönheit ich jetzt mit doppelt wachen Sinnen wahrnahm. Es ist wild, und doch scheint es einer geheimnisvollen Regel unterworfen, die alle Spielarten der Flora zur Geltung kommen läßt, ohne dieser oder jener einen Vorzug einzuräumen. Es ist Mischwald von äußerstem Reichtum, der den Ida begrünt. Platanen erheben sich zu hohem Wuchs, immer wieder melden sich die Eichen, jung und fahrig oder uralt und planvoll. Das Kiefernvolk behauptet sich in allen Lagen. Ebereschen stehen dazwischen, hüfthoher Farn füllt eine Bodensenke aus – die Pflanzenwelt scheint unerschöpflich. Vielerorts sprießt Gras, in das sich Blumen mischen. Der Weg, der eben felsigen Untergrund überwindet, wird plötzlich federnd und weich. Dann breitet ein Windbruch sein Schlachtfeld aus, das übersät ist mit gestürzten, übereinander liegenden Baumriesen. Und immer wieder ist Wasser da, eine Quelle, ein Regenrinnsal, ein Bach. Schatten ist da und wird immer wieder vom Licht durchstoßen. Der Wechsel triumphiert.

Wir hielten an der nördlichen Flanke und sahen das Meer – einen schmalen leuchtenden Streifen, den Hellespont. Ein Hirt zog mit seiner Herde seines Weges. Die Pferde ruhten eine kleine Weile und rissen das saftige Gras. Man schmeckte die Luft, die der leichte Wind bewegte. Es war die zehnte Morgenstunde, da im Tal schon die Wärme schwillt; aber hier oben war es noch frisch.

Nach zwei Stunden wechselnden Weges führte ich meine Begleiter seitwärts über Geröll zu einem Wasserfang: einem riesigen, gehöhlten Stamm, der aufnahm, was von den Gipfeln herabrann. Dort aßen wir unser Zubrot, tranken das kühle Wasser und lagerten uns im Grase. Der Wind wühlte spielend in den Wipfeln, die Vögel ließen sich vernehmen, und einer der Begleiter sagte plötzlich:

»Hier könnte man pflichtvergessen werden.«

Es war jener, der mit den öffentlichen Bauten zu tun hatte und der erkunden sollte, wie und wo man das Haus bauen könnte, das mir zugesichert war. In Troja geboren, hatte er es selten länger als zehn Stunden verlassen.

»Wenn du willst«, sagte ich, »sollst du hier Luft schnappen können, heute und für viele Wochen. Entwirf mir einen Plan, und wenn er mir gefällt, sollst du das Haus bauen.« Und ich sprach ihm von meinen Vorstellungen und Wünschen.

Dann hieß ich die beiden und den Knecht warten, bis ich sie rufen würde. Ich wollte das letzte Stück allein gehen mit meinem Stier.

Als ich auf Rufweite unserer Behausung nahe gekommen war, rief ich Oinones Namen und lauschte. Und dann kam als Echo der meine zurück. Auf halbem Wege flog sie mir entgegen, und wir lagen uns in den Armen.

»Ich wußte es«, flüsterte sie. »Ich wußte es. Aber du bliebst lange aus.«

»Ja, länger noch, als du glaubst«, erwiderte ich. »Es ist viel geschehen.«

Und nun erst wurde ich es ganz inne, wie schwierig es war, ihr alles Vorgefallene zu erzählen. Ich kam ja als ein anderer wieder, und hatte schon ich selber mich schwer in meine neue Existenz gefunden – wie schwer würde es nun ihr fallen...

Wir gingen zu unserer Höhle, und so gern ich sie wiedersah – sie schien mir doch reichlich dunkel, und unversehens hatte ich mich am Kopf gestoßen. Ich hatte einen Felsvorsprung übersehen, dem ich sonst selbstverständlich ausgewichen war. Ich blutete leicht, und sie stillte, etwas verwirrt, die kleine Wunde.

»Du scheinst dich nicht mehr auszukennen in deiner Behausung«, lächelte sie verlegen.

»Wir werden ja bald ein Haus haben«, entgegnete ich. »Laß uns ins Freie gehen. Ich will dir alles erzählen.«

Ich hockte mich auf einen Stein; sie setzte sich zu meinen Füßen ins Gras und legte den Kopf an meine Knie: »Erzähle!«

Ich holte weit aus, berichtete von dem beschwerlichen Weg nach Troja, von meinem Warten, meinem Unmut, von dem Wettkampf und meinem Sieg, und manchmal rieb sie wie ein Tier ihre Wange an meinem Knie. Und schließlich trug mich der Strom der Erzählung davon, und ich vergaß die Schwierigkeit des Eigentlichen, ließ die anderen reden – meinen Vater, meine Mutter –, und so wurde es denn offenbar, das wunderliche Begebnis.

Sie kauerte jetzt ganz still; ich konnte ihr Gesicht nicht sehen und verstummte, beugte mich zu ihr und umfaßte sie – und

dabei fühlte ich, wie ihr Herz schlug, aufgeregt, in unregelmäßigen beinahe wilden Stößen.
Ich richtete sie auf; aber sie sah mich nicht an. Ihr Gesicht war blaß, und in ihren Zügen spiegelte sich ein solcher Schmerz wider, daß ich erschrak.
»Sieh mich an!« bat ich. »Sieh mich doch an!«
»Ich fürchte«, flüsterte sie, »daß du nicht mehr da bist, wenn ich meine Augen auftue.«
Ich nahm ihr Gesicht und küßte es viele Male. Und wie eine Schnecke, die man angestoßen hatte, behutsam aus dem Gehäuse kommt und sich in den Tag wieder hineinfühlt, so löste sich nun ihre Starre. Ihre Augen sahen mich an, wie man im Traume einen ansehen mag, von dem man weiß, daß er tot ist, und der einem als Lebender wieder entgegentritt.
»Warum bist du zurückgekommen?«
»Weil du hier bist.«
»Ich werde hier bleiben«, sagte sie fast drohend.
»Wir werden beide hier bleiben.«
»Hätte ich dich nie gesehen!« sagte sie wie zu sich selbst. Sie machte sich los und erhob sich.
»Habe ich denn Unrecht getan?«
Sie schüttelte den Kopf langsam. Dann rief sie verzweifelt: »Aber was tun wir denn nun?!«
»Wir tun, was wir taten«, sagte ich ruhig. »Nicht einmal meinen alten Namen sollst du vergessen. Ich bin frei. Mein Vater hat mich entlassen und mir einen Teil seiner Herden vermacht. Es wird alles bleiben, wie es ist, und sich nur zum Besseren verändern, wenn wir wollen. Setz dich. Ich will zu Ende erzählen.«
Sie gehorchte und ließ sich von meines Vaters Abschiedsworten berichten. Auch von den Bemühungen meiner Mutter, mich festzuhalten, sprach ich, ohne freilich ihre Worte wiederzugeben.
»Ich will diese Frau nie sehen«, sagte sie.

»Warum?«
»Ich will sie nicht sehen.« Mehr sagte sie nicht.
Dann aber mußte ich gestehen, daß ich nicht allein gekommen war und wozu man mich begleitet hatte.
»Ein Haus?!« fragte sie stirnrunzelnd.
»Ein sehr geräumiges, schönes Haus! Kein gewöhnliches.«
»Häuser sind das Gewöhnlichste von der Welt.«
»Aber du kennst sie ja nicht«, warf ich ein. »Du warst nie in einem großen Haus zu Gast wie ich!«
»Es treibt mich nicht, das kennenzulernen.«
»Laß uns nicht streiten«, bat ich. »Warte es ab. Ich bin sicher, daß es dir gefallen wird. Ich dachte wie du, als ich die Stadt sah. Aber hier hätten wir, was man dort nicht hat: ein Haus und die Weite und Einsamkeit des Gebirges. Wir hätten feste Stallungen für die Tiere. Niemand wird uns in unser Leben dreinreden...«
Nun aber war es an der Zeit, meine Begleiter zu holen und ein wenig zu bewirten. Sie schlugen unweit von uns ein leichtes Zelt auf, und am Morgen begaben wir uns allesamt auf die Suche nach einem geeigneten Fleck, den Weg, die Weideplätze, die nahe Quelle und alles Notwendige sonst bedenkend, und fanden schließlich, was wir suchten. Schon am anderen Morgen brachen die Leute wieder auf.
Für eine gute Woche begann das alte Leben neu, und nachdem die Gäste entlassen waren, wich auch alles Befremden von Oinone, und wir waren glücklich wie zuvor.
Dann aber folgten mühsame und erregende Wochen, als der Hausbau begann, und mich ergriff eine nie gekannte Lust, an diesem Unternehmen mitzutun. Frühmorgens brach ich schon auf, und ehe es nicht dunkelte, kehrte ich fast nie heim. Ich packte selbst mit an, und mit jedem Stein, jedem Stamm baute ich unser Glück höher.
Es brauchte einige Wochen mehr, als der Beamte geschätzt hatte, bis endlich das Dach aufgesetzt wurde und das Haus

im Äußeren stand. Und dann kamen die Lasttiere und Wagen täglich und brachten, was der Wohnlichkeit dient.
Anfangs hatte ich meine Wünsche zögernd vorgebracht, aber dann erfaßte es mich wie ein Rausch. War ich nicht der Sohn eines Königs, dem sich alles fügte und dem keine Grenze gesetzt schien? Auch der Beamte ermutigte mich zu immer neuen Wünschen und eroberte durch manchen guten Vorschlag meine Zuneigung.
»Du wirst sehen«, sagte er, »daß dein Beispiel Schule macht. Warum soll, wer es anders haben kann, die glühenden Monate des Sommers in der Stadt zubringen? Ein schönes Haus auf freiem Lande – das ist die Lösung der Zukunft. Ich werde noch manche solcher Häuser zu bauen haben, sieht man erst, wie das deine sich ausnimmt und welche Vorteile es bietet.«
Wir hatten die Stallungen getrennt aufgebaut, einen Steinwurf hinter dem Wohngebäude, in dem nichts zu fehlen schien. In einem steinernen Zufluß kam selbst das frische Bergwasser ins Haus. Einen Raum aber hatte ich kunstvoll herrichten lassen wie eine Grotte, nicht unähnlich der unseren, und der Fels, der an einer Seite an das Haus schloß, erleichterte dies. Damit wollte ich eine Brücke schlagen vom Alten zum Neuen. Es sollte Oinones Zuflucht sein, eine Überraschung für sie, ausgestattet mit einfachstem Zubehör, das die Natur selbst stellt. Denn Oinone sah wohl das Haus wachsen, aber das Innen – so war es vereinbart – sollte ganz mein Werk sein. Und endlich kam der Abend, an dem ich zu Oinone sagen konnte: »Morgen früh brechen wir auf. Das Haus erwartet dich.«
Wir gingen die knappe Wegstunde Hand in Hand, und dann sahen wir das Haus im Licht des Morgens vor uns, und ich führte sie nahe. Wir traten ein – zu ebener Erde flankierten je drei schlanke Säulen den überdachten Eingang –, und ich zeigte ihr Raum um Raum, seine Bestimmung, das Mobiliar und die Gerätschaften erläuternd, und sie betrachtete alles fassungslos und kopfschüttelnd; aber ihr Wohlwollen, ja

Entzücken war unverkennbar. Sie ließ meine Hand keinen Augenblick los, als führte ich sie durch ein Labyrinth. Und nachdem wir lange auf der Terrasse, die von den Säulen getragen wurde, in das Land gesehen hatten, führte ich sie in ihre Grotte und sagte:

»Und das soll dein Schneckenhaus sein.«

Ich hatte mich nicht getäuscht: die Probe war gut bestanden. Wir holten noch am gleichen Tag, was uns lieb war, und fast alles fand seinen Platz in der neuen Höhle, die gewissermaßen der strategische Punkt war, von dem aus Oinone das Haus in Besitz nahm.

Am meisten befremdete sie der Umstand, daß das geräumige Haus etliche Bedienstete verlangte, und so mußten denn von den fünf, die man geschickt hatte, zwei bald wieder den Weg nach Troja antreten. Um die anderen hatte ich weidlich zu kämpfen.

Zwei von ihnen, die für das Vieh sorgen sollten, bezogen einen Raum im Stallgebäude. Die einzig im Haus Verbleibende – ein junges, sanftäugiges Ding – wuchs Oinone binnen weniger Tage so ans Herz, daß sie ihr bald unentbehrlich scheinen wollte.

Die Herde zählte jetzt über fünfzig Tiere und die beiden Hirten hatte alle Hände voll zu tun. Nach zwei Monaten erwies sich ein kleiner Anbau als notwendig, und wir begriffen rasch, daß nicht nur wir das neue Eigentum täglich mehr besaßen – es besaß auch uns. Die hundert Handgriffe, die es verlangte, ließen keine Langeweile aufkommen, und Oinone gestand schließlich, sie wisse eigentlich nicht, was sie früher den ganzen Tag getrieben habe, der doch überaus kurz sei.

Der Herbst kam. Der Winter brachte neue Aufgaben, und da er diesmal ungewohnt streng ausfiel, gab es hinreichend Anlaß, das feste Haus zu loben. Wochen hindurch hatten wir Schnee, der sich sonst nur auf den Gipfeln zeigte, und die Zufriedenheit, die aus der Geborgenheit kam, war bei Mensch und Tier wohl zu spüren. Auch die Höhle kam zu Ehren; große brennende Klafter erwärmten sie; das Leben schien uns wohlgesinnt, und wir waren dankbar und freuten uns seiner. Dann schmolz der Schnee, das Wasser strömte zu Tal, und das Jahr wurde wieder jung. Die Herden zogen wieder aus – alles hatte seine Regel und seinen sicheren Gang. Ich kümmerte mich mit Fleiß um das Eigentum. Die beiden heimgeschickten Knechte kamen nun doch wieder, der eine brachte sogar seine junge Frau mit, die hochschwanger war, und im Sommer hatten wir schon eine kleine Familie, die zu uns gehörte. Ein paar Bauleute, die ich anforderte, schafften den nötigen Raum, und mein Beamter, der mit ihnen kam, sorgte schon für die Zukunft vor.

»Man spricht viel von dir in Troja«, sagte er. »Du giltst als Sonderling. Aber ich begreife dich gut. Immerhin – du solltest dich einmal sehen lassen. Dein Vater hält große Stücke auf dich.«

Seine Worte gingen mir nach. Ich hätte meinen Vater gern einmal wiedergesehen. Aber ich war hier beschäftigt, und das Zubrot, das mit einem Besuche verbunden war, reizte mich nicht genug.

Aber im Herbst, als die Herden in den Ställen und die Tage schon unerfreulicher waren, kam ein Bote, der mich wissen ließ, ein wichtiger Rat sei abzuhalten, und mein Vater wäre dankbar, wenn ich für zwei oder drei Tage nach Troja käme. Das schien mir nun eine gute Abwechslung, und ich ging und blieb statt drei Tagen fünf. Ich brachte schöne Dinge mit heim, aber mit diesen auch einen geheimen Stachel, der mich den Winter über manches Mal heimlich stach. Ich übte mich auf meiner Leier, die ich schon recht gut zu spielen verstand; ein Stäbchenspiel kam zu Ehren, das mir mein Vater geschenkt hatte; ich verbesserte die Gerätschaften, ging zur Jagd und verlor kein Stück Vieh aus den Augen – aber zuweilen fragte ich mich doch, ob dies nun für immer der Sinn mei-

nes Daseins sein solle. Ich hatte gewiß mein Leben in ungeahnter Weise und Schnelligkeit gesteigert, hatte Besitztümer gewonnen und war der unbestrittene Herr des Gebirges geworden, zu dem viele um Rat oder Hilfe kamen und dem jeder zu Gebote stand. Aber lag vor mir nicht ein Feld ungenutzter Möglichkeiten, die ich nicht wahrnahm? Entsagte ich nicht dem Leben, ohne es überhaupt kennengelernt zu haben?
Solche Gedanken kamen und gingen, aber sie kehrten wieder, und wohl weil ich sie mit niemandem besprach, wurden sie schließlich zu einem verborgenen, aber mächtigen Bestandteil meiner Natur. Ich begann, eine Art Doppelleben zu führen, eines der täglichen Arbeiten und Gewohnheiten – und eines der Träume und Wunschvorstellungen.
Dieses Doppelleben geheimzuhalten, gelang mir geraume Zeit; denn gerade weil Oinone keinerlei Anlaß zu Unmut oder Enttäuschung gab, empfand ich meine Gedanken als ungerecht und kränkend für sie, bezichtigte mich selbst der Treulosigkeit und des Undanks und hielt sie umso geflissentlicher geheim vor ihr. Ich redete mir ein, diese Haltung schone sie und erspare ihr Schmerzen. Aber zugleich fühlte ich, daß ich auswich und vertagte, was besser nicht vertagt worden wäre. Ich begann, darüber uneins mit mir selbst zu werden, schalt mich einen Feigling, der weder den Mut habe, eine schmerzliche Wahrheit auszusprechen, noch den, sich selbst offen Genüge zu verschaffen. Ich haßte mich manchmal geradezu ob dieser Unentschiedenheit, und weil Selbsthaß nur durch Eigenliebe heilbar ist, beschuldigte ich insgeheim Oinone, der eigentliche Anlaß meiner Lage zu sein.
Ich hatte niemals die Frage ausgesprochen, ob nicht doch ein gelegentlicher Aufenthalt in Troja erwogen werden sollte, weil ich sicher sein durfte, daß schon diese Frage sie kränken würde. Sie gab mir in allem so eindeutig zu erkennen, daß hier und nirgend anderswo ihr Ort sei; ja, es kam sogar vor, daß sie eingestand, sie sehne sich zuweilen in ihre Grotte zurück:

»Dort lebte ich mein und dann unser Leben. Hier müssen wir es mit vielen teilen, und die Arbeit nimmt oft überhand. Auch wenn ich sie nicht selbst leisten muß, zehrt sie an mir. Es sind wohl die Menschen«, schloß sie seufzend. »Es wird vorübergehen. Verüble mir's nicht!«

»Nein, warum denn auch...«, sagte ich. Aber im stillen verübelte ich es ihr doch. Zeigten mir solche Worte nicht an, daß wir allzu verschiedene Naturen waren? Sie sehnte sich zurück nach dem Alten, und ich sehnte mich hinaus, nach Neuem. Ich will damit nicht sagen, daß meine Liebe zu ihr erkaltete. Aber ich mußte mir doch eingestehen, daß ich lau wurde. Die erste Leidenschaft war verflogen, und die Kunst, sie zu pflegen oder neu zu wecken, ging ihr wohl ab. Sie verschmähte es, zu spielen, zu locken oder abzuweisen – Dinge, die ein Mann wohl durchschaut und nicht zu hoch veranschlagt, die ihm aber willkommen sind, weil sie ihm bedeuten, daß er begehrt ist und daß der andere seinen Ehrgeiz dareinsetzt, zu entzücken, zu entflammen.

Ich war zu jung, um einzusehen, daß hinter allem, was sie tat, ihr ungeteiltes Wesen stand und daß sie nicht spielte, weil es ihr beinah tödlicher Ernst war mit diesem gemeinsamen Leben, das ja nicht in ihrem Plan gelegen hatte. Für sie war Liebe eine unwiderrufliche Entscheidung, ein unwiederholbares, nie ausschöpfbares Gefühl. Und anstatt mir zu sagen, daß es ein Glück für mich war, auf solche Weise geliebt zu sein, klagte ich sie bei mir der Kälte, der mangelnden Leidenschaft an. Und so höhlte sich unser Bündnis unaufhaltsam aus. Es blieb äußerlich alles, wie es begonnen hatte; aber in Wahrheit lebten, strebten wir auseinander.

Im Laufe des Winters geschah wiederum nichts, wenn auch Oinone zuweilen traurig äußerte, ich habe mich verändert. Ich leugnete; aber sie hatte recht. Der andere Teil meines Wesens, der von ihr fortstrebte, war schon zu mächtig, als daß ich ihn hätte niederhalten können. Und weil ich ihm die

Oberhand wünschte, trachtete ich weiter, ihn zu verbergen. Es gab Stunden, da ich nahe daran war, mich wie ein Kind, dessen liebstes Spielzeug zerstört ist, ihr zu Füßen zu werfen, ihr meine innere Not, meine Gedanken, meine Verstellung einzugestehen und ihre Hilfe zu erbitten. Ich malte mir das in allen Einzelheiten aus, hörte ihre gute Stimme – aber was würde sie sagen?

›Laß uns alles aufgeben und fortgehen von hier, so daß niemand uns findet. Laß uns dort wieder beginnen, wo wir glücklich waren. Wir führen ein Leben der Halbheit, und jeden Morgen tritt die Versuchung an dich heran, deinen neuen Namen zu einem neuen Leben zu machen. Ich glaube, deine Natur erkannt zu haben und zu wissen, was dir dient. Du mußt wählen zwischen mir und der Welt, die dich lockt. Sie verspricht dir viel, viel Ungewisses. Ich gebe dir nur eine Gewißheit: daß ich dich liebe.‹

So hörte ich sie sagen, ohne ihr je ein solches Wort abgefordert zu haben. Und wirklich: Ich fürchtete es wohl. Ich behielt nur:

›Du mußt wählen.‹

Und als der Frühling kam – ich entsinne mich seiner für immer, denn das Gebirge war mit Blumen geschmückt wie nie – und mein Vater mich wissen ließ, daß man in einer wichtigen Entscheidung meine Stimme erhoffte, wußte ich, daß dies die Gelegenheit war, mein Verlangen nach der Welt zu stillen. Als ich bei Oinone lag, die letzte Nacht vor meinem Aufbruch, die letzte Nacht dieses Lebens, begriff ich noch einmal ihren Wert, und die Summe der gemeinsam gelebten Zeit schoß zusammen zu einem schlackenlosen Kristall. Ich hielt es noch einmal in der Hand und wog es, hob es ins Licht und sah ergriffen seine Reinheit. Plötzlich glaubte ich, es nie aufgeben zu können, und umklammerte es mit beiden Fäusten, als hänge mein Leben und Sterben davon ab.

›Hier ist dein Glück!‹ schrie ich mir in schrecklicher Stummheit zu. ›Halte es! Laß es nie fahren! Nichts kann es ersetzen.‹ Sie mochte das Verzweifelte meiner Zuneigung spüren, denn sie war unsagbar zärtlich und trostreich in dieser Nacht. Meine Jahre fielen von mir ab, ich wurde wieder Kind, und sie war beides zugleich: Mutter und Geliebte. –

Ich brach früh auf, um am Abend schon in Troja zu sein. Aber ehe ich aufs Pferd stieg, stand ich noch einmal lange stille und betrachtete meine Welt.

›Wenn du dieses Pferd besteigst‹, sagte ich mir plötzlich, ›ist das Los gefallen. Du wirst nicht wiederkehren.‹

Ich ließ die Zügel fallen, und das Tier ging langsam seitab und begann, das junge Gras zu reißen. Aber da stieg im Osten der Glutball der Sonne auf. Sein Strahl traf mich; das Land lag offen und glänzend zu meinen Füßen.

›Du Zauderer!‹ schalt ich mich. ›Eine Göttin hat dir Glück verheißen, ein König dir seinen Namen vermacht. Und du zögerst, dein Spiel zu wagen?‹

Ich bestieg mein Pferd. Die Vögel erhoben eben ihre Stimme, Echsen huschten über das Gestein. Ziegen sprengten erschreckt vor mir über den Weg, und ein Sperber kreiste im Blauen. Ich ließ mein Reittier seinen Weg allein finden.

Nach zwei Stunden traf ich auf den Fluß und die alte Raststelle unter den Platanen. Aber ich hielt nur an, um das Tier zu tränken. Und je weiter ich in den Tag ritt, umso freier fühlte ich mich.

Und plötzlich ergriff ich Besitz von meinem neuen Namen, den ich doch nur zum Schein getragen hatte bis zu diesem Tage. Ich war weder Paris gewesen noch Alexander, sondern ein Zwischenwesen, ein hermaphroditischer Gutsherr und Landhausbesitzer, dem die Fülle des Mistes untrüglich anzeigte, wie hoch sich sein Viehreichtum belief. Ein Sonderling, der dem Leben auswich. Der Gefangene einer Nymphe, die zur Gutsherrin auf oder auch abgestiegen war. Alles war lau und unentschieden, war Ausweichen, Feigheit, Flucht.

›Bekenne dich zu dir selbst!‹ forderte ich mich auf. ›Sei, der du bist!‹

Ich gab meinem Pferd die Sporen, als ich das flacher werdende Land erreicht hatte. Die Würfel waren gefallen.

EIN PRINZENLEBEN · DIE HETÄRE SOPHIA

Daß ich Sohn des Priamos und der Hekuba war, hatte ich gewußt; aber was es heißt, ein Prinz zu sein, das lernte ich nun, da ich – wie ich mich vorsichtig ausdrückte – für längere Zeit den mir zustehenden und freigehaltenen Stuhl besetzte. Man machte mir's bequem, man fragte nicht, man dachte sich vielleicht sein Teil. Selbst meine Mutter sagte nicht, was sie dachte, und vermied alles, was meinen Widerspruch herausfordern konnte; im stillen durfte sie freilich triumphieren.

Ich bezog die mir zugewiesenen Gemächer – mein Vater kargte mit nichts – und lebte mich ein, rascher, als ich vermutet hatte, wenigstens was meine Familie betraf. Der Umstand, daß ich mich als wiedergefundener Sohn nicht gleich mit dem ganzen Gewicht meines Leibes ins Prinzenbett geworfen hatte, schien mir die Sympathien meiner Geschwister eingetragen zu haben. Lediglich die Pflichten der Repräsentation, denen man sich als Prinz schwerlich entziehen kann, machten mir einiges zu schaffen.

Das Leben bei Hofe, wenn man es ernst nimmt, ähnelt ja verteufelt dem eines dressierten Äffchens, wobei man allerdings dem Tierchen zugute halten muß, daß es sich insgeheim vielleicht unablässig nach Freiheit und Natürlichkeit sehnt. Die geborenen Hofleute freilich scheinen von solcherlei Begierden und Wünschen kaum geplagt. Ihre einzige Sorge, ihre einzige Begierde ist es, ihre Nachbarn an Gefälligkeit und Selbstgefälligkeit, an Gewaltausübung und Selbstvergewaltigung, an offener Dienstbarkeit und versteckter Herrschsucht, kurz in allen Tugenden höfischer Verwendbarkeit zu übertreffen.

Ich rede hier nicht von jenen harmlosen Naturen, denen die Furcht vor einer täglichen, ungesicherten Auseinandersetzung mit den Tücken und Herausforderungen des Daseins vermutlich mit der Muttermilch eingeflößt wurde und denen der Dienstplan den Aufwand einer eigenen Initiative abnimmt; ich meine jene Schicht von Leuten, die ein Ehrgeiz treibt, auf jedes ohnehin erkennbare Jota noch ein Tüpfelchen zu setzen, dem von anderen erlegten Bären das Fell abzuziehen und einen ohnehin holpernden Karren noch durch ihre aufthronende Kutscherpersönlichkeit zu belasten. Jene emsigen Wichtigtuer, die wohl überall in der Welt, ob sie nun unter redlich Regierenden oder unter gewissenlosen Tyrannen ihr Wesen treiben, mit elegantem Finger die Sahne von der Milch streichen oder, wenn es dazu nicht hinreicht, doch wenigstens das Wasser so lange quirlen, bis es schäumt; die das eigene Wohl mit dem öffentlichen verwechseln und deren höchstes Glück es ist dabeizusein, wenn gute Plätze vergeben werden. Selbst wenn zuweilen Köpfe unter ihnen sind – was sich der Mitwelt am deutlichsten einprägt, ist zuallererst und zuallerletzt ihr Gesäß. Und die Mehrzahl von ihnen ersitzt denn auch im Laufe der Jahre, was sie zu besitzen begehrt; Einfluß, öffentliches Ansehen und – was das Wichtigste ist – Macht. So ein Hof strotzt von Möchtegernen und Gernmächtigen, aus denen immer Mächtigere werden. Sie dienern sich hoch, erhöhen sich auf ihren Dienern; wenn sie keinen großen Schritt haben, spreizen sie sich; wenn sie nicht gefährlich sind, erweisen sie sich beflissen als nützlich; wenn sie keine Ideen haben, loben und befolgen sie die ihrer Vorgesetzten. Keine Schmähung, keine Niederlage, keine Einsicht hebt sie aus dem Sattel. Sie sind geborene Politiker. Man trifft ihresgleichen in allen Rängen und Lebensaltern – anders stürben sie ja aus. Haben sie erst einmal ihr Talent entdeckt, so

gibt es nichts, was die Welt vor ihnen schützen könnte. Und wenn sie in jüngeren oder mittleren Jahren nicht zum Zuge kommen – einmal zählen sie doch (denn sie überleben unter jedem Gerümpel) zu den Ältesten, und dann kann sich kein Volk ihrer Weisheit entziehen. Bei allen Göttern: es war eine merkwürdige Gesellschaft, die ich da an meines Vaters Hof kennenlernte.
Aber – wenn man alle diese Leute nicht so ernst nimmt, wie sie selbst ernst genommen zu werden hoffen, so brechen auf diesem Felde doch unerschöpfliche Quellen der Heiterkeit auf. Wer könnte es an Eitelkeit und Naivität aufnehmen mit unserem unübertrefflich aufgetakelten Hodios! Wer macht so geschickte Kratzfüße und so ungeschickte Bündnispolitik wie unser Anemopoetikos? Wer kann so hinreißend ein Epsilon aus einem Ypsilon, ein Ypsilon aus einem Epsilon machen wie der beleibte, schlauherzige Hyperphidias? So grollen und Feuer speien und sein Herz aus der Brust reißen wie unser Rechtsgelehrter Thomapyridis? Und wenn ich erst an den ältesten der Ältesten denke, den schlauesten aller Füchse, Antenor: wenn er mit dem biedersten aller Augenaufschläge sein bizarres Schnäuzchen in eine bestimmte Richtung hebt, indes sich hinten der Schweif schon leicht in die andere senkt! Muß man nicht, sofern man nicht gerade zu ihren nächsten Untergebenen gehört, ein ungetrübtes Vergnügen daran haben, ihnen zuzusehen, diesen unübertrefflichen Komödianten ihrer selbst? Ihre Zuschauer haben leider zu wenig Humor, sonst würden sie längst begriffen haben, was für ein hinreißendes Theater hier gespielt wird mit angestammten, auswechselbaren Rollen. Aber die Menschen lachen Tränen und weinen Gelächter, wenn sie die maskierten Schauspieler ihre angenommenen Rollen spielen sehen, drunten im Halbrund des Theaters, und übersehen ganz, welche unübertreffliche Komödie ihnen – oben, unter den Herrschenden – jahraus, jahrein, das Leben bietet. Und statt zu lächeln und zu lachen,

nehmen sie es ernst, und je ernster sie es nehmen, desto eher nimmt doch die Komödie die Gestalt einer Tragödie an.
Ihr solltet mehr lachen, liebe Zeitgenossen. Die Gefahr, sich selber totzulachen, ist unvergleichbar geringer als die Chance, den Belachten totzulachen. –
Ich hatte, wenigstens in der ersten Zeit, einige Schwierigkeiten mit meiner Mutter, die das Theater zu gut und mit zu viel Überzeugung spielte, als daß ihr meine abwertende Betrachtungsweise hätte behagen können. Sie hatte köstliche Schranzen um sich versammelt, von denen eine sich immer ernster nahm als die andere; und mit denen hatte ich's denn auch bald verdorben. Aber mein Vater erwies sich auch in diesem Falle wieder als nachsichtiger und behutsamer Berater.
»Man muß diese Leute gebrauchen, wie sie sind«, sagte er. »Ihr Trieb will sich ausleben. Und wer Politik machen will, soll sie denn doch für mich machen. Ich sammele diese ehrgeizigen Leute geradezu; ich gebe acht, wo ihrer einer sich regt, und beschäftige ihn sofort. Und wenn sich ein besonders Tüchtiger unter ihnen befindet, der es etwas schwer hat, zum Zuge zu kommen – denn sie stellen einander ja fleißig das Bein –, so helfe ich ihm. Vergnüge dich im stillen. Du wirst dich an deine Rolle gewöhnen. Ich kenne mein Geschäft.«
Also vergnügte ich mich stiller, aber nicht weniger, und Deiphobos leistete mir Gesellschaft dabei. Ohne ihn hätte ich schwerlich die Empfänge und Veranstaltungen des Hofes so gut überstehen können. Aber wenn wir so nebeneinander standen und uns zublinzelten, wurde die Strapaze unvermittelt zum Vergnügen. Denn nichts kann ja so befriedigen und heiter stimmen wie die Mitwisserschaft des Lächerlichen in einer angestrengt auf Würde bedachten Runde.
Im übrigen hatte mein Vater recht: Ich gewöhnte mich allmählich an meine Rolle und sah mich dabei klug von Deiphobos unterwiesen, der zweifellos ein Schwerenöter war, ohne indessen allenthalben anzuecken.

»Ich bin in dieser Umgebung aufgewachsen«, so erklärte er eines Tages auf mein Befragen sein diesbezügliches Talent, »und lernte meine Rolle spielen, noch ehe ich ihren Inhalt kannte. Als ich dann das Auswendiggelernte hier tagtäglich begriff und gewahr wurde, wieviel todernste Komödie hier tagtäglich gespielt wird, erging es mir zunächst wie dir. Aber da ich allein und keiner mit mir zu lachen bereit war, entschloß ich mich, das groteske Spiel mitzuspielen, und fand mehr und mehr Vergnügen dabei. Heute hole ich zwar manches nach, was ich mir versagte, als du noch nicht hier warst. Aber im Grunde habe ich mein System gefunden und halte daran fest. Ich empfehle es auch dir.«

»Und wie sieht dein System aus?«

»Ich spiele mit, aber ich spiele falsch.«

»Hm«, meinte ich, »du glaubst also, die anderen spielten nicht falsch?«

»O du lieber Hermes!« lachte er. »Natürlich mogeln sie alle nach Strich und Faden, übertölpeln einander, stechen sich gegenseitig aus – es ist ja ihr Beruf. Ich aber bin Falschspieler aus Liebhaberei. Jene machen den andern etwas vor, glauben aber dabei an sich selbst. Ich aber mache ihnen alles und mir nichts vor. In meiner Kindheit spielte ich zuweilen Theater, sagte Verschen auf, ahmte andere Leute nach. Ich wäre gerne Schauspieler geworden. Aber das ist einem Prinzen natürlich untersagt. Ein Prinz als Komödiant – nicht auszudenken! Da entschloß sich der Komödiant in mir, den Prinzen zu spielen ...« »... der du ja bist!«

»Ja. Aber jetzt bin ich's zweimal und habe doppelten Spaß. Du wirst es noch gewahr werden, wenn du erst auf den Geschmack gekommen bist. Wollen wir's nicht gemeinsam probieren? Da jeder das allgemeine Publikum, sich selbst *und* noch den Mitwisser zu Zuschauern hätte, müßte es sogar ein dreifacher Genuß werden. Laß uns morgen anfangen, wenn die Gesandten zum Thronrat kommen.«

Der Thronrat, der in diesem Falle das Äußerste an Schaustellung war, fand statt, und wir spielten unsere Rollen. Mein Vater lobte mich hernach dafür, daß ich die Sympathien des dikken päonischen Gesandten im Sturm erobert hatte.
Freilich war mir das gelungen, denn Deiphobos hatte mir verraten, daß der Gesandte seine Neigungen ausschließlich für die eigene Art aufspare. Ich setzte ihm so liebenswürdig zu, daß er vor Erregtheit fast einen Schlaganfall bekam. Er war rot wie ein Hahnenkamm. Deiphobos und ich lachten noch Wochen über das gelungene Spiel.
Auf solche Weise wurde mir meine Existenz zum Wechselbad. Draußen beim Waffenspiel, bei unseren Unternehmungen und Ausritten war ich wie ein Tier auf freier Wildbahn. Bei den Veranstaltungen des Hofes spielte ich den hoffnungsvollen Prinzen. Da dergleichen Anlässe freilich nicht häufig wiederkehrten, überwog das freie, natürliche Leben bei weitem. Ich lernte endlich schwimmen, die Segel führen, einen Streitwagen im Rennen lenken, vervollkommnete meine Schwertkunst, meine Fertigkeit auf der Leier – es war kein Mangel an reizvoller Beschäftigung, und fast immer war Deiphobos an meiner Seite. Brüder und Nebenbrüder hatte ich viele; aber er war zugleich mein Freund.
»Und mich wolltest du umbringen!« sagte ich eines Tages, als wir auf einem Felsen am Meer lagen und uns müde geschwommen hatten.
»Ach mein Lieber«, meinte er sarkastisch. »Wenn die Leute immer genau wüßten, wen sie umbringen, gäbe es sicher keine Kriege mehr ...«

Deiphobos verdanke ich auch die Begegnung mit einer in jeder Hinsicht außergewöhnlichen Frau.
Mein Bruder unternahm von Zeit zu Zeit in Gesellschaft zweier oder dreier Freunde bei günstigem Wind auf seinem kleinen Segelschiff Fahrten mit ungenanntem Ziel, und vor

einer dieser Ausfahrten fragte er auch mich, ob ich Lust hätte, ihn zu begleiten.
»Wohin fahren wir?«
»Wie der Wind will«, meinte er augenzwinkernd. »Laß dich überraschen!«
Wir segelten einen Tag und eine Nacht, warfen gegen die elfte Morgenstunde in dem Hafen einer größeren Insel den Anker aus und gingen an Land. Deiphobos war heiter und aufgeräumt, wie nur Liebende es sind, die zu ihrer Freundin gehen, und hielt uns zur Eile an. Bald erreichten wir am Rande der Hafenstadt ein nicht eben auffallendes, aber schön gebautes und erlesen eingerichtetes Haus mit einem kleinen Innenhof, der durch zwei zierliche Säulenpaare hindurch den Blick auf einen wunderschönen Garten freigab. Es war das Haus der Hetäre Sophia, der heimlichen Geliebten meines Bruders. Aber wie es ihrem Stande entsprach – Deiphobos war nicht ihr einziger Freund, wenngleich unter den Bevorzugten ein besonders Bevorzugter.
Eine Sklavin führte uns zu dieser »Weisen« der Liebe, die uns in Gesellschaft einiger Freundinnen schon erwartete; sie hatten das Schiff einlaufen sehen. Alle waren, wiewohl verschieden an Gestalt, anziehend gewachsen und gekleidet, sicher und frei im Gebaren und, wie sich bald herausstellte, nach Liebhaberart auch mit den Künsten vertraut. Die eine zeigte ein paar hübsche Stickereien. Die andere klimperte anmutig auf einer kleinen Zither. Die dritte trällerte ein Liedchen dazu. Und zum Abend dann erwiesen sich alle als geübte Tänzerinnen.
Aber jetzt war Mittag. Wir wurden zum Mahl gebeten, und die Gastgeberin mit ihren Freundinnen nahm hier den gleichen Rang wie wir ein. Ich sah, wie reizvoll es doch sein kann, in Gesellschaft von Frauen zu speisen.
Ich will von Sophia erzählen und meinem Gespräch mit ihr – überlassen wir die anderen Paare sich selbst. Deiphobos, der

sich während des Mahles recht verliebt gebärdet und Sophia den Hof gemacht hatte, schien plötzlich den Reizen einer ihrer Freundinnen erlegen zu sein. Ich sah mich von der Hausherrin ins Gespräch gezogen, sah mich unversehens mit ihr allein, sah es gern, sah sie gern und – was in dieser Situation wohl das Bemerkenswerteste sein dürfte – hörte ihr mit einem Vergnügen zu, wie ich es bis dahin auch nicht annähernd im Gespräch mit einer Frau empfunden hatte.
Natürlich hatte sie von Deiphobos alles Nähere über mich erfahren – sie spielte zuweilen auf diese oder jene Einzelheit an –, und natürlich fand sie an mir und ich an ihr Gefallen. Ich huldigte dabei der Vorstellung, die Rechte des Deiphobos respektieren zu müssen, und sie ihrerseits hatte andere, wie sich noch ergeben sollte, recht zwingende Gründe, alles – was sie war, wußte und empfand – dem Wort anzuvertrauen. Wir erkannten, umwarben, begehrten einander – im Wort. Das Wort war unser Medium, unser Tastsinn, Geist, Charakter, Geschlecht. Nie zuvor wußte ich, wie tief Eros in der Sprache wohnt, wie ihr Leib sich seinen Weisungen und Regungen anschmiegt, wie dieser Gott um sie und mit ihr zu werben weiß. Umarmung, Verschmelzung, Zeugung gesehen im Geist und dann in der Tat. Dazwischen aber, als seine ästhetische Gestalt, schwebt das Wort.
Sie war, selbst aus wohlhabendem Hause stammend, eines reichen Mannes Frau gewesen und hatte diesen nach dreijähriger Ehe auf dem Wege einer wohlvorbereiteten, abenteuerlichen Flucht verlassen, um hier, weitab von ihrer alten Heimat, ihr eigenes Leben zu leben. Desgleichen dürfte nicht eben häufig geschehen, und ihr Schicksal erweckte denn auch mein Erstaunen. Mehr noch freilich bewunderte ich an dieser Frau die willensstarke Natur und das ungewöhnliche Denken, denen so ungewöhnliches Handeln entsprungen war.
»Du liebtest deinen Gatten nicht?« fragte ich.
»Ich habe keinen Anlaß, schlecht von ihm zu sprechen«, er-

widerte sie sachlich. »Er war ein verträglicher, erfolgreicher Mann und wohlanzusehen. Allerdings hielt sein Geist nicht Schritt mit seinem rasch anwachsenden Vermögen, und sonderlich kurzweilig war er auch nicht. Aber im letzten löste ich mich weniger von ihm als von den geltenden Sitten, die uns Frauen erniedrigen.«
Ich wußte damals noch nichts von den geltenden griechischen Sitten und gestand das.
»Oh, sie sind wohl nicht schlechter als die euren, aber schlecht genug, um von mir verworfen zu werden. Sie geben den Männern alles, was diese nur begehren, und uns nur die Herrschaft über Mägde und Sklavinnen, von denen jede, taugt sie nur leidlich dazu, morgen meine nächtliche Rivalin sein kann. Und wenn mein Mann reich ist, kann er sich Nebenfrauen kaufen, so viele er mag – das Gesetz erlaubt es ihm, und ich muß es hinnehmen. Und das gleiche Gesetz erlaubt ihm auch, mich zu strafen, zu verstoßen, ja zu töten, wenn ich einmal täte, was er jede Nacht tun darf. Nicht allein, daß mich solches Gesetz entwürdigt – es beraubt mich auch dessen, was mein Mann zu seinen Konkubinen trägt.«
Ich mußte ihr recht geben. »Dennoch gibt es«, sagte ich, »auch unter diesen Bedingungen harmonische Ehen.«
»Für Schafe...«, warf sie abschätzig ein.
»Oh, manche Frauen machen Lämmer aus ihren Männern. Sie machen ihnen den Weg schwer in die Schlafkammern von Mägden und Konkubinen!«
»Lieber Freund«, meinte sie kopfschüttelnd, »der Weg zu diesen Kammern ist der kürzeste und bequemste überhaupt, denn der Haushahn hat ja sein Nest inmitten des Hühnervolkes. Der ehelichen Glucke dagegen ist außerhalb des Frauenquartiers ein Nest bereitet, damit die Freiheit des Herrn Gemahls nicht beeinträchtigt werde. Wolltest du mir zumuten, mit hundert Launen und Szenen einen Mann unter den Pantoffel zu nehmen und mich mit solcher ›Männlichkeit‹, sol-

chen unreifen Früchten der Notzucht zufriedenzugeben? Oder sollte ich gar in Wettbewerb treten und mit meinen heimlichen Rivalinnen um den Preis der Zärtlichsten und Gefälligsten streiten?!«

Ich schwieg und dachte nach. Plötzlich kam mir Oinone in den Sinn. Mir wollte scheinen: So hätte auch sie gedacht – wenngleich kaum so gesprochen.

»Du machst kein sonderlich gescheites Gesicht, mein Lieber«, spöttelte sie. »Meine Reden gefallen dir nicht?«

»Ich bewundere dich.«

»Tu das nicht«, warnte sie. »Das erschwert unseren Umgang. Im Grunde beschäftigen mich diese Dinge nicht mehr. Meine Natur hat mir den Weg aus diesem Gefängnis gewiesen. Ich halte einiges von meinem Kopf, aber ich denke mit allen Gliedern meines Leibes. Ich bin nicht geschaffen, am Rocken zu hocken, Kichererbsen und Saubohnen zu verlesen und die Wäsche meines Gatten zu waschen. Es gibt edlere Beschäftigungen für eine Frau.« »Zum Beispiel?«

»Die Liebe...« Sie lächelte, und dieses Lächeln gab zwei wundervoll ebenmäßige Zahnreihen frei. »Oder weißt du eine edlere?!«

»Nein, im Augenblick nicht.«

»Diese Einschränkung nehme ich nicht an! Ihr Männer habt immer eine zu geringe Meinung vom Augenblick und eine zu gute von der Zukunft. Von *eurer* Zukunft natürlich.«

»Glaubst du nicht, daß die Frau – die gewöhnliche – noch viel mehr an ihre Zukunft denkt als ein Mann?«

»Die gewöhnliche, ja. Das hängt mit unseren Gesetzen zusammen.«

»Nicht nur. Das sind gewisse Instinkte...«

»...der Glucke. Ich weiß.«

»Höre, Sophia. Es geht mir nicht um gewöhnliche Frauen oder Männer. Es geht um – die edle Beschäftigung, der übrigens auch die unedlen Naturen nachgehen.«

»Mein Lieber«, sagte sie mit ungewöhnlichem Ernst, »*das* solltest du weder glauben noch sagen. Ein Betrunkener kann singen; es bleibt ein Grölen. Tut ein großer Sänger das gleiche? Willst du das Gekeif eines Marktweibes mit den Versen eines Dichters gleichsetzen, nur weil sich beide in dieselbe Sprache teilen? Man hat das Wort Kunst gefunden, um das Edle vom Gemeinen deutlich zu scheiden. Alle Regungen und Äußerungen der menschlichen Natur werden dieser Unterscheidung gewürdigt. Aber unser geheimstes Entzücken, unser zärtlichstes, freiestes Spiel, die Liebe ...« Sie verstummte. Trauer beschattete ihr Gesicht.

Ich nahm es wahr, und es bewegte mich.

»Du hast mich mißverstanden«, sagte ich. »Gibt es nicht das Phänomen – und das ist allgemein – und die Kunst der Liebe? Ich setze nichts gleich.«

»Laß ...«, sagte sie. »Verzeih meinen Unmut. Du triffst mich nicht in meiner besten Stunde an. Ich bin etwas gereizt. Ich verstehe schon ...«

Bald hellte sich ihre Miene wieder auf, und schließlich meinte sie:

»Ich sollte diesem Kuckuck Deiphobos gram sein. Aber ich bin es nicht. Ich bin ihm dankbar. Willst du nicht näher zu mir kommen?«

Ich setzte mich auf das Ruhebett, auf dem sie aufgestützt lag; sie nahm meine Hand und legte sie an ihre Wange. »Ist es nicht schön, über die Liebe zu sprechen?« fragte sie lächelnd. Und seufzend dann: »Man hat so selten Gelegenheit.«

»Wie das?!« fragte ich verwundert. Aber sie legte mir ihre Hand auf die Lippen.

»Mein Freund«, sagte sie endlich, »die Liebe ist schon deshalb eine Kunst, weil sie im Bewußtsein der Unvollkommenheit das Vollkommene ersehnt.«

»Manche glauben, dieses Vollkommene in der Ehe zu finden!«

Sie nickte einige Male spöttisch. »Sie glauben es, gewiß. Es ist Aberglaube, mein Freund. Es muß Aberglaube sein.«
»Kann es keine Liebe von Dauer geben?«
Sie blickte mich lange zärtlich an. Schließlich erwiderte sie: »Je länger ich dich ansehe, desto mehr wünsche ich es. Aber könnte ich es mir wünschen – wenn ich zuvor an die Dauer meiner Neigungen geglaubt hätte?«
»Du spielst auf Deiphobos an?«
»Auf alle, die ich liebte und liebe. Willst du mich nicht küssen?«
Ich tat es nur zu gern.
»Laß mich offen sprechen«, sagte sie. »Ich habe über diese Dinge viel nachgedacht – ich habe ja Zeit und Freiheit dazu. Ich bin zu dem Schluß gekommen...«
»Zu welchem?« fragte ich, weil sie nicht fortfuhr.
»Zunächst zu diesem!« sagte sie lachend und küßte mich wieder. »Aber dann zu folgendem... geh, setz dich einen Augenblick dorthin! Man kann nicht klar denken, wenn man den Atem eines Mannes über sich spürt.«
Ich tat, was sie wünschte, und sie richtete sich auf.
»Ich fürchte«, sagte sie nachdenklich, »daß die meisten Frauen in der Lüge leben oder doch in einer fortwährenden Selbsttäuschung, wenn sie an die Dauer ihrer Gefühle glauben. Wir sind nicht so verschieden von euch, die ihr euch so wunderbar die Gesetze auf den Leib geschneidert habt. Ihr seht eine anziehende Frau und kauft sie, sofern ihr die erste, die euch anzog, geheiratet habt. Glaubt ihr allen Ernstes, die Götter hätten uns so stumpf geschaffen, daß wir den ersten immer für den besten ansehen?«
Ich schwieg.
»Ach, ich kenne sie recht gut, meine Schwestern«, fuhr sie fast emphatisch fort. »Ihre elende Tugendhaftigkeit! Ihre Angst! Ihre Unterwürfigkeit! Diese treuherzige Langeweile, in der sie Meisterinnen sind. Königinnen der Sanftmut, des Ver-

zichts, der Hingabe an ihren Einfaltspinsel oder Taugenichts. Mein ist er, mein, diese halbe Portion – so denken sie. Oder: Sein bin ich, sein (ich halbe Portion). Ich bin seine Herrin. Oder: Ich bin seine Magd. Auf alle Fälle: Sein, sein, sein... Freilich, freilich – sagt er – du bist mein. Und dann liegen sie beieinander und umarmen sich. Sie gibt sich dem jungen Hopliten hin, der heute morgen vor ihrer Tür die Sandale festband, und er entsinnt sich der drallen Magd des Nachbarn. Und sie nimmt seine wütende Ergreifung für die Begeisterung des jungen Hopliten...« »Du übertreibst...«

»Ich übertreibe?! Ich übertreibe um keinen Deut. Ich rede ja von jenen Leuten, die sich erträumen müssen, was die Wohlhabenden beliebig besitzen. Allerdings: nur die wohlhabenden Männer. Denn nur da unten, wo die unedlen Naturen der edlen Beschäftigung der Liebe nachgehen, ist für gleiche Bedingungen gesorgt.«

Da war sie also wieder bei ihrem Thema. Aber sie bemerkte es selbst.

»Schluß damit!« sagte sie ägerlich. »Was gehen mich die andern an... Ich lebe nach meinem Maß. Komm, setz dich wieder zu mir...«

»Du wirst nicht klar denken können...«, warnte ich, indem ich ihrem Wunsche folgte.

»Ach, mein Lieber«, entgegnete sie, »das Denken ist nicht der Weisheit letzter Schluß in den Dingen der Liebe. Das Denken ist nur das Steuer. Wenn du keinen Wind in den Segeln hast, helfen dir die Steuerkünste nicht. Allzuviel Denken ruiniert die Gefühle.«

Wie alle jungen Leute solche Frauen, fragte ich schließlich Sophia auch, ob sie denn – nun, ich zögerte natürlich, aber dann sagte ich's doch – glücklich sei.

»Wie kann ein so gescheiter Mann eine so törichte Frage stellen!« rief sie und brach in helles Gelächter aus. »Weiß denn jemand überhaupt, was das ist?! Weißt du es vielleicht!?«

Ich wußte es nicht; ich wollte es von ihr wissen. Jedenfalls beharrte ich auf meiner Frage.
»Ich weiß«, sagte ich (denn ich vertrug es nicht, töricht genannt zu werden), »daß man mit Worten diesem Zustand schwer beikommen kann...«
»Kein Zustand!« sagte sie lakonisch. »Ein Anflug.«
»Gut«, sagte ich. »Anflug wovon?«
»Du fängst mich nicht«, lachte sie, »selbst wenn du dir Flügel anschnallst. Ich sagte nicht mehr, als daß ein Vogel keine satt wiederkäuende Kuh ist.«
»Wenn du bei Androhung des sofortigen Todes dem Glück einen Namen geben müßtest!« drängte ich hartnäckig weiter.
»Bei Androhung des Todes gäbe ich dem Glück den Namen Furchtlosigkeit. In Erwartung eines Mannes, der mich begehrt und dessen Neigungen ich erwidere, gebe ich ihm den Namen Liebe. In diesem Augenblick hört es vielleicht auf den Namen Paris. Jedenfalls hat das Glück viele Namen, bei denen man es rufen kann...«
»Also auch beim Namen Sophia...?« fragte ich.
»Wenn du Sophia wählst, wählst du die Weisheit. Wenn du die Weisheit wählst, wählst du mich. Ach« – sie seufzte komisch auf – »es wird dir nichts übrigbleiben, als in der reinen Weisheit für diesmal dein Glück zu erkennen.«
Dazu war ich schon einmal aufgefordert worden, die Weisheit zu wählen, doch diesmal kam solche Rede von einer Jüngerin der Aphrodite. Ich schien also jeglichen Zweifels, jeder Entscheidung enthoben. Hier kam mir die Dreiteilung des göttlichen Aufgebotes und Angebotes schon zu zwei Dritteln in einer Person entgegen.
Aber – der Zwiespalt blieb auch in diesem Falle.
»Ich bin betrübt und« – sie zögerte natürlich, aber dann sagte sie es doch – »glücklich zugleich, dir gerade an diesem Tage begegnet zu sein. Denn die Natur, die mich in deine Arme treibt, erlaubt mir gerade heute nicht, diesem Antrieb zu fol-

gen. Sie beweist uns Frauen zuweilen auf geradezu niederträchtige Weise, daß das Glück weder durch Furchtlosigkeit noch durch Liebe, weder mit Weisheit noch mit einem Paris zu erlangen ist. Darf ich hoffen, daß meine zufällige Unzulänglichkeit dir nicht die Lust an meiner Gesellschaft raubt?«
Vielleicht war ich ein Narr, aber mit einem Male war ich es ganz zufrieden, daß wir so ausgiebig Gelegenheit hatten, von dem zu sprechen, was zu erproben wir keine Gelegenheit hatten. Meine Empfindung, die ebenso lebhaft wie oberflächlich war, gewann an Ruhe und Tiefe. Die Weisheit, die hier sozusagen auf meiner Hand lag, entwich in die Regionen, in denen sie umso mehr Ansehen genießt, je weniger von ihr ansichtig wird. Und das Glück, von dessen Vorüberflug wir wohl beide überzeugt waren, löste sich nicht in flüchtigem Rausch auf, sondern umkreiste uns wie ein spielender Falter und hielt in diesen Stunden das rasch Verschwebende so lange in der Schwebe, daß es den Anschein einer wenn auch nur kurz bemessenen Dauer erwarb.

Wir gingen in den Garten hinaus und sagten uns hübsche Wahrheiten und Halbwahrheiten über die Liebe. Wir steckten uns Blüten ins Haar und priesen den Duft der Liebe. Wir kosteten von den Früchten des Gartens und lobten das Aroma der Liebe. Wir spürten den aufkommenden Wind vom Meer auf unseren heißen Stirnen und meditierten über die Stadien der Liebe. Wir sahen die Dämmerung um uns anwachsen und sprachen von den Geheimnissen der Liebe. Wir erkannten die ersten Sterne und sprachen von den Tröstungen und Lichtblicken der Liebe. Und als wir uns schließlich mit den anderen zum abendlichen Mahle setzten, das von Spiel, Gesang und Tanz immer wieder unterbrochen wurde, waren wir das einzige Paar, das ein Schein von Liebe umgab. Schein, der leuchtet. Schein, der trügt.

Wie zwei Halbwüchsige stahlen wir uns dann aus der Runde und suchten wieder den Garten auf.

»Ich beginne, etwas von der geheimen Wollust der Keuschheit zu ahnen«, sagte sie unvermittelt mit unüberhörbarer Ironie. »Ich genieße diesen Anflug von Keuschheit!«
»Du wirst am Ende noch zu der Erkenntnis gelangen, daß das wahre Glück der Frau in der Keuschheit liegt, Sophia.«
»Ganz gewiß«, versicherte sie heiter. »Die Keuschheit wird das Glück meines Alters sein: ein versiegter Brunnen, auf dessen Rand ich sitze, umgeben von duftenden, wildwuchernden Blumen meiner Erinnerung. Habe ich da das Alter zu fürchten?«
»Nein«, gab ich zu. »Da du liebst, da du furchtlos bist und da dir die Keuschheit des Alters unausweichlich bevorsteht, bist du die glücklichste Frau, die ich je gesehen habe. Oder weißt du eine glücklichere?«
»Nein, im Augenblick nicht!« lachte sie und küßte mich.
So verwandelten sich Einschränkungen auf ihren Lippen in Geschenke; dem Süßen mischte sie den belebenden Tropfen Bitterkeit bei; ihre Narrheiten atmeten Weisheit; ihre Weisheiten entbehrten nie des Zaubers der Torheit; ihre Zärtlichkeit war mit Ironie gewürzt, ihr Spott nie ohne den Opfertropfen eines leise blutenden Herzens. Und zum Überfluß hatte die Natur sie mit allen Reizen ausgestattet, deren eine Frau sich nur rühmen könnte. Damit aber demjenigen, der sie bewunderte, Gelegenheit blieb, sich in Rührung und Großmut zu üben, hatte das Füllhorn sie auch mit einem winzigen Fehler bedacht: sie hinkte. Kaum wahrnehmbar, auf eine wahrhaft bezaubernde Art. Aber sie hinkte.
Sophia hinkte auf jene kaum merkliche, liebenswerte und tröstliche Art, auf die seit eh und je die Weisheit zu hinken pflegt.

Sage mir einer, was Tapferkeit ist, und ich will ihm die tiefste Stelle des Meeres zeigen.
Wir haben schwere Tage hinter uns, und ich sehe verweinte Augen im Hause und außerhalb des Palastes die Menge. Meine beiden Brüder Echemmon und Chromios sind gefallen; mein Nebenbruder Demokoon erlag dem Schwert des Odysseus, und Hektor hinkt mit verwundetem Knie und verbundenem Halse herum. Mein Schwager Äneas bedarf der Pflege, und unsere Ärzte mühen sich um den Lyzier Sarpedon, dem eine Lanze den Schenkel bis auf den Knochen durchschlug. Sie haben zahllose Verwundete in der Stadt zu betreuen. Aber wer ließe sich nicht lieber einen Arzt gefallen, als daß er ihn für immer entbehren möchte! Der witzige Pherokles, der unsere schöne Flotte baute, wußte so gut über Quacksalber und Krautwickler zu spotten und hat sie sein Lebtag nicht gebraucht. Er nahm seine schlechte Meinung mit in den Hades, wo man dieses Standes ohnehin entraten kann. Und dem guten Hodios quittierte der Griechenfürst Agamemnon den wiederhergestellten Rang durch einen Speer ins Schulterblatt.
Das Schlachtfeld war übersät mit Leichen, mit trojanischen wie griechischen, als für diesmal ein Ende gemacht wurde; aber der Unseren waren leider mehr. Immerhin – der Krieg ist wie ein Tausendfüßler, und aufs Ganze gesehen, hat er doch ebenso viele griechische wie trojanische Füße. Er zieht einen griechischen, dann kommt ein trojanischer, und diesem folgt wieder ein griechischer und so fort. Man könnte eine Genealogie des Todes abfassen, etwa in folgender Art:

Den Troer Alphos tötete der Grieche Bethos,
den Bethos der Troer Gammanos;
den Gammanos erschlug der Grieche Deltos;

den Deltos schickte der Trojaner Eton in den Hades;
Eton wurde ein Opfer des Zetandros;
den Zetandros stach Thetanos nieder;
Thetanos verblutete unter Isios;
dem Isios spaltete Kappadis das Haupt;
dem Trojaner Kappadis jagte Lamdes die Seele aus dem Leibe;
dem Lamdes durchbohrte Mios die Kehle,
dem Mios Nios,
dem Nios Xios;
den Xios zermalmte der Streitwagen des Omikros;
diesen erwürgte Pios,
den Pios Rhios;
Rhios starb durch Setos;
Setos verröchelte unter Tetos;
dem Tetos zerhieb Ypsilander den Lebensfaden;
dem Ypsilander legte Phites das Haupt vor die Füße;
dem Phites Chites;
dem Chites zerschlug Psites die Eingeweide;
dem Psites hieb Omegon die Augen heraus,
daß sie in den Staub rollten und nicht mehr weiter lesen
konnten im Alphabet der männermordenden Schlacht.

So jedenfalls geht es bei den einfachen Leuten zu, und nur bei den Führern und Fürsten scheint es übers Kreuz zu springen. Die Schwertgewaltigsten allein und die Preisschützen machen zunächst eine Ausnahme. Denn sie sind die Pädagogen der Schlachtgrammatik, und wenn es ihnen im Getümmel allzu dicht ans Leder geht, werfen sich ihre Schüler Mios, Pios und Rhios dazwischen, und indem diesen die Luft ausgeht, verschaffen sie ihren Herren wieder neue.
Manchen freilich scheinen die Götter den Arm zu stärken und zum Überfluß noch die Arme ihrer Gegner zu schwächen. Denn was der Argiverkönig Diomedes in dieser Schlacht zu-

stande gebracht haben soll, braucht mehr als guten Glauben. Wiewohl ihn unser sicherster Pfeilschütze Pandaros verwundet hatte, focht er weiter und lieferte ein blutiges Stückchen nach dem anderen. Daß er im Laufe des Kampfes den Pandaros mit der Lanze am Kinn aufspießte, gehört noch ins Alphabet. Aber alles Weitere war gegen dessen Regel. Seine Wunde schien ihn keineswegs zu schwächen, sondern vielmehr – wie die Sporen ein Pferd – zu kitzeln. Er wütete mit Schwert und Lanze, schlug und würgte mit den Fäusten, wenn ihm eine Waffe abhanden kam, weil er sie nicht schnell genug aus dem Leib des sterbenden Gegners lösen konnte, und in manchen Fällen nähte er doppelt, so indem er nicht nur meinem Vater, sondern auch dem Eurydamas gleich zwei Söhne erschlug. Und als Äneas die Leiche des Pandaros verteidigte und vom Streitwagen, auf dem dieser ihn begleitet hatte, herabsprang, schleuderte Diomedes einen riesigen Feldstein gegen die Hüfte meines Schwagers, so daß diesem die Sinne vergingen. Äneas verlor seinen Wagen, und es fehlte nicht viel, er hätte sein Leben dazu lassen müssen. Das schöne Standbild griechischen Wohlstandes, das er mir damals als Gesandter abzugeben schien, muß wie eine Windmühle um sich geschlagen haben, so viele der Unseren verdanken ihm ein hastiges, aber peinvolles Sterbestündlein. Und bei alledem versäumte er doch nicht, zu gegebener Zeit auch meinen Verdacht zu rechtfertigen, daß er wahrhaft eine Gestalt für die Lesebücher sei.

Denn als sich nun der Lyzier Glaukos entschloß, dem Rasenden entgegenzutreten, und ihm, unbekannt von Gesicht, Namen und Herkunft verriet – in den oberen Rängen der Streitenden pflegt man sich vorher einander vorzustellen, denn man will wissen, wen man erschlägt –, da entsann sich der Argiver des Umstandes, daß ihre Großväter dereinst Gastfreunde gewesen waren und zusammen getrunken hatten. Und warum entsann er sich dessen? Ihm war der goldene Becher vererbt, den des Glaukos Großvater dem seinen zum Abschied geschenkt hatte.

»Es gibt für dich so viele Griechen«, rief er, »die du erschlagen kannst, und auf mich warten noch so viele Trojaner! Kämest du je nach Argos, – wir wollen zechen wie unsere Großväter. Und trägt es mich je nach Lyzien, – du wirst mir nichts schuldig bleiben. Hier aber stehen wir am falschen Platze einander gegenüber. Komm herunter vom Streitwagen, wir wollen uns die Hände geben und Geschenke tauschen!«

Und so taten sie, es sollte sich lohnen für den klugen Argiver. Denn sie tauschten ihre Rüstungen aus, und Glaukos trug eine goldene und Diomedes eine eherne. Eisen gab er für Gold, und Glaukos gab Gold für Eisen. Und das wird ansonsten nur vom gemeinen Manne erwartet. Aber trotz allem: Bewegt es euch nicht das Herz, heißt es euch nicht hoffen? Der Götter Segen über alle guten Großväter! Ich habe den meinen nicht gekannt, und das wird gut sein, denn er muß ein böser, arglistiger Mann gewesen sein. Aber ich wünschte mir einen Großvater wie den des Glaukos oder den des Diomedes, wenn ich meinen Vater darüber nicht verlöre, der alles in einem ist: ein liebenswerter Großvater, ein guter Vater und ein hoffendes Kind. Was aber einte die Großväter und versöhnte die streithälsigen Enkel?

Ein Becher.

Oh, ihr feindseligen Geschlechter und Menschenkinder allesamt! Hört es wohl und versteht es recht: Ein Becher war es. Ein Gefäß und Gemäß, und wenn ich Gesäß darauf reime, so nur, weil ich euch zum Niedersitzen auffordern möchte an den Tischen, an denen man trinkt und miteinander spricht, an denen man sich unter Umständen sagen kann, daß es viele Trojaner und Griechen gibt, die es wert wären, in den Hades geschickt zu werden – nicht aber der, mit dem man trinkt. Und es gibt gottlob Trojaner, die mit Trojanern trinken, oder Griechen, die mit Griechen trinken können. Aber das andere ist vielleicht noch darüber. Ein Becher ist gerade, und ein Becher ist rund. Er hat alles, was die Mathematik des Lebens ausmacht, die Gerade, die Rundung, die Diagonale. Und mit Wein gefüllt, lebt er seine Maße aus. Und je tiefer man in ihn blicken kann, umso besser blickt man auf den Grund dieses Lebens, das flüchtig ist, ach, wer kann sagen, wie flüchtig es ist... ohnedies. Ohne dieses törichte Morden und Verwunden, das nichts als Tränen hinterläßt, sich sorgende Frauen und entbehrende Kinder. Und wer von denen, die zuvor mit beiden Beinen fest auf der Erde standen, sagt schließlich nicht von Glück, wenn er auf einem zu Ende humpeln kann. Aber er hat doch wenigstens noch einen Mund zum Reden und zum Trinken.

Die Schlacht war lange im Gange, aber ich war nicht unter den Kämpfenden. Ich schrieb an den letzten Seiten des vorhergehenden Kapitels und täuschte mir vor oder redete mir ein, ich müsse das zu Ende bringen, und wenn die Erde aus ihren Festen fiele. In Wahrheit war es mir natürlich ein Vorwand. Aber was liegt daran... Und als ich fertig war, nahm ich denn auch Gelegenheit, meine Waffen zu mustern, und während ich dies tat und dabei auf die Terrasse trat, wo man das wüste Gemenge zu einem Teil übersehen konnte, hörte ich ein Brüllen über dem allgemeinen Lärm, das mir wieder aus jener Kehle zu kommen schien, die im Laufe des Krieges einen eigenen Ruhm erworben hat.

Ich vernahm nämlich die Stimme jenes berüchtigten griechischen Mannes, den jedes trojanische Kind kennt und der Stentor heißt.

Ich bin ihm nie in der Schlacht begegnet, aber ich hörte ihn oft. Überhaupt weiß ich niemanden, der ihn von Angesicht kennt; aber jeder kennt seine Stimme. Es handelt sich hier offenbar um ein besonderes Phänomen, dessen sich die Griechen bedienen, ohne es zu gefährden. Dieser Mann kann, wie es heißt, so laut und kräftig brüllen wie fünfzig griechische

Männer; und das will was heißen. Manche sagen, er stamme aus Arkadien; aber das zu glauben, weigere ich mich. Auf jeden Fall scheint er eine Vorrichtung zu ersetzen, die der menschliche Geist noch nicht ersonnen hat. Er vermittelt Befehle oder Signale, verstärkt das Angriffs- oder Siegesgeschrei und muß die Lunge eines Elefanten haben.
Ich hörte ihn, und eine unvermutete Lust kitzelte mich, dieses Phänomen zu beseitigen. Ich glättete das Horn meines besten Bogens, prüfte die Pfeile und stellte meine Rüstung zusammen, als Hektor eintrat und mich in die Schlacht rief. Er hatte eben meine Mutter Hekuba beauftragt, das schönste Gewand des Hauses, das ich aus Sidon heimgebracht hatte, der Athene zu opfern und zwölf schöne Kühe dazu, damit sie die Schlacht endlich zu unseren Gunsten wende, und wollte Abschied nehmen von Weib und Kind, um das Äußerste zu wagen.
»Erhoffe dir nichts von Athene«, sagte ich zu ihm, »auch wenn ich dem Kleid nicht nachtrauere. Wir wollen uns auf unseren Arm verlassen. Wir treffen uns am Skäischen Tor.«
Wir schieden und trafen uns wieder, und es freute ihn, mich neben sich zu sehen. Er sagte mir gute Worte, und mir taten sie wohl:
»Ich mag nicht, daß man dich schilt. Es kränkt mich. Ich weiß, daß du tapfer sein kannst, aber du sitzest oft untätig und grübelst. Oder was treibst du? Du entziehst dich den Deinen, und das nimmt man dir übel.«
»Laß es gut sein«, verteidigte ich mich. »Ich bediene mich der sieben Sinne, die ich habe, und sieben sind vielleicht im Kriege zuviel. Ich habe für diesmal meinen Plan.« Und ich berichtete ihm von dem Vorhaben, Stentor zum Schweigen zu bringen. Er lachte lauthals auf. »Für diese Kehle wird ein Pfeil nicht ausreichen, da bedarf es einer Lanze oder besser noch der Streitaxt. Aber – von Stentor hört man nur. Es gibt Helden, die nichts als ihren Ruf haben. Und dieser hat ihn nur durch seinen Ruf.«

»Ich will versuchen, ihn zu zerstören.«
Wir bestiegen die Streitwagen, wünschten uns Glück und mischten uns unter die Kämpfenden. Ich hielt mich seitlich am Flußlauf des Simois, denn von dort hatte ich es wieder brüllen hören, und stieß auf meinen Schwager Äneas, der sich weit vorgewagt hatte und mit den Seinen heftig bedrängt war. Die Griechen suchten ihm den Rückweg abzuschneiden, aber es waren ihrer nicht genug, und um weitere herbeizubefehlen, war jener Stentor ausersehen und wohl in der Nähe.
Und mit einem erspähte ich ihn auf einer kleinen Anhöhe, einen riesigen Kerl, mit nicht viel mehr als einem Schild ausgestattet, und den hatte er sich vor die Füße gestellt und legte gerade die mächtigen Hände an den Mund und gab Signal. Er rief: »Äää – nee – aas!« und gestikulierte dann mit den Armen, und bei den Musen: wenn fünfzig Männer so laut brüllen wollen, müssen sie sich anstrengen.
Ich legte einen Pfeil auf und traf den Burschen, natürlich nicht in die Kehle, aber eine Handbreit daneben in Höhe des Schlüsselbeines. Er taumelte etwas und griff erst nach dem Geschoß und gleich darauf nach dem Schilde. Doch anstatt ihn schützend hochzuhalten, setzte er ihn wieder ab und brüllte auf vor Schmerz, wild und elementar. Aber schon bei den ersten Ansätzen seines Schreies muß ihm bewußt geworden sein, wie der Schmerz seinen Wehruf verstärkte. Auch er hatte wohl seine Skala und begriff, daß ihm seine verwundete Natur Gelegenheit gab, die gewohnte Leistung weit zu überbieten.
Sein erster Aufschrei hatte die sechzig Männer fast erreicht. Und nun entsann er sich seiner Kunst und paarte sie mit seinem wütenden Schmerz. Er legte den Kopf in den Nacken, öffnete die Arme weit, die Hände seitlich mit dem Daumen an die Kinnbacken gestemmt, und erhob seine Stimme von neuem. Er begann bei fünfzig, ließ anschwellen auf sechzig, setzte ab und bei sechzig wieder ein und steigerte sich auf an-

nähernd siebzig Männer. Sein gewaltiger Ruf röhrte über die Ebene hin, und der nie gehörte Laut ließ Menschen und Tiere stillstehen. Fast augenblicks erlahmte die Schlacht, und auch ich stand fassungslos und vergaß meinen Plan. Als er nun aber mit einem heftigen Ruck der linken Hand an dem Pfeile riß – und er zog ihn bei allen Göttern heraus! – und von diesem wilderen Schmerz befeuert zum dritten Male ansetzte, ein Prophet des Lärms, ein beseelter Vorläufer künftiger seelenloser Apparaturen, schnalzte ich mit der Zunge und trieb so meine Rosse leicht vorwärts, indes sein Brüllen zu der feinen Sichel des Mondes aufstieg, die schon am Nachmittagshimmel stand.

Niemand konnte das Knarren der Räder, das Stampfen der Rosse vernehmen, und niemand achtete meiner Bewegung, denn alles stand und starrte auf ihn und wartete, ob er die fünfundsiebzig erreichen würde. Wie ein Standbild seines eigenen Rufes erhob er sich auf dem kleinen Hügel und orgelte in den leichten Wind, der von Nordost wehte und also denkbar günstig stand, als ich meinen Pfeil auflegte. Er schaffte die fünfundsiebzig, und dies war wohl seine Grenze. Ich zielte ruhig und ließ ihn den Gipfel seiner Kunst und Laufbahn erreichen. Und als ich seine Stimme eben wieder schwächer werden fühlte, entließ ich Sehne und Pfeil und traf ihn ins Herz, die einmalige Kehle schonend.

Sein Ruf riß ab, und lähmendes Schweigen wurde vernehmbar. Ich wendete, rief mit der Stimme eines einzigen Mannes: »Komm, Schwager!« Und im Angesicht der fassungslosen Griechen lösten wir uns von ihnen ab und stießen ungehindert zu den Unseren.

Die Heere standen. Stentors Stimme hatte sie getrennt, wiewohl dies in keines Menschen Plan stand, nicht einmal in meinem. Und nun lief sein Tod von Mund zu Mund, ja mehr als dies; er wurde allen gleichzeitig durch sein Schweigen übermittelt. Noch im Tode bewährte sich, ein letztes Mal, sein

Signalsystem auf überzeugende Weise. Allenthalben sprach man über ihn, aber niemand sagte: Er ist gefallen. Oder: Er ist erschlagen. Er ist stumm gemacht, hieß es nur. Seine Kehle hatte sozusagen alle seine Organe und Sinne, ja selbst seine Seele verdrängt. Vielleicht besaß er ein Weib, Söhne oder Töchter; vielleicht trank er gern, war ein guter Brettspieler. Aber nichts von dem interessierte die Menschen. Vielleicht war er sogar ein nützlicher Sänger in der Runde oder im Chore. Der Krieg aber brauchte nur sein Brüllen und dies allein wog. Sein Wesen schrumpfte zu seinem Zweck zusammen, und eben dies scheint mir ein besonderes Kennzeichen des Krieges, der uns auf jede Weise entmenscht. Er braucht Werkzeuge, und ein »Unbrauchbarer« zu sein im Kriege, wäre wohl das elendeste Los, das vorstellbar ist. Die edelsten Naturen können in ihm zu Sklaven absinken. Der Goldschmied darf den Helden die Waffen verzieren; der Tänzer wird zum Laufburschen; ein Dichter muß Listen ausfüllen, der Lautenspieler die Generäle unterhalten, der Arzt den Flickschuster spielen für die willkürlichsten und sinnlosesten Wunden und Entstellungen. Der Halbgott des Krieges aber ist der Held.
Im Frieden hätte sich dieser Stentor auf den Jahrmärkten vernehmen lassen können – im Kriege wurde er ein wichtiger Mann. Alle Musikanten werden mir nachsehen, daß ich ihn stumm machte. Er war mir zu laut. –
Aber nun, da er so aufdringlich schwieg, entstand eine Verlegenheit. Die Schlagetote waren aus dem Takt gekommen, und es zeigte sich wieder einmal, wie schwer es fällt, aufeinander loszugehen, wenn man unvermutet zu Verstand gekommen ist. Die Sonne stand schon tief am Horizont, nicht tief genug, daß man unbescholten hätte nach Hause ziehen können, zu tief jedoch, um die Schlacht noch einmal anzufangen.
Dieser Verlegenheit zu steuern, machte mein Bruder Hektor einen annehmbaren, wenngleich nicht originellen Vorschlag.

Er trat, diesmal in eigener Sache, zwischen die Heere und forderte den Tapfersten der Griechen zum Zweikampf heraus. Er knüpfte keine weittragenden Bedingungen daran außer der einen, daß dem Sieger die Rüstung des Unterlegenen, dessen Leichnam aber den Seinen gehören solle. Er nahm für meine Begriffe bei dieser Herausforderung den Mund etwas voll, aber vielleicht gehört auch dies zu den Praktiken des erfahrenen Soldaten.
Doch siehe da – auch die Tapferkeit schien bei den Tapfersten an Voraussetzungen geknüpft, die hier offenbar nicht gegeben waren. Sie machten sich's zwar alle, hüben wie drüben, in Erwartung des bevorstehenden Duells bequem, aber es drängte keinen der Griechen, sich mit meinem Bruder einzulassen. Jeder sah seinen Nachbarn an, und jeder schien sagen zu wollen, daß er sich nicht aufgelegt fühle, auf Wunsch tapfer zu sein.
Diese Zurückhaltung wirkte allmählich peinlich und machte auch Hektor unsicher – wie einen Schauspieler, dessen Stichwort der Mitspieler verpaßt hat.
In dieser Situation erwies sich Menelaos einmal mehr als berufener Völkerhirt, indem er seine Schäflein, die sonst so wolfsähnlich sind, kräftig abkanzelte.
»Weiber seid ihr allesamt!« schrie er mit hochrotem Gesicht. »Leibhaftige Kotkübel – ohne Ehre und Herz! Wie die Kälber steht ihr da und gafft den brüllenden Stier an, der auf den Namen Hektor hört, anstatt ihm beizubringen, wie man sich auf trojanisch empfiehlt!«
Er ergriff sein Schwert und machte Anstalten, sich selbst zum Kampfe zu stellen.
Aber das verwehrten sie ihm denn doch; sein Bruder Agamemnon nahm ihm kurzerhand das Schwert wieder aus der Hand, und mir schien, er ließe es sich nicht ungern gefallen. Aber noch immer trat kein anderer an seine Stelle.
Aufs neue gab es eine peinliche Kunstpause. Drüben ruckte

zwar dieser und jener an seinem Wehrgehenk, und vor unseren Haufen schritt Hektor weiter auf und ab, einem Liebhaber nicht unähnlich, den sein Mädchen im Stich ließ. Aber sonst wollte nichts geschehen.
Aber dann endlich geschah doch etwas.
Aus den Reihen der Griechen löste sich, wenn auch kein Gegner, so doch eine imposante Erscheinung, schritt würdevoll nach vorn, kehrte sich ihren Landsleuten zu und begann zu reden. Es war der alte Nestor, weidlich bekannt für seinen Durst, und mir schien, daß er – ohnehin mehr ein Lenker und Denker als ein Fechter und Schlächter – schon einige Becher, zwar nicht über, aber doch gegen den Durst genommen hatte. Er begann, von vergangener Zeit zu sprechen, da er jung und kampfgewaltig gewesen und in manchen Kämpfen Sieger geblieben sei. Den schwersten, heftigsten, gefährlichsten, interessantesten, erregendsten aller Zweikämpfe habe er jedoch mit dem Arkadiet – und an dieser Stelle stockte er, so daß viele glaubten, er wissen den Namen nicht mehr, aber er wußte ihn wohl, wie sich herausstellen sollte (denn wir vergessen zwar gerne die Namen derer, die uns besiegten, nie aber derer, die uns einmal unterlagen), aber weil es ein langer und einer weinschweren Zunge nicht eben geläufiger Name war, wohlklingend an sich, aber eben nur, wenn er dem Wohlklang gemäß ausgesprochen wurde, so galt es in diesem Augenblick, ihn nicht leichter zu nehmen als vor Zeiten seinen Träger selbst, sondern ihn nach allen Regeln der Kunst – wie einst der Schwertgewandtheit, so nun der Wortgewandtheit – mit seinem Anfangsvokal offen anzugehen (gut anzugehen, versteht sich, also mit einem eu), sieggewillt mit einem verkürztem Hurra (also ra) zu packen und dann, nach rappelndem, rasselndem Schlagwechsel (rata, rata, ratatha) mit dem gelernten Hieb der Antepänultima zu Boden zu strecken – Eu-ra-ta-tha-lion (so hieß der Arkadier) ausgefochten. Und nachdem der wackere Nestor also den Namen glatt, wenn

auch nach langwährender Sammlung zur Strecke gebracht hatte, erledigte er nun den Helden selbst, Zug um Zug, und nachdem dies geschehen war, versicherte, ja beschwor er, wie es ihm nun ein Selbstverständliches wäre, den Kampf mit diesem Hektor aufzunehmen, wäre er nur bei Jahren und Kräften wie damals. Und wie alle alten Männer beklagte er die schwache neue Zeit.

Aber nun war es ihnen zuviel, und gleich ihrer neune sprangen auf, um es dem alten Nestor zu beweisen; unter ihnen Agamemnon und die beiden Ajaxe. Auch Diomedes und Odysseus waren dabei.

Hektor erblich, als gälte es, gegen alle neune zu fechten. Die aber begannen, das Los zu werfen, und schließlich fiel die Entscheidung. Sie hieß Ajax der Größere, und sie schien mir nicht günstig.

Hektor ist das Bild eines Soldaten, wie es im Lesebuch steht: ein wehrhafter Athlet, hochgewachsen, kräftig, geschmeidig, eine starke Klinge. Aber dieser Ajax aus Salamis ist ein Riese; ungeschlacht wie ein Turm, ein wandelnder Feldstein. Ein Mann, der gute zweieinhalb Zentner wiegt und in Waffen nicht weniger als drei. Denn auch seine Waffen, der Schild ausgenommen, sind von entsprechend außergewöhnlichen Ausmaßen. Es war also kein Kampf zwischen Gleichen; es war der Kampf zwischen einem Stier und einem Rhinozeros.

Hektor eröffnete den Kampf und warf seine Lanze; aber die vermochte den Schild des Ajax nicht zu durchbohren. Dessen Wurf dagegen durchschlug den Schild Hektors, und es war eine Augenweide zu sehen, wie der den Wurf geschmeidig abfing und die Hüfte fortbog, die sonst unfehlbar getroffen worden wäre.

Nun gingen sie mit den Speeren aufeinander los, und wieder war es das Gleiche: das Rhinozeros verfügte über die dickere Haut. Hektors Speerspitze bog sich; des Ajax Waffe aber durchbohrte meines Bruders Schild, und das Blut, das ihm vom Halse rann, ließ erkennen, mit wie knapper Not er dem Tode entgangen war. Aber es mußte eine leichte Verwundung sein, denn gleich ergriff er einen ziemlichen Feldstein und warf ihn gegen den Schild seines Gegners, daß es eine Lust war, das Ungeheuer aus Salamis so beherzt angegangen zu sehen. Aber der griff einen noch größeren auf und schleuderte ihn mit solcher Wucht gegen die untere Hälfte von Hektors Schild, daß dieser ihn nicht abfangen konnte und oberhalb des Knies getroffen wurde. Er brach ein, taumelte zu Boden, war jedoch gleich wieder auf den Füßen und ging mit dem Schwert auf Ajax los.

Aber das Schwert kam nicht zu seinem Recht: Die beiden Schiedsrichter nämlich – der unsere vielleicht, weil er die Kraft des Griechen, der Grieche wohl, weil er die Schwertkunst Hektors fürchtete – sprangen mit ihren Stäben dazwischen und trennten die Streithälse.

»Genug gestritten«, hieß es, »ihr wackeren Kämpen! Alle waren Zeugen eures Mutes und eurer Kraft. Beide habt ihr das Beste gegeben. Die Nacht kommt auf. Ruht euch aus und versöhnt euch!« Und die Heere riefen Beifall, am lautesten die Griechen. Nur Ajax zeigte eine verdrossene Miene. Aber da nahm Nestor ihn beiseite und flüsterte mit ihm. Und nun war auch er einverstanden. Er löste seinen bestickten Leibgurt, und Hektor, den das neugeschenkte Leben großzügig stimmte, gab ihm Schwert, Scheide und Wehrgehenk dafür. – So wäre es denn, trotz allem, kein übler Tag gewesen, wie mir scheinen will. Der Geist der Väter und Großväter ist noch nicht erstorben. Der Brüller Stentor hat das Schweigen gelernt. Und der beste meiner Brüder ist noch einmal davongekommen, weil er gute Schiedsrichter fand. Diesen Koloß aus Salamis hätte der angeschlagene Hektor schwerlich noch von den Füßen stoßen können. Aber – brauchte es dies, damit er als tapferer Mann gelten konnte? Auch wenn eines jeden Bestes verschieden war, so hatte der Stärkere nicht mehr als der

Schwächere, der Schwerere nichts Besseres als der Leichtere, der Geschmeidige nicht weniger als der Ungeschlachte gegeben. Der Stier ist dem Rhinozeros unterlegen – Preis ihm, wenn er sich dennoch furchtlos zum Kampfe stellt!
Aber die Gerechtigkeit verlangt auch, daß ich an meinen Gegnern rühme, was sie an diesem Tage zeigten: Sinn für ein faires Spiel der Kräfte, ritterliche Haltung dem Schwächeren gegenüber, Mäßigung im Angesicht eines Erfolges. Auch daß der dem Siege so nahe Ajax sich dem Zuspruch Nestors fügte, soll zu seinem Lobe ausgelegt sein. –
Inzwischen ist ein Waffenstillstand vereinbart worden, und jede Seite wird ihre Toten verbrennen. Will dieses Entgegenkommen auf eine Sinnesänderung unserer Feinde weisen? Sind sie des Mordens satt? Werden unsere Friedensvorschläge offene Ohren finden?

Eben kommt unser Herold und meldet mir den Anlaß der augenblicklichen griechischen Friedfertigkeit:
Ennos, der Sohn Jasons, hat einige Lastschiffe mit Ladungen edlen Weines aus Lemnos geschickt. Sie trafen am Nachmittag der Schlacht ein, und dem ehrwürdigen Nestor als dem Ältesten aller Sachverständigen obliegt die Aufteilung des fließenden Schatzes.

DIE TANTE UND DER FLOTTENBAU
DIE SCHÖNE HELENA

Ich komme nun an den schwierigsten und heikelsten Teil meines Berichtes. Denn sicher ist die Liebe das Alltäglichste auf dieser Welt; aber ebenso gewiß hält jedermann, der liebt, sich selbst und seine Leidenschaft für das Alpha und Omega des Alphabets. In diesem Wahn spricht sich ebensosehr das Entzücken am eigenen Entzücken wie der verständliche

Wunsch aus, sich über das Alltägliche zu erheben. Wer aber möchte uns den schönen Aufwand, den wir mit unseren Gefühlen treiben, verargen... Unser Bedürfnis nach Speise wäre auch mit wenigem gestillt, und doch genügt uns das wenige nicht. Wir wollen nicht nur unseren Hunger stillen – wir möchten auch genießen. Auf die schweigsamste Art von der Welt überzeugt unsere Zunge den Magen von den Reizen eines größeren Aufwandes, und wie viele, die bestreiten, daß das Schöne über dem Nutzen stehe werden durch die Puppe, die aus ihrem überfüllten Bauche spricht, Lügen gestraft. Und wenn die Götter, um niemals um Anbeter verlegen zu sein, unseren Trieben die Erhaltung des Menschengeschlechtes anvertrauten, so bestreiten sie uns damit wohl kaum das Recht, auch in diesem Falle das Schöne über den Nutzen zu stellen. Im Gegenteil: indem sie aus unserem Hang zum Schönen Vorteil ziehen, geben sie uns zu verstehen, daß wir mit unseren verfeinerten Trieben, Sehnsüchten, Idealen nicht nur unserem eigenen Entzücken dienen. Die Träne der Lust, die vieltausendfach stündlich, täglich und vor allem nächtlich den Augen von Liebenden entquillt, ist Wasser auf die Mühlen der Götter. Auf so wunderlichen Wegen findet also ein gewöhnliches Bedürfnis in die Sphären des Göttlichen.

Aber auch die äußeren Wege, die uns die Liebe zurücklegen heißt, ehe sie uns auf den eben beschriebenen lockt, sind wunderlich genug.

Ich lebte mit meinen Brüdern und Schwestern am Hofe und genoß das neue Leben in vollen Zügen. Mein Vater liebte mich, und ich liebte ihn. Er ließ mir Freiheit, und ich entgalt ihm dies, indem ich sie wahrnahm. Aber eines Tages sollte sich ein besseres Entgelt anbieten.

Es war an einem der Familienabende, die zweimal im Monat – es gibt keine feste Regel – uns Söhne um Priamos versammelten, während die Schwestern meiner Mutter Hekuba Gesellschaft leisteten, als mein Vater von vergangener Zeit erzählte. Dabei erfuhr ich noch einmal, aber diesmal in allen Einzelheiten, die Geschichte seiner kindlichen Gefangenschaft und seiner Befreiung durch die mit der Zärtlichkeit des jüngeren Bruders geliebte Schwester Hesione, die nun in der Ferne leben müsse, wenngleich als Frau eines fürstlichen Mannes.

Er erging sich in Erwägungen und Vermutungen: ob sie wohl glücklich geworden sei, ob sie Söhne und Töchter habe oder kinderlos geblieben sei, und verstieg sich zu der Annahme, sie sei kinderlos, ungeliebt, einsam, vielleicht gar krank und gebrechlich und verzehre sich in Salamis vor Heimweh, das Land der Troer mit der Seele suchend.

»Ich habe sie verloren«, sagte er wehmütig. »Alles hat mir das Leben zurückgegeben: die Freiheit, den Thron, ein blühendes Land; ich habe euch, habe Töchter. Aber eins scheint das Schicksal mir vorenthalten zu wollen: daß ich meine Schwester noch einmal wiedersehe...«

Er schwieg. Aber noch während er redete, dachte ich bei mir: Diesen Wunsch erfüllt zu sehen, wäre gewiß die größte Freude, die ihm noch zuteil werden könnte. Wie könnte ich ihm dazu verhelfen? Und dann dachte ich: Das wäre also eine Gelegenheit, ein dankbarer Sohn zu sein, und eine dankbare Gelegenheit zugleich, sich Ruhm zu erwerben. Zugleich eine Gelegenheit, aus der Sphäre des nun schon Gewohnten in die des Ungewöhnlichen vorzustoßen, fremdes Land, fremde Menschen und Sitten kennenzulernen. Nutzen stiften, Nutzen haben dabei – das schien mir geradezu der Idealfall einer dankbaren Gelegenheit. Schließlich sagte ich:

»Wenn wir eine Flotte hätten – aber wir haben keine, ich weiß nicht warum –, so würde ich mich erbieten, mit ihr auszufahren als euer Gesandter und Hesione zurückführen nach Troja, selbst wenn es der Gewalt bedürfte. Sie ist mit Gewalt entführt – warum sollte sie nicht mit Gewalt zurückgeholt werden. Aber leider: wir besitzen keine Flotte.«

Das Weitere ergab sich von selbst. Mein Vater war für die Heimführung Hesiones. Andere, denen die Tante gleichgültig war, ersahen eine Gelegenheit, eine Flotte zu fordern. Und diejenigen, denen sowohl Flotte und Tante uninteressant waren, lockte die Möglichkeit, sich an einem abenteuerlichen Unternehmen zu beteiligen. Da ich alle Motive in mir vereinigte, ergab es sich, daß ich allen drei Gruppen als Verfechter der Sache galt, die unter so günstigen Voraussetzungen so gut wie beschlossen war.
Es wurde eine Volksversammlung einberufen, und die Tante, die außer meinem Vater und mir niemandem zum Argument gedient hätte, wurde – ohne eine Ahnung davon zu haben oder danach zu verlangen – ein politisches Moment erster Ordnung. Vor vielen Jahren war einmal, unter Antenors Führung, eine friedliche Gesandtschaft ausgeschickt worden, um Hesione freizubitten, aber sie war abgewiesen worden. Seitdem war dieser Fall in Vergessenheit geraten bei allen, meinen Vater ausgenommen. Nun feierte er Auferstehung.
Es gab Befürworter und wenige Gegner, unter letzteren war mein Bruder Helenos, der Unheil aus der Unternehmung prophezeite. Aber die überwiegende Mehrheit entschied sich für den Bau einer Flotte, den von mir angeregten Befreiungszug und meine Rolle als Anführer der Gesandtschaft.
Während die Schiffe gezimmert wurden, für die die Waldungen meiner Jugend das Holz stellten, zogen wir Brüder aus, um Bundesgenossen für den Plan zu gewinnen. Hektor ging nach Phrygien, Deiphobos und ich reisten nach Päonien, andere zu anderen Bundesgenossen. Wir fanden mehr Freunde, als wir brauchen konnten, und kehrten also höchst befriedigt wieder nach Troja zurück, wo der Schiffsbau schon gute Fortschritte gemacht hatte. Immerhin vergingen noch etliche Monate, bis die Flotte auf dem Wasser lag, ohne daß mir das Warten lang wurde. Ich übte mich derweilen fleißig in Waffen, überwachte mit Pherokles, unserem Flotten-Baumeister,

die vielfältigen Arbeiten und traf auch sonst alle Vorbereitungen, die ein solches Unternehmen erfordert.
An einem schönen Frühsommermorgen lichteten wir die Anker, und als ich, auf dem Heck meines Leitschiffes, die mir folgende Flotte mit geblähten Segeln die tänzelnde Flut furchen sah, schlug mir das Herz höher. Ich zweifelte keinen Augenblick, daß ich Kämpfen und Siegen entgegenführe, und malte mir schon aus, wie wir, reich mit Beute und Schätzen beladen, der heimatlichen Küste zusteuerten, wie uns das jubelnde Volk empfing und wie ich, die heimgeführte Hesione am Arm, an Land ging, sie dem glücklichen Bruder zuzuführen.
Wir waren mit allem wohlversehen, die Götter gaben uns günstigen Wind, und so fuhren wir mehr als sieben Tage und Nächte unserem vorläufigen Ziel Kythera zu, einer großen Insel, die der südlichsten Spitze des festen Landes vorgelagert ist. Nur einmal begegnete uns ein Schiff, ein sehr großes freilich, das trefflich gebaut und gerüstet schien – sonst gab es nur die Allgegenwart des Meeres.
Vor Kythera ankerten wir und gingen an Land. Es war unser Plan, zunächst einmal eine Gesandtschaft nach Sparta zu entsenden und dort um Vermittlung zu bitten bei dem alten Tyndareos oder seinem herrschenden Schwiegersohn, dem Argiverfürsten Menelaos. Würden die Vermittler in Salamis Gehör finden, so konnten wir Salamis friedlich anlaufen. Würde man sich unserem Wunsche versagen, so waren wir in der Lage, nun nach eigenem Ermessen die kriegerische Fahrt dorthin anzutreten und den Überfall zu wagen. Aber alle diese Rücksichten und Berechnungen erwiesen sich als die Fäden eines Schicksals, das nicht mit Schlachtenruhm und Siegerehre auf mich wartete, sondern mir mit Augen der Liebe entgegenlächelte.
Wir wurden freundlich aufgenommen, tauschten mit dem Fürsten der Insel Geschenke, besserten einige Schäden an den

Schiffen aus, nutzten den Wildreichtum von Kythera zu einigen Jagdausflügen und entsandten indes einige Beobachter aufs Festland, um vor jeder Überraschung sicher zu sein. Und weil die Inselbewohner der Göttin Artemis – aus guten Gründen – einen Tempel erbaut hatten, veranstaltete ich, die Göttin und ihre anwohnenden Anbeter zu erfreuen, eines Tages ein festliches Opfer, das uns zugleich gestattete, unsere ebenbürtigen Sitten, unsere Schätze und unsere glänzende Ausrüstung zu zeigen. Ich ließ einige Hundertschaften bewaffneter, aber ebenso auch mit Ölzweigen geschmückter Trojaner, Päonier und Phrygier vor dem Tempel aufmarschieren, während ich selbst, von Äneas, Deiphobos, Polydamas, Antimachos und Pherokles gefolgt, waffenlos, aber mit allem Schmuck erlesener Kleidung – weißer, diadembesetzter Stirnbinde, silbernen Beinschienen, golddurchwirktem Leibrock und pupurnem Umhang – dem Opfer einer Hindin beiwohnte und, nachdem das Tier sein Blut verströmt und sein Leben ausgehaucht hatte, zu der Göttin betend die Arme hob.
Ich hatte kaum geendet, als ich – dem Altar noch zugewendet – Bewegung vernahm. Ich wendete mich und sah mich plötzlich einer Frau gegenüber, hinter der, in ehrerbietigem Abstand, einige weitere Frauen hielten.
Einer Frau...
Es war natürlich eine Frau – ich zweifelte keinen Augenblick daran. Aber – gibt es nicht Frauen, in denen man Göttinnen zu erkennen glaubt? Unter allen Göttinnen aber gab es nur eine, die dieser Frau ebenbürtig oder um ein Geringes überlegen war, und dies nicht, weil sie schöner gewesen wäre. Nein, nur weil sie Göttin war.
Man mag an dieser das Haar rühmen, an jener die Augen, der dritten edelsten Wuchs, der vierten ein betörendes Lächeln nachsagen, die eine ob ihres Anstandes, die andere ob ihrer sinnlichen Aura preisen – ich will nicht langweilen durch die

Aufzählung von Vorzügen, die freilich den Vorzug haben, je weniger einen Mann zu langweilen, je mehr ihrer sind. Ich bin weit entfernt, Aphrodite in jedem Weibe zu erkennen – im Gegenteil: seit ich diese sah, sind mir alle anderen im Nachteil. Aber in diesem Augenblick glaubte ich, es wiederholte sich das Gesicht meiner Hirtenjahre.
Töricht zu glauben, ich hätte diese oder jene Einzelheit an ihr wahrgenommen. Man nimmt nur Einzelheiten wahr, wo es keine Vollkommenheit gibt. Man kann einen Vogelruf, den Geschmack einer Frucht, die Würze eines Weines nicht beschreiben, wiewohl es in diesen Fällen um die Wahrnehmung eines einzelnen Sinnes geht. Wie aber soll man ein Wesen beschreiben, dessen Erscheinung alle Sinne anspricht und darüberhinaus neue auf den Plan fordert, deren es bedürfte, um wahrnehmen zu können, was ein vollkommener Traum zu sein scheint?
Über die Wahrnehmung freilich geht das Erstaunen, dem die Wahrnehmung zwar vorausgeht – aber nur wie ein Blitz, der ankündigt, daß nun die höchste aller Wahrnehmungen folgt: das Erstaunen. Die Pause dazwischen gehört vielleicht dem atemlosen Gaffen. Aber hier war es, als ob Blitz, Pause und Schlag – Wahrnehmung, Betroffenheit und Staunen – sich in eins ereigneten: Ich stand und staunte. Und das Unerhörte dieses Augenblicks war, daß das Staunen des Erstaunten auf das Erstaunen der Angestaunten traf. Noch ehe ich mich nach Gründen, Einzelheiten, Zielen meines Staunens fragen konnte, ward mir im voraus vollkommene, vorbehaltlose Antwort zuteil: das Erstaunen dieser hinreißenden Frau.
Ich wage zu sagen, daß in diesem Augenblick die Götter, die ja ohnedies im Spiel waren, den Atem anhielten. Sie hatten uns füreinander bestimmt. Aber selbst wenn alle Berechnungen geprüft, alle Sicherungen getroffen sind – es muß ein Gran Unsicherheit noch in den Würfen der Götter liegen, das zugleich ein Gran der Freiheit für uns ist, das Tausendstel einer

Möglichkeit, die ein Ausweichen zuläßt – uns zuliebe und den Göttern zur Ehre. Hätten wir dieses Gran Freiheit nicht, die Götter würden sterblich werden – aus Langeweile.

Aber sie waren lebendig wie nie, und ihr Wurf war gelungen. Indem ich mich staunen fühlte, fühlte ich ihr Erstaunen. Es war wie das Echo zwischen zwei Bergen, in deren Talmitte ein Zyklop einen Felsen niederfallen läßt: Niemand vermag zu sagen, welche Wand der Schall zuerst erreicht. Das Staunen brach auf und flog von einem zum andern – als Ruf, als Echo... wer will das entscheiden? Wir begegneten uns staunend, und das Erstaunen war Liebe.

Ich bestreite nicht, daß ich im Augenblick meine Tante Hesione ganz und gar vergaß – und nicht nur für diesen Augenblick. Tagelang war mir der Zweck unserer Fahrt völlig entfallen, und mein Hirn und Herz dachten nur einen Gedanken: Dies ist die dir Verheißene!

Was aber geschah sonst? So gut wie nichts.

Ich legte meine Rechte auf die Brust und verneigte mich leicht. Sie antwortete mit einem Lächeln. Ich verneigte mich ein zweites Mal, trat zurück, gab ihr den Weg frei und verließ den Tempel. Draußen erfuhr ich: dies war Helena, die Frau des Menelaos.

Ich sah ihr Schiff in der Bucht liegen; alles deutete auf baldigen Aufbruch. Ich ließ auskundschaften, wo sie das Mahl nehmen würde, und schickte Äneas mit einigen Geschenken – Salbgefäßen, einem Räucherfaß und fein gesponnenen Tuchen – zu gegebener Stunde zu ihr, ließ meinen Gruß entbieten und meinen bevorstehenden Besuch in Sparta ansagen. Sie ließ erwidern, ihr Gatte sei für ungewisse Zeit nach Pylos aufgebrochen, aber edlen Gästen sei dadurch der Weg nicht verlegt. Sie hoffe, mir in Sparta selbst Dank sagen zu können für die liebenswürdigen Geschenke. Zwei Stunden später hatte sie Kythera wieder verlassen. –

Schon bald kehrten meine Kundschafter mit günstigem Be-

scheid zurück, und nun begab ich mich mit fünf Schiffen auf die kurze Fahrt zum Küstenhafen. Wir sahen uns erwartet und mit bedeutendem Aufwand nach Sparta geleitet. Antimachos, Polydamas und ich erhielten schöne Gemächer im Palast – Schwager und Brüder blieben vorerst bei dem Gros der Flotte – und erfuhren, daß wir der vorgeschrittenen Stunde halber erst am nächsten Tag mit allem Zeremoniell empfangen und angehört würden. Was jedoch nicht hindern wolle, daß ich, als der Führer der Flotte, der Königin – falls es mein Begehren wäre – meine Aufwartung mache.
Wir nahmen unser Nachtmahl ein. Dann ließ ich mich zu ihr führen.
Sie saß mit zwei jungen und einer älteren Hofdame in einem ihrer Gemächer über ein Brettspiel gebeugt, als ich eintrat und meinen Gruß entbot.
»Tritt näher, Prinz!« sagte sie mit lebhaftem Anstand, erhob sich dann und stellte mir ihre Hofdamen vor. »Da der Herr des Hauses und des Landes auf einer Reise ist, handle ich an seiner Stelle, wenn ich dich willkommen heiße. Aber ich sagte ja schon deinem Verwandten, der mir die hübschen Geschenke überbrachte, daß du mit mir allein vorliebnehmen müßtest.« Sie lächelte.
Ich sagte, was man auf solche Reden sagt, und schloß mit der Wendung: »Soweit meine Jugend es mir erlaubt, will ich bemüht sein, ein würdiger Gast zu sein.«
»Jugend ist nicht dein schlechtester Teil«, entgegnete sie bedeutungsvoll. »Sie hat ihre Vorteile und fordert zugleich Nachsicht heraus.« Sie sah dabei mit schrägem Spott die ältere Hofdame an. »Aber warum stehen wir noch ...«
Ich setzte mich.
»Seit ich verheiratet bin«, sagte sie, »hatten wir solchen Besuch noch nie – ich meine: einen so weitgereisten. Du führst eine schöne Flotte. Wie viele Tage braucht ihr vom Hellespont bis Kythera?«

Ich gab höflich Auskunft.
»Auf den Tag genau«, meinte sie lächelnd.
Ich gab lächelnd zurück:
»Kundschafter glauben immer, die Wahrheit zu sagen. Aber man sagt Kundschaftern nicht immer die Wahrheit. Unsere Kundschafter werden auch nicht alles erfahren haben. Aber wir sind Fremdlinge; wir müssen Fühler ausstrecken.«
»Es gefällt mir, daß du so offen sprichst«, sagte sie darauf. »Du wirst begreifen, daß ich – schutzlos, wie ich bin – jetzt keine Feinde gebrauchen kann. Du tatest gut daran, den größeren Teil deiner Flotte vor Kythera zu lassen. Schon der Schein kann Feinde machen. Aber – sollten wir unserem Gast nicht etwas anbieten?« fuhr sie lebhaft auf. »Früchte? Wein?«
Eine der Hofdamen erhob sich und ließ durch eine Sklavin das Gewünschte herbeibringen.
Leichter, als ich gedacht, kam nun ein unbefangenes Gespräch in Fluß. Ich berichtete von unserer Seereise, fragte ein wenig nach den Gepflogenheiten des Landes und beantwortete die Rückfragen nach unseren Sitten. Sie bewirtete mich dabei und hörte auf das aufmerksamste zu. Der Wein behagte mir, und ich lobte ihn. Und schließlich gewann ich volle Freiheit, scherzte und erzählte und fühlte mit jeder Minute mehr das Vergnügen, das meiner Rede antwortete.
Solche Sympathie ist ein wunderliches Ding. Sie ist wie ein Wind, der in ein aufgezogenes, aber schlaffes Segel greift, es aufbläht und nun das Boot – unsere Natur – vorwärtstreibt. Und indem es Fahrt gewinnt, kommen die Segelkünste endlich zur Geltung: man läuft vor dem Wind, man kreuzt nach dieser, nach jener Richtung gegen ihn an und gewinnt doch ständig an Fahrt und Boden. Man wünscht, nie wieder in die Flaute zurückzufallen. Schließlich kamen wir auf meinen Vater und meine Familie zu sprechen, und unversehens stellte ich mich quer gegen den Wind:

»Ich sollte das aufheben für ein andermal«, sagte ich. »Es sind sehr persönliche Dinge ...«

Es trat eine kurze Pause ein. Dann sagte Helena wie zu sich selbst:

»Unser Gast hat uns schon verwöhnt. Aber ich wüßte gern mehr von den Deinen, deinem Leben, eurem Hofe ...«

Sie unterbrach sich, denn die Hofdamen erhoben sich, grüßten sie und mich und entfernten sich.

»Erzähle!« hörte ich ihre wohlklingende Stimme.

»Auch auf die Gefahr hin, daß es langweilen könnte?«

»Erzähle ...«, sagte sie ruhig.

Und ich berichtete, was ich von meiner Geburt, meiner Aussetzung, meiner Rettung wußte.

»Verzeih«, unterbrach sie, »hat es dich je geschmerzt, daß man dich in die Wildnis gab, damit du umkämest?«

»Wenn man erst begriffen hat«, sagte ich, »welcher Weg einem zu gehen bestimmt ist, wiegen solche Dinge nicht mehr viel. Der Augenblick verführt zu trügerischen Schlüssen. Damals war ich wehrlos. Aber auch heute würde ich den Göttern niemals in den Arm fallen.«

»Wie kann man erkennen, was sie wollen?«

»Sie lassen uns fühlen, was sie wollen.«

»Fahre fort ...«

Ich erzählte von meiner Kindheit, meinen Hirtenjahren, unseren Kämpfen und endlich von meiner Begegnung mit den Göttinnen auf dem Ida. Ich sprach langsam, Wort um Wort wählend. Manchmal sah ich zu ihr hin; aber sie saß da, als sänne sie in sich hinein, was ich da sagte, und je länger ich redete, desto mehr schien auch ich in mich hinein und nur für mich zu sprechen. Aber in Wahrheit sprach ich dadurch wohl umso mehr für sie. Sprechen wir nicht meist, wenn wir so ganz offensichtlich zu den anderen sprechen, für uns, weil, was wir sagen, für uns spricht? Sprechen wir aber wirklich nur um der Sache willen und dem Zuhörenden zuliebe, so reden und fragen wir in uns hinein, und dieser Dialog mit uns selbst fördert das Wesen der Sache zutage. Und diese Sache war ja ich.

Ich redete, als wäre sie gar nicht da. Ihre Anwesenheit warf mich auf eine mir unerklärliche Weise auf mich selbst zurück. Ich beschrieb ihr Aphrodite mit zögernden, keineswegs funkelnden Worten. Mir war, als ob ich die Göttin wie ein Bildhauer mit jedem Wort aus dem Stein schlagen müßte. Es war mühsam zunächst; aber je deutlicher ihre Gestalt unter meiner Bemühung aus dem Stoffe hervorwuchs, desto kühner wurden meine Schläge, meine Worte, desto fließender meine Rede. Ich überraschte mich selbst damit und spürte auch das Gelingen. Ich fühlte, wie entzückt ich war, und dem Entzücken folgte das Entzücken am Entzücken. Als die Göttin makellos in die reine Form getreten war, schöpfte ich Atem.

»Siehst du sie?« fragte ich hingerissen.

Sie saß da, mit fast geschlossenen Augen; unter ihren Wangen spielte das Blut. Ich sah, wie ihre Brust atmete, und hörte plötzlich die Dünung des Meeres rauschen.

»Ich sehe sie«, kam es leise von ihren Lippen.

Und als sie die Augen öffnete, hörte ich mich selbst wie einen dritten sagen: »Auch ich sehe sie!«

Einige Sekunden lang saßen wir Blick in Blick, ohne ein Werben, ohne Frage, ohne Antwort, in einer Art tödlicher Gelassenheit. Fast gleichzeitig ließen wir voneinander. Vielleicht lächelten wir hilflos. Ich weiß das nicht mehr.

Eine Weile herrschte Schweigen. Dann fragte sie einfach:

»Und was versprach dir Aphrodite?«

»Die Schönste dieser Erde.«

»Du gabst ihr den Apfel?«

»Ich gab ihr den Apfel... denn sie war die Schönste.«

Ich nahm einen langen Schluck aus meinem Becher und sagte, sie ansehend, fast spöttisch:

»Bist du nun von meiner Bestechlichkeit überzeugt?«

»Du warst bestochen von der Schönheit«, sagte sie, »aber nicht von ihrem Preis. Das scheint mir keine Bestechlichkeit.«
»Ja«, sagte ich. »Die Schönheit besticht nicht, sie überzeugt. Du selbst bist der leibhaftige Beweis.«
»Weißt du«, überspielte sie lächelnd mein anzügliches Lob, »daß du einen reizenden griechischen Dialekt sprichst?«
Ich war verblüfft. Dann brach ich in schallendes Gelächter aus. Hatte ich ihr nicht schon zweimal sagen wollen, sie spräche eine entzückende Abart des Trojanischen? Nun sagte ich es.
»Nein«, lachte sie kopfschüttelnd, »das ist das Drolligste von der Welt: Sieben Tagereisen von hier spricht man einen griechischen und hier einen trojanischen Dialekt. Mir scheint, es gibt nicht nur Muttersprache, sondern auch Schwesternsprache oder Tantensprache...«
Hier fiel mir das erste Mal seit unserer Begegnung im Tempel von Kythera wieder meine Tante Hesione ein. Es verstimmte mich leicht.
»Findest du es nicht auch merkwürdig?«, fragte sie verwundert.
»Doch«, sagte ich. »Sehr merkwürdig. Hieltest du es übrigens für möglich – ich setze den Fall –, daß eine Trojanerin mit einem griechischen Manne glücklich werden könnte?«
»Warum nicht?! Wenn sie sich auch sonst verstehen...« Plötzlich belebte sie sich ungemein. »Es *gibt* diesen Fall, mein Freund, es gibt ihn! Und du solltest ihn eigentlich kennen. Kennst du ihn denn nicht?«
»Wovon sprichst du?«
»Nun«, sagte sie, »ich spreche von dem alten Telamon und seiner guten Hesione. Du kennst sie nicht?«
»Nein«, gestand ich. »Ich kenne sie nicht. Aber mein Vater sprach oft von ihr.«
»Sie ist seine Schwester! Und deine Tante!! Ich entsinne mich genau. Eine bezaubernde Matrone. Ich traf sie vor einem Jahr

in Argos. Selten sah ich eine an Jahren so reiche Frau mit soviel Liebenswürdigkeit ausgestattet. Telamon ist sehr alt geworden. Aber der Sohn Ajax trägt sie auf Händen – was freilich kein Kunststück ist für ihn. Er ist ein Zyklop.«

»Hat sie auch Töchter?«

»Ja. Ich glaube drei. Die eine soll sehr schön sein.«

»Also ist sie glücklich – oder doch zufrieden?«

»In dem Alter...« Helena lächelte. »Sicher beides. Aber – wie kommen wir auf Hesione?«

»Wir sprachen von der Sprache und ihren Dialekten. Und vielleicht hat es seinen Sinn, wenn wir auf Hesione zu sprechen kamen. So kann ich Mißverständnissen vorbeugen. Mißverständnissen beiderseits.«

»Welche Mißverständnisse könnte es da geben...?«

Nun sprach ich offen von meinem Auftrag.

Sie hörte aufmerksam zu, aber mit einigem Vorbehalt. Etwas ausweichend meinte sie:

»Dein Vater ist sicher ein guter Mensch. Seine Liebe ehrt ihn. Aber so alte Bäume sollte man nicht verpflanzen.«

»Du hast gewiß recht«, erwiderte ich darauf. »Aber ich muß dir morgen dennoch die Bitte vortragen. Ich hoffe, du schlägst die Mittlerrolle nicht aus, wie immer du zu ihr stehst. Ich habe zu fragen; es ist mein Auftrag.« Ich hielt ihren prüfenden Augen stand und schloß dann: »Es kann sein, daß ich die Torheit auf die Spitze treibe. Aber aus irgendeinem Grunde treibt es mich, dir ein unbegrenztes Vertrauen zu schenken, und es verlangt mich, deines zu empfangen...«

»Du hast gute Augen«, sagte sie versonnen. »Sprich!«

»Es ist mein Auftrag und Plan, Hesione mit Gewalt zu entführen, wenn unser Ansinnen abgewiesen würde. Wenn du mir zusagst, unsere Bitte nach Salamis weiterzuleiten, gelobe ich, davon abzustehen – wie immer der Bescheid ausfallen mag. Wir werden mit jeder Antwort zufrieden sein. Ich nehme mir das Recht, so zu handeln.«

Ich schwieg, und auch sie schwieg. Dann gestand sie: »Das ist neu für mich. Darum zögere ich noch. Ich kenne nur Männer, die ihren Plänen nachlaufen, nicht aber Männer, denen ihre Pläne folgen, die ihren Plänen gebieten. Deshalb wohl meint Menelaos, ich verstünde nichts von Politik, weil ich eben dies für Politik halte. Aber wenn ich irre, so irre ich mit dir...«

Sie hielt inne, als ob ihr diese Wendung erst bewußt geworden sei, nachdem sie ausgesprochen war.

»Du willst dieses Wort zurücknehmen oder abschwächen?« sagte ich angriffsbereit.

»Nein«, sagte sie bestimmt. »Aber du weißt, daß eine Frau, die irrt, mehr aufs Spiel setzt als ein Mann, der sich irrt.«

»Wenn jeder sich selbst aufs Spiel setzt, ist das Spiel gleich«, erwiderte ich.

Sie lächelte etwas müde, und ich sah daran, wie jung sie doch war. Ein Anflug von Unsicherheit streifte sie.

»Sind wir nicht Verschwörer?« fragte sie fast mädchenhaft. Sie schüttelte, wie über sich selbst den Kopf, erhob sich rasch, und gestand freimütig:

»Ich bin dergleichen Gespräche nicht gewöhnt.«

»Auch ich habe nie ein solches Gespräch geführt.«

Sie ergriff ein kleines silbernes Glöckchen. »Man wird dich in dein Gemach geleiten, Prinz«, sagte sie leise. »Schlaf wohl!«

Sie stand mit dem Glöckchen in der Hand, aber sie schlug es nicht an.

»Was sagtest du?« sprach sie wie zu sich selbst. »Wie erkennen wir, was die Götter wollen?« »Sie lassen uns fühlen, was sie wollen.«

»Sie lassen es uns fühlen...«, wiederholte sie kaum hörbar, mit fast geschlossenen Augen. Ein Lächeln, das mir das Herz stillstehen ließ, trat in ihre Miene ein. Dann faßte sie sich und sagte ganz ruhig:

»Ich danke dir für deinen Besuch und dein Vertrauen. Ich... erwidere es.«
Dann schwang sie das Glöckchen.

ÜBER SPARTA UND DIE SPARTANER

So war ich denn nicht nur ein geehrter, sondern auch höchst willkommener Gast im Palast des abwesenden Menelaos, und man wird es nicht verwunderlich finden, daß ich keinen Anlaß sah, meinen Aufenthalt zu begrenzen, aber manchen Grund hatte, ihn so lange wie möglich auszudehnen. Es war nicht unschicklich, anzudeuten, daß ich gerne die Rückkunft des königlichen Hausherrn abwarten würde, falls sich diese nicht über jedes Erwarten hinauszögern würde, und es schadete dem Rufe eines fürstlichen Barbaren nicht, wenn er sich derweilen als wißbegieriger und teilnehmender Ausländer zeigte. Man hält zwar von Fremden in Sparta weniger als sonst irgendwo in der Welt – außer wenn sie bereit sind, den hingerissenen Bewunderer zu spielen. In dieser Hinsicht schienen freilich in meinem Falle etliche Voraussetzungen gegeben; ich war vielleicht nie in meinem Leben geneigter zu bewundern, als hier und jetzt. Ich sah zwar nicht Helenen in jedem spartanischen Weibe. Aber die wunderbare Frau war mir, dem Verliebten, auch dort gegenwärtig, wo ich sie vermißte.
Nach den ersten drei Tagen, die mit allerlei Hofzeremoniell ausgefüllt waren, begann eine Zeit größerer Freiheit für mich und meine Gefährten, und ich nahm wiederholt Gelegenheit, die Stadt und das umliegende Land, die Einrichtungen und Sitten der Spartaner zu studieren. Die Königin wies mir dafür einen Begleiter zu, einen in Sparta als Sklaven geborenen Lyder mit Namen Alkman, der in mannbarem Alter wegen auffallender poetischer und musikalischer Talente freigelassen

worden war und sich als das Muster eines idealen Fremdenführers entpuppte, nachdem ich sein volles Vertrauen – sein Vertrauen nämlich in meine Verschwiegenheit – gewonnen hatte. Die Spartaner schätzten ihn seiner Verse und Lieder wegen, aber ich bemerkte bald: er seinerseits erwiderte diese Neigung nur mit Einschränkungen. Und wohl weil er sonst kaum Gelegenheit hatte, Meinungen und Einsichten dieser Art an den Mann zu bringen, lernte ich die Licht- und Schattenseiten Spartas kennen wie wenige meiner Zeitgenossen.
Die Spartaner erweckten bei allen, die mit ihnen in nähere Berührung kommen, vielfältige Regungen. Man beneidet sie, man fürchtet sie, man ahmt sie nach, man haßt sie, man bewundert sie, aber sie werden offenbar von niemandem geliebt. Dabei gehören sie zu den opferbereitesten und merkwürdigsten Leuten, die ich je gesehen habe. Sie verehren die gleichen Götter wie wir, aber am meisten wohl eine Gottheit, für die sie weder Namen noch Tempel haben, ja, wahrscheinlich wissen sie selbst gar nicht wie zielbewußt und tätig sie ihr dienen. Ihr oberster Gott ist nämlich die Ordnung. Die Ordnung an sich und in greifbarer, zwingender und nötigender Gestalt: die Ordnung ihres Staates.
Natürlich können wir Asiaten nicht in den Verdacht geraten, gerade in dieser Hinsicht als urteilsfähig oder gar maßgebend zu gelten. Aber ich spreche hier auch weniger als Trojaner und viel mehr – wie könnte das anders sein? – mit der Zunge meines lydisch-spartanischen Bärenführers, wenn nicht gar mit der Zunge anderer Griechen, denen spartanischer Ordnungsgeist, spartanische Zucht, spartanisches Mannestum, Denken, Fühlen, Handeln, alles Spartanische überhaupt der Inbegriff der Übertreibung, der Fragwürdigkeit und Gefährlichkeit sind – so sehr, daß sie untereinander oder in Kriegszeiten nicht von Spartanern reden, sondern einen Spartaner, ja selbst einen mit diesbezüglichen Eigenschaften gezeichneten Griechen, einen Spartiaken nennen.

Das soll natürlich abwertend klingen; aber es handelt sich hier doch um die Verachtung eines Abwesenden, den man, tritt er selbst in Erscheinung, auf das äußerste fürchtet. Dieser ausgeprägte Ordnungssinn der Spartaner oder Spartiaken ist nämlich nicht Tugend um der Tugend willen, sondern eine Eigenschaft, die ihr ideales Wirkungsfeld immer dort zu erkennen scheint, wo der Staat dem Strom das Bett schaufelt. Ordnung entspricht der Natur des Spartaners, und der spartanische Staat entspricht damit der Natur seiner Bürger. Der Bürger provoziert seinen Staat; der Staat fordert und fördert die ihm gemäßen Bürger. Jeder, der sich mit erkennbarem Eifer für den Staat einsetzt, kann mit einer besonderen Begünstigung rechnen und überrundet das beste Talent, sofern dieses sich nicht ebenfalls im Dienste für den Staat verzehrt. Jeder, der ein Unrecht tut, das dem Staate zum Vorteil gereicht, kann auf Schutz durch die Verfassung rechnen; jeder, der sich für Recht und Gerechtigkeit einsetzt, aber dabei unversehens dem Staat in die Quere kommt, verstößt von vornherein gegen die Verfassung. So gibt es eine geheime Organisation – die sogenannte *Krypteia* –, die des Nachts dem Staat Mißliebige beseitigt, und kein Hahn kräht danach. Aber wage es ein Anverwandter der Opfer, an die Verfassung zu appellieren und das Gericht anzurufen!

Eines Tages unternahm ich mit meinem Poeten eine Reise nach der geweihten Stätte – der Ort heißt Delphi –, wo eine Priesterin Apolls auf Befragen orakelhafte Auskünfte erteilt. In allen wichtigen Angelegenheiten reist man zu ihr, und ihr Spruch soll nicht nur Rat und Wahrheit bedeuten – er soll auch den Willen der Götter aussprechen. Was Delphi sagt, hat also doppeltes Gewicht. Alle Welt hört auf diese Stimme.

»Ich glaube nicht«, sagte Alkman, »daß die Pythia eine Priesterin Apolls ist. Ich halte sie für eine Priesterin des Hermes.«

»Des Hermes? Wieso das?« fragte ich.

»In allen Kriegen«, sagte er lächelnd, »die wir führten, war das

Orakel immer auf der Seite Spartas. Immer, wenn Sparta das Orakel befragte, stand es auf seiner Seite. Sparta beruft sich darum in allem, was es unternimmt, auf diese Stimme der Vorsehung. Wir mögen viele Gegner auf der Welt haben – die Götter sind immer für Sparta. Und das sollten wir ihnen und ihren sterblichen Sachwaltern nicht entgelten?«

Wie immer es sich in diesem Falle verhalten mag – wo Ordnung herrscht haben sich auch die Götter zu fügen, die ja das über uns waltende Gesetz verkörpern. Ein so disziplinierter Staat wie der spartanische mußte eben durch seine Ordnungsliebe auch die Götter für sich einnehmen.

Daß man auf so vertraulichem Fuße mit den Unsterblichen verkehrend, auch im Umgang mit den Menschen recht unbefangen verfuhr ist nur natürlich. Und so macht denn der spartanische Staat mit seinen Maßregeln und Vorschriften selbst vor der Schlafkammertür seiner Bürger nicht halt. Er hat sich vorgenommen, eine besondere Rasse zu züchten, und wer solchen Vorsatz ernst nimmt, muß früh aufstehen, beziehungsweise die Leute früh in das richtige Bett schicken. Genauer noch: Er muß die richtigen Leute zu Bett schicken. Dafür sorgt der spartanische Staat zunächst einmal, indem er nicht nur die jungen Männer, sondern auch die Mädchen – wie man dort sagt – körperlich ertüchtigt. Ich sah viele wohlgebildete, geradezu amazonenhafte Mädchen in Sparta, die zum Teil der gleichen körperlichen Schulung unterworfen waren wie die Jünglinge. Diese jungen Leute lieben einander wie überall in der Welt; aber in Sparta sorgt man sich nicht um das Wohl der Liebenden, sondern um das Ergebnis der Paarung. Daß es Prämien gibt für Kinderzeugung, mag noch sein Recht haben. Daß Ehelose und Spätvermählte benachteiligt werden, kann man noch hinnehmen. Daß aber das Kinderzeugen zu einer gemeinsamen Sache aller erklärt und der gute Spartiak gezwungen wird, auch andere Spartiaken zur eigenen Frau zuzulassen, falls der Züchtungsprozeß ins Stokken gerät, darf wohl befremden. Aber die Spartaner sind wunderliche Leute. Sie halten eben auf Ordnung, und weil nur ein ordentlicher Staat für Ordnung garantiert, muß in Ordnung sein, was dieser Staat für Ordnung ausgibt. Und so fußt alle spartanische »Unordnung« in rechtlichen und sittlichen Fragen letztlich auf ihrem übertriebenen Ordnungssinn. Natürlich fehlt es auch in Sparta nicht an heimlichen Gegnern dieses verteufelten Ordnungsprinzips. Aber die Mehrheit der Bürger findet es offenbar nicht unvorteilhaft, gewissenhaft auch nach ungesetzlichen Gesetzen zu leben. Unbedingter Gehorsam enthebt lastender Verantwortung und löst die Widersprüche dieser Welt, durch ein grundsätzliches Einverständnis mit ihnen, kurzerhand auf. Und weil ein so geartetes Staatswesen vor weniger ordnungsliebenden den unbestreitbaren Vorteil kriegerischer Überlegenheit hat, kommt auch der Patriot im Spartaner auf mehr als seine Kosten. Die anderen Griechen mögen über die bösen Spartiaken die Nase rümpfen – wenn es gilt, den Barbaren das Fell zu gerben, läßt man die Spartaner vorausmarschieren. Man haßt und fürchtet sie als Gegner, aber man schätzt sie als Bundesgenossen. Es ist gewiß kein Zufall, daß der König von Sparta als Völkerhirte die griechischen Böcke auf unsere Weide getrieben hat. Aber Sparta hat nicht nur seine Soldaten und seinen Menelaos, der ja als angeheirateter Argiver, wie oft in solchen Fälle, ein umso angestrengterer Spartaner ist – es hat auch seine Sänger und Dichter und seine Helena. Es hat den Anschein, als verfeinere sich der angeborene, im Alltäglichen brutale Ordnungssinn in einer rührenden, verzweifelten Metamorphose zu einer geheimen, tröstlichen Selbstrechtfertigung in den Künsten; als flüchte das gespaltene und unharmonische Wesen dieser Menschen aus den Niederungen des Zwanges vor sich selbst in die Sphären einer gewaltlosen höheren Ordnung, wo die uneingestandenen oder verleugneten Sehn-

Daß ihnen dabei die Musik vor allen anderen Künsten lieb ist, scheint mir besonders aufschlußreich. Kann nicht gerade in dieser Kunst die höchste Ordnung eine die Sinne wunderlich betörende und den Geist zugleich zu nichts verpflichtende Ehe mit dem Chaos eingehen? Daß man den Waffenlärm und die Musik in einem Atemzug liebt, scheint zwar zunächst ein Widerspruch in sich selbst. Naive und unverbildete Stämme, denen die Natur die Liebe zu Gesang und Musik in die Wiege gelegt hat, werden wenig Neigung verspüren, an die Stelle zartester Harmonien grobschlächtiges Schlachtengetöse zu setzen. Sie ruhen in sich selbst, singen, wie die Vögel es tun, oder die Meler (von denen ich noch berichten werde). Wer aber von Natur oder durch Erziehung zum Kriege neigt, dem ist Musik nicht Ausdruck seines Wesens – also dessen, was er besitzt –, sondern Inbild seiner Sehnsucht – also dessen, was er entbehrt. Der eine singt sein Wesen aus, der andere singt es ein. Dem einen ist die Musik Natur, dem anderen wird sie zur Kunst.

Die guten Spartaner hatten ein Bedürfnis nach Musik, wie Kranke es nach Medizin haben. Ihre Einsamkeit ertränkten sie in ihren Chorliedern, die sie von Kindeskehle an – gemäß spartanischer Ordnung – zu singen lernten. Ihre Feste waren mit Musik durchsetzt wie ein Fisch von Gräten. Und daß die Musik auch ihren Kriegern auf die Beine helfen mußte, versteht sich von selbst. Verwunderlich war nur, daß sie nicht wie andere Völker mit Trompeten und Posaunen in die Schlacht zogen, sondern mit Flöten, Zithern und Leiern. Verwunderlich – und wieder auch nicht. Denn wären sie Musikanten von Geblüt, so hätten sie wohl, natürlicherweise, zu den Trompeten gegriffen. Daß sie den am wenigsten geeigneten Instrumenten die Ehre gaben, die männermordende Schlacht einzuleiten, beweist, daß sie Künstler sein wollten. Als einer der kunstvollsten Flötenbläser, den ich in Sparta hörte, galt der Anführer der Krypteia. An festlichen Abenden

blies er seine Seele öffentlich durchs Flötenrohr hinaus. In unfestlichen Nächten griff er heimlich zum Kurzschwert und blies die Seelen seiner Opfer aus.
Die Vermutung mag naheliegen, daß hier ein Einzelner etwas Vereinzeltes tat. Aber stellt die allgemeine Sitte, vor der Schlacht den Musen zu opfern, nicht eine ähnlich widersprüchliche Handlungsweise dar? Denn bei allen Göttern! Was haben die Musen, diese Inkarnationen unseres Strebens nach Schönheit und Harmonie, mit dem bluttriefenden Chaos eines Schlachtfeldes zu schaffen? Aber so sind sie, die guten Spartaner: Mit der einen Hand streicheln sie die Musen, mit der anderen würgen sie den Gegner.
Aber wie grotesk uns auch diese Einstellung anmuten mag, – die Rolle der Musik im Leben Spartas konnte niemandem entgehen, und das Volk gab sich der Magie dieser Kunst mit geradezu rührender Leidenschaft hin. Der Staat pflegt die Musik mit allen Mitteln, nicht zuletzt wohl auch, weil er erkannt hat, daß die kurzgehaltenen Spartaner sich auf diesem Felde der Phantasie mancher Freiheiten teilhaftig wähnen, die ihnen die Wirklichkeit vorenthält.
Auch an prachtvollen Tagen und kleinen privaten Heiligtümern war Sparta reich. Diese waren allesamt mit Standbildern und Mosaiken wohlversehen. Aber da alle Tätigkeit der Hände, das Waffenhandwerk ausgenommen, in Sparta geringgeachtet wird und darum auch die Bildhauer als Banausen gelten, kann dieser Bereich kaum für ein bildnerisches spartanisches Talent zeugen. Die meisten der Statuen waren Auftragsarbeiten und von fremden Bildhauern gefertigt, nicht kunstlos in der Form, aber plump in ihrer Symbolik. Nicht nur Ares, der ihnen zur Treue verpflichtete Kriegsgott, war gefesselt dargestellt, sondern auch Aphrodite – offenbar um die Mustergültigkeit der spartanischen Ehe anzudeuten. Wenn man aber so unverblümt die Götter in Fesseln schlägt, wie soll es da um die Freiheit der Bürger bestellt sein?!

Mein Führer in diesen Wochen war Alkman, der Poet, und es hieße schon, sich den eigenen Fuß an die Kehle setzen, wenn ich nicht auch dem Ehrgeiz der Spartaner, eifrige Förderer und Freunde der Poesie zu sein, das gebührliche Maß an Würdigung zubilligte. Vielleicht wäre ich ohne Alkman und meine Beobachtungen in Sparta nie auf den Gedanken gekommen, diesen Bericht zu versuchen. Auf jeden Fall aber verdanke ich ihm und seiner Unterweisung in gewissen poetischen Grundregeln das einzige Gedicht, das ich in meinem Leben schrieb. Und nicht zuletzt natürlich stattete er mich mit jenen Kenntnissen und Einsichten aus, die es erlauben, auch über diese Seite des spartanischen Lebens ein Wort zu verlieren.

Nach der Musik ist nämlich die Poesie oder zumindest der Umgang mit ihr, ihre Förderung und Pflege, der erwählte Kronzeuge spartanischer Kultur. Aber auch auf diesem Felde wachsen die eigenen Früchte nicht eben üppig, und gerade der übertriebene Eifer, den man in der Gründung von Dichter- und Rednerschulen, von Vereinigungen und Akademien, in der Sammlung von poetischen und rhetorischen Dokumenten und ihrer Überlieferung an den Tag legt, spricht mir dafür, daß auch diese Vorliebe dem Bedürfnis entspringt, dem groben Stamme ein edles Reis aufzupfropfen und der schwertgeübten Hand den schmalen Goldreif schmückender Ästhetik überzustreifen.

Wenn ich den Reden Alkmans Glauben schenken soll, schätzen in Wahrheit die Spartaner von allen Menschen die Poesie und den Ruhm, der von ihr zu gewinnen ist, am allerwenigsten. Alkman billigte ihnen einiges Verständnis, ja Talent für die praktische Ausübung der Musik zu, aber ihren Anspruch, als Kronwächter der Dichtkunst zu gelten, belächelte er nur. »Das Einzige, was sie selbst erfunden haben«, sagte er etwa wörtlich, »ist die kurze oder richtiger kurzangebundene Rede, ihr sogenannter Lakonismus. Aber sieht man näher zu,

so stellt man fest, daß sich in dieser Erfindung die Not als Tugend gebärdet. Weil sie nicht so wortgewandt sind wie die anderen griechischen Stämme, geben sie sich betont karg, und spartanische oder lakonische Rede macht im Grunde nirgendwo Schule als in Sparta selbst.
Ihre Unsicherheit im Wort äußert sich denn auch auf die widerspruchsvollste Weise. Die einen von ihnen halten alles von Fremden zu ihnen Kommende für großartig und nachahmenswert, holen Dichter und Sänger anderer Stämme in ihren Staat – wobei sie einen recht unsicheren Geschmack beweisen – und versuchen, durch Anbetung, Nachäffung und plumpe Liebedienerei den Eindruck äußersten Sachverstandes zu erwecken; die anderen dagegen glauben allen Ernstes, nur in Sparta gäbe es wahre Poesie und wahre Poeten, alles Fremde sei nichtig und seicht, erweiche und verderbe spartanische Wesen, an dem doch eines Tages ganz Griechenland genesen solle.
Jede dieser beiden Auffassungen hebt natürlich ihre Lieblinge und Favoriten auf den Schild, wobei sich die Spartiaken am lautesten gebärden und die dümmsten und zugleich großspurigsten Reden führen. Sie fordern von ihren Dichtern, daß sie ausschließlich spartanische Dichter seien – was diese denn auch als einziges Ziel erreichen können. Ihrem Betreiben allein ist es zuzuschreiben, daß der Staat demjenigen, der diesen Vorstellungen am besten entspricht, den Titel eines Dichterfürsten verleiht – was fast immer einen Fürstendichter trifft. Denn ein Dichter, der auf seinen Ruf hält, trachtet selbstverständlich zuallererst nach dem Einverständnis der herrschenden Kreise. Sollte es einer seiner Vettern zu einem Ministerstuhl bringen, so gilt es als höchst schmeichelhaft und ehrenwert, wenn von diesem Dichter als dem Vetter des Ministers die Rede ist; aber keinem Spartaner würde es einfallen, von dem Minister als dem Vetter des Dichters zu sprechen. Ein Dichter aber, der sich einfallen ließe, seinen Landsleuten

den Spiegel vorzuhalten und sie der Barbarei, der Heuchelei, der Unfreiheit zu zeihen, erwürgte sich besser an seiner Nabelschnur. Denn die Spartaner sind eher geneigt, einem Dutzend fremdstämmiger Lobredner Häuser zu bauen, als einem einzigen Tadler, der aus ihren eigenen Reihen aufstünde, den Kürbis zu belassen, der in seinem Garten wächst.«

Wie gesagt, ich zitiere hier den guten Alkman, der vielleicht als ehemals Freigelassener, anstatt dankbar zu sein, insgeheim noch unter dem Geschenke litt, durch das der Schenkende sich über ihn erhoben hatte. Aber ein Dummkopf war er gewiß nicht; und daß er seine nicht immer unkritischen Verse schreiben und vorlesen durfte, ist nicht allein dem Umstand zuzuschreiben, daß er als geborener Lyder eine gewisse Narrenfreiheit genoß und es vortrefflich verstand, seine Bosheiten in einem recht anmutigen Gewande zu verstecken, sondern vor allem wohl jenen Kreisen, die der Mangel an eigener Kunst nach den Künstlern anderer Stämme und Völker Ausschau halten ließ, damit diese in die erzwungene Enge spartanischen Lebens einen Anhauch von Weite und Welt brächten. Alkman hatte nicht nur seinen Namen, der durchaus für sich bestand, er war darüber hinaus sogar Mitglied, ja Ehrenmitglied von Vereinigungen und Akademien, deren es – erstaunlicherweise für einen so kleinen und martialischen Staat – eine erkleckliche Anzahl gab.

»Der Schein trügt auch in diesem Falle«, erklärte er auf mein Befragen. »Einmal liebt es der Spartaner, in Gruppen und gewissen Gliederungen aufzutreten; das erhöht sein Selbstbewußtsein. Zum anderen aber setzen sich diese Akademien keineswegs aus immer verschiedenen Leuten zusammen; eher das Gegenteil ist der Fall. Es sind auch nicht immer die interessantesten Köpfe, die man dort antrifft; denn spartanische Disziplin bringt es mit sich, daß man etwas rebellischere Naturen in diesen Gremien ausspart. Den weniger rebellischen Naturen jedoch bietet sich dort Gelegenheit zu harmlosen,

aber für dekorativ geltende Scheinrebellionen. Bei der sich darbietenden Fülle solcher Institutionen gilt es nämlich längst nicht mehr für interessant oder auszeichnend, hier *oder* dort Mitglied zu sein – man muß hier *und* dort Mitglied sein. Oder besser noch, hier und dort begehrt oder gewählt sein. Denn im Besitze der einen Mitgliedschaft eine andere, höflich angetragene ebenso höflich abzulehnen, steigert unter Eingeweihten das Ansehen mehr als die Annahme der Wahl und gilt als Inbegriff überlegener Haltung. Die plumperen Naturen freilich – das gute spartanische Mittelmaß – lieben weithin schallende Schritte und verfassen bei jeder sich bietenden Gelegenheit wortreiche Erklärungen, in denen sie den unübertrefflichen Pegelstand ihrer Mitwelt beklagen und sich mit Vorliebe Gegnern und Gefahren stellen, die noch keine sind oder von anderen schon beseitigt wurden. Die Spartaner« – schloß Alkman – »lassen sich, folgsamer als Lämmer und Kälber, im Kriege zur Schlachtbank treiben und sind die gehorsamsten Bürger dieser Erde, wenn der Staat seine Rute erhebt. In den Bereichen der Kunst und des Wissens aber (wo ihnen kein Büttel auf die Finger klopft) spielen sie mit kindlicher Betriebsamkeit den Anarchisten. Es wird ein Jahrhundert brauchen – immer vorausgesetzt, daß sie ihren törichten und gewalttätigen Staat abschaffen –, bis sie freie und natürlich empfindende Menschen werden.«
Ich bin fast sicher, daß Alkman mir des Bösen zuviel und des Guten zuwenig sagte; aber mir entging nicht, daß er an seinem zweiten Vaterlande mit einer Inbrust litt, als sei es sein erstes.
»Verfluchte Ordnung!« sagte er eines Abends beim Wein. »Verfluchte Großmannssucht! Wir haben so viele tüchtige und redliche Leute – aber immer setzen die Dummen und die Wilden das Maß. Wir verdienen Prügel.«
»Du bist betrunken, mein Guter«, sagte ich zu ihm. »Aber ein trunkener Spartaner ist mir lieber als einer in Waffen.«
Lassen wir Alkman seinen Rausch ausschlafen. Er hat mich

an vielen Tagen geleitet und meinen uneingeschränkten Dank verdient. Ein empfindsames Gemüt wie das eines Poeten hat es schwer, den Spartanern Gerechtigkeit widerfahren zu lassen. Sind wir nicht alle die Puppen unseres Temperaments? Gefangen in den Grenzen unserer Natur?
Die Spartaner werden die Welt nicht erlösen. Sie werden zu tun haben, sich selbst zu erlösen. Ich habe keine Veranlassung sie zu lieben, und keine Gründe, als ihr Fürsprecher aufzutreten. Aber mir ist nicht entgangen, daß sie – trotz aller vorgetäuschten Selbstsicherheit, allem Geltungstrieb, allem Aberglauben und aller Gewaltanbetung – ein ebenso bemerkenswertes wie unglückliches Volk sind. Sie wollen das Große, aber ihnen fehlt der Sinn für das Maß. Sie bejahen das Opfer, aber ihnen fehlt das Maß für den Sinn des Opfers. Sie glauben an die Macht des Schwertes und sehnen sich insgeheim doch nach dem Sieg des Schönen. Sie tragen zwei Seelen in ihrer Brust, und wer die eine liebt, muß die andere hassen.
Daß sie Feste zu feiern verstanden, Feste gezügelter, der Musik dienender Art, habe ich schon vermerkt. Aber zuweilen kam es auch wie ein Sturm über sie, eine dionysische Lust ergriff die Massen, vor allem die Frauen, und riß alle Mauern und Zäune ein, hinter denen sich ihre Lebensfreude staute. Dann gebärdeten sie sich wie Narren und Halbgötter, stillten ihren Durst nach Freiheit in hemmungslosem Treiben und offenbarten eine verschwenderische und staunenswerte Selbstentäußerung.
Ich war Zeuge eines solchen Festes, Teilhaber und Nutznießer. Auf ihm sah ich eine Königin tanzen, wie ich noch nie eine Frau habe tanzen sehen.
Dionysos setzte viele in Freiheit, die sich in seinen Dienst begeben. Aber freier noch als die Freien macht er den Gefesselten.

SEHR SCHWIERIGE LIEBE · EIN GEDICHT ENTSTEHT
DAS FEST DER DIONYSOS-SCHWESTERN

Es liegt ein bedeutender Reiz darin, sich vergangener Erlebnisse und Taten zu erinnern; bedeutender aber ist die Schwierigkeit, dieser Erinnerung eine Gestalt zu verleihen, die aus einem Unbeteiligten – der der Leser ja zunächst ist – einen lebhaften Teilnehmenden macht. Was mich in jenen Wochen meines Aufenthaltes in Sparta bewegte, was mir widerfuhr und was ich schließlich selbst in Szene setzte, würde, wollte ich alle Einzelheiten, Gespräche, Zufälle, Unternehmungen, Begebnisse hier aufführen, den Rahmen meines Versuches so weit überschreiten, daß ich besser daran getan hätte, mir ein bescheideneres Ziel zu setzen. Ich möchte annehmen, daß es mir selbst ein ausnehmendes Vergnügen bereiten würde, dieses vielleicht erregendste Kapitel meines Lebens noch einmal in meiner Phantasie aufleben zu lassen. Auch die Art und Weise, auf die ich meinem erdachten Leser zu einem wenigstens annähernden Genuß zu verhelfen bemüht wäre, hätte den Reiz der Neuheit für mich – man sollte ja nicht schreiben, wenn man nicht gewillt ist, dem Spiel der Gedanken und Worte neue Formen und Züge abzugewinnen. Aber einmal überschätzt der so mitteilungssüchtige Schriftsteller wahrscheinlich ohnehin das allgemeine Interesse an seinen persönlichen Angelegenheiten, zumal, wenn es sich um die Wiedergabe von Erfahrungen und Gefühlen handelt, von denen zu lesen weit weniger befriedigt, als von ihnen selbst betroffen zu sein. Und zum anderen will sich auch die Empfindung nicht mehr abweisen lassen, es möchte mir nicht mehr allzuviel Zeit gelassen werden, mein ohnehin müßiges Unternehmen abzuschließen. Der Krieg ist ganz offensichtlich in sein letztes, entscheidendes Stadium eingetreten. Und wenn ich auch die Hoffnung nicht aufgegeben habe, daß wir bei einigem Glück noch diesen letzten Ansturm unserer Feinde überstehen werden, so bin ich doch nüchtern genug, ihren Sieg in meine Rechnung einzubeziehen. Ich will darum versuchen, aus dem Meer von Rosen, in dem ich – die Dornen inbegriffen – während dieser Wochen badete, ein Fläschchen Rosenöl zu pressen, dessen Duft meinem Fabelwesen Leser umso eher in die Nüstern steigen wird, als er selbst Duft vom Dufte meiner Phantasie ist. –

Wer eimal in seinem Leben besinnungslos und zugleich mit unerbittlicher Zielsicherheit geliebt hat, wird sich eine ungefähre Vorstellung machen können von den Spannungen innerer und äußerer Art, die mich als Gast des spartanischen Königshauses heimsuchten. Mir war sehr wohl bewußt, daß mich das uneingeschränkte Vertrauen, das uns begegnete, verpflichtete, mich dieses Vertrauens wert zu erweisen. Zugleich aber fühlte ich, vom ersten Augenblicke an, daß dieses Vertrauen der Königin im letzten eine Herausforderung darstellte, deren eigentlicher Sinn nur sein konnte, meine und ihre Leidenschaft auf die äußerste Probe zu stellen.

Was mir später zur Gewißheit wurde, war damals Ahnung, Hoffnung, Wunsch und Gedankenspiel. Ich hatte von dieser Frau manches gehört; der Gedanke jedoch, Aphrodite hätte mir das Weib eines anderen zugedacht, hatte nie Raum in meinen Vorstellungen. Aber die Wahrheit ist, daß ich nach jener ersten Begegnung im Tempel von Kythera nicht ein einziges Mal Zweifel daran gehegt hatte, daß dies die Frau meines Schicksals war. Daß ich – zumindest immer, wenn sie nicht gegenwärtig – mit mir zu Rate ging, ob ich diesen mir verheißenen Preis, über dessen nähere Bedingungen sich die Göttin ja ausgeschwiegen hatte, annehmen könnte, mag man mir glauben oder nicht. Ich fühlte mich weder als Seeräuber, noch war ich gesonnen, die Rolle eines Tanten-Rächers für mich in Anspruch zu nehmen. Ich wartete, dem äußeren Anschein nach, zwar auf die Entscheidung von Salamis, aber was ich der Königin am ersten Abend zugesagt hatte, behielt so oder so seine Geltung: Ich würde keinen Finger rühren, um Hesione einer Umgebung zu entreißen, in der sie längst eingewurzelt war. Ich war friedfertig geworden, nachdenklich, duldsam; mein Wesen entsagte der Gewalt und war nur darauf aus, die Frau zu gewinnen, die ich liebte.

Hier aber lag der Hase im Pfeffer.

Wir, die Spartanerin und der Trojaner, liebten uns. Wenn wir uns begegneten, veränderte sich das Klima, stand der Wind still, verhielt die Natur ihren Atem. Das klingt lächerlich, und nicht nur das: es ist eine Unwahrheit. Aber was uns beide betraf – wir empfanden es so. Die Wirkungen der Liebe entziehen sich der Meßbarkeit; nur die Liebenden selbst sind zuständig und setzen das Maß.

Es machte auch keinen Unterschied, ob wir einander allein, ob in kleinerer, meist unvermeidbarer Gesellschaft gegenübersaßen, oder ob wir uns im Rahmen höfischer oder staatlicher Veranstaltungen begegneten. Je mehr Sitte und Takt uns Zurückhaltung auferlegten, umso versengender spürten wir das Feuer, das zwischen uns züngelte.

Ich entsinne mich eines Abends in der Königsburg, als Helena die besten Tänzerinnen Spartas aufgeboten hatte, um den Führern der Flotte und einer ausgewählten Mannschaft eine Schaustellung spartanischer Kunstfertigkeit zu geben. Sie hatte mir – als dem fürstlichen Gast und Abgesandten des edlen Königshauses – den Thronsitz ihres Gatten eingeräumt, und so saßen wir nebeneinander, hörten die Zitherspieler und Flötenbläser, die den Abend einleiteten, und sahen dann den Tänzerinnen zu.

Als diese auftraten, wurden die Fackeln gelöscht, die den Raum erhellt hatten, bis auf einige wenige an der Rückwand des Saales, die Licht auf die Tänzerinnen warfen, so daß wir selbst im Dunkeln blieben.

Unsere Hände lagen nebeneinander, wie zwei ruhende Tiere, auf den Stützen der Stühle. Dann aber, als der Tanz begonnen

hatte, wandten sie sich einander zu. Das männliche Tier näherte sich dem weiblichen und sah sich begrüßt. Dann begann das eine, das andere zu umwerben. Die Finger umschlossen einander wie Glieder, liebkosten sich, verschlangen sich ineinander, lösten sich wieder, fanden sich neu, spielten miteinander, verfingen sich wie kreuzende Winde, wurden eins, ließen voneinander, kehrten zurück, begannen ihr Spiel aufs neue, ergriffen Besitz und ergaben sich, gestanden und wurden erhört, ruhten aus, nebeneinander, miteinander – es war des beredteste Spiel der Verschwiegenheit, das verschwiegendste Spiel redseliger Seelen. Ich wußte, daß Hände viel auszudrücken vermögen; aber ich wußte nicht, daß diese lautlosen Taster – geschaffen zu töten, geschaffen zu heilen – so sehr begabt sind, auszusprechen, was unaussprechbar scheint, hinauszujubeln, was keine Stimme hat.
So waren wir ins Dunkel, in Heimlichkeit und Verstellung verwiesen. Aber da die Augen ganz Spartas auf uns gerichtet waren und die Welt nichts lieber tut, als sich für die Liebschaften und Leidenschaften von Fürsten und Figuren des öffentlichen Lebens zu interessieren, konnte kein Zweifel daran sein, daß die Schlangenzünglein des Hofes und die Hundezungen der Straße vor Gier und Erwartung schon fieberten und bebten. Unter solchen Bedingungen aber geraten die sichersten Naturen aus dem Gleichgewicht.
Die Königin meisterte diese Situation nach außen hin auf eine Art und Weise, die Bewunderung erwecken mußte. Sie war die Unbefangenheit in Person, wenn sie vor aller Augen mit mir sprach, und mischte in ihre Rede persönliche Sympathie und staatspolitische Repräsentation mit ebenso amüsanter wie herausfordernder Ironie.
»Unser fürstlicher Gast verdiente es, ein Spartaner zu sein«, sagte sie eines Tages vor den versammelten Heerführern. »Ich habe mir schon überlegt, ob ich euch nicht auffordern soll, ihn kurzerhand für einige Stunden gefangenzunehmen. Wenn ich

ihn dann freiließe, könnte er als Freigelassener binnen kürzester Zeit ordentlicher Bürger unseres Staates werden.«
»Sicher ein sehr ordentlicher«, sagte ich belustigt.
»Und welche Stellung würdest du ihm einräumen?« fragte einer der Führer, die in der Flotte dienten.
»Keine Furcht, mein Lieber«, sagte sie, »er würde dir keinen Wind aus den Segeln nehmen. Ich würde ihn zum Präsidenten unserer Musikakademie machen. Er spielt die Leier so hübsch, daß er selbst einen nemëischen Löwen einschläfern könnte, und also wohl auch einen Admiral. Schon deshalb wird es klüger sein, ihn als Trojaner wieder ziehen zu lassen. Er könnte sonst unsere militärische Vormachtstellung gefährden.
»Ich hoffe«, damit wandte sie sich dann an mich, »du wirst die Rückkehr meines Gatten abwarten. Er könnte mich sonst in den Verdacht nehmen, dich unliebenswürdig behandelt zu haben. Ich werde mir die größte Mühe geben, diesen Verdacht nicht aufkommen zu lassen.«
Aber in ihrem Innern ließen sich die andrängenden Fragen, Zweifel und Widersprüche wohl nicht mit ironisierender Grazie überspielen. Unser erstes Gespräch hatte die Lose geworfen; sie kannte den Spruch der Göttin. Das hinderte sie zwar nicht, das wechselvolle und erregende Spiel zu spielen, das alle Liebe spielen muß und spielen will, um sich selbst zu erfahren. Und selbst wenn wir, einander vom ersten Blick der Augen an verfallen, auf dieses Spiel hätten verzichten wollen – die Umstände erlegten es uns auf, und wir spielten es nun mit aller peinigenden Lust und Besessenheit, deren echte Spieler fähig sind. Aber weder ihr noch mir blieb dabei verborgen, daß es ein Spiel mit höchsten Einsätzen, ein Spiel auf Tod und Leben war, ja ein Spiel, dessen eigentlicher Gewinn und Verlust von uns selbst gar nicht abgesehen werden konnte.
Als wir uns, wohl am vierten oder fünften Tag meines Auf-

enthaltes, aus der ersten Umarmung lösten, schlug sie plötzlich in mädchenhafter Verzweiflung die Hände vors Gesicht und stieß hervor: »Wir sind Wahnsinnige!«
Sie fiel mir zwar gleich darauf wieder um den Hals und flüsterte mir ins Ohr, daß die Liebe der süßeste Wahnsinn der Welt sei. Aber mit jedem Tag wurde ihr wohl mehr bewußt, daß wir auf einem Wege waren, den keiner von uns zurückgehen wollte. Aber auf einem Weg wohin, wohin ...?
Zunächst fragten wir danach nicht. Wir spielten unser Spiel; die ersten Züge und Gegenzüge schienen ja noch so viel offen zu lassen. Ein rechter Spieler sieht zunächst nur das Spiel, die Entscheidung liegt noch weit. Wagemut und Leichtsinn spielen mit. Die Herausforderung will ihr Recht.
Ich will keine Rollen verteilen, wenn ich sage, daß sie die leibhaftige Herausforderung war. Die Natur hatte sie dazu gemacht, und es gehörte zu ihrer Natur, zu wissen, daß sie eine Herausforderung war. Ihrethalben hatte der alternde Theseus den Kopf verloren – und sie war im Grunde doch noch ein Kind gewesen, als er sie raubte. Ihrethalben hatten sich Dutzende von fürstlichen Freiern auf den Weg nach Sparta begeben, als sie ins heiratsfähige Alter kam. Sie standen Schlange vor ihrem jungfräulichen Bett, und damit sie einander nicht aus verletztem Stolz umbrächten, hatte man diese Perlen griechischen Mannestums auf die Schnur eines Vertrages gereiht, der dem Erwählten – nicht sie, sondern der Stiefvater Tyndareos wählte ihn ja aus – anstelle von Feinden und Neidern Bundesgenossen schuf. Eine verhängnisvolle Kette, wie sich inzwischen herausgestellt hat; aber doch die fürstlichste Kette, die je einen Frauenhals schmückte. Diese Frau kannte ihren Wert, und wer wollte ihr verübeln, daß sie ihn einsetzte. Setzte sie ihn nicht zum ersten Mal in freier Entscheidung ein? Theseus hatte sie geraubt; dem Menelaos war sie zugesprochen worden. Nun durfte zum ersten Mal ihr Herz sprechen. Das verstieß gegen Sitte und Regel. Aber wer sagt, daß die hier

und heute herrschende Sitte und Regel wahrhaft menschlicher oder gar göttlicher Ordnung entsprechen? In unserem Zeitalter kann man Frauen kaufen, wie man Kälber kauft, und Töchter verschenken, wie man Katzen verschenkt. Man wird kaum sagen können, daß eine solche Regel das Kalb oder die Katze verpflichtet, die Verantwortung für die Anmaßung und den Unverstand der Gesetzgeber zu tragen.

Daß sie Königin war, erschwerte den Fall zweifellos. Aber schwerer wog, daß sie ein Kind hatte, das noch in der Wiege lag. Die willkürlich verordnete Ehe hatte damit ein natürliches Pfand erhalten. Nun ruhte, nach üblichem Ermessen, auch der Götter Segen auf diesem verordneten Bunde. Nun war Helena an Menelaos gefesselt; er konnte auf große Fahrt gehen und seine junge Frau getrost daheimlassen – ein Bleigewicht würde sie festhalten: das Töchterchen Hermione in der Wiege. Und da eine Mutter ihr Kind ohnedies mehr liebt als der Gefangene seine Bleikugel, schien diese Gefangenschaft besiegelt.

Von diesen Bindungen und Gewichten war nie die Rede. Aber sie waren vorhanden, ich spürte es nur zu gut. Und je mehr die Zeit fortschritt, desto mehr bekam ich sie zu spüren. Denn während die Königin ihr Gebaren unverändert beibehielt, veränderte sich das Wesen der Frau. Die Gelegenheit zu einem Gespräch wurde seltener – wie mir schien, nicht ohne Absicht. Wollte sie sich damit einer Versuchung entziehen, der sie im Grunde längst erlegen war? Bedrängte sie ihr Gewissen? Wollte sie mich zu einer Entscheidung treiben?

Ich sagte, daß ich friedfertig geworden war und statt nach Waffenruhm nur nach dem Besitz dieser Frau dürstete. Aber was war da mit Friedfertigkeit zu erreichen?

Das vielleicht sagte auch sie sich. Und da sich die Fäden unser beider Leben unentrinnbar verwirrt hatten und sich nirgends ein Ausweg zeigte, den Sitte und geltendes Recht uns hätten weisen können, verlangte die Situation Entschlüsse und Ent-

scheidungen. Und da sie spüren mochte, daß ich im Grunde meines Wesens ein Zauderer bin, litt sie zu alledem anderen noch die Zweifel an dem Werte dessen, den sie liebte.
All dies blieb unausgesprochen und wurde auch später kaum berührt – es kam auf getarnten Wegen zum Ausbruch und stiftete zu aller Verwirrung, die die Liebe schon auslöst, noch die des Mißverständnisses und der nationalen Gegensätze.
Sie hatte sich mir etliche Tage entzogen, als uns ein Mahl, zu dem mehrere Hofleute und fünf oder sechs der Unseren geladen waren, wieder zusammenführte. Es begann alles sehr freundlich. Ich selbst war aufgeräumt und glücklich, sie wiederzusehen, und auch ihr ging es kaum anders. Es wurde viel musiziert, und schließlich sah auch ich mich aufgefordert, ein Stückchen auf der Leier zum Besten zu geben. Auch das fand Beifall, und es war nur natürlich, daß das Gespräch nun eine Wendung auf die Rolle der Musik bei den verschiedenen Völkern nahm. Es fiel mir dabei keineswegs ein, mich meiner oder auch allgemeiner trojanischer Talente zu rühmen. Aber unversehens äußerte ich – wohl unter dem Einfluß der Erfahrungen, die ich eben unter Alkmans Führung gesammelt hatte – einiges Kritische über die spartanische Einstellung zur Musik.
Vielleicht glaubte die Königin, die seltene Gelegenheit wahrnehmen zu müssen, als Hüterin spartanischer Interessen aufzutreten und mir nach mancherlei schmeichelhaften Dingen endlich einmal etwas Unfreundliches zu sagen. Auf jeden Fall aber ließ sie diesmal die Überlegenheit vermissen, die ich sonst stets an ihr bewunderte. Alle ihre Argumente waren um eine Nuance zu scharf formuliert, und sie nahm spartanisches Wesen auf eine Art in Schutz, die einem fremden Gast gegenüber übertrieben erscheinen mußte. Zu allem Übel meldete sich auch einer ihrer Hofleute zu Wort und vergröberte in seiner Liebedienerei noch das bereits Gesagte. Ich spürte, wie die Königin litt, und hielt mich nun umsomehr zurück. Aber

sie erkannte in dieser Zurückhaltung natürlich die unfreiwillige Demütigung, die ich ihr mit dieser Schonung zufügte. Hätten die Spartaner nicht die offenbar unausrottbare Angewohnheit, alles musikalisch zu umrahmen – der Abend würde recht ungemütlich geendet haben.
Wir setzten dann das Gespräch am darauffolgenden Abend im engsten Kreis und schließlich unter vier Augen fort oder vielmehr: sie versuchte, es unauffällig zu korrigieren. Aber da ich diesmal keine Rücksicht zu nehmen hatte und auch um ihrer selbst willen keine nehmen wollte (um sie nicht wieder zu verletzen), gerieten wir hart aneinander.
Im Grunde hatten wir uns beide nach dieser Stunde gesehnt – denn ihre Hofdamen ließen uns bald allein –, aber es gelang keinem von uns, das Gerümpel nationaler Vorurteile, das sich zwischen uns aufgetürmt hatte, beiseitezustoßen. Wir stritten wie törichte Kinder, und je trauriger mich das ganze Spiel stimmte, desto breiter klaffte der Abgrund.
Schließlich sagte sie erschöpft: »Geh! Geh! Ich will nicht denken, daß du ein Barbar bist.«
»Schlaf wohl«, sagte ich ruhig und erhob mich. Ich spürte im Gehen, wie auch sie sich erhob. Aber ich war verletzt und töricht dazu. Ich wandte mich nicht um und demütigte sie so, die ich doch liebte.
Als ich auf meinem Zimmer war, reute es mich, so rasch gegangen zu sein. Hätte ich ihr nicht helfen sollen? Aber ich war verletzt und wollte sie spüren lassen, daß ich es war. Ja, ich steigerte mich nun in eine Stimmung hinein, die an Mutlosigkeit und schließlich fast an Verzweiflung grenzte. Um es banal zu sagen: mich packte Liebeskummer – eine mir bis dahin fast unbekannte Empfindung –, und ich litt auf eine Art, die mich plötzlich die Katzen beneiden ließ, die sich, mehr zu meiner Befriedigung als zu meinem Unwillen, auf den Dächern ringsum vernehmen ließen. Ihr Katzenjammer und der meine schienen eins; nur hatten die Tiere die Möglichkeit und

nahmen sie ungehemmt wahr, ihren Schmerz auf die ihnen angestammte Weise hinauszuschreien. Was aber konnte ich, der Mensch, anderes tun, als in meiner Qual zu verstummen? Ich weiß nicht, ob ein Gott oder die Muse Euterpe oder auch die Muse Erato mir gaben, zu sagen, wie ich litt; ob mich Alkmans Verse, mit denen ich mich in diesen Tagen beschäftigte, dazu anregten; ob Liebesschmerzen grundsätzlich eine Poesie auslösende Kraft innewohnt – auf jeden Fall drehte ich den Docht meiner Lampe höher, setzte mich an meinen Tisch und begann, ein Gedicht zu schreiben: die Klage eines Mannes, der einen wunderschönen Vogel in einem Netz gefangen hat und Gefahr läuft, diesen wieder zu verlieren. Dieses Bild gefiel mir ausnehmend, vor allem aber schien es mir die Möglichkeit zu bieten, alles, was ich fühlte, auf eine verschlüsselte Art auszusagen, die sich nur dem Eingeweihten oder einer höchst poetischen Seele erschließen würde.
Ich will mich nicht anheischig machen, von einer Sache zu reden, von der ich nichts oder nur wenig verstehe. Ich kann nur sagen, daß es eine überaus erregende Beschäftigung war, der ich mich da hingab. Empfindungen und Gedanken lösten einander ab, diese trieben jene, jene diese voran, und was das Wunderlichste war: der Liebesschmerz, der meine Brust zerreißen wollte, linderte sich von Zeile zu Zeile; ja, mir schien es fast, er entschwinde gar zu rasch, noch vor dem glücklichen Abschluß des Gedichtes – ich sah mich zur Eile genötigt, mußte innehalten, um mich durch angestrengtes Zurückerinnern an die beiden Abende wieder in den Zustand jener so vorteilhaften Verletztheit zurückzuversetzen, verwandelte aufs neue das Tränensalz der Betrübnis in den Traubenzucker der Poesie, bangte von neuem, erregte mich wieder, und trieb so das kleine Werk voran. Und als mich, von der letzten Strophe, die dem äußersten Schmerze Ausdruck verleihen sollte, der Schmerz gänzlich verlassen und sich bereits in Entzücken verwandelt hatte, wandte ich nun das umgekehrte Verfahren

an und verwandelte den Traubenzucker meines Gemütes kurz entschlossen in das Tränensalz der Poesie.
Es war spät in der Nacht, als ich endete. Mir war zumute, als hätte ich eine Schlacht gewonnen. Ich las mir die Verse wohl an die zehnmal vor, verbesserte hier und dort ein Wort, stellte auch ein paar Zeilen um, aber im ganzen blieb das Gebilde, was es gewesen war. Nur meine Empfindung hatte sich darüber gänzlich verkehrt, im Grunde so sehr, daß auch die leicht entsagende Stimmung des Gedichts nicht mehr zutraf. Ich hätte ein neues schreiben müssen, um meinen derzeitigen Gemütszustand einzufangen; aber einmal war ich zu müde dazu, und zum andern stand vielleicht zu befürchten, daß ich durch eine Niederschrift auch diese Stimmung am Ende wieder in ihr Gegenteil verkehren würde. Daran aber konnte mir am allerwenigsten gelegen sein.
Ich verschlief meine Verabredung mit Alkman. Als er schließlich, in einiger Besorgtheit, zu mir eindrang, konnte ich mich nicht enthalten, ihm meine Verse vorzutragen. Sein Lob schmeckte mir wie Honig. –
In den darauffolgenden Tagen geschah äußerlich wenig. Ich sah die Königin zweimal, aber stets in Gesellschaft. Sie schien mir schöner denn je. Ein geheimer Kummer vergeistigte ihre Züge, ein Kummer, der mich rührte und zugleich meine Leidenschaft noch steigerte. Seitdem ich im Gedicht entsagt hatte, stand für mich fest, daß ich nie und nimmer entsagen würde. Und da Nachricht von Menelaos eingetroffen war, derzufolge er etwa Mitte des dicht bevorstehenden Monats einzutreffen gedachte, war mein Entschluß gefaßt. Ich spähte nur nach der günstigsten Gelegenheit, ihn auszuführen.
Zunächst mußte ich mich noch einige Tage in Geduld fassen; denn man war bei Hofe und in der ganzen Stadt damit beschäftigt, Vorbereitungen zu treffen für ein großes Fest, das Fest der dionysischen Mysterien. Aber ich faßte mich umso lieber in Geduld, als mir nach allem, was Alkman mir über

dieses Fest gesagt hatte, gerade diese Feiertage Gelegenheit zu bieten schienen, mein Vorhaben in die Tat umzusetzen.
Zwei Tage vor Beginn des Festes ließ mich die Königin zu sich bitten.
Es war das erste Mal, daß ich sie von Anfang an allein in ihrem Gemach antraf, und das schien mir bedeutungsvoll. Sie war freundlich, aber von gesammeltem Ernst.
»Ich wäre dankbar«, sagte sie, vor sich niedersehend, »wenn du vergessen hättest, daß ich dich neulich gekränkt habe. Du sollst keinen Augenblick daran zweifeln…«
Sie unterbrach sich und setzte den Satz auch nicht fort.
»Ich habe dich bitten lassen«, nahm sie schließlich wieder das Wort, »um dir einiges über die Mysterien zu sagen, die übermorgen beginnen. Über Hergang und Zeremoniell, über das Verhalten der Männer – denn es ist ausschließlich ein Fest der Frauen. Ihr seid Fremde hier, und es gibt in jedem Jahr einige Unbesonnene, die mit dem Tode büßen müssen. Ich möchte nicht, daß ein Trojaner unter ihnen ist.«
Dann berichtete sie, was ich schon wußte. Aber ich hörte aufmerksam zu.
»Es wird keine unbesonnene Handlung geben«, versicherte ich, als sie geendet hatte.
»Ich bin sicher«, sagte sie. »Du bist die Besonnenheit in Person.« Sie sah mich nicht an, als sie dies sagte. Schließlich blickte sie auf, lächelte und blickte wieder nieder.
»Da wir allein sind, Helena«, sagte ich, »bitte ich, dir etwas vortragen zu dürfen.«
»Hast du einen Wunsch?« fragte sie lebhaft.
»Nein«, sagte ich. »Man könnte sagen: ein Geschenk.«
»Oh«, sagte sie, »was könntest du mir schenken… Ich sehe nichts!«
Ich stand auf, griff mir die kleine Leier, die an der Wand aufgehängt war, setzte mich wieder und sagte: »Ich habe ein Lied erdacht. Willst du es anhören?«

»Ein Lied...?« Sie war aufs höchste überrascht.
Ich nickte, nahm die Leier und skandierte, mit ihr untermalend, was ich in jener Nacht geschrieben hatte:

Ein fremder Vogel ist mir ins Netz gegangen.
Mit dunklen Augen und mit blauer Schwinge
kam er von weit zum Abend übern Hügel.
Ich hörte kaum den Schlag der ausgespannten Flügel –
da blieb er im Geflecht der Fäden hangen.
Von seinen Federn, die metallisch klangen,
flog stäubend Gold und färbte alle Dinge.

Ich stand betäubt vor solchem schönen Fange,
und zitternd nahm ich Zitterndes entgegen.
Er schmiegte sich, dem raschen Griff nicht wehrend,
in meine Hand, begehrt und gleich begehrend.
Die Kehle schlug. Ich legte meine Wange
an seinen Leib. Da brach zu süßem Sange
sein Wesen auf, betörend und verwegen.

Er sang, und lauschend war ich ihm verfallen,
wie er so Laut an Laut zu einer Kette reihte,
geschmiedet aus bewegter Luft. Es wühlte
in meinen Sinnen Lust. Und der dies fühlte,
ließ seine Stimme herrischer erschallen.
Eh ich's versah, hielt mich mit harten Krallen
der Singende, als sei ich seine Beute.

So rangen wir. Es klirrte sein Gefieder.
Blut troff von meiner Hand. Des Schnabels Hiebe
verletzten mir das Netz. Doch immer zwischen
geführtem Schlag und heiser-heißem Zischen
erscholl das Lied der ersten Stunde wieder,
das Wunden heilende: das Lied der Lieder –
das Wunden schlagende: das Lied der Liebe.

Der fremde, schöne Vogel hat mein Netz zerrissen.
Mit letztem Laut und Hieb will er entweichen.
Ich höre schon den Schlag der blauen Schwingen.
Noch tönt mein Herz von seinem süßen Singen,
noch tropft die Hand von seines Schnabels Bissen...
Ich möchte, was ich weiß, nicht wieder missen,
und was ich missen werde, doch nicht länger wissen.
Und was ich fühle, will ich nichts vergleichen.

Sie saß unbewegt und sah nicht auf, als sie mich leise bat, das Lied zu wiederholen.
Als ich zum zweiten Male geendet und die Leier an ihren Platz gehängt hatte, erhob sie sich. Ich trat auf sie zu und küßte sie. Sie zitterte in meinen Armen.
»Es klingt wie Abschied«, flüsterte sie.
»Es ist ein Abschied – ein Abschied von der Besonnenheit.«
Sie blickte mich fragend an.
»Halte dich bereit«, sagte ich.
»Ich bin's«, flüsterte sie. »Was soll ich tun?«
»Nichts«, sagte ich. »Feiert euer Fest. Sein Ende wird der Anfang eines neuen Lebens sein.«
Noch in derselben Stunde machte ich mich auf den Weg nach Kythera. Als ich am späten Nachmittag des übernächsten Tages, gefolgt von einer größeren Zahl vorerst unbewaffneter Trojaner und Päonier, wieder eintraf, die etliche Opfertiere – unsere Gaben für die Mysterien – mit sich führten, war alles bis ins letzte vorbereitet. Das Fest konnte beginnen.
Den Auftakt bildete ein kurzes Weihespiel im Theater, eine Komödie, in der eine Anzahl männlicher Schauspieler in der Rolle von Bauern und Handwerkern auf tölpelhafte Suche nach dem angekündigten Gott Dionysos gehen, wobei sie – mehr und mehr dem Zustande der Trunkenheit verfallend – sich dann selbst einer dem andern als der Gesuchte ausgeben, um schließlich von einer Schar hereinstürmender Mänaden,

die den mit Weinlaub bekränzten Gott in ihrer Mitte bejubeln, aus dem Halbrund mit Thyrsosstäben hinausgeprügelt zu werden – womit wohl bedeutet werden sollte, daß nicht der plump trinkende Mann, sondern die mänadisch rasende Frau die erwählte Freundin und Dienerin des Gottes sei. Auf einem mit Ziegenböcken bespannten Wagen nahm dann der Gott die Huldigung der Frauen entgegen, die ihn umsangen und umtanzten, zuerst in offenbar überkommenen choreographischen Figuren, dann aber mehr und mehr zu selbstgewählten Darstellungen übergehend, die in allgemeiner Raserei zu enden drohten. Der Tanz wurde von Zymbeln und Pauken begleitet, und die Zuschauer, die den Takt schließlich begeistert mitklatschten, peitschten damit nicht nur die Tanzenden, sondern auch sich selbst in eine wilde Ekstase. Ehe aber die Raserei überhandnahm, gab Helena aus der Königsloge ein Zeichen – drei Tubastöße unterbrachen das Ganze. Der Gott verließ mit seinem Wägelchen das Theater, gefolgt von seinen Mänaden und dem Volke, das sich anschloß. Zugleich loderten auf den umliegenden Hügeln Feuer auf, und nachdem der allgemeine Zug den Markt passiert und sich dort mit etlichen Opfertieren versehen hatte, die angeseilt ihrer Stunde warteten, zerstreuten sich die Mänaden und die ihnen folgenden Frauen in Richtung auf verschiedene Grotten hin, in denen die ersten Opfer vollzogen wurden.

Das Ganze begann wie ein Volksfest, nahm aber mehr und mehr die Ungestalt eines Exzesses an, zumal sich hier fast ausschließlich die niederen Schichten vergnügten. Es fielen derbe Schläge auf Männer, die sich den verschiedenen Gruppen anschließen wollten, und wo eine der Frauen sich vielleicht bereit verstanden hätte, einen Wißbegierigen auf persönliche Weise in das dionysische Mysterium einzuweihen, sorgten ihre Schwestern sofort für die entsprechende Kasteiung. Noch bis tief in die Nacht hinein hörte man die Schreie und das Lärmen der Frauen, die schließlich, sich selbst und

ihrem Rausch überlassen, die Stadt zu beherrschen schienen. Am anderen Tage, etwa um die fünfte Nachmittagsstunde, sammelte sich in der Königsburg der weibliche Teil von Adel und Hof und alles, was dem Geheimorden des Dionysos-Kultes angehörte. Es waren etwa dreihundert Frauen an der Zahl – festlich gekleidet, geschmückt und bekränzt, mit Thyrsosstäben und Rutenbündeln bewaffnet –, die in sechs Gruppen Aufstellung nahmen, jeweils von ihrer Vorsteherin dirigiert, die auf ihrem Wagen stand. Der Zug wurde angeführt vom Gefährt der Königin, das vier gezähmte männliche Löwen zogen, die durch Stachelhalsbänder, Verstrebungen und Gurte an der Kandare und von zwei Tierbändigerinnen im Zaume gehalten wurden. Die Seitenwände des Wagens waren mit Tigerfellen behängt. Etwa dreißig Frauen gingen hinter Helena, voraus zogen etwa zwanzig Flötenbläserinnen und etliche Frauen mit Schellen und Handpauken.
Die zweite Vorsteherin stand auf einem Wagen, den sechs Wölfe zu ziehen hatten; die Gefährte der anderen vier Vorsteherinnen wurden von Ziegenböcken gezogen. Eine weitere Gruppe von Musikanten setzte diesen Teil des Festzuges von dem allgemeinen Zuge ab, der sich vor der Burg anschloß. Eine unabsehbare Menge säumte die Straße – viele der Zuschauer hatten Tagereisen zurückgelegt – und jubelte der Königin zu, die mit Anmut eine kunstvoll gearbeitete Peitsche schwang und von Zeit zu Zeit damit knallte. Über die rhythmische Musik hinweg aber scholl immer wieder der Ruf der Dionysos-Schwestern:

Macht weit den Pfad! Es will der Gott
erregt durch eure Mitte schreiten!

Er wurde von der Menge zurückgegeben, von den Teilnehmerinnen des Zuges wiederaufgenommen, in seine Phrasen zerlegt, rhythmisch zerhackt, dann wieder in einer Art Kanon gebunden und verschlungen – ich war überrascht, auf wie

vielfältige Weise man diesen Ruf variierte. Ein Doppelsinn mußte ihm innewohnen, der die Aufforderung, dem Gotte zu huldigen, zu immer erregenderem Selbstgespräch werden ließ.
Äneas, Deiphobos, Antimachos und einige andere meiner Anführer hatten mit mir unter dem männlichen Teil des Hofes auf einer kleinen Tribüne am Markte Platz und sahen den Zug vorüberwogen. Der erste Teil war prächtig; der zügellose Hauptteil ebenso belustigend wie erschreckend. Das niedere Volk machte keinen Hehl aus seinen niederen Vorstellungen von diesem Kult, dessen eigentliches Mysterium vielleicht darin zu suchen ist, daß die Niederen eine niedere Vorstellung vom Hohen, die Höheren aber eine höhere Vorstellung vom Niederen haben, was den hocherregten Gott betrifft. Einige Weiber versuchten, auf Ziegenböcken und Widdern zu reiten, wälzten sich, abgeworfen, im Staube und versuchten den Ritt aufs neue. Andere ritten unter gerafften Gewändern einen Besen; wieder andere warfen aus mitgeführten Körben längliche Rüben unter die Zuschauer; wieder andere trugen um ihre Hüften Kränze aus verschiedenen Tierschwänzen – des Komischen, Obszönen und des Gelächters war kein Ende. Aber es erreichte noch seinen Höhepunkt, als sich aus der Zuschauermenge der Esel eines Bäuerchens losriß und eine gesattelte Eselin auf der anderen Seite der Straße attackierte, worauf diese, ständig ausschlagend, die Flucht ergriff, den Festzug einige Male kreuzend, Frucht- und Getränkestände umwerfend und mitsamt ihrem dionysischen Verfolger unbeschreibliche Verwirrung stiftend. Eine Verwirrung freilich, die offenbar jedermann für den originellsten und gelungensten Teil des Zuges anzusehen schien, der die Stadt umkreiste, wohl auch an einzelnen Grotten haltmachte, dann aber wieder in die Stadtmitte zurückkehrte, wo sich die adeligen Dionysos-Schwestern absonderten und den Weg auf die Burg nahmen.

Am Abend dann fand in einem umbauten Heiligtum des Dionysos, das auf dem Burggelände stand, eine kultische Feier statt, in deren Mittelpunkt der Tanz stand. Es war die letzte Veranstaltung der Mysterien, zu der – in beschränkter Anzahl – männliche Gäste zugelassen waren; denn an diesem Abend tanzte auch die Königin. Sie tanzte die beiden letzten der Tänze, deren insgesamt zwölf waren, die Mehrzahl in Gruppen.

Im ersten Tanz der Königin handelte es sich um die Darstellung der Rache, die die Mänaden an Orpheus nehmen, nachdem dieser, seiner Eurydike beraubt, dem weiblichen Geschlecht Mißachtung angesagt hat. Helena tanzte die Anführerin der Mänaden, die mit ihren Ruten und Stäben einen gedachten Orpheus zu Tode peitschten. Der Reiz dieses Tanzspiels lag in der unheimlichen Suggestion, die am gegenwärtigsten machte, was gar nicht gegenwärtig war: das Opfer Orpheus.

Aber der Höhepunkt war der Einzeltanz der Königin, die, von Dionysos umworben, sich diesem nach langem Widerstande schließlich ergab. Der Tanz war in höchstem Maße erotisch; er erregte alle Sinne. Aber es war doch zugleich auch ein Triumph unübertrefflicher Kunst. Nun begriff ich Theseus, der Helena raubte, nachdem er die Zwölfjährige im Tempel der Artemis tanzen sah. Jetzt sah ich ihr zu und frohlockte.

Der dritte Tag brachte den Höhepunkt der Mysterien, den – wie Alkman wissen wollte – kein Mann kennt. Man weiß, daß sie einander auf mehr oder minder sanfte Art geißeln (die Spuren davon kann der Ehegatte ja wahrnehmen), daß sie den Gott anrufen, daß sie tanzen, trinken, singen und beten. Aber da Dionysos der Gott des Rausches, der Ekstase, der Orgie ist, dürften sie es kaum bei Beten und Singen belassen. Immerhin werden sie nicht mehr insgesamt tun, als jede allein oder mit anderen tun kann. Deshalb, so denke ich jedenfalls,

weiß man so wenig oder so viel über diese Mysterien, wie jeder von sich selbst weiß, ohne es je der Öffentlichkeit auf die Nase zu binden.
Der Tag verging. Die Straße grölte. Die Männer hielten sich zurück und überließen es dem Zufall, ob ihre oder eine andere Mänade an die Tür pochte, um, ermüdet von ihrer Gottsuche, den Gott einfach im Manne zu suchen. In den Heiligtümern der Stadt und in dem der Burg aber waren die Dionysos-Schwestern dabei, den hocherregten Gott zu empfangen.
Um diese Stunde vereinigte sich der zweite Zug meiner Leute mit dem ersten und brachte diesem die Waffen. Ich selbst ließ die Entschlossensten durch einen geheimen Eingang in die Burg ein. Ohne nennenswertes Blutvergießen wurden die spartanischen Wachen übermannt und durch solche der Unseren abgelöst. Danach versicherte ich mich der spartanischen Führer und Unterführer, indem ich sie durch einen hochbestochenen Wächter zu einer dringenden Besprechung ins Wohngemach der Königin bitten ließ – wo diese sie unauffällig von einem geplanten Handstreich der Trojaner in Kenntnis setzen wolle – und sie auf dem Wege dorthin überwältigte. Dann ermächtigte ich einen eigens dafür bestimmten Trupp, von Helenas engerem Eigentum und ihrem Anteil am Kronschatz – denn Menelaos war ja ein angeheirateter König – Besitz zu ergreifen. Und dann begab ich mich mit meiner Hundertschaft unter Vermeidung jeglichen Lärms zur Kultstätte der Burg, ließ die wenigen Wachen – es waren junge, in Waffen geübte Spartanerinnen – binden und drang ein.
Eine Erregung und Verwirrung unbeschreiblicher und schwer deutbarer Art drang uns entgegen, die rasch in wütendes Angstgeschrei umschlug. Aber bald gebot die Königin Ruhe.
»Welche beispiellose Verletzung des Gastrechts geht hier vor?« fragte sie, auf mich zutretend.
»Ich versichere dich und alle hier anwesenden Damen, daß

wir nur die freundschaftlichsten Gefühle hegen«, sagte ich. »Diese Männer werden euer Leben schützen und gegen jeden Angriff verteidigen.«
»Wer sollte uns angreifen?« fragte die Königin.
»Im Zwielicht des Festes ist eine Revolte ausgebrochen«, sagte ich. »Ich übernehme deinen Schutz, bis der Tag Licht in das vorläufige Dunkel wirft.«
In das angespannte Schweigen aller hinein sagte Helena schließlich:
»Ich vertraue deinem Wort. Folgt dem Prinzen!«
Sie folgten ihr und damit mir. Noch ehe der Morgen graute, waren wir bei den Schiffen.
Als die Spartaner erwacht waren und endlich begriffen hatten, welchen Ausgang das Fest der dionysischen Mysterien genommen hatte, schwammen wir schon mit gutem Wind auf hoher See.
Ich ließ mich bei Helena melden, als die Sonne im Zenit stand. Sie saß auf der Ruhebank der schmalen, aber kostbar ausgestatteten Kajüte.
»Ich bin ein Opfer der Gewalt«, sagte sie lächelnd.
»Ja«, sagte ich, »ich gestehe es: ich habe dich betrogen.«
»Ja«, nickte sie. »Betrogen – aber nicht enttäuscht.«

ABWECHSLUNGSREICHE HOCHZEITSREISE

Das feierliche Beilager war gehalten.
Von den geheimnisvollen neuen Kräften durchströmt, die der Liebende für diejenigen eintauscht, die er, begehrlich und begehrt mit vollen und sanften Händen verschwendet, genoß ich meinen süßen Raub und schien doch zugleich seine Beute. So wie zuweilen besiegte Völker den Sieger durch ihre liebenswürdigen Eigenschaften überwinden, so unterwirft die unterworfene Geliebte den unterwerfenden Liebenden, und

wie es der doppelte Sinn des Wortes verrät, ist hier der Sieg, der die Unterwerfung fordert, zugleich die Unterwerfung, die dem Siege folgt. Das Segel, daß sich dem Winde ergibt, macht ihn zu seinem Diener.

Aber nicht nur der pausbäckige Eros setzte in diesen Tagen zu immer beherzterer Belebung dieses köstlichen Wechselspieles an – sein munteres Blasen schien auch seinen göttlichen Verwandten Äolos, der den Winden gebietet, aus seiner Muße zu wecken; der schickte seinen südlichen Sohn, den Zephyros; und auch dieser wurde mit offenen Segeln empfangen. Ich ließ die Anker lichten, und Kranä, die Insel unserer Hochzeit, blieb hinter uns zurück, wie die Tage und Nächte, die uns dort geschenkt waren, zurückblieben gleich Inseln auf dem blauen und salzigen Meer der Erinnerung.

Ich war ausgezogen, um eine nun schon ergraute Tante, wenn es denn nicht anders sein sollte, mit Gewalt heimzuführen. Aber das Blut, das auf diesem Zuge vergossen wurde, kann wohl nur nach Tropfen gezählt werden. Statt der lieben Tante hatte ich eine geliebte Frau an Bord, und statt schmerzender und entstellender Wunden der Schlacht, trugen nicht wenige nur die wohltuenden und schöner machenden Wunden des Eros davon. Die Freundinnen, Hofdamen und Dienerinnen Helenas folgten dem Beispiel ihrer Herrin, öffneten Herz und Arme ihren wohlgesonnenen Räubern und machten aus schlachtenhungrigen Helden liebesdurstige Männer, und ich stehe nicht an zu sagen, daß diese Metamorphose von gewalttätiger Tapferkeit zu dienender Zärtlichkeit etwas Bezauberndes und zugleich Belustigendes an sich hatte. Welche Flotte hat je so wenige und so schöne Opfer auf einem Zuge in feindliches Land gefordert? Und wie rasch überzeugten sich die anmutigen Opfer, von denen die meisten sich ohnehin noch im Stande oder Rufe der Jungfräulichkeit befanden, von der Wendigkeit ihrer Natur und überraschten damit sich selbst und ihre neuen Freunde aufs angenehmste.

Die Flotte lief unter gutem Wind, das Meer wiegte sich selbst, und sein Blau wetteiferte mit dem des makellosen Himmels. Wohl auf jedem der Schiffe, gab es einige Paare, die zueinander gefunden hatten, und die Heimfahrt war einer Hochzeitsreise nicht unähnlich, sofern uns dieser sonst nicht geläufige Begriff verständlich erscheint. Und da ich, was man erwartete – meine Tante Hesione – ja nicht an Bord hatte und also diesbezüglich nicht säumig erscheinen konnte, ließ ich mir und den Meinen Zeit und wurde unversehens Herr über dieses uns sonst so knechtende Phänomen. Ich zählte weder Tage noch Wochen, und da die Summe dieser willkürlichen Maße ja die Monate sind, verlor sich mein Gefühl auch für dieses Stückwerk unserer erfinderischen Verlegenheit. Mehr und mehr wurde ich inne, daß nicht Wochen oder Jahre zählen, sondern das in ihnen Erlebte.

Ich würde mich und meinen damaligen Zustand zurücknehmen, wollte ich gewissenhaft bemüht sein, diese Reise nach anderen Maßen als denen des Lebens selbst darzustellen. Das Meer hat keine Straße; man befährt es nach den Winden, die wehen oder nicht wehen. Die Orte und Plätze, die man aufsuchen kann, stehen für sich selbst, sind Inseln. Alles Menschliche ist ihnen gemein, aber es variiert auf das vielfältigste und hebt sich deutlich voneinander ab – bis zum Widerspruch. Und erst dadurch wird man ja des Reichtums dieser Welt gewahr. Wie arm müßte sie werden, würde man die Regel aufstellen wollen, die das Leben und seine Äußerungen, Gewohnheiten, Spielarten auf einen Nenner brächte! Denn wo wäre da eine Grenze, vor der solche Gleichmacherei haltmachte?

Weil ich davon spreche: Auch für solche Verirrung bescherte uns die Reise ein bezeichnendes Beispiel, das sich kläglich, belustigend und auch wieder bestürzend von der freien Vielfalt alles anderen abhob. Es stand nicht am Anfang des Erlebten. Aber es treibt mich, das trüb Zwiespältige rasch abzutun;

das Helle und Einfache wird sich dann umso freundlicher abheben.
Wir liefen eines Tages eine Insel an, die sich den Namen Parousia gegeben hatte, ohne daß freilich immer davon Gebrauch gemacht wurde. Es hieß, daß die Älteren ihn kaum oder nur erzwungen verwendeten; die Jüngeren und die herrschende Schicht sagten kurz Pra. Man kürzte nämlich, angeblich, um Zeit zu gewinnen, auf dieser Insel vieles ab. Man sagte zum Beispiel nicht: Morgen findet eine Versammlung auf der Agora statt; anstelle von Agora sagte man Ag. Statt die wunderbare Schwingung des Wortes Thalassa – wie der dortige Dialekt das Meer benennt – nachzuschmecken, sprach man von Thass. Wurden die Meeresfrüchte – Fische, Achtfüßler, Muscheln und anderes Seegetier – öffentlich verkauft (denn privater Handel war untersagt), so nannte man dies den Thassag. Und so fort. Es war einigermaßen schwierig, sich mit den Leuten zu verständigen, zumindest mit den Behörden, die diese Sprache pflegten und verordneten. Denn darüber hinaus hatten auch wohlvertraute allgemeine Wortwendungen einen völlig veränderten, zuweilen gerade den entgegengesetzten Sinn erhalten. Zum Beispiel veranstaltete man auf Parousia sogenannte Volkswillenskundgebungen – die Abkürzung für dieses Wortungetüm ist mir leider entfallen –, bei denen nun freilich nicht der Wille des Volkes, sondern vielmehr der der Regierenden kundgegeben wurde. Als man die für Widerstrebende behördlich verordnete Strafarbeit, die der öffentlichen Hand ein sparsames Wirtschaften gestattete, auch auf die Frauen ausdehnen wollte, verkündete man feierlich das Gesetz vom Gleichen Rang, über das insgeheim noch viel diskutiert wurde. Einige Jahre zuvor hatte man auf Parousia die Sklaverei abgeschafft, das heißt: die Sklaven den Freien gleichgestellt. Kritische Zungen bedeuteten uns, dieses Gesetz habe in Wahrheit die Freien den Sklaven gleichgesetzt. Und dergleichen Widersprüche gab es mehr.

Auch im Bereich des Besitzrechtlichen schienen die normalen Begriffe vertauscht. Persönliches Eigentum war bis auf ein erstaunliches Mindestmaß untersagt, weil alle ein Recht auf alles hätten und also allen alles gehöre. Damit, so hieß es, sei auf Parousia das reichste Volk der Erde zu Haus, da jeder Bürger Mitbesitzer zum Beispiel der achtzehntausend Ölbäume sei – denn wo könne sich sonst jemand rühmen, achtzehntausend Ölbäume mitzubesitzen?! In Wahrheit besaß niemand rechtens eine Olive außer denen, die ihm der Staat bewilligte, und denen, die er stahl. Und in solcher Lage mußte sich wohl der Diebstahl zu einer regelrechten Kunst entwickeln, zumal er noch unter harter Strafe stand. Die guten Parousier entschädigten sich dafür meist im Verkehr mit den Nachbarinseln, wo sie den Ruf der findigsten Diebe und Betrüger genossen. Das ganz und gar Merkwürdige war freilich der eigentümliche Stolz, mit dem die gewalthabenden Kreise auf uns andere herabblickten. Sie glaubten allen Ernstes, die freieste, gerechteste und vernünftigste Verfassung zu haben, die sich je ein Staat gab. Im Letzten herrschte bei ihnen nämlich der Geist, und zwar der Geist eines Philosophen.

Als ich den Dingen auf den Grund spürte, erfuhr ich tatsächlich, daß einiges an dieser Darstellung zutraf:

Ein verschwenderischer, zucht- und bedenkenloser Tyrann hatte auf der Insel vor einigen Jahrzehnten ein übles Regiment geführt, und ein unter ihm lebender Philosoph hatte seine Landsleute, unterstützt durch gleichgesinnte Helfer, schließlich zu der Überzeugung gebracht, daß das finstere Regiment beseitigt werden müsse. Da die Nutznießer des Tyrannen in der Minderzahl waren und der Philosoph einen tiefgründigen Plan zur Wiederherstellung gesunder, ja zur Aufrichtung nie dagewesener glücklicher Verhältnisse entworfen hatte, gelang es, sich der wenigen Herrschenden zu entledigen – durch ein kurzes, aber vollständiges Blutbad.

Man bildete einen Rat, dem auch der Philosoph angehörte.

Aber binnen kurzem gelang es einem der neuen Ältesten, die Macht an sich zu reißen. Und als der geistige Baumeister des neuen Staates gegen die Verfälschung seines Entwurfes ankämpfte, entledigte sich der neue Tyrann seiner durch ein Todesurteil, in welchem erklärt wurde: der Körper des Philosophen müsse sterben, damit sein Geist weiterlebe.
Der gute Mann mußte den Giftbecher trinken und soll, wie verbreitet wurde, noch kurz vor seinem Hinscheiden – wahrscheinlich nachdem ihm Füße, Leib und Hände bereits eingeschlafen waren – eine Erklärung unterschrieben haben, in der er dem neuen Machthaber dafür Dank abstattete, daß dieser sein geistiges Erbe gerettet habe, um es zukunftsreich zu verwalten und zu mehren. Er bitte ihn, ebenso unerbittlich auch gegen andere hinderliche oder unfruchtbare Kräfte des neuen Staates zu verfahren.
Dieser Bitte entsprach der neue Machthaber denn auch nach besten Kräften, und so hatte Parousia außer seinem neuen Namen auch einen neuen Tyrannen, der – da er nicht wußte, wie er sich den Zutritt zum Olymp erschleichen könnte – die Götter abschaffte und sich für allwissend erklären ließ, wodurch er sich selbst an die Stelle der Götter setzte. Dort saß er gut und fest. Ganz Parousia mußte ihm huldigen, und wer den Kopf nicht tief genug senkte, dem wurde er vor die Füße gelegt. Onkel Than, wie ein heimlich umlaufender Spitzname den Tyrannen hieß – offensichtlich eine Abkürzung von Thanatos – spielte dabei den Gutmütigen und Wohlmeinenden. Und bei den Göttern: er verstand es, den Tod als einen leutseligen Gast unter den Seinen umgehen zu lassen. Wer sterben mußte, hielt darauf, es im Geiste des Philosophen zu tun. Ob er sich schuldig fühlte oder nicht – er bekannte auf dem Sterbelager rasch noch Irrtümer und Abweichungen, um zu den fruchtbaren Leichen gezählt zu werden, die diesen merkwürdigen Staat gewissermaßen düngten und zur Blüte brachten. Die Lebenden aber sahen einander streng auf den Mund, daß

keiner durch ein Lächeln oder ein Wort gegen Onkel Than sündige – oder vielmehr, ob er nicht sündige. Denn solche Sünder dem verdienten Tod zuzuführen, hieß gleichsam das eigene Leben, wenn nicht sichern, so doch verlängern. –
Dies alles war gewiß verwunderlich und sonderbar, aber es blieb doch am Rande unserer Reise. Der menschliche Geist schien sich nur auf Parousia auf so verhängnisvolle, das ganze Leben des Einzelnen vergewaltigende Irrwege begeben zu haben. Auf anderen Inseln widmete er seinen Wagemut der Verfeinerung einzelner Lebenszüge, und die Kunst, die bezeichnenderweise auf Parousia auf die niederste Stufe zurückgeworfen schien, nahm hier einen besonderen Rang ein. Einen der bezauberndsten Eindrücke empfingen wir auf der Insel Melos, deren Bewohner – wie sollte es anders sein? – zu den sangesfreudigsten Menschen zählen dürften, die unter der Sonne wohnen. Es ist dort ein ungeschriebenes Gesetz, daß Gesang und Musik zu keiner Stunde schweigen sollen. Immer tönt aus einem oder mehreren Häusern Saitenspiel oder Gesang, und zu manchen Stunden – in der siebenten oder achten Morgenstunde etwa oder in den beiden Stunden vor Mitternacht – scheint die ganze Insel zu singen. Und da die Meler entweder vorzügliche Sänger oder Musikanten sind (der Gesang steht über den ihn begleitenden oder ersetzenden Instrumenten), ist die Luft in unaufhörlicher sanfter Bewegung und gleichsam von Wohllaut getränkt. In Häusern, da ein Kind erwartet wird, singt und musiziert man vom Morgen bis tief in die Nacht, um den kommenden Bürger schon in seinem geheimsten Wachstum zur Musik zu erziehen.
Man sagt darum auf Melos auch nicht von solcher Mutter, sie sei schwanger; man kennt dieses plumpe Wort überhaupt nicht. Man sagt: Sie ist voll von Gesang. Der Vater sagt auch nicht: Ich habe einen Sohn bekommen. Er sagt: Wir haben einen neuen Sänger.
Ein Gesetz höchster Weisheit jedoch scheint mir die dort

herrschende Vorschrift zu sein, daß Streitigkeiten – selbst unter Eheleuten – nur in Gestalt eines Wechselgesanges ausgetragen werden dürfen. Erzürnt man sich, so muß man seinen Unmut und seine Empörung in Form eines kunstvollen Melodramas vortragen; und dieser Zwang, den alle auf jeden aus freien Stücken ausüben, hat wohl zur Folge, daß es überhaupt zu keinem ernsthaften Streit kommen kann. Denn indem die Streitwilligen zu singen beginnen, verlagert sich ihr Ehrgeiz, der eben aufs Rechthaben bedacht war, ganz von selbst auf den, die schönere Stimme, den besseren Gesang zu bekunden. Und indem die Erzürnten so singend miteinander wetteifern, vergessen sie den Streit und seinen Anlaß. Der Friede stellt sich ein, ohne daß man ihn eigens zu schließen hätte. Und wenn in besonderen Fällen, wie zum Beispiel ehelicher Untreue, die Betreffenden oder vielmehr Betroffenen wiederholten Anlaß zu Streitgesprächen sehen, gewinnt ein solches Haus bald einen besonderen Ruf; es zieht die Zuhörer an und wird umlagert von vielen Neugierigen. Aber diese Neugier hat nicht nur nichts Abgeschmacktes oder gar Sittenwidriges an sich – sie steht vielmehr im Rang eines besonderen Kunstinteresses, zu dem sich gerade die gebildeten Kreise verpflichtet fühlen. Nicht selten eint übrigens so das öffentliche Ansehen, das die gesungenen ehelichen Streitgespräche erwerben, die zwistigen Partner wieder; sie erhalten dann einen Platz in der vordersten Reihe des allgemeinen Chores, und diese Bevorzugung entschädigt sie schließlich, so scheint es wenigstens, für unerlaubte Liebesgenüsse. Selten sah ich einen so vergnüglichen und gutwilligen Menschenschlag, und daß ich die Leier zu schlagen verstand und mit ihnen sang und musizierte, machte uns die Meler auf das äußerste gewogen. Die angesehensten Familien der Insel wetteiferten miteinander, festliche Abende zu veranstalten und so immer neue Vorwände zu höchster Entfaltung einer Kunst zu erfinden, die mehr als jede andere geeignet scheint, Frieden zu stiften. –

Demgegenüber will mir die bildende Kunst eigensinniger und abhängiger vom Geschmack des Einzelnen erscheinen, und in dieser Hinsicht waren meine Beobachtungen auf der Insel Amorgos ebenso aufschlußreich wie nachdenkenswert.
Hier schätzte man die Bildhauerei über alles, und weil es dieser Kunst weder an vortrefflichen Jüngern noch an großzügigen Förderern und Freunden gebrach, hatten sich auch von den benachbarten, ja sogar von weit entlegenen Inseln her alle diejenigen auf dem kleinen Eiland eingefunden, die mit allerlei Werkzeug aus ungefügem Stein ein wohlgefügtes Kunstwerk zu bilden trachteten.
Die Mehrzahl der Künstler befleißigte sich dabei einer fanatischen Abhängigkeit von dem Vorbilde, das die Natur und der Mensch ihnen boten. Da selbst unter dieser Anhäufung von bildenden Künstlern genialische Naturen selten blieben, blühte vor allem das Handwerkliche und Gewerbliche in höchstem Maße, und in diesem Bezirk vor allem die Miniatur und das Detail.
Es gab Künstler, die nichts als Augen – aus kleinen, am Meeresstrand gesammelten Kieseln – herstellten. Sie wurden als eine Art Amulett von jenen jungen Mädchen getragen, auf die noch kein Mann ein Auge geworfen hatte. Desgleichen verlegten sich manche auf die Herstellung von Früchten oder Fischen, die in steinerner Gestalt die Küchenborde verzierten – vor allem derer, die selten zum Genusse der natürlichen Vorbilder kamen. Leute, die nicht über ein paar Ziegen und Schafe hinauskamen, erwarben sich ein katzengroßes Rind aus Marmor. Leute, die Rinder hatten, eine steinerne Katze. Ein jeder lebte sozusagen künstlerisch entweder über seine Verhältnisse oder unter ihnen.
In den höheren Rängen der Künstler gab es freilich den Wettstreit idealer Natur. Das will sagen: Die einen versuchten, das getreueste Abbild der Natur zu schaffen, die anderen, die Idee zu entschlüsseln und wieder zu verschlüsseln, die in der Na-

tur verborgen schien. Und da man riesige Herden von Rindvieh auf Amorgos hegte, war das Rind ein bevorzugter Gegenstand künstlerischer Darstellung, an dem sich die beiden Richtungen unermüdlich versuchten. Die Jünger der Natur hatten die regierenden Behörden zunächst eindeutig auf ihrer Seite, zumal ihr führender Meister unübertroffene Beweise wirksamster Kunst geliefert hatte. So sah ich zum Beispiel von diesem Künstler vor der öffentlichen Markthalle eine Kuh, zu ebener Erde, in Stein gebildet, die bis in die feine Strichelung des Felles, die verklebte Augenbraue, die Kotquaste des Schwanzes, den Schleimfaden an der Nüster und manches mehr so täuschend echt wirkte, daß sie oft über und über mit Fliegen bedeckt war. Die nachdrücklichste Bestätigung seiner Künstlerschaft wurde diesem Bildhauer freilich zuteil, als bei einer großen Viehschau der Insel ein preisgekrönter Stier – im Angesicht der Ältesten und vieler Einwohner – sich vor der Halle plötzlich losriß und dem Bildwerk seine Zuneigung bekundete. Dieses öffentliche Begebnis machte für geraume Zeit seinen Ruf unangreifbar. Es übertraf an Beweiskraft das Verhalten einer naiven armen Frau, die – nach dem Verlust ihrer einzigen Ziege – verschiedentlich im Morgengrauen versucht hatte, dem steinernen Euter ein paar Tropfen Milch zu entlocken.

Um das Banale, Aufdringliche, Vordergründige dieser Kunstrichtung anzuprangern, bemühte sich die Gegenseite zunächst um eine Karikatur dieser Nachäffung, dergestalt, daß sie einzelne Gliedmaßen verzerrte oder überbetonte. Aber weil jede Karikatur auf die Dauer abhängig, ja unfruchtbar bleibt, ließ man bald von ihr ab und besann sich auf die Idee, die der Kuh innewohnt. Auch dabei bildeten sich zwei Richtungen heraus, die sich bald untereinander noch leidenschaftlicher bekämpften, als die Verfechter der Natur und die der Idee es getan hatten. Die einen vertraten die Ansicht, die Idee der Kuh wohne im Euter – was unter höher entwickelten

Verhältnissen zu einer Aufspaltung dieser Richtung in vier Einzelströmungen hätte führen können; aber die Verhältnisse waren nicht so. Die anderen meinten, die Idee wohne im Horn der Kuh – was immerhin nur zwei Stoßrichtungen zugelassen hätte. Während die Gehörnten ihren Gegnern brutalen Nützlichkeitsdienst vorwarfen, unterschoben diese den Gehörnten militante, ordnung-, ja friedensgefährdende Gesinnung.

Aber wie immer: Über die Gesinnungsfreudigen siegten am Ende die Kunstfertigeren. Die Idee des Hornes erwies sich als stabiler, sie wies nach oben – in den Raum der Idee. Ihre Verfechter hatten zudem einen hervorragenden Künstler zum Führer, beziehungsweise: sie hatten ihn gehabt. Aber gerade sein Verlust, sein tragisches Schicksal hatten dazu beigetragen, die Anhänger der Euter-Theorie schließlich aus dem Felde zu schlagen. Erst vor der sterblichen Hülle eines Künstlers wird die Allgemeinheit seiner Unsterblichkeit gewahr.

Wie wir vernahmen, hatte dieser Mann es tatsächlich verstanden, seinem vierbeinigen Gegenstande Formen abzulesen, die die plumpe Natur in die Welt der Idee abzogen. Was er bildete, glich nie einer Kuh, verleugnete sie aber nie. Das Bildwerk war keine Kuh, aber es erzeugte im Hirn des Betrachters das Bild einer Kuh – liegend, stehend, schlafend, grasend. Kein Stier oder Ochse hätte vor diesen Bildnissen eine Regung bekundet. Der Mensch aber erkannte eine Kuh. Der Rang des Kunstwerkes stellte den Rang des Betrachters wieder her – und umgekehrt.

Nachdem unserem Meister die kühnste Abwandlung seines Gegenstandes geglückt war – ein kielartiges Gebilde, in ein gleichschenkliges Dreieck vorspringend, aus dessen Basis zwei lange, sehr spitze Dornen ragten –, widerfuhr ihm ein Mißgeschick: Er glitt auf einer am Boden liegenden Feige aus, stürzte mit dem ganzen Gewicht seines schweren Leibes in

die Hörner und erlag seinen Verletzungen.
Sein tragischer Tod beeindruckte die Leute von Amorgos derart, daß sein Bildwerk im Tempel der Artemis aufgestellt wurde. Und während der Kuh vor der Markthalle nach wie vor die Fliegen der Stadt huldigten, verehrte hier in andächtigem Schauen der Mensch des Menschen Streben nach dem Höheren.
Das gemeine Volk begünstigt zwar nach wie vor die Augen, Fische, Feigen, Trauben und Gemüse bildenden Künstler; der Staat aber hat auf Amorgos sein Herz für die Kunst der Idee entdeckt. Der Ältestenrat prämiert beinahe ausschließlich die Jünger des Erfinders der Steckenkuh. Was den einzelnen Ältesten freilich nicht hindert, daheim seine Borde mit Äpfeln, Fischen und Katzen zu zieren.
Ich nahm von beiden Kunstrichtungen ein Probestück mit: eine einfache, liegende Kuh, die der Meister gebildet hatte – aus Kunstverstand. Und einen handwerklich gebildeten Apfel – aus entschuldbarer Sentimentalität.
Im Zusammenhang mit den Künsten wäre auch der schönen, sehr großen Insel Lesbos zu gedenken, auf der wieder eine andere musische Seite des Menschen zur Schau gestellt wurde: die Poesie.
Wir kamen von Chios her, wo wir auf dem dortigen Sklavenmarkt eine Reihe schöner Mädchen freigekauft hatten, die sich dankbar und freudig in den Dienst der noch um Wartung verlegenen Helden stellten, und sahen uns im Hafen auf das freundlichste und zugleich merkwürdigste empfangen. Freilich nicht von den Ältesten, die sonst überall die Geschäfte des Staatswesens wahrnahmen, sondern von einer Schar wohlgekleideter, an Gestalt und Alter freilich verschiedener Frauen. Sie erwarteten uns schon, als ich mit Helena und Antimachos vor den anderen, die uns folgten, den Boden der Insel betrat, in einem Halbkreis, zwölf an der Zahl, jede eine Rhododendronblüte im Haar und ein Täfelchen in der Hand. Die Statt-

lichste, eine dunkelhäutige, vollbusige Vierzigerin, trat hervor, umarmte mit gemessener Würde Helena und steckte auch ihr eine Blüte ins Haar. Dann verneigte sie sich leicht gegen mich und Antimachos, trat etwas zurück und begann zu sprechen, wobei sie hin und wieder einen Blick auf ihr Täfelchen warf.

Sie hieß uns willkommen und versprach, sofern dies noch möglich sei, uns als bessere Menschen wieder zu entlassen; denn hier herrsche die alles veredelnde Poesie. Sie sagte dies in sparsamen Worten, die dennoch überschwenglich erschienen. Vor allem aber trug sie ihre Rede in einem ganz bestimmten Rhythmus vor, holte die Worte einzeln aus ihrem gewiß bedeutenden Inneren herauf, blies sie wie Fischblasen, tief Atem holend, auf und entließ sie durch einen nachblasenden Atemstoß sozusagen ins Blaue. Dann trat Eurhythmene – denn dies war ihr Name – zurück, winkte einer zweiten, und das Spiel wiederholte sich und sollte sich noch zehnmal fortsetzen. Jede sagte ein hübsches Gedicht, das die Sonne feierte, den Mond, das Meer, die Blumen, die Liebe, den Wein, den Wind, die Frauenschönheit – und anderes mehr. Die letzte sang das Lob der Insel.

Mir fiel auf, daß in keinem der Sprüche des Mannes Erwähnung getan wurde, nicht einmal in dem, der von der Liebe handelte. Und das hatte gute Gründe, wie ich bald erfuhr. Als die letzte geendet hatte, sagte ich freundlich:

»Nie ist uns ein reizenderer Empfang zuteil geworden auf unserer Reise. Wir danken euch, edle Frauen und Jungfrauen.«

»Wir sind alle Jungfrauen«, unterbrach mich Eurhythmene, bedeutete mir aber, daß ich weitersprechen möge.

»So danken wir den edlen Jungfrauen«, fuhr ich fort, »für ihre zierlichen, duftenden Worte. Wir kommen als Freunde und hegen herzliche Gefühle. Wir werden jede von euch durch ein Geschenk zu ehren wissen. Doch nun: Wo sind eure Ältesten, daß ich auch sie begrüße?«

Eurhythmene schüttelte leicht mißbilligend das Haupt: »Auf Lesbos sind wir die Älstesten«, sagte sie mit leisem Verweis: »Hier regiert die Sanftmut des Weibes. Die Männer gehören alle der *Banausia* an: sie verrichten die unedlen Arbeiten. Sie beugen sich der Dichtung, die über ihnen thront.«
»So solltest du noch ein paar Worte sagen«, wandte ich mich an Helena, und diese trat denn auch unbefangen auf Eurhythmene zu und sagte:
»So wollen wir gemeinsam die Männer zu bändigen trachten, die hier mit mir angekommen sind. Auch ich kann von ihnen sagen, daß sie mir auf das geziemendste untertan sind – bis auf einen, der mir zugetan ist und der Führer der Flotte. Eure Verse klangen mir wie Musik im Ohr, und einige bewegten sogar mein Herz.«
Eurhythmene dankte wieder in schwingender Rede, und als sie schloß »So seid denn ehrbare Gäste in unserem Lande!«, erhob sich lauter Beifall aus der Menge, die hinter ihr in ehrerbietigem Abstand hielt und vorwiegend aus Frauen bestand. Dann hatte Helena elf Männer zu benennen, die jeder als Gast einer der »Ältesten« galten. Helena und ich wurden in das Haus Eurhythmenes geladen, die mit einer ihrer Jüngerinnen zusammenlebte. Antimachos hatte den Vorzug, Gast der Anmutigsten zu werden.
Wir hielten uns nicht allzu lange auf Lesbos auf, denn schon nach wenigen Tagen erreichten uns Beschwerden: Einige der Unseren hatten die Abmachung verletzt, die uns verpflichtete – die zwölf Ehrengäste ausgenommen –, auf den Schiffen zu schlafen. Sie hatten versucht, in der Stadt oder auf dem Lande ein Nachtlager zu finden, und in einigen Fällen war ihnen das sogar gewährt worden; zum Teil von aus der Art geschlagenen Inseltöchtern, zum Teil von trinkfreudigen Banausen – Männern also –, die sich ihren Unmut über die »Weiberwirtschaft« von der Seele reden wollten und neugierig waren, ihre so viel bevorzugteren Artgenossen kennenzulernen und aus-

zufragen. Wir erneuerten das Verbot, was zur Folge hatte, daß die Unternehmendsten der so streng gehaltenen Lesbier und Lesbierinnen in der Dunkelheit auf unsere Schiffe kamen und dort nur zu willkommen geheißen wurden.

Recht bald erwies sich also, daß auch hier die behördlichen Regeln und Gebote nicht den Bedürfnissen aller gerecht wurden. Bei näherem Zusehen ergab sich etwa folgende Schichtung der Gesellschaft:

Es führten die weiblichen Poeten, die meist vermögenden Häusern entstammten, nahezu priesterliche Funktionen beanspruchten und völlig ablehnend gegen das männliche Geschlecht waren, was sich durch einen umso innigeren Zusammenhalt untereinander bekundete und ausglich. Sie wurden von einer nicht allzu starken, aber gebildeten Schicht von Lesbierinnen getragen, die auch der Poesie huldigten; in vielen Fällen jedoch überwog das Bedürfnis nach innigem Zusammenhalt das poetische Talent. Die dritte staatstragende Schicht stellten die an sich unbemannten Frauen, die aus ihrer Verlegenheit ein Bekenntnis machten und die Männer, die sie verschmäht hatten, durch Verachtung straften; Witwen und Großmütter liefen in ihrem Gefolge. Da merkwürdigerweise nur jedes dritte oder vierte Kind auf Lesbos ein Knabe war, überwog der weibliche Bevölkerungsanteil bei weitem, und also stellte auch die Jugend, die noch nicht über ihre Natur entschieden hatte und ganz in vater-, vielmehr mutterländischem Geist erzogen wurde, einen Pfeiler der Gemeinschaft dar. Dann folgten – im Einfluß und Ansehen sehr beschränkt – jene Männer, die der Frau entsagt hatten und ihr Geschlecht dadurch verleugneten, daß sie Frauenkleider trugen und sich untereinander wie Frauen verhielten. Nach diesen, die zu niederen Regierungsstellen zugelassen wurden und aus denen sich die Sittenpolizei rekrutierte, kamen die Frauen, die mit Männern, aber kinderlos lebten. Dann die, die Kinder hatten mit einem Mann – aber Mädchen. Dann die, die Mütter von

Söhnen waren; dann diejenigen, die wohl ein Kind, aber keinen Mann hatten. Schließlich folgte die männliche Jugend. Und auf der niedersten Stufe standen Naturen wie ich. Sie mußten alle niedere Arbeit verrichten, hatten jährlich eine bestimmte Anzahl lesbischer Gedichte auswendig zu lernen, deren Silbenzahl sich verdoppelte, wenn der Familie ein Knabe geboren wurde.

Wie man sieht: für unsere Begriffe lebte man auf Lesbos durchaus verkehrt; aber die Herrschenden wußten auch hier ihren Vorteil zu wahren. Die Sorge für den Fortbestand der Insel nahm ihnen – wie überall – das niedere Volk ab. Zudem behauptete Antimachos, der schon am dritten Morgen als der heiterste Mensch auf Lesbos aus seinem Quartiere kam, das Regime stehe sicher auf schönen, aber wohl doch schwächeren Füßen, als es den Anschein habe. Wer wolle denn in die Herzen und in die Schlafkammern der Lesbierinnen schauen...

Nun, die Beschwerden, die wir zu beschwichtigen hatten, gaben ihm recht. Er hatte auch von seiner anmutigen Gastherrin erfahren, daß sich im Westen der Insel ein Kreis von jungen Männern gebildet habe, die danach trachteten, die Herrschaft der Frauen zu stürzen, und die von einem Dichter geführt würden, der sehr zu Herzen und zu Verstande gehende Verse schriebe, die jedoch behördlich als profan, geschmackswidrig und zersetzend abgelehnt würden und öffentlich nicht rezitiert werden dürften. Von ihm laufe das Wort um: Poesie sei nicht Weihrauch vor marmornen Altären, sondern Rauch aus den Hütten. Die zwölf »Ältesten« sollten lieber Leibbinden als Verse stricken.

Nach acht Tagen mußten wir unseren Aufenthalt abbrechen, da unsere Anwesenheit – wie Eurhythmene es ausdrückte – die Dinge in Lesbos auf den Kopf zu stellen drohte. Mit einer feierlichen lyrischen Tafelrunde, bei der auch der Nachwuchs zu Worte kam, wurden wir verabschiedet und gingen am

Abend auf die Schiffe, wo nicht nur unsere Rückkehr, sondern fast noch stürmischer der Abschied von den unlyrischen Lesbierinnen und Lesbiern gefeiert wurde.
Während wir beim Wein saßen, kam mit einem Ruderboot im Schutze der Dunkelheit auch jene der »Ältesten« herüber, in deren Haus Antimachos Gastrecht genossen hatte. Sie ließ sich zu mir führen und bat um meinen Schutz; sie wollte nicht wieder nach Lesbos zurückkehren.
»Ich mache mich schuldig«, sagte ich mit gespielter Besorgnis. »Man wird mir Entführung einer Ältesten nachsagen!«
»Nur der jüngsten ›Ältesten‹«, versuchte sie zu scherzen.
»Eben das macht die Sache schwierig!« beharrte ich.
»Ich komme als echte Schutzflehende!« versicherte sie angstvoll. »Ich habe Kenntnis von einer drohenden Revolte und möchte mein junges Leben retten.«
Und sie erzählte, was mir schon von Antimachos berichtet worden war.
»Du machst dich unglücklich, mein schönes Kind!« gab ich zu bedenken. »Eure Art zu lieben ist nicht die unsere.«
Sie errötete. Schließlich sagte sie stockend:
»Ich glaube durchaus, fähig zu sein... einen Mann zu lieben... und ihn glücklich zu machen. Ich lebte unter Zwang – aber ich sehne mich nach Freiheit...«
»Wenn du mir einen Bürgen oder Zeugen nennen könntest, daß sich deine Natur nicht völlig aus ihrem schönen Behältnis zurückgezogen hat, daß also einige Aussicht darauf besteht, daß du glücklich werden, glücklich machen könntest...«
Ich sah sie lächelnd von unten an.
»Antimachos...«, sagte sie leise.
Ich nahm sie auf und übertrug ihr sogar am nächsten Tag die Rolle einer Ältesten neu; denn außer acht jungen Männern waren elf reizende Töchter der Insel zu unserer Mannschaft gestoßen und begehrten zu bleiben.
Ich bin demnach nicht sicher, ob der Aufenthalt auf dem poe-

tischen Lesbos uns besser und edler gemacht hat. Es ist ja immer der Ehrgeiz der anderen, der uns besser machen will. Und wenn nur dies dabei herauskommt: daß sie selbst über ihrem Versuch klüger werden – wäre das nichts?

Wenn ich an diese Reise zurückdenke, wird mir recht eigentlich bewußt, wie vorteilhaft, belehrend, wie in jeder Hinsicht bereichernd für den Menschen die Begegnung mit fremden Völkern, andersgearteten Menschen ist. Keine Phantasie reicht aus, sich die Wunder der Welt vorzustellen, deren letzter Reiz ja darin liegt, daß sie sich an Ort und Stelle höchst natürlich ausnehmen.

An meines Vaters Hofe gab es einige Zwerge, die in mir nie anderes als Unbehagen erwecken konnten. Aber wie erheiternd, in sich selbst vergnügt und in gewohnter Umgebung durchaus natürlich nahm sich das Völkchen von Samothrake aus, dessen König – als der stattlichste Mann der Insel – mir eben bis zur Hüfte reichte! Wenn die Frauen des Hofes (was wir dreimal erlebten, weil die Begeisterung meiner Reisegefährten mich zweimal um Wiederholung des Festes bitten ließ) ihren zierlichen Reigen tanzten, wobei sie mit süßen Vogelstimmchen sangen und den Oberkörper entblößt trugen, vermeinte man, auf einem anderen Stern zu weilen. Man fühlte sich plump und barbarisch. Die verkürzte, zierliche Gestalt des Menschen hat unbestreitbare Vorteile: sie verringert, verfeinert auch die Merkmale des Verfalls. Das Hinfällige scheint weniger hinfällig, das Mißgestaltete weniger mißgestaltet, das Liebliche noch lieblicher. Der König erklärte mir auf Befragen, daß die tanzenden Hofdamen sich im Alter zwischen fünfzehn und fünfzig Jahren befänden – mir kamen sie alle wie eben erblühte Jungfrauen vor. Und weil sie diese Wirkung ihrer Natur wohl kennen, bewegen sie sich freier und kühner. Wir fürchten den Schein und unterliegen ihm; sie nutzen den Schein und siegen durch ihn.

Dort war es auch, wo wir die goldenen Jungfrauen sahen, täuschende Nachbildungen des lebenden Menschen, die ihre Glieder regten und für unser Auge sich nicht von ihren Bildern unterschieden. Und nicht nur für unser Auge! Wir erfuhren von Fällen, da die vorzüglichen Bildhauer – sei es durch die Kraft ihrer Sinne beschwörend, oder selbst beschworen – ihr Bildwerk zu echtem Leben erweckten. Einer dieser Künstler, so hieß es, lebe seit sieben Jahren in glücklicher Ehe mit seiner Schöpfung und habe der Insel sogar ein Kind in Aussicht gestellt, das freilich erst nach insgesamt neun Jahren geboren werden würde.

Manche der Unseren lachten, als ich ihnen davon berichtete. Aber was wäre da zu lachen? Wenn ein Trunkener der niedersten Stände durch eine flüchtige Laune Leben erzeugen kann – warum soll dann ein Liebender in unendlicher Geduld nicht ähnliches Leben aus einer wahrhaft Geliebten beschwören? Bilden wir uns nicht so viel auf unsere Natur ein, diese dumpfe Kraft, die Menschen wie Abfall erzeugt! Wagen wir die Schöpfung der Phantasie, blasen wir dem Schwierigen und Neuen den Odem des Lebens ein. Was ist denn das Natürliche anderes als das Gewöhnliche. Das Ungewöhnliche, das Übernatürliche, das Zukünftige verlangt nach unserer Leidenschaft.

Helena begehrte, den wunderlichen Künstler und seine Geliebte kennenzulernen. Aber der Zwergkönig schüttelte bedauernd das apfelgroße Häuptchen:

»Die Liebe scheut vor dem Blick der Neugier«, sagte er altklug. »Wenn der Künstler seine liebende Beschwörung unterbricht, sind sieben Jahre verloren.« Und dann fügte er geheimnisvoll hinzu: »Meine Ehe ist kinderlos. Ich habe vor, diesem Kinde meinen Thron zu vererben.«

Noch mancherlei wäre hier zu berichten – von den schönen Nereiden zum Beispiel, in deren eine sich der tüchtigste unserer Steuerleute so unsinnig verliebte, daß er sich durch unablässige Tauchversuche, mit denen er Ebenbürtigkeit erlangen wollte, zugrunde richtete. Von jener Insel, die ganz unter dem Bann eines allabendlichen Schattenspieles lebte, das zwei findige Leute erdacht hatten und das alle Bürger zur bestimmten Stunde auf einen öffentlichen Platz lockte, sie auf einen Bildrahmen glotzen ließ und derart gefangennahm, daß die Gespräche erlahmten, jedes Familienleben erlosch und sogar die Fähigkeit zu eigenem Denken und Sprechen abnahm. Ich könnte von riesigen Polypen berichten, mit deren einem das Schiff des Antimachos einen höchst aufregenden Kampf auszufechten hatte, indem es von seinen Armen wie von zahlreichen Tauen umschlungen und festgehalten wurde, bis wir anderen es umringten und mit Schwert- und Axthieben aus der lebendigen Umklammerung erlösten. Aber mir scheint, daß ich des Merkwürdigen genug zum besten gegeben habe und daß es an der Zeit ist, mit einer Erinnerung an jene Tage zu schließen, die ich zu den beschwingtesten und schönsten dieser Reise zähle:

Die Laune der Götter, ein günstiger Fahrtwind und mein heimlicher Wunsch führten mich auch nach Delos, das die Griechen den Geburtsort Apollos bezeichnen und von dem mir berichtet worden war, daß dort dem Gotte, dem Leier und Bogen lieb sind, erlesene Heiligtümer errichtet seien. Ja, er selbst habe sich dort den ersten Tempel gebaut.

Wir glauben zu wissen, daß Leto das Geschwisterpaar Artemis und Apollo am Xanthosflusse in Lyzien zur Welt brachte: Bei Araxa steht in Stein gemeißelt, daß dort die beiden Himmelslichter entzündet wurden. Aber es lohnt nicht, um solche Dinge zu streiten, denn es nimmt oder gibt den Göttern nichts, ob sie hier oder dort geboren wurden. Es ist auch nicht verwunderlich, wenn sie im Laufe der alles verwischenden Zeit ihren Geburtsort wechselten, ihre Gestalt wandelten und neue Völker zu Anbetern haben. Wenn man sie nicht selbst oder ihren Rockzipfel an vielen Stellen herumzeigt oder diejenigen, die das Wunderbare durch solchen Kleinhandel nicht entehrt sehen möchten, nicht im Namen der Rechthaberei unters Opfermesser nimmt, ist kein Grund zur Beunruhigung.

Die Griechen erzählen, daß unser liebesdurstiger und zeugungsfreudiger Göttervater Zeus auch die Sterngöttin Asteria, die eine Schwester der Leto war, verfolgte und daß diese, um seiner Nachstellung zu entgehen, die Gestalt einer Wachtel angenommen habe. Zeus, sie durchschauend, schlüpfte daraufhin ins Gefieder eines Adlers und setzte ihr nach. Die Sterngöttin – von ihren Schützlingen her dieses Verfahrens kundig – entging ihm dennoch, indem sie sich als Stein ins Meer fallen ließ. Ihre Schwester Leto freilich zeigte sich weniger tugendhaft, sie ergab sich Zeus und empfing von ihm. Dieses konnte zwar Hera nicht rückgängig machen, aber sie verhängte in ihrer Eifersucht den Fluch: Leto dürfe nur an einem Ort gebären, den die Sonne noch nicht beschienen habe. Und da tauchte die Fels gewordene Asteria, ihrer bedrängten Schwester zu helfen, aus den Fluten auf als die kleine Insel Delos. Alle Göttinnen standen der schwer Gebärenden bei – bis auf Hera und die von dieser zurückgehaltene Göttin der Geburt. Aber der blauäugigen Iris, als Botin ausgesandt, gelang es, die Geburtshelferin mit einem goldenen Halsband zu bestechen: Sie kam, und nach neun Tagen und Nächten schmerzlichster Wehen kniete Leto, umschlang eine Palme, und der neue Gott sprang aus ihrem Schoß. Die Göttinnen mitsamt der Mutter schrien auf, und die ganze Insel erbebte in freudigem Erschrecken. Man gab dem Kinde Nektar und Ambrosia – da sprengte es die Windeln und stand in vollkommener Gestalt vor ihnen. Und Delos leuchtete und erblühte golden.

So die Griechen, denen ich glauben möchte, weil ihr Bericht den Vorzug äußerster Schönheit hat.

Unsere Flotte ankerte in der weiten Bucht der Insel Paros,

und weil man mir sagte, daß die Insel Delos sehr klein sei und nur einen winzigen Hafen besitze, entschloß ich mich, mit nur drei Schiffen vorauszufahren, dem meinen, dem des Äneas und dem des Antimachos. Aber die Insel war kleiner noch, als ich vermutet hatte.

Das Eiland ist langgestreckt von Süden nach Norden, felsig und unfruchtbar. Aber wie könnte man unfruchtbar nennen, was einen Gott gebar! Alle Bedingungen des Lebens hatte sein Ruf überspielt; denn ein Stück Erde, das kaum tausend Menschen zu ernähren vermöchte, barg eine Stadt, deren Einwohner nach vielen Tausenden zählten.

Die Stadt befindet sich an der Westseite und beginnt an dem kleinen Hafen, füllt die Ebene aus und klettert südwärts noch an dem beherrschenden Berg ein Stück empor, den ein Tempel krönt und den Zyklopenarme aufgetürmt haben müssen. Im Norden läuft sie bis an den kreisrunden Teich, den die Insel wie ein Diadem trägt.

Wir schickten ein Boot an Land und ließen sagen, daß wir Apollo zu opfern wünschten, und da man von unserer Landung in Paros bereits erfahren hatte, war unsere friedliche Ankunft erwartet.

Wir hatten uns geschmückt mit erlesenen Gewändern, und als wir den Fuß auf die Insel setzten, empfingen uns Rufe des Erstaunens und unverhohlener Bewunderung. Man führte uns auf die Agora, die sich nur wenige Schritte hinter dem Hafen befindet, bot uns edelen Wein, und der Rat der Ältesten hieß uns willkommen. Wir ließen Geschenke überreichen, und man bat uns in das Haus des Fürsten, der auf Delos durch Liebenswürdigkeit herrscht. Die Verwaltung der Stadt liegt in den Händen der Ältesten, deren jüngster er ist.

»Wo Apollo herrscht, bedarf es der Gewalt nicht«, sagte er lächelnd auf meine Frage nach der Verfassung. Und er hatte recht: Die Insel gehört dem Gotte, und die Stadt lebt aus ihm. Nächst Apollo, der sechs oder sieben Tempel sein eigen nannte, verehrte man Hermes, offenbar nicht allein weil die Insel ohne Handel nicht hätte bestehen können, sondern weil sie auf eine offenherzige und gewinnende Weise auch den Dingen der Liebe Freiheit gewährte. Hermes galt dort als der Vater des Eros, und seiner Schwester Aphrodite war ebenfalls ein Tempel geweiht. Es gelang mir nicht ganz, in den wenigen Tagen meines Aufenthaltes die Wechselbeziehung, die man hier zwischen dem Licht der Musik, dem Handel und der Liebe vorauszusetzen schien, bis ins einzelne aufzuspüren. Aber ich sagte mir: Wer das Licht liebt, liebt die Musik; die Musik aber fördert jenen edlen Handel, den die Menschen treiben, indem sie – dabei jeder auf seinen Vorteil sehend – einander lieben.

Ich sah auf allen meinen Gängen, daß die Insel karg war, und ich fragte mich, wieso dieses Festland golden geblüht haben sollte. Nun aber nahm ich erstaunt wahr, daß die riesigen Disteln, die auf den steinigen Halden wucherten, von wahrhaft goldener Farbe waren. Als ich plötzlich vor einem weiten Distelfeld stand, erkannte ich, daß es Wahrheit war: Delos blühte golden. Nach dem Willen seines Gottes zog es aus seiner Armut himmlischen Glanz.

Gegen Abend erstiegen wir den Berg Kynthos, an den sich die Stadt anlehnt. Wir traten oben in das Heiligtum, das mit der Stirnseite nach dem Meere blickt, während zur Linken der ockerfarbene, stumpfe Boden der großen Nachbarinsel Mykonos sichtbar wird. Unten schien das Meer dahinzutreiben, hellblau bis grün in den Buchten, dunkel über den Felsen – bis sich alles in die tiefblaue Einheit der uferlosen Flut verliert. Auf der anderen Seite war die größere Insel Rheneia zu sehen, die fast völlig unbewohnt war. In der Senke aber lag die reiche Stadt, die alles ihr eigen nennt, was der Mensch sich wünschen kann oder dessen er bedarf. Oben blies der Wind, und man vermeinte, im Herzen der Ägäis zu weilen, wo die Adern des Weltleibes sich treffen und das Blut mit leisem Sausen kreist.

Wir standen lange und schauten. Als aber die Sonne sich im Westen auf das Meer senkte und, glühend und in sich eine zweite Sonne bergend, hinter dem Horizont versank, hängte ich meine liebste Leier und meinen schönsten Bogen im Tempel auf, und der Bogen pendelte sacht, und die Leier tönte leise im Wind.

Es wurde spät, ehe wir zur Ruhe kamen, denn die Deler verstehen zu feiern. Sie haben schöne und eigenartige Hymnen, die sie im Chor singen, trinken den Wein schwächer gemischt als sonst die Griechen und zögern die Stunde des Eros hinaus, daß sie reicher werde. Sie gehen im Licht, und das macht sie sicher auch dort, wo andere der Nacht bedürfen. Sie dienen Eros unverstellt und bekennen sich zu ihm. In ihren Tempeln und Häusern genießt er den Platz des liebsten Gottes, und unser Gastfreund, der wohl sah, daß er Liebende unter seinem Dach beherbergte, sagte, als wir das Lager aufsuchten:

»Liebt euch, schöne Freundin und junger Freund! Euer Beilager wird mein Haus ehren. Solange Liebende als Günstlinge der Götter gelten und die Leidenschaft auf den freundlichen Neid der Mitwelt rechnen kann, wird Delos blühen. Wenn andere Götter kommen sollten, die die Umarmung in das Dunkel verbannen, zu den Schwächen und Gebrechen des Menschen, mag Delos zerfallen.«

So leben die Deler, und wenn sie den Tod nahen fühlen, lassen sie sich übersetzen nach dem benachbarten Rheneia und werden auch dort bestattet, damit auf der Insel kein Schatten wachse. Auch die Gebärenden bringt man vor ihrer Stunde hinüber; denn das Gesetz will, daß auf Delos weder gestorben noch geboren werden darf – dem Andenken des Unsterblichen zu Ehren, der Delos ins Licht rief.

Als mir am nächsten Morgen gemeldet wurde, unsere Flotte sei in Sicht, nahmen wir Abschied, traurig, das Schöne zurücklassen zu müssen, und doch froh darüber, es nicht durch Gewöhnung zu entkräften.

Lange genug hat sich mein Geist auf den Asphodeloswiesen der Vergangenheit ergangen – nun scheint die Gegenwart es energisch darauf anzulegen, meinen Leib über die Schlachtfelder der Skamandrischen Ebene zu hetzen. Vielleicht fühlte ich mich allzu wohl in meiner alten Haut und werde deshalb zu Recht genötigt, mich unter bedrängenden Umständen meiner derzeitigen zu wehren – was mich so sehr erschöpft hat, daß ich eine Nacht und einen ganzen Tag lang schlafen mußte. So müde macht das männliche Morden den Mann. Eine Schlacht ist inzwischen geschlagen, die heftigste und blutigste dieses Krieges bisher, und wer sich an zerfetzten, verstümmelten und gräßlich entstellten Menschenleibern berauschen kann, hätte sich für ein halbes Leben mit Alpträumen und Kriegserinnerungen versehen können. Das Verteufelte an dieser Orgie des Mordens ist nur, daß niemand gefragt wird, ob er sich am allgemeinen Blutrausch beteiligen will oder nicht. Ein Hund, der den Mond anbellt, kann mit mehr Wirkung seines Tuns rechnen, als ein Schöngeist, der sich von einem Schlagetot abwendet. Dieser wird umso ungestörter in seinem Treiben fortfahren, je weniger jener ihn daran hindert, und am Ende auch den Schöngeist selbst erwischen. Und das Verteufelte ist weiter, daß auch der Schöngeist, läßt er sich nur erst auf dieses Handwerk ein, binnen kürzester Frist bereit ist, das Schöne fahren zu lassen und im Gräßlichen mitzuhalten. Er hat sozusagen nur die Wahl, entweder das Schöne oder seinen Geist aufzugeben. Diese Alternative ist niederträchtig, aber von unerbittlicher Logik. Denn der Schöngeist kann ja sehr wohl ein Weilchen ohne die Schönheit auskommen; muß er aber seinen Geist aufgeben, so ist die Schönheit für alle Zeit dieses möglichen Anwaltes beraubt. Es hat daher keinen Sinn, über eine Schlacht zu berichten und sich dabei als Ästhet aufzuspielen. Wer ins Meer geworfen wird, muß schwimmen; er kann sich nicht darauf berufen, von Natur ein Fußgänger zu sein. Auch das Barbarische hat vielleicht seine Ästhetik – man muß es nur mit dem barbarischen Auge betrachten, das heißt: das andere zukneifen. Dieses Verfahren empfiehlt sich ja auch bei anderen Gelegenheiten und Gegebenheiten des Daseins. Schwieriger freilich, als mit einem Augen zu sehen, ist es, das Geschehene darzustellen. Kann man eine Schlacht beschreiben? Ein paar Bewegungen im großen lassen sich vielleicht nachzeichnen, aus einer Art Feldherrenperspektive, in der sich Hundertschaften und Truppenverbände wie Steine auf einem Brett ausnehmen. Diese Sicht mag ihren Reiz haben, der noch am ehesten ein ästhetischer Reiz sein könnte, da sie ja abzieht, was an Handgreiflichem, Kreatürlichem, Materiellem geschieht. Aber das Wesen der Schlacht, diese ins Gigantische gesteigerte, fortwährende Jagd des Menschen auf den Menschen, ist damit so wenig erfaßt wie das Wesen eines Tieres, dessen Umrisse man in den Stein ritzt. Wollte man aber das Gegenteil versuchen und die Fülle des Materiellen – Menschen, Tiere, Streitwagen, Waffen – aufbieten und alles in seiner Gleichzeitigkeit, willkürlichen oder ursächlichen Aufeinanderfolge, Rückbezüglichkeit und Verschachtelung darzustellen suchen – es würde wohl eine Groteske daraus. Aufmarsch im Morgenlicht, vier Säulen jene; breite, aufgelockerte Phalanx wir. Sonnenblitze auf Waffen, Helmen, Rüstungen, Grashalmen, Wagensicheln; blitzende Zähne, Augenblitze, Lanzenblitze, Kettenblitze, Kugelblitze – alles, was blank ist, blitzt blitzeblank; alles, was Schienbeine hat, scheint in Beinschienen, beint im Schienenschein. Sonnenschein auf Erzen – nicht im Herzen; später dann mit Schmerzen, wenn's stürmt und der Himmel voll Wolken. Jetzt aber: Morgenstunde hat Gold am Munde; scheint aber nur so; sind blitzblankgeputzte Trompeten, die es blasen (die Trompeten), die den Marsch blasen, die griechischen den Trojanern, die trojanischen – na, wem wohl...? Aus heiterem Himmel ein Pfeilhagel (die Einführung), Speerhagel desgleichen, erst dichter, dann lichter. Mückenstiche. Wespenstiche. Einige Hornissenstiche, nichts tödlich, aber...

Heran an den Feind, komm schon, Freundchen, Feindchen, Hundesohn, Hurensohn, Horensohn, Harnsohn, Hornvieh, Hirnvieh, Harmvieh, vergiß dich, vergiß seiner (des Harms) – eine kurze Spanne Zeit ist dir zugemessen. Morgenrot ist schon vorbei; leuchtet aber noch, leuchtet zu frühem Tod. Bald wird... aber sie hat schon. Leben oder nicht leben lassen. Ihn nicht leben lassen oder sein Leben lassen. Sein oder nicht sein (Leben) ist hier keine Frage. Eh du mir, geb ich's dir. Wer zuletzt lacht, lebt am längsten; mit Ängsten.

Der erste Tote. Kleiner Mann. Was nun?

Tausendfüßler faßt Tritt. Linkes Bein, rechtes Bein – muß denn gleich gestorben sein? Speer in die Milz – was gilt's; Pfeil in den Hals – was galt's. *Dulce et decorumst*... Das rummst nur so. Herrlich ist's, im weiten Feld zu streiten. Aber diese Enge! Mann gegen Mann. Unbekannt gegen Ungenannt. Schlachtfutter. Schlachtenfutter. Spreu, um den Weizen fliegend. Kleineleutekeilerei, Kleineleutesterben. Treuester Sohn des Vaterlands. Blättchen am Siegerkranz. Viele und immer mehr. Lassen euch nimmermehr – aus unserm Sinn. Bein ihr von unserm Bein, kriegt einen Leichenstein. Hin ist mal hin. Tüchtige Leute; ehrlich, schwerlich entbehrlich; unentbehrlich. Humus. Dünger. Mutterkuchen des Vaterlands. Hügel, auf dem sich, eine Sonnenblume, der Heros erhebt.

Zum Beispiel:

Teukros, Grieche, 29, Pfeilschütze, acht Trojaner erlegt (durchweg namenlose Leute, deshalb nur die Zahl). Dann aber Nummer neun: Gorgythion; immerhin Nebenbruder von mir. Alle neune! Dann Hektors Wagenlenker. Endsumme zehn. Ein Feldstein Hektors; mattgesetzt. (Der Mann kommt wieder.)

Oder:

Agamemnon, 44, König von Argos und Führer der griechischen Streitmacht, kapitaler Streithals und Schlagetot. Mindestens zwölf Trojaner als Vorspeise, Hauptgericht: Brüderpaare. Erstens: Antiphos und Isos (Bruder und Nebenbruder von mir). Zweitens: Söhne des anderen Antimachos, zum ersten Mal mit Vaters Streitwagen nach Schlachtenruhm jagend. Schwertstich ins Zwerchfell des Älteren (17!); Jüngerer erfleht kniefällig Gnade. Erster Hieb – Hände ab; zweiter Hieb – Kopf ab. Tritt gegen den Torso. Drittes Brüderpaar: Iphidamas, 28, und Koon, 32, Söhne Antenors. Schwerthieb durch den Nacken des Jüngeren, Lanzenstich unter den Schild des Älteren. Bei diesem Happen verschluckt: Speerstich in die eigene Weiche. Bis zur Erschöpfung weiter mit Lanze, Schwert und Steinen kämpfend. Dann Abtritt. (Der Mann kommt wieder.) –

Das könnte so weitergehen. Aber es kann wohl nicht so weitergehen, ohne früher oder später zu langweilen. Nur die Wirklichkeit darf sich auf die einfältigste und blutrünstigste Art und Weise wiederholten und langweilen. Und wenn von einer Ästhetik des Barbarischen die Rede sein kann, so wäre sie beileibe nicht unter den Leichenhügeln eines Schlachtfeldes zu suchen (obwohl sie dort ganz gewiß begraben liegt) und auch nicht dort, wo die Linien der Vor- oder Rückwärtsbewegungen gezogen und die Verlustlisten aufgestellt werden (Rückwärtsbewegungen und eigene Verlustlisten haben auch für den eingefleischten Barbaren nichts Ästhetisches an sich), sondern dort, wo eine große Bewegung das Gemetzel unterbricht, wo der gefräßige Drache plötzlich Flügel zu bekommen scheint und für die siegreich Kämpfenden das Aussehen und Ansehen der göttlichen Nike gewinnt. Inbegriff der Ästhetik des Barbarischen aber ist: einen gefürchteten und verhaßten Feind fliehen zu sehen.

Diesen hohen Genuß hatten wir in diesen Tagen etliche Male. Schon am ersten Tage war es geglückt, die Griechen in den

Nachmittagsstunden bis an den Graben und die Mauer zurückzudrängen, mit denen sie ihr Schiffslager umgeben haben. Wir nächtigten sogar auf freiem Feld, um uns nicht des errungenen Vorteils zu begeben. Aber erst am zweiten Tag flammte die Schlacht zu jenen Höhepunkten empor, die auch mich hinrissen.

Die Griechen fochten erfolgreich in den ersten Morgenstunden; die Wende trat ein, als Agamemnon verwundet auf seinem Streitwagen aus der Schlacht schied. Dies war Hektor ein Zeichen, aufs neue vorzubrechen: er hauste schrecklich in den oberen Rängen der Griechen. Zwar setzte ihn ein Lanzenwurf des Diomedes für eine Weile außer Gefecht. Aber kaum war Diomedes, von einem meiner Pfeile in den Fuß getroffen, aus der Schlacht gewichen – ich gab ihm, durch einen zweiten Pfeil, zur Begleitung gleich den besten der griechischen Ärzte, Machaon, mit, der statt Wunden zu heilen, solche zu schlagen versucht hatte –, da kehrte mein Bruder, aus seiner Betäubung erwacht, in den Kampf zurück, und sein Herz schrie nach Rache. Die Griechen, die eben den speerwunden Odysseus auf dem Wagen des Menelaos hatten fliehen sehen, glaubten Hektor schwer verwundet und sahen sich plötzlich einem Rasenden gegenüber.

Für eine Weile schien es, als gäbe es – in seiner näheren Umgebung – nur diesen einen Mann auf dem Schlachtfeld: meinen Bruder. Trojaner wie Griechen waren wie Hasen vor einem züngelnden Drachen. Selbst Ajax, den ich, nicht ohne Beklemmung, plötzlich aus dem Gewühl auftauchen sah, verhielt auf der Stelle, blickte betroffen auf den tötenden Berserker und wandte sich. Hektors Waffe fuhr wie ein Opfermesser unter die Gelähmten, bis der Bann sich auf beiden Seiten löste: Die Griechen flohen, die Unseren setzten ihnen nach. Mit dem Instinkt des wilden Tieres, das ein schwächeres jagt, erspürte Hektor unseren Vorteil, sprang auf unseren Streitwagen, und wir machten uns auf die Verfolgung.

Die Griechen flohen ihrem Schiffslager zu, über den Graben hinweg, in die Sicherheit der Mauer. Sie schlossen die Tore – bis auf eines, das den letzten Flüchtigen Einlaß gewähren sollte, und um dieses entbrannte der Kampf, den die Schnellsten von uns, von einem kühn übersetzenden Streitwagen angeführt, wagten. Wir anderen, in fünf Ordnungen geteilt, saßen ab und griffen überlegt an. Bald brachen die Lyzier unter ihrem König Sarpedon die ersten Pfeiler aus der hölzernen Brustwehr, und fast im gleichen Augenblick zerschmetterte Hektor mit einem mächtigen Felsen die Angeln eines Holztores. Das Tor gab nach, und während die Griechen erschreckt zurückwichen, drängte die Masse der nachfolgenden Trojaner durch die Bresche ins Lager des Feindes. Zugleich kletterten an den Seiten, wie gefräßige Ameisen ein verendendes Opfer überfallen, Hunderte über die Brustwehr. Triumphierendes Geschrei erhob sich und mischte sich mit einem urplötzlich aufkommenden Nordost, der den Staub aufwirbelte und wie ein Bundesgenosse war. Das Lager lag vor uns. Die Griechen flohen zu den Schiffen.
Dies wahrzunehmen, war von so hohem Reiz, daß ich die Schlacht vergaß und nur sah, was sich meinen Sinnen mitteilte. Es war für die Augen ein Bild eines von einem Stauwehr gebändigten Stromes, der plötzlich sein Hindernis an einer Stelle eingedrückt hat: Die Wasser geraten in Fluß, reißen an den Flanken die Bresche weiter auf, und mit einem Male ergießt sich das befreite Element brausend in das tieferliegende Strombett und überspült alles, was Menschenhand zu seiner Fesselung erfand.
Aber auch das Ohr erlebte sein Schauspiel.
Als der Kampf um Graben und Mauer einsetzte, hörte man beinahe nur das trockene Geräusch der Waffen, das dumpfe Schlagen der Äxte, den Aufschrei von Verwundeten und hier und dort einen Befehl. Man kämpfte auf beiden Seiten, wie Tiere kämpfen, die sich ineinander verbissen haben. Dann je-

doch, als das Tor zerkrachte und gleichzeitig die ersten der Unseren die Brustwehr überstiegen, schien die Sphäre den Atem anzuhalten. Es war der Moment der Erlösung auf der einen, des Entsetzens auf der anderen Seite. Und nun schwoll, gleichzeitig mit dem losheulenden Nordost und scheinbar von ihm entfacht, das Geschrei der Eindringenden und der Schreckensruf der Fliehenden zu einem saugenden, dröhnenden, mitreißenden Gurgeln an, in dem alles eins wurde: der Laut der Würger, der Laut der Gewürgten. Die Luft roch nach Katastrophe, nach Vergewaltigung, Unwetter, nach Ausdünstung entfesselter und gehetzter Kreaturen. Ich öffnete meinen Mund – in Atemot, in hingerissenem Staunen, zu einem Schrei... ich weiß es nicht. Ich folgte den Eindringenden nach, den Schiffen des Gegners zu. Ich schmeckte den Sieg auf der Zunge.

Soviel über die Ästhetik des Barbarischen. Denn nun kam unsere Bewegung wieder ins Stocken; eine geordnete Phalanx empfing uns und brachte uns zum Stehen: die Totschlägerei begann von neuem. Vor allem aber: es gab rückläufige Bewegungen und Verluste.

Es war kein Zufall, daß der Inbegriff des Ungeschlachten, Barbarischen – Ajax, der Salaminier – dieses Absinken der Schlacht auf ein unästhetisches Niveau symbolisierte. Und wieder war es ein Feldstein, mit dem der Zyklop meinen immer noch unermüdlich kämpfenden Bruder traf, diesmal so schwer, daß er – unter dem Jubel der Griechen – zu Boden stürzte und seine Waffen ihm entfielen. Wir schützten zu Vielen das kostbare Leben und brachten den Ohnmächtigen zu seinem Streitwagen. Er spie Blut und blickte dumpf vor sich hin. Und ein blutspuckender, waffen- und fast besinnungsloser Held ist ein Bild des Jammers.

Aber die Griechen hatten zu früh gejubelt, und ich hatte die Ästhetik zu früh abgeschrieben.

Ich war kaum in den Kampf zurückgekehrt, als ich plötzlich

die Mienen der vordersten Griechen erstarren sah. Einer stieß den anderen an, und jeder machte ein Gesicht, als öffne der Hades seinen Schlund und der Höllenhund Zerberos blecke daraus mit Geifer triefenden Lefzen hervor. Das nackte Entsetzen stand auf allen Mienen. Und wirklich: für manchen öffnete sich in diesem Augenblick der Hades, und der Höllenhund, der ihn griff, hörte auf keinen anderen Namen als den Hektors! Er kam daher auf seinem Streitwagen, als habe er drei Tage geschlafen und dann Blut von zwei Ochsen getrunken, um sich nun auf die ermüdeten Griechen zu stürzen und bei ihnen den Durst auf weitere zwei zu erkämpfen.
»Auf sie!« schrie er und schwang die Geißel knallend über sein Gespann, als eröffne der Schall eine Jagd, und die Masse der feindlichen Kämpfer machte dann auch augenblicks kehrt. Nur die Besten standen und erwarteten den furchtbaren Mann.
Es kam sie teuer zu stehen; denn wo der Höllenhund zubiß, gab es eine griechische Leiche, und er schien ebenso viele Kinnbacken zu haben wie Zerberos. Wir aber, seine menschlichen Brüder, besorgten den Rest. Das Alphabet übersprang nun wieder die Trojaner, und nachdem es – sehr rasch – herunterbuchstabiert war, wurde die Flucht allgemein. Die Schlacht folgte den Fliehenden, aufs neue die Ebene hinab, bis an den Graben, über den Graben, durch die noch offenen Breschen der Mauern, wieder ins Lager hinein, durch das Lager – bis zu den Schiffen.
Hier hielt sie und tobte mehr als eine Stunde lang, und in dieser Stunde teilten sich Hektor und Ajax wie Duzfeinde in den blutigen Ruhm. Jener, Schaum vor dem Munde, metzelte wie ein tollwütiger Wolf in einer Lämmerhürde; dieser, ein riesiges Ruder in den Händen, sprang von Bord zu Bord und stieß und schlug mit ihm zurück, was sich anschickte, Feuer zu legen. Denn wenn Schiffe verbrannt werden sollen hinter einem, so verbrennt man sie eher selbst, als daß man Unberufe-

nen dieses Geschäft überließe. Aber dann hieb ihm Hektor doch das Ruder aus der Hand, und der Riese mußte weichen. Brennendes Werg fiel auf die Ruderbank, und das erste Schiff stand in Flammen. Die Ästhetik des Barbarischen feierte einen neuen Triumph.

Aber wie flüchtig ist sie doch… Denn während wir uns dem Siege und insgeheim vielleicht sogar einem baldigen Ende des Krieges nahe glaubten, bereitete sich die Wende vor.

Der Winkelzug, den Ares dazu gebrauchte, uns aus der Fassung zu bringen, glich fast aufs Haar demjenigen, mit dem er die Griechen aus dem Takt gebracht hatte. So wie jene der unvermutet auftauchende Hektor ins Bockshorn gejagt hatte, tat dies nun der unerwartet auftauchende Achill an der Spitze seiner Myrmidonen, ja, nicht einmal dieser selbst – seine Rüstung genügte. Denn ehe wir begriffen hatten, daß hinter dieser Rüstung nicht er, sondern sein Freund Patroklos steckte, hatte der schreckliche Ruf, der dem Peliden und seinen Mannen vorauseilte, schon so viel Verwirrung unter uns gestiftet, daß der Kampf um die Schiffe nicht mehr zu gewinnen war. Hektors Raserei war zu Ende; nun sah ich, daß er tapfer war. Das Schlachtalphabet begann zu hinken, er aber wich nicht. Wie ein geschulter Athlet seinem an Kraft überlegenen Gegner fintenreich entgleitet, hielt er den Rückzug offen und gab das Zeichen zu ihm erst, als ein weiteres Kämpfen und Verbleiben im Lager sinnlos gewesen wäre.

Jetzt, auf dem Rückzug, wurde manchem der Graben zum Verhängnis, denn es scheint Naturgesetz, daß der Siegende auf Glück rechnen darf, der Fliehende es jedoch entbehren muß. Viele verloren ihren Wagen, nicht wenige das Leben, und unter den anderen räumte der Freund des Peliden auf, als sei er der Pelide selber. Wir wehrten uns; aber das Kriegsglück hatte uns verlassen. Der Myrmidone riß die Seinen unaufhaltsam mit, und ebenso unaufhaltsam mußten wir vor ihnen weichen. Alles, was wir an Boden gewonnen hatten, entglitt

uns wieder, und es erweckte fast den Anschein, als wollten die Griechen nun uns so nahe auf den Pelz rücken, wie wir noch vor Stunden ihnen. Aber dazu sollte es nicht kommen.
Es gibt in jeder Schlacht Überraschungen und Zufälle verhängnisvoller oder glücklicher Natur. Man ist auf sie gefaßt, man nimmt sie hin, man findet sich mit ihnen ab. Es hat den Göttern gefallen... so heißt es für den oder die Leidtragenden. Wer aber Glück hat, hält dies meist für sein eigenes Verdienst. Was sich jedoch in dieser letzten Stunde der Schlacht noch – zum Glück für uns, zum Unheil für die Griechen – ereignete, war keines Menschen Verdienst und konnte weder Göttern noch Menschen gefallen. Auch wenn wir daraus unsern Vorteil zogen – das Wort ästhetisch müßte sich, wollte man es hier im Zusammenhang mit dem Barbarischen bemühen, weigern, überhaupt erfunden zu sein.
Das entscheidende Ereignis dieser letzten Stunde war der Tod des Patroklos, zugleich das Begebnis, das den Siegesmarsch des Feindes aufhielt und die zweitägige Schlacht noch zu einer unentschiedenen gestaltete. Aber in Wahrheit verdient dieses Begebnis das Wort Ereignis in keiner Weise. Es war – nach dem dramatischen Sturmlauf eines exemplarischen Helden – ein ebenso jämmerliches wie schändliches Satyrspiel.
Es mag zur Natur eines Jägers gehören, daß ihn Stolz und Freude erfüllen, wenn er das gejagte Wild fallen sieht. Aber Patroklos fallen zu sehen, war für mich, seinen Feind, neben dem Anblick des gesteinigten Polydoros, das ekelhafteste Zerrbild menschlicher Erniedrigung, das ich je wahrnahm.
Dieser Mann war, gleich seinem Freund Achill, lange den Kämpfen ferngeblieben. Die Not der Stunde hatte ihn auf den Plan gerufen; er war wie ein Wolf, den ein langer, grimmiger Winter des Hungers schließlich in die Ställe und Hütten einer Siedlung einbrechen läßt, und da wir nach zwei aufreibenden Kampftagen der Erschöpfung nahe waren, traf er auf Gegner, die ihm, der mit den besten Waffen focht, die je ein Mann

führte, nicht mehr gewachsen waren. Aber größer als alles war seine Furchtlosigkeit.

Er war jung, eben mannbar geworden, in jenem Alter also, da man weder Mutlosigkeit noch Zweifel kennt, von beneidenswerter Unbekümmertheit ist und nichts mehr begehrt, denn unter Männern als Mann, unter Helden als Held zu gelten. Da man alle Lebenskraft in eine Stunde zu pressen vermag, Begeisterung einatmet und aushaucht wie ein Blasebalg die Luft und an Wohlgestalt, Kraft, Grazie, Tollkühnheit einem jungen Gotte zum Verwechseln ähnlich sieht – weshalb die Götter denn wohl auch mit Vorliebe (und vielleicht auch aus Eifersucht) gerade diesen jungen Leuten zu fühlen geben, daß sie doch nur Sterbliche sind. Es sind die reinsten Toren, die leuchtenden Flammenspitzen des düsteren Kriegsbrandes – man sollte sie beklagen, aber nie schmähen. Es sind ja die schönsten, eben erblühten Blumen, mit denen wir unsere Vasen schmücken. Sollten die Götter es anders halten?

Ich will nicht aufzählen, wer und wie viele von den Unseren diesem jungen Kriegsgott zum Opfer fielen. Aber ich nenne den Lyzier Sarpedon, und nicht, weil er König und der Namhafteste unserer Bundesgenossen war, sondern weil er ein Sohn – einer der vielen außerehelichen – des Zeus war; und wer weiß, ob Patroklos nicht dieser unbewußten Majestätsverletzung halber dann ein so schändliches Ende bereitet ward.

Ehe er Sarpedon durch einen Speerwurf ins Zwerchfell tötete, hatte er bereits einem guten Dutzend Trojaner den Lebensfaden durchgeschlagen. Mehr als dreißig weitere zählte man nach Sarpedon. Selbst Hektor war mit seinen Rossen vor ihm bis ans Skäische Tor zurückgewichen, und dreimal war Patroklos bei seinen Vorstößen und Verfolgungen bis dicht an die Stadtmauer vorgedrungen – mir schien er fähig, sie allein zu ersteigen. Da geschah das Unfaßliche.

Der eben noch wie ein Gott Fechtende begann plötzlich zu

taumeln wie ein Schulbube, der einge gewaltige Ohrfeige empfangen hat. Sein Helm fiel in den Staub, sein Harnisch hing wie ein aufgeschlitzter Sack um seine Brust, die Waffe entsank seiner Hand – er stierte wie ein Trunkener vor sich hin, und die Zunge, die eben noch über tote und lebende Feinde zu spotten wußte, lallte nur noch. Ich hatte lange nach einer Gelegenheit gespäht, ihm einen Pfeil in eine Blöße zu jagen – jetzt war die Gelegenheit da, aber ich vermochte sie nicht wahrzunehmen. Mir war zumute, wie einem, der einen Löwen jagt und sich plötzlich einem Kalb gegenübersieht, das ihn teilnahmslos anstiert. Der Wechsel war so verblüffend, erniedrigend, erbarmend – ich ließ den Bogen sinken. Neben Helm, Waffe, Schild und Harnisch schien mir Patroklos auch den Verstand verloren zu haben.

Euphorbos aber, einer der Unseren, der in geduldiger Kleinarbeit an diesen beiden Tagen zwanzig ebenso namenlosen Griechen das Lebenslicht ausgeblasen hatte, ersah hier die Gelegenheit, sich einen Namen zu machen. Und weil ihm Patroklos gerade den Rücken zukehrte, rannte er rasch an, stieß seinen Speer – in der Aufregung etwas zu tief – in die Nierengegend des Dahintorkelnden und flitzte dann rasch zurück in die Reihen. Ehe der Getroffene aber niedersank, sprang Hektor hinzu – dem der hinterlistige Stößer den minderen Teil des Ruhmes bereits entwendet hatte – und bohrte ihm den Speer ins Zwerchfell. Ungezählte Griechen hatte er in offenem Kampf besiegt – diesen Patroklos da mußte er wie ein Kalb abstechen.

Manches, was Hektor tut, ist mir fremd. Aber nie war er mir fremder als in diesem Augenblick. Entweder war er im Eifer des Gefechtes (was ihm nicht selten widerfährt) so blind, daß er das Kalb noch für den Löwen ansah, der es eben noch gewesen war. Oder er war aus Rachdurst völlig unempfindlich für das Fatale seiner Handlung. Es war zwar nicht der Esel, der hier nach dem halbtoten Löwen trat – es war der Löwe, der dem halbtoten Esel den Rest gab, und ich will nicht streiten, wer die schlechtere Rolle spielte. Weil er jedoch mein Bruder ist, will ich annehmen, daß ihn der feige Stoß des Euphorbos wurmte und daß er dem sterbenden Feind, wenigstens dem Scheine nach, zu einem ehrlichen Mannestod verhelfen wollte.

So erbärmlich starb der Jüngling, den Hektor sofort der herrlichen Rüstung beraubte. Aber den Leichnam ließen sie ihm nicht. Wie Hunde zerrten sie an ihm – hier Menelaos, dort Hektor –, bis Ajax herzueilte, vor dem auch mein Bruder die Flucht ergriff. Es dämmerte schon, als er – in der Rüstung des Achills – noch einmal zurückkehrte und die Schlacht mit neu herangeführten Kräften wieder anblies. Da endlich wichen die Griechen, und die Nacht, die alles zudeckte, setzte dem Morden ein Ende.

Und auch ich setze für heute einen Punkt und gebe es auf, weiter darüber nachzudenken, ob es eine Ästhetik des Barbarischen geben kann oder nicht. Denn es ist im letzten eine müßige und törichte Frage.

Aber leider sind wir Menschen so bestechlich angelegt, daß wir das Barbarische dulden zu müssen glauben, wenn es uns Vorteil und Erfolg bietet, daß wir es jedoch in Grund und Boden verdammen, wenn es zu bösem Ende führt. Der Torso des jüngsten Antimachos-Sohnes, dem Agamemnon die flehenden Hände und dann das Knabenhaupt abhieb, und der jämmerliche Tod des Patroklos sind nicht dazu angetan, mich mit der dümmsten und sinnlosesten Leidenschaft der Sterblichen zu versöhnen: mit jener Menschenjagd, die sich Krieg nennt.

DAS EINGREIFEN DER GÖTTER
DER FALL DES ONKELS ASIOS

Unser Leben ruht in der Hand der Götter – das ist meine Überzeugung. Aber ich bin sofort versucht, eine Einschränkung zu machen. Dies allerdings nicht, um die Vollmachten der Götter zu beschneiden, sondern um sie von einer Verantwortung loszusprechen, die wir ihnen dann gern zuschieben, wenn wir selbst nicht geneigt sind, Verantwortung zu übernehmen. Das nämlich ist in Krisenzeiten unsere Angewohnheit, vor allem im Kriege. In diesem Zusammenhang ist ja auch unsere Bereitschaft zu verschwenderischen Opfern und zur Frömmigkeit überaus bemerkenswert und aufschlußreich.

In friedlichen Tagen, wenn der Mensch sich vernünftig, arbeitsam und umgänglich aufführt, sind Situationen, da ihn Not und Ausweglosigkeit auf übermenschliche Hilfe hoffen lassen, einigermaßen selten. Die meisten seiner Aufgaben und Probleme löst er dann mit Vernunft und durch persönlichen Einsatz; und wenn diese nicht ausreichen, helfen die Nachbarn. Im Kriege jedoch verfällt er mehr und mehr in den Zustand der Unvernunft; selbst wenn er für seinen persönlichen Teil besonnen handeln und leben möchte – er unterliegt den allgemein geltenden Bräuchen und Gesetzen des Unverstandes. Dadurch jedoch setzt er sich in Widerspruch zu den Göttern, die zwar nicht so bedächtig und ordnungsliebend sind wie ein durchschnittlicher Bürger, aber auf eine ebenso unergründliche wie unanfechtbare Art die Welt beherrschen. Indem wir gewaltsam zu erreichen trachten, was die Natur der Dinge uns nicht oder erst nach ehrlicher Bemühung zubilligen würde, pfuschen wir den Himmlischen ins Handwerk, sind aber dabei so unverfroren, von ihnen noch Förderung unserer Dummheiten zu erwarten. Ja, wir versuchen, nicht nur uns, sondern sogar den Göttern einzureden, daß wir im

Grunde Gottgefälliges tun, ja opferbereite Verfechter himmlischer Anliegen sind. Und wenn wir mit dieser Bauernfängerei bei den Göttern nichts ausrichten, sehen wir ernsthaft Anlaß, an ihnen zu zweifeln.
Wäre ich ein Gott – ich hätte mir ein Vergnügen daraus gemacht, stets das Gegenteil von dem zu tun, was die streitlustigen Menschen von mir erbitten. Das Dilemma wäre freilich, daß man dem einen zuleide, was man dem anderen zuliebe tut. Ohne es zu wollen, wäre man in der Hand der kleinen Schufte, deren es ja auf beiden Seiten genug gibt – was für einen Gott, weiß Gott, keine schmeichelhafte Lage wäre. Wahrscheinlich teilen sich deshalb Götter und Göttinnen in das problematische Geschäft der Weltregierung: Sie suchen sich durch ihre Vielheit und durch Aufteilung ihrer Wirkungsbereiche aus dieser Zwangslage zu befreien. Es ist nicht Schuld der Götter, daß diese Ordnung, die wir im Frieden gut spüren, im Kriege aus den Fugen gerät. Aber es ist ihre und die Tragik dieser Welt, daß gegen Dummheit selbst Götter vergebens kämpfen. Denn sie kämpfen natürlich mit göttlicher Unermüdlichkeit gegen die Dummheit an, und da dieser Kampf aussichtslos ist, scheint er mir sogar ein besonders heroischer Kampf. Aber leider: sie kämpfen vergebens und *müssen* vergebens kämpfen, denn nun wiederholt sich ja – durch ihre Vielfalt – das gleiche Dilemma, das einem einzelnen Gotte beschieden wäre. Ja, wahrscheinlich ist es ein noch viel größeres Dilemma. Denn nun ist es ja nicht der eine Gott, der unfreiwillig jenem nutzt, weil er diesem schadet – nun ist der ganze Himmel in sich gespalten. Einmal durch die Aufgliederung der Interessensphären – denn sie haben ja alle ihren eigenen Gott, die Pferdediebe, Minister, Generäle, Waffenschmiede, Metzger und Rosselenker –, zum anderen aber, weil jede der göttlichen Handlungen zur Parteinahme werden muß. Hüben wie drüben gibt es nette, der Unterstützung werte Leute; hüben wie drüben die kleinen und großen

Schufte. Und wenn sich auch in besonders schwerwiegenden Fällen die Götterversammlung durch Mehrheitsbeschluß einigen mag – da gute Götter schlechte Demokraten sein müssen, wird es mit der Durchführung des Beschlusses seine Schwierigkeit haben. Und im übrigen bleibt ja der ganze Rattenschwanz von Einzelfällen, Zufälligkeiten und Separatinteressen, dieses wüste und wechselnde Durcheinander, das ein Krieg bewirkt, solch umständlicher Handhabung entzogen. Das Dilemma ist so groß: ich glaube allen Ernstes, daß unter diesen Umständen selbst der Friede unter den Himmlischen gefährdet ist. Da sowohl wir wie die Griechen Freunde und Schutzpatrone unter ihnen wissen, muß es in kritischen Situationen unausweichlich auch zu Streitigkeiten unter den Unsterblichen kommen. Es sollte mich nicht wundern, wenn sie darüber einander selbst... aber diese Vorstellung ist wohl unschicklich.

Unsere Götter und Göttinnen sind sehr menschliche Gottheiten. Das sage ich ohne die Absicht einer Einschränkung; eben dieser Umstand bringt sie uns ja so nahe. Ich spiele damit nicht auf die Zuneigung der Götter zu sterblichen Frauen an – für diese Leidenschaft darf man bei mir das innigste Verständnis voraussetzen –, sondern darauf, daß sie sich, mehr oder weniger verhohlen und verstohlen, in den Waffengang einmischen und im Schutze ihrer Unsterblichkeit uns Sterblichen recht dicht auf den Leib rücken. Ich habe persönlich keinen Anlaß, diese Einmischung zu bedauern; ohne das Eingreifen Aphrodites wäre ich längst in der Schar der Hadesbewohner untergetaucht. Aber die Sachlichkeit gebietet, festzustellen, daß bei diesem Verfahren die natürlichen Gaben und Kräfte der Sterblichen doch sehr wechselnd und zwielichtig zur Geltung kommen. Es fällt schwer, den Menschen Gerechtigkeit widerfahren zu lassen, wenn jedesmal dann, da ein menschliches Maß sichtbar zu werden scheint, ein Gott oder ein Göttin herzueilt, diesen aus der Schlacht

fortträgt, jenen der Rüstung beraubt, dem einen eine Falle stellt, dem andern einen guten Wink oder Rat gibt, hier verwundet, dort heilt, Nebel streut, blitzt, donnert oder was weiß ich unternimmt, um das Natürliche ins Wunderbare, das Unterste zuoberst zu kehren. Könnte ich mich wundern, wenn mich morgen früh Stentors Stimme aus dem Schlafe weckte?! Vielleicht habe ich ihn nur verwundet, und Hephaistos schmiedete ihm inzwischen eine erzene Kehle, mit der er nun wie neunzig Griechen brüllen kann?
Die Sache beginnt schon heikel zu werden, wenn einem auf dem Schlachtfeld Helden begegnen, in deren Ahnenreihe sich ein Gott befindet. Sie sind zwar verwundbar und sterblich wie unsereiner; aber oben, in den Rängen des Himmels, haben sie einen Urgroßvater, einen Onkel, eine Mutter oder einen Vater sitzen, der ihnen verwandtschaftlich zugetan ist. Ist es nicht der Duldung schon zu viel, wenn der göttliche Verwandte davon absieht, sich sofort in den entbrennenden Kampf einzumischen? Aber wenn dann der Sohn, Neffe oder Enkelsohn entseelt am Boden liegt, hat man dann nicht den Zorn seines göttlichen Verwandten zu fürchten?
Mein Bruder Deiphobos hatte einen seiner besten Tage in der Schlacht und ist ein treffsicherer Speerschütze. Als er seine Kunst jedoch an dem Kreter Idomeneos versuchte, der ein Enkel des Königs Minos ist, also als Urenkel des Zeus gilt, bog sein Speer kurz vor dem Ziele ab und traf einen anderen. Klug, wie Deiphobos ist, führte er daraufhin dem Kreter einen ebenbürtigen Widerpart zu: meinen Schwager Äneas. So stand der Urenkel des Zeus gegen einen Sohn Aphrodites, und die Waage war im Gleichgewicht. Im Kampfe Mann gegen Mann, in dem wir Brüder uns plötzlich beisammensahen – Deiphobos, Polites, Helenos und ich –, widerfuhr Deiphobos dann das Mißgeschick, den Griechen Askalaphos zu treffen, der als Sohn des Ares gilt. Und sogleich siegte bei diesem uns sonst wohlgesonnenen Gotte das Vatergefühl über die

Vernunft, und im Nu hatte Deiphobos (ich weiß nicht von wem) einen Speer im Oberarm, und Polites mußte ihn aus der Schlacht führen. Aber da wir Sterbliche sind, schien dieser Treffer nur halb zu zählen; denn gleich darauf erhielt der gute Helenos eine Lanze mitten durch die Hand, und es war seltsam anzusehen, wie er das feindliche Geschoß fiehend mit sich schleppte. Ich erschoß dafür den Korinther Euchenor, und weil er ein Sterblicher war, ließen die Götter das Alphabet gelten. Wer aber hätte noch eine Erbse für das Leben des schwergetroffenen Äneas gegeben, als der schreckliche Diomedes ansetzte, ihm den Todesstoß zu geben? Dreimal holte der Argiver aus, aber jedes Mal vergebens. Kann einer annehmen, daß Aphrodite sich gerade dieses Sohnes berauben ließe, der sie täglich an ihren bezaubernden Sündenfall mit Anchises erinnert?

Nein, die Götter sind weder teilnahmslos noch untätig; sie sind unentrinnbar hineingezogen in den Streit der Sterblichen, und da sie Nektar und Ambrosia jeden Tag haben und möglicherweise auch der himmlische Friede zuweilen ein Gefühl erhabener Langeweile in ihnen aufkommen läßt, könnte es gar sein, daß sie die Gelegenheit nicht ungern wahrnehmen, etwas Blut zu riechen und sich an den Zwistigkeiten der Menschen zu beteiligen. Wie gern nimmt ja auch sonst eine schlichtende Macht die Gelegenheit wahr, ihr Mütchen im Schweiße streitender Parteien zu kühlen...

So helfen die Götter ihren Günstlingen und Verwandten – den letzteren allerdings wohl mit einiger Zurückhaltung. Auch die Götter geben offenbar erworbenen Freunden den Vorzug vor den Bei- und Dreingaben der Sippe. Und so schenken sie ihren Favoriten auf beiden Seiten Sieg und Waffenruhm und retten sie aus Gefahren. Und wenn sie auch deren vom Schicksal bestimmtes Los am Ende nicht abwenden können – für die jedem zugemessene Zeit sind sie Bundesgenossen, Helfer und Glücksbringer. Was wiederum heißt, daß

sie den Gegner ihrer Lieblinge Schaden oder Verderben bringen. Es läßt sich nicht leugnen: der Krieg, den Menschen entfesseln und führen, treibt leider auch die göttliche Ordnung aus ihren Fugen. Das Dilemma scheint allgemein. –
Ich komme auf diese Dinge zu sprechen, weil mir scheinen will, gerade in dieser letzten Schlacht, die zu beschreiben ich mich bemüht habe, hätten sich die Götter wie nie zuvor an dem Streite der beiden Parteien beteiligt. Und wenn es im allgemeinen auch uns Sterblichen versagt ist, das Geheimnis zu lüften, mit dem die Himmlischen ihr Eingreifen umgeben – in einem Falle zumindest scheint mir erwiesen, daß göttliches Eingreifen das Schicksal der Schlacht und das Los von Einzelnen kategorisch bestimmte. Und so will ich meine Erfahrungen und Schlüsse nicht verschweigen, als deren Ergebnis – wahrhaft wie ein Gott aus der Schlacht – Apollo auftaucht, sich damit nicht zum ersten Male als Freund der Trojaner und Gegner der Griechen erweisend. Es geht um die wunderbare Rolle Hektors und das widernatürliche Ende des Patroklos. Dreimal in dieser denkwürdigen Schlacht wich Hektor aus dem Kampfe. Das erste Mal, als ihn ein Speerwurf des Diomedes am Helm traf; das zweite Mal, als ihn der Feldstein des Ajax zu Boden streckte; das dritte Mal floh er unverwundet vor dem unbezwinglich scheinenden Patroklos. Daß er den Wurf des Diomedes so rasch verwand, war zwar erstaunlich, aber nicht wunderbar. Wunderbar freilich und ganz und gar unbegreiflich schien mir, daß er so schnell aus der Ohnmacht, in die ihn Ajax' Steinwurf gestürzt hatte, erwachen konnte, und noch wunderbarer, daß er sich dann mit gesteigerter Kraft in die Schlacht warf. Merkwürdig und rätselhaft schien mir auch, daß er, so beharrlich einem Waffengang mit Patroklos auswich, just in dem Augenblick zur Stelle war, als der Myrmidone, ohne eine Wunde empfangen zu haben, in jene sonderbare Agonie verfiel, die ihn zu einer billigen Zielscheibe Euphorbos' und Hektors werden ließ.

Ich sprach meinem Bruder, als wir beide, todmüde, über den Hof der Burg unseren Wohnungen zuschritten, meinen Glückwunsch und zugleich mein Erstaunen aus über das, was er an diesem Tage vollbracht hatte.

»Du hast heute Wunderbares geleistet«, sagte ich. »Die Götter waren mit dir. Ich war hundertmal stolz auf dich, so prächtig hast du dich geschlagen. Der Patroklos freilich fiel dir wie eine reife Feige auf den Teller. Aber wie du nach deiner Verwundung durch dieses Rhinozeros aus Salamis, das uns unsere Tante Hesione vermacht hat, plötzlich wieder auftauchtest und unter die Griechen fuhrest – das werde ich mein Lebtag nicht vergessen.«

»Mein Lieber«, sagte er treuherzig, griff meinen Arm und blieb stehen. »Um die Wahrheit zu sagen: Ich wußte selbst nicht, wie mir geschah, und ich werde es auch niemandem erzählen, außer dir. Es würde mir ohnehin keiner glauben...«

»Was würde dir niemand glauben?«

»Daß es Apollo selber war, der mir geholfen hat. Denn er war es, der mir, als ich aus der Ohnmacht erwachte, zuredete, mich tröstete und kräftigte.«

»Apollo ist dir erschienen? Du hast ihn gesehen? Woraus schließt du, daß es Apollo war, den du gesehen hast?«

»Er hat es selbst gesagt. Er hat gesagt: Sei getrost Hektor, und fasse wieder Mut. Mein Vater Zeus hat mich, seinen Sohn Apollo, niedergesandt, damit ich dich schütze und das goldene Schwert, das du in meinen Händen siehst, für dich schwinge.« »Du sahst das Schwert?«

»Ja, ich sah es. Es war aus purem Golde.«

»Gold oder nicht«, sagte ich, »darauf kommt es wohl nicht an. Was wiegt, ist, daß du ihn sahst und hörtest.«

»Ja, ich sah und hörte ihn. Er befahl mir, mich aufzuraffen und meinen Streitwagen wieder zu besteigen. Er würde mir vorauseilen und den Weg ebnen. Mit seiner Hilfe würde ich die Griechen in die Flucht schlagen.«

»Und so geschah es«, sagte ich tonlos.
»Ja, so geschah es.«
Wir schwiegen beide.
»Das ist selten«, nahm ich das Gespräch wieder auf, »daß Götter den Sterblichen in unverstellter Gestalt erscheinen. Zumeist wählen sie eine andere, in der wir sie nicht erkennen können. Auf jeden Fall war es ein trefflicher Rat, dem du folgtest. Ob es freilich Wille der Götter war, daß du den wehrlosen Patroklos abstachst, möchte ich bezweifeln. Ich gestehe offen: es hat mir mißfallen.«
»Da begreife ich dich nicht«, sagte er kopfschüttelnd und ärgerlich. »Sollte ich diesen Mann, der uns fast eine halbe Hundertschaft gekostet hat, denn schonen?! Übrigens hatte er schon einen Speer im Leibe, leider. Außerdem hatte mich Asios, auf den ich am Skäischen Tor stieß, durch herausfordernde Reden gereizt.«
»Onkel Asios?« fragte ich ungläubig. »Außerhalb der Stadtmauer? Das glaube, wer will!«
»Ich war auch erstaunt, ihn dort anzutreffen und ausgerechnet ihn so reden zu hören«, gestand Hektor. »Er putzte mich wie einen Schulbuben herunter und forderte mich auf, endlich dem Patroklos auf den Leib zu rücken. Wer weiß, ob dir Apollo nicht den Sieg schenkt, sagte er am Ende. Da sprang ich auf meinen Wagen und kam gerade noch recht.«
Man muß unseren Onkel Asios, den Bruder meiner Mutter, kennen, um zu verstehen, daß dies alles höchst unglaubwürdig anmutete. Ich verbarg meine Zweifel nicht.
»Wenn gekämpft wurde, hat Onkel Asios noch nie die Stadt verlassen«, sagte ich. »Wenn er dir also vor den Mauern begegnete, so ging das nicht mit rechten Dingen zu. Ich hege einen Verdacht.«
»Spann mich nicht auf die Folter!«
»Dieser Asios«, sagte ich, »scheint mir nicht unser Asios gewesen zu sein.«

»Sondern?«
»Nach allem, was dir an diesem Tage an Gunst und Hilfe durch Apollo widerfuhr, würde ich meinen, daß auch dieser Wink ein göttlicher Wink war. Ich würde, um sicher zu gehen, den Onkel fragen, was er um die betreffende Stunde getrieben hat. Ich bin überzeugt: er war in der Stadt.«
Hektor nickte gedankenvoll. Dann meinte er zögernd:
»Man sollte ihn wirklich fragen. Du hast vermutlich recht. Aber heißt das nicht – nach allem, was du argwöhnst –, die Götter versuchen?«
»Die Götter versucht man nur«, entgegnete ich, »wenn man ihnen im Augenblick etwas zumutet, was sie vielleicht nicht zu tun geneigt sind. Zu untersuchen, was sie bereits unternommen haben, würde ich nicht Versuchung, sondern Theologie nennen.«
»Wörter gebrauchst du…«, sagte er verwirrt. »Aber sicher weißt du, was du sagst. Ich werde den Onkel fragen.«
Wir trennten uns. Und ich saß noch im Bade, als Hektor hereinstürmte und rief: »Er behauptet, am Skäischen Tor gewesen zu sein!«
»Setz dich«, sagte ich. »Laß mich nachdenken.« Und ich dachte über Asios nach und sagte dann: »Freilich war unser Onkel am Skäischen Tor. Aber es war unbewacht, und die Buche des Zeus brachte er selber mit. Du hast ihm durch eine plumpe Frage ein wunderbares Alibi verschafft.«
»Sprich nicht in Orakeln!« rief er ärgerlich.
»Laß mich auf trojanisch sagen, was ich denke«, sagte ich ruhig. »Du weißt, daß Asios kein Mann mehr für die Schlacht ist, aber sonst durchaus seinen Mann steht.«
»Ein Schürzenjäger ist er!« sagte Hektor verächtlich.
»Sehr wohl. Und wenn du dich weiter entsinnen möchtest, daß er schon seit langem eine unverhohlene Sympathie für die noch immer anziehende und mit allen Reizen ausgestattete Frau des Hodios bekundet…«

»...der im Lazarett liegt!« fiel er ahnend ein.
Ich nickte.
»*Sie* müßte man stellen«, murmelte er böse.
»Nein«, sagte ich, »Hektor. Frauen kann man nicht stellen wie einen Ajax oder Patroklos. Sie sind unendlich wendiger als Helden. Wenn du den Fall mir überließest – ich könnte dir den Beweis vielleicht erbringen.«
»Wann?«
»In der nächsten Stunde.«
Ich kleidete mich an, machte meiner Mutter, die erstaunt und zugleich erfreut war, einen kurzen Besuch und eignete mir dabei jene phrygische Puderdose an, die die Gattin des Hodios der Hekuba notgedrungen zum Geschenk gemacht hatte. Dann ging ich zu dieser, die mich mit allen Anzeichen ehrlicher Überraschung empfing.
»Du möchtest mich gewiß in meiner Besorgnis trösten, Prinz«, sagte sie etwas leidend. »Ich hoffe, die Wunde meines Mannes ist nicht allzu ernst.«
»Meine Liebe«, sagte ich, »sie ist aufs angenehmste ernst: sie wird heilen, aber es braucht seine Zeit. Ich bedaure die Verwundung, aber ich komme nicht, um ein Beileid auszusprechen.«
Sie blickte mich groß an.
»Darf ich«, sagte ich mit gedämpfter Stimme, »zu dir sprechen als Mann zu einer Frau?«
Sie stutzte; dann belebte ein angenehmer Argwohn ihre Züge, und sie sagte: »Natürlich darfst du.«
Ich redete munter darauflos:
»Ich komme als Liebesbote, und solche haben ihre persönlichen Empfindungen – wie könnten sie ausbleiben! – um ihres Auftrages willen zu vergessen.«
Sie nickte verwirrt.
»Liebende Herzen«, sagte ich leise, »erspüren die geheimsten Wünsche des Geliebten. Als Asios, mein mir liebster Onkel,

vor einer Stunde zu mir kam und mir gestand – wir haben in diesen Dingen uneingeschränktes Vertrauen zueinander –, daß er dich liebe und seit heute nachmittag es selig gewiß sei, von dir wiedergeliebt zu werden...«

Sie wurde puterrot bei diesen Worten...

»...und mir das Ansinnen stellte, einen dir lieben Gegenstand, der dir mit allem Rechte zugehört, wieder in deinen Besitz zu bringen, als ein Zeichen seiner tiefgreifenden Leidenschaft...«

Ich zog die Puderdose.

»...da wußte ich mich so eins mit ihm und dir, daß ich – die Götter mögen es vergeben – hinging in die Kammer meiner Mutter und dort wegnahm, was dir gehört und Asios durch mich überbringen läßt.«

Ich nahm ihre zitternde Hand, öffnete sie sanft und legte das Döschen in ihre Handfläche.

»Ich habe für dich gestohlen...«, sagte ich mit dem Anflug schmerzlichster Selbstbezichtigung, um gleich fortzufahren: »...weil ich, mit gebührlichem Abstande, die Neigungen des Asios verstehe, billige und sie – unter anderen Umständen – sogar teilen würde. Ich weiß, daß es Stunden gibt, die eines Denkmals bedürfen, und wenn es geheime Stunden sind, muß auch das Denkmal im Zeichen des Geheimnisses bleiben. Ich rechne nicht auf Dank, aber auf Verschwiegenheit. Schließlich stehe ich ja als Dieb vor dir.«

An diesem Punkt schien es mir geraten, anzuhalten; von hier aus ergab sich ihr die Brücke zu dem bereits erfolgten Augengeständnis.

»Ich bin verwirrt«, sagte sie leise und sprach die lautere Wahrheit. »Aber wie kannst du von Dieberei reden...«

»Nun«, fiel ich ein, »ich entwendete die Dose schließlich, wenn auch für dich, der sie rechtmäßig gehört. Wirst du schweigen?«

Sie schüttelte verzweifelt den hübschen Kopf.

»Welcher Gedanke«, sagte sie lächelnd. »Sehe ich aus, als ob ich...«, sie schwieg, wohl weil sie nicht sicher war, wie sie denn in diesem Augenblick aussähe.
»Entzückend siehst du aus«, sagte ich lächelnd, »und ich begreife alles nur zu gut. Sonst hätte ich kaum gestohlen für dich...«
»Ein berauschender Gedanke«, seufzte sie, »daß du für mich gestohlen hast.«
»Leider«, bemerkte ich, »auch für meinen Onkel Asios. Aber – er verdient es wohl.«
»Er wird es sich noch verdienen müssen«, sagte sie abwesend.
»Verstoße ich gegen die Regel, die meine Botenrolle mir auferlegt, wenn ich dir gestehe, daß ich ein wenig eifersüchtig auf Asios bin?«
Sie ließ ihre Lider etwas herab und bewegte, kaum merklich, verneinend den Kopf.
»Verdient mein Dienst den Dank, den ich mir wünsche?« fragte ich leise.
»Er verdient es«, hauchte sie.
Ich küßte sie auf den vollen Mund, und Onkel Asios' Geschenk hinderte sie nicht, ihre Arme um mich zu legen. Aber ich vergaß meinen theologischen Auftrag nicht, küßte sie herzlich wieder und sagte:
»Meine Rolle verlangt, daß ich mich beschränke. Es fällt mir nicht leicht.«
Sie legte ihren Handrücken vor die Augen und flüsterte:
»Wem sagst du das...«
»Aphrodite sei dir wohlgesinnt«, sagte ich, ebenfalls kaum hörbar, und brach auf. –
Hektors Miene erhellte sich zusehends, als ich ihm Verlauf und Ergebnis meines Besuches mitteilte.
»So hat mir Apollo zweimal zum Siege verholfen«, sagte er, nicht ohne Stolz und Bewegung. »Ich werde ihm opfern, um ihm für seinen Beistand zu danken.«

»Tu das«, sagte ich. »Aber gedenke auch dankbar derer, die dir nicht in den Arm fielen. Es hätte dir sonst wie Patroklos ergehen können.«

»Und was tu ich mit Asios?«

»Auch ihm solltest du noch einmal für seinen Zuspruch danken.«

»Aber er war doch gar nicht am Skäischen Tor! Was redest du denn da?!« rief Hektor, zwischen Unwillen und Verzweiflung hin- und hergerissen.

»Wenn es Apollo beliebt«, verwies ich ihn ruhig, aber bestimmt, »unseren Onkel Asios am Skäischen Tor auftreten zu lassen, wärest du ein Spielverderber, wolltest du diese Erscheinung anzweifeln. Halte dich an die Regeln, mit denen er das Spiel begann. Du könntest ihn verstimmen, gäbst du zu erkennen, daß du nicht nur unseren Onkel Asios, sondern auch ihn durchschautest.«

»Das nenne ich nackte Verstellung«, sagte er barsch.

»Nackte Verstellung – ist gut gesagt«, sagte ich lachend. »Ein Nackter hat es schwer, sich zu verstellen. Aber deine Wendung trifft schon den Kern, da dir Apollo zunächst, wenn auch nicht nackt, so doch unverstellt, dann aber verstellt erschienen ist. Man muß die Götter ehren, in welcher Gestalt sie auch nahen. Unser Leben ruht in ihrer Hand – das ist meine Überzeugung.«

DIE SCHLEIFUNG HEKTORS · EINE PHANTASTISCHE REISE PENTHESILEA UND MEMNON

Viel Wasser, untermischt mit viel Blut, ist den Skamander hinabgeflossen, seit ich das letzte Mal am Tische saß und schrieb. Hatte ich nicht geplant, mein Leben aufzuzeichnen? Und nun sitze ich nieder, um von der anderen Sterben und Tod zu berichten?

Wie erholsam wäre es für Geist und Gemüt, noch einmal zurückzukehren in sorglose Tage der Vergangenheit; es wäre manches Erwähnens- oder Erinnerungswerte wieder zu beleben, angefangen von unserer Rückkehr nach Troja bis in die ersten Jahre des Krieges hinein: Freundliches, Belustigendes; kleinlicher Hader und Streit, Völkerhaß und Männerfreundschaft; und nicht zuletzt die Liebe eines Mannes zu einem Weibe, die Liebe eines Weibes zu einem Manne. Das alles klingt wie fernes Saitenspiel in lauer Nacht an das Ohr eines Gefangenen. Er hört Gelächter, Frauenstimmen, Gesang – aber neben ihm, um ihn herum liegen Tote, stöhnen Verwundete, schleichen andere Gefangene, und vor den Fenstern hallt der Schritt der Wächter, regelmäßig und unerbittlich.
Ich kann den Weg nicht zurückfinden in jene Jahre, obwohl ich ihren Duft noch zu riechen, ihre Würze noch zu schmekken meine. Mir ist zumute wie einem alternden Mann, der sich mit den Zeugnissen und Andenken seiner Jugend umgibt und den doch der Verfall seines Körpers jede Stunde daran erinnert, daß er von toter Liebe, toter Lust, toter Zeit träumt. Die Arme, die er verlangend hebt, sind welk und von blauen Aderstricken gefesselt. Das Auge tränt, ob ihn Rührung ergreift oder nicht. Zwischen den mageren Schenkeln dörrt sein Geschlecht. Er ist nicht mehr, der er war und zu sein wünscht, und findet die Kraft nicht, zu sein, der er ist.
Mir ist so zumute, sagte ich. Denn in Wahrheit sind die Augen noch klar, die Glieder noch straff, und wenn das Wort von der Höhe des Lebens Berechtigung hat, könnte ich es unbescholten auf mich beziehen. Aber von der Höhe des Lebens aus sollte man zurück- und weit voraussehen können. Ich indessen fühle, daß die Höhe längst überschritten ist: ich kann nicht mehr zurückschauen, und der Ausblick ist verhüllt. Am Fuße des Abstiegs glaube ich zuweilen, einen Abgrund wahrzunehmen. –
Indem ich dies nachlese, bin ich versucht, mich einen gefühls-

duseligen Esel zu schelten. Aber was ist schon mit solchen Vokabeln ausgerichtet... Ich habe, mit guten Gründen, der Hoffnung auf einen erträglichen Ausgang des Krieges entsagt. Das erlöst zwar von törichten Wahnvorstellungen, aber es beschwingt die Seele nicht. Es stimmt nüchtern und ernst. Und habe ich mich zeitlebens nicht um eine gewisse Gelassenheit bringen lassen, so will ich es auch jetzt an dem Bemühen nicht fehlen lassen, mit leidlichem Anstand von der Szene abzutreten, auf die mich das Schicksal gestellt hat. –

Wollte ich mich poetisch ausdrücken, so könnte ich sagen, daß Trojas Herz aufgehört habe zu schlagen. In nüchternen Worten bedeutet das, daß mein Bruder Hektor nicht mehr unter den Lebenden weilt. Er ist nicht heute oder gestern oder vorgestern gefallen – es sind seit seinem Tode mehr als vier Monate vergangen, von denen ich fast drei außer Landes war. Ich frage mich immer wieder und habe mich während meiner Reise nach Äthiopien oft genug gefragt, wieso mich der Verlust gerade dieses Bruders so tief treffen und entmutigen konnte, mit dem ich doch so oft – im Stillen wie im Hörbaren – aneinandergeriet, ohne daß auch nur einen Tag lang Feindschaft zwischen uns geherrscht hätte. Wir waren voneinander verschieden wie Wasser von Erde, elementar verschieden, jeder aus anderem Stoff. Soviel er in der Schlacht auch wüten konnte – er war fester Boden, Ruhendes, Sicherheit. Ich war die Unruhe, die sich an der Ruhe mißt, Bewegung für sein statisches Wesen, Anreiz, Ärgernis, Befruchtung. Insgeheim wußten wir wohl beide, daß einer des anderen bedurfte.

Wenn ich von Wasser rede, so meine ich nicht das salzige des Meeres, sondern das süße der bewegten Quellen und Flüsse, die die Erde tränken und aufwühlen. Ich könnte ebensogut sagen, wir seien verschieden gewesen wie der Wind und das Meer, das ja auch in sich ruht. Aber wie immer ich die Bilder wähle – der Wind braucht das Meer, um das Ruhende zu bewegen; das Wasser der Flüsse braucht die Erde, um beleben

und befruchten zu können. Seit Hektor tot ist, trifft mein Wesen auf keinen Widerpart mehr.
Man läuft, wenn man von Toten spricht, leicht Gefahr, ein Schönfärber zu werden. Hektor hatte seine Fehler, seine Unzulänglichkeiten. Sein Starrsinn, seine Naivität waren zuweilen so nahe an der Dummheit, daß sie dafür gelten konnten. Sein Jähzorn, sein Rachedurst rissen ihn gelegentlich zu Handlungen hin, die ihn zum Berserker stempelten; sie machten ihn manchmal blind und empfindungslos – wie im Falle des Patroklos. Auch grausam konnte er sein. Aber es war keine berechnende, keine wollüstige, keine bewußte, sondern eine elementare Grausamkeit. Wenn er *dachte*, war er der ritterlichste Mann, den ich kannte, versöhnlich, immer um eine menschenwürdige Lösung bemüht und bei aller natürlichen Veranlagung zu einem Schlagetot ein tapferer Mann. Leute wie Ajax oder Achill waren ihm an roher Kraft überlegen; aber wenn es ein gerechtes Maß und Gewicht gäbe für die jeder Kraft gemäße Leistung – *er* müßte als derjenige gelten, der seinem Körper das Äußerste abzuringen verstand. Noch der elend geschändete Leib, den mein Vater zurückkaufte, verriet den Adel vollendeter Körperlichkeit. Erst als ich mich dieses Bruders für immer beraubt sah, erkannte ich seinen vollen Wert. Er hätte verdient, von einem ritterlicheren Gegner besiegt zu werden.
Es war vorauszusehen, daß den Peliden der Tod seines nächsten Freundes wieder in den Kampf zurückführen würde; und wenn je ein Mann seinen verlorenen Freund bitter gerächt hat, so dieser.
Sie begegneten einander zweimal in der Schlacht, das erste Mal, als Hektor unsern Bruder Pammon rächen wollte, dem Achill den Bauch aufgeschlitzt hatte, so daß Pammon, seine heraushängenden Gedärme in den Händen haltend, am Boden kniend starb. Aber die Götter schienen da noch ihre Hand über Hektor zu halten. Das zweite Mal aber stellte sich

mein Bruder, nachdem alle in die Stadt geflohen waren, allein dem Griechen, und das war sein Tod.
Es begann fast wie in den ersten Jahren des Krieges: Der Grieche, auf seinem Streitwagen, verfolgte Hektor, der ihm, seine Rosse peitschend, auswich. Sie umkreisten, wie in einem Wagenrennen, dreimal die Stadt, und die Sorge, die wir als Augenzeugen für Hektors Leben hegten, wollte schon der Lust weichen, die das Wagenrennen der beiden auslöste. Sie flogen wie freundnachbarliche Wettkämpfer dahin, einer hinter dem anderen, und so nahe auch manchmal der Pelide kam – Hektor blieb Sieger. Man hätte gewünscht, es wäre bei diesem Wettstreit geblieben. Aber Achill hatte den Mörder seines Freundes nicht gejagt, um ihn entkommen zu lassen. Hektor wußte, daß dieser Gegner unausweichlich war, und er stellte sich. Vielleicht ahnte er seinen Tod, vielleicht auch hoffte er auf Sieg – gewiß ist nur, daß er dem Gegner vorschlug, der Sieger solle den Besiegten nicht mißhandeln, er solle die Leiche den Seinen lassen und nur die Rüstung als Beute mit sich nehmen. Aber der Pelide hatte nur Hohn für diesen Vorschlag.
Der Kampf war kurz, kürzer als erwartet. Sie warfen ihre Lanzen: Hektor wich aus, Achill fing des Gegners Wurf mit dem Schilde ab. Darauf ging Hektor ihn mit dem Schwerte an, aber der Pelide hatte noch eine zweite Lanze, und die fand eine Blöße zwischen Hektors Gurgel und Schlüsselbein, durchstieß den Hals und trat am Genick wieder heraus. Es war ein Todesstoß.
Größeren Jammer und lauteren Wehruf habe ich nie auf Trojas Mauern vernommen – alles schrie auf, als löste sich die Sonne vom Himmel, als wäre, wider Regel und Gesetz, ein Unsterblicher zu Tode gekommen. Was für eine Sonne, was für ein Gott… man sollte es sogleich sehen, was der Unterlegene seinem Feinde galt!
Der Grieche zog ihm den Speer aus dem Hals und die Rü-

stung vom Leibe; es war ja die seine – Hektor hatte sie dem toten Patroklos geraubt. Dann aber tat er Unfaßliches: Zuerst verfuhr er mit seinem gefallenen Gegner wie ein Jäger mit einem erlegten Wild, durchbohrte ihm die Sehnen seiner Füße zwischen Ferse und Knöchel, durchzog sie mit ledernen Riemen und band sie am Sitz seines Streitwagens fest; dann aber trieb er sein Gespann mit der Geißel voran, dem Schiffslager zu. Wie man Verbrecher und Mörder zu Tode schleift, so schleifte er den Toten zuschanden, den Sohn eines Königs, vor den Augen seiner Mutter und seines greisen Vaters. Und die gestürzte Sonne hüpfte wie ein verworfener Kessel hinter dem Wagen; der gefällte Gott rührte den Staub auf wie ein erschlagener Köter, mit dem grausame Buben ihr Spiel trieben. In der Stunde seines größten Waffentriumphes handelte der Sieger wie ein wildes Tier, ja ärger als dieses.

Der Tod seines Sohnes, des ältesten und geliebtesten zumal, bereitet den Eltern, der Tod eines Gatten dem liebenden Weibe äußersten Gram. Wie erst litten sie, litten wir alle, des Toten so schimpflich beraubt zu sein! Mein Vater irrte, bald wie ein Kind laut klagend und anklagend, bald in stummer Schwermut, durch den Palast; Hekuba und Andromache, deren jede den größeren Verlust erlitten zu haben glaubte, verströmten – Euphrat und Tigris gleich – ihre Tränenströme getrennt, um sie schließlich, des Wetteiferns müde, vereint in ein Meer der Schmerzen einmünden zu lassen. Drei Tage lang beweinte Troja seinen größten Toten; dann hielt es den alten Priamos nicht länger: Er machte sich bei anbrechender Dunkelheit mit einem Lösegeld, das seinesgleichen suchte – kaum vermochten die Maultiere den mit Gewändern, Mänteln, Teppichen, Silberbestecken, Leuchtern, Dreifüßen und zehn Talenten Goldes beladenen Wagen zu ziehen –, auf den Weg in das Lager seines Todfeindes, warf sich, er, der ehrwürdige Greis, vor dem jungen Wüterich in den Staub, küßte die Hände, die ihm nach so vielen Söhnen nun auch den ältesten und teuersten gemordet hatten, und beschwor ihn, sich seines Alters zu erbarmen und den Toten freizugeben. Und die Götter rührten den Sinn des Grausamen; und was noch fehlen mochte, ihn zu wenden, bewirkte das überreiche Lösegeld. Wir haben ihm ein Scheitergerüst errichtet, dessen Flammen weit hinein ins Land leuchteten, und seine Gebeine, in einem goldenen Schrein beschlossen, in eine Gruft gesenkt und mit einem mächtigen Erdhügel bedeckt. Aber was vermögen die toten Gebeine, soviel Ehrfurcht sie auch verdienen mögen. Er war die Seele des Widerstandes. Ein entseeltes Troja ließ er zurück...

Es könnte niemanden wundernehmen, daß nach diesem Verlust Entmutigung, ja Verzweiflung um sich griff. Wir berieten die Lage und verhehlten uns nicht ihren tödlichen Ernst. Unsere Mannschaft war geschwächt, viele unserer besten Bundesgenossen waren gefallen oder verwundet. Der Wucher griff in der Stadt um sich wie eine schleichende Krankheit: die Vielen hatten immer weniger, die Wenigen dafür immer mehr. Des einen Überfluß wurde des anderen Mangel. Die Fälle von Stadtflucht mehrten sich. Gold und Silber verloren an Wert, Hirse und Fleisch stiegen im Preis; und manchen ergriff eine wilde, kindische Gier nach zügellosem Lebensgenuß. Orgien wurden gefeiert, und während die Wachen und Streifen Nacht für Nacht ihren Schlaf opferten, schwelgten – wie Priamos es ausdrückte – Lügner, Gaukler und Reigentänzer im Fette des Volkes. Wir erwogen strengere Gesetze, aber besser, als Gesetze zu erlassen, war es, neues Vertrauen zu erwecken – durch kriegerischen Erfolg.
In dieser Lage entsann sich mein Vater seines Bruders Thithonos, den Eos einst, in Liebe zu dem schönen Jüngling entbrannt, nach Äthiopien entführt und dort zum König gemacht hatte. Man wisse nicht, ob Thithonos noch am Leben sei und ob, sollte ein Sohn ihn abgelöst haben, dieser noch die

alten Bande fühle. Aber vielleicht sei hier (vielmehr dort, weit unten im schwarzen Erdteil) noch eine Quelle, aus der Troja sich neue Kraft antrinken könne.
Ich erbot mich, die weite und beschwerliche Reise zu unternehmen, und schlug vor, mir ein nicht eben großes, aber erlesenes Gefolge mitzugeben, dessen Krone Helena sein sollte. Ich machte diesen Vorschlag ohne ihr Wissen, einem Instinkt des Augenblicks folgend.
»Dunkle Männer«, sagte ich, »sind hingerissene Bewunderer schöner weißer Frauen. Sollte Thithonos tot sein, so könnte Helenas Schönheit seinen Nachfolger eher als tausend gute Worte überreden, uns seine Waffenhilfe zu leihen. Die Reise wird beschwerlich sein, und Helena mag sie verweigern. Dann werde ich allein reisen. Aber da die Trojaner so viel auf sich nahmen um ihret- und meinetwillen, glaube ich, daß sie sich nicht entziehen wird.«
Es war das erste Mal seit Hektors Tod, daß ich meinen Vater lächeln sah – meine Rede schien ihm ebenso zu gefallen wie einzuleuchten.
»Geh und frag sie!« sagte er freundlich.
Ich verließ den Rat und suchte Helena auf; sie willigte ohne Bedenken ein.
In diesem Augenblick schien sie mir liebenswerter denn je. Ich trat auf sie zu, zog sie an mich und sagte:
»Unsere Not ist groß, unsere Zeit vielleicht bemessen. Aber immer noch gilt der alte Kehrreim: Ich liebe dich.«
»Darum reise ich mit dir«, sagte sie.
Da Eile geboten war, wurde schon am übernächsten Tage eine kleine Mannschaft vorausgeschickt, die unsere Ankunft dem ägyptischen Pharao melden und uns den Weg in das Reich der Äthiopier ebnen sollte. Eine Woche später brachen wir, von einem kleinen anatolischen Küstenhafen aus, mit drei mittelgroßen, aber sehr seetüchtigen Schiffen, die mit je vierundzwanzig Ruderern bemannt und mit Gastgeschenken beladen

waren, in Richtung auf die Insel Kos auf, retteten uns dort eben noch vor einem plötzlich ausbrechenden Sturm in den Hafen, konnten jedoch nach zwei Tagen die Reise fortsetzen und gelangten in weiteren sieben – über Patmos und Rhodos – am östlichen Auslauf des Nilstromes an, wo uns eine prächtig ausgestattete Triere des ägyptischen Herrschers an Bord nahm und in die Nilstadt brachte. Wir wurden mit verschwenderischem Aufwand empfangen. Der Ruf von Helenas Schönheit und die Kenntnis von dem (angeblich) um ihretwillen entbrannten Krieg waren längst auch in dieses riesige Land gedrungen.
Ich hatte manch Staunenswertes aus dem Munde weitgereister Leute über das Reich der Pharaonen vernommen, aber alle meine Vorstellungen wurden von der Wirklichkeit übertroffen. Dieses Volk betet nicht nur zu anderen Gottheiten, es gibt auch vor, auf eine mehr als zweitausendjährige Vergangenheit zurückzublicken. Und wahrhaftig: Wenn man sieht, wie sie leben, welche Gesetze sie haben, welche Tempel und Monumente, welche Paläste für Lebende und Tote, welche Bildsäulen und Statuen (die sie bis zu zwanzig Manneshöhen hoch aus dem Felsen hauen), welche technischen Geräte, mit denen sie ebenso riesige Massen und Gewichte bewegen wie feinste Berechnungen anstellen, mit welchem Eifer sie den absonderlichsten Wissenschaften anhängen, welchen unwahrscheinlichen Luxus sie treiben – man ist versucht, ihnen Glauben zu schenken. Wir sind wie Halbwüchsige vor ihnen; ohne eine lange und große Vergangenheit sind weder ihre Leistungen noch ihr Reichtum denkbar. Ja, mir wollte sogar scheinen, sie näherten sich bereits jenem Zustande, in dem man, des Erworbenen allzu sicher, sich nur noch der Verfeinerung des Genusses, dem Wohlleben und einer edlen Muße widmet. Ihr Königshaus und ihr Hof thronen wie Götter und Halbgötter über dem niederen Volke, das fast im Sklavenstande lebt. Man sagte mir, daß ihre höchsten Fa-

milien, um jeder Vermischung des Blutes zu wehren, in strenger Inzucht leben, so daß Ehen zwischen Schwester und Bruder nicht selten und unter den höchsten Beamten des Hofen nicht wenige Kastraten seien. Wie immer dem sein mag, den gegenwärtig herrschenden Pharao würde ich eher in den Verdacht eines genußfreudigen Mannes als den eines Eunuchen nehmen.
Wir erhielten Wohnung in einem Seitenflügel des königlichen Palastes, der riesige Ausmaße hatte und in dessen offener Mitte sich ein kleiner natürlicher See befand, auf dem am zweiten Nachmittag unseres Aufenthaltes zu unserer und des Hofes Augenweide zwei Boote von je zwanzig schönen Frauen des Palastes hinauf und hernieder gerudert wurden. Die Ruder waren aus Ebenholz und mit Gold, die Griffe von Sekebholz und mit Silbergold ausgelegt; die vierzig jungen Frauen aber, die noch nicht geboren hatten und von herrlichem Wuchs und hellbronzener Hautfarbe waren, trugen anstelle von Gewändern Netze, damit jede Bewegung, jedes Spiel der Glieder wahrgenommen werden konnte. Als die Dämmerung heraufstieg – es war Zeit des Vollmondes –, traten einige Sänger und Sängerinnen auf, die, von seltsamen Instrumenten begleitet, eine Reihe der schönsten ägyptischen Liebeslieder vortrugen. Einer der Griechen, der am Hofe als Dolmetscher diente, hatte uns die Texte zu übersetzen, von denen einer Helena so sehr entzückte, daß ich ihn niederschrieb und aufbewahrte. In diesem Liede geht das Bild der Geliebten in dem eines Feigenbaumes auf:

Die kleine Sykomore,
die sie gepflanzt mit ihrer Hand,
sie schickt sich an zu sprechen,
und ihre Worte sind wie Honigseim.
Sie ist bezaubernd, und ihr Laub ist schön
und grünender noch als der Papyrus.

Sie ist mit Frucht beladen, röter als Rubin.
Der Blätter Farbe gleicht dem Glas,
des Stammes Farbe dem Opal.
Ihr Schatten kühlt.
Sie sendet Botschaft durch ein kleines Mädchen
und läßt – für mich – der Vielgeliebten sagen:
Komm und verweile dich im Garten.
Komm und begehe festlich diesen Tag
und noch den morgigen und den darauf,
in meinem Schatten ruhend.
Zu deiner Rechten sitzt dir dein Genoß,
der von dir trunken wird;
du folgst dem, was er sagt.
Ich bin verschwiegen, und ich sage nicht,
was ich erspäh und seh.
Ich plaudere nicht.

Ich hatte mir insgeheim Hoffnung gemacht, nicht nur aus meiner Reise nach Äthiopien, sondern auch aus meinem Besuch bei dem ägyptischen Pharao Nutzen zu ziehen. Aber schon bald sanken diese Hoffnungen auf einen winzigen Rest zusammen. Unsere Augen wurden fast geblendet vom Scheine des Goldes, von der Pracht, der Großartigkeit der Bauten, dem strahlenden Bilde, in dem sich die künstlerischen Instinkte dieses alten Volkes sammelten; aber zugleich entging ihnen auch nicht, daß man hier einen Vorrat aufzehrte, ohne an seine Ergänzung zu denken. Die gewaltigsten Zeugnisse, in denen sich die Kraft dieses Reiches ausdrückte, stammten aus vergangenen Jahrhunderten. Jetzt schien sich aller Schöpfungswille auf die Oberfläche der Reliefs zu beschränken. Der Faden schien dünner zu werden. Auf dem muskulösen Arm Ägyptens schien sich ein Fettpolster zu bilden; in das denkende Antlitz hatten sich die Züge der Genußsucht, der Übermüdung eingeschlichen. Alles war groß geartet, ernst, ja feierlich (überhaupt scheinen die Ägypter von Natur unwitzige Menschen zu sein). Aber der Koloß war vielleicht schon unterwaschen, stand auf tönernen Füßen. Ein mächtiger Stoß konnte ihn stürzen.

Am Abend des dritten Tages, während einer Fahrt auf dem Nil, die durch märchenhaften Aufwand in die Traumwelt entrückt schien, kam ich auf dem Umwege über die Durchführung unserer Weiterreise auf Krieg und Bundesgenossen zu sprechen. Natürlich färbte ich unsere Lage – wer bescheiden vor großen Leuten auftritt, kann sie schwerlich zu größerem Aufwand verleiten – und ließ durchblicken, daß wir mit einer letzten großen Anstrengung den Gegner ins Meer zu werfen und endgültig zu besiegen hofften. Aber schon während der Dolmetscher meine Rede übertrug, begann der Pharao, verneinend das Haupt mit dem absonderlichen Kopfschmuck zu schütteln.

»Lieber Freund«, sagte er dann, »ich hatte nie liebere Gäste als dein schönes Gemahl und dich. Ihr könntet bleiben, solange es euch gefiele. Und wenn ihr denn zu den Äthiopiern aufzubrechen wünscht, so seid sicher, daß alle Beamten, Diener und Sklaven meines Reiches euch zu Diensten sein werden, um die lange und beschwerliche Reise nilaufwärts so kurz und bequem wie nur möglich zu gestalten. Ich will für alles Sorge tragen, euch soll es an nichts fehlen. Aber sprich mir nicht von Krieg und Bundesgenossenschaft. Ich gedenke, nicht ein Blättchen zu gefährden, das in Ägypten gewachsen ist. So gut ich deinen Wunsch begreife, dich neuer Bundesgenossen zu versichern – laß es dir genügen, in uns wohlwollende Freunde gefunden zu haben.«

Wenige Tage nach diesem Gespräch brach ich auf, und mir wollte scheinen, der Herrscher trachte nun doppelt, zu beweisen, daß er uns – trotz seiner Absage – verschwenderisch wohlgesinnt sei. Er stellte Helena und mir sein eigenes Reiseboot zur Verfügung, das mit allem erdenklichen Luxus aus-

gestattet war. Das übrige Gefolge verteilte sich auf weitere zwölf, kaum bescheidener ausgerüstete Fahrzeuge. Etliche Boote, mit unseren Gastgeschenken und Proviant verschiedenster Art beladen, folgten. Zwei kleinere und schnellere waren schon seit Tagen vorausgeeilt, um für die Ablösung der Rudermannschaften, für frisches Wasser, Fleisch, Früchte, kurzum für alles zu sorgen, dessen wir bedürfen könnten. Die Bemannung der Boote, immer wieder abgelöst, ruderte fast Tag und Nacht, und da der Strom, an dessen Ufer Palmen sich erheben und da und dort eine mächtige Pyramide sichtbar wird, an seinem Unterlauf breit wie ein Binnensee ist und träge dahinfließt, kamen wir unerwartet rasch voran.
Trotz aller Erleichterung wurde es eine an den Nerven zehrende, trotz mannigfacher Ablenkung und Abwechslung eine ermüdende Reise, zumal wir, nach beschwerlicher Umgehung der Katarakte, mit kleineren Booten vorliebnehmen mußten und die Strömung des Nils, je näher wir unserem Ziele rückten, umso stärker wurde. Mehr als einmal reute es mich, den unbequemeren, aber gefahrlosen Strom- und Landweg anstelle des kürzeren, aber gefährlicheren Seewegs durch das Rote Meer gewählt zu haben. Die Hitze schien manchmal unerträglich. Aber als wir am einundzwanzigsten Tage den Zusammenfluß des Blauen und des Weißen Nils erreicht hatten und uns am vierten Tage darauf, in den Nachmittagsstunden, ein äthiopisches Boot entgegenkam, das der regierende König Memnon ausgesandt hatte, erfüllte mich tiefe Befriedigung. Zwar erwies sich, daß wir noch sechs Tage bis zur äthiopischen Hauptstadt zu reisen hatten – den größeren Teil in Tragesänften, die zwischen zwei Kamelen befestigt waren – und daß gerade dieser Teil für Helena, der das anhaltende Geschaukel wiederholt Magenverstimmungen bewirkte, der bei weitem lästigste war. Da man uns jedoch wenige Wegstunden vor dem endgültigen Ziel in einem Lustschloß des Herrschers zwei Nächte und einen Tag lang

ruhen und durch Bäder, Massagen und ärztlichen Beistand wieder zu frischen Kräften kommen ließ, waren die Mühen der langen Reise bald vergessen. So wie sich die Hautfarbe der Völkerschaften, die unseren Weg gesäumt hatten, von dem gelben Bronzeton der Ägypter bis ins tiefste Ebenholzschwarz der Sudanier verdunkelt und nun wieder zum satten Bronzeton der Äthiopier erhellt hatte, so kehrte auch unser Gemüt zu einer lichteren Tönung zurück. Und da unser Einzug in die Hauptstadt einem Triumphzug glich – man hatte uns Pferde geschickt, und Helena thronte auf einem purpurgesattelten Zelter –, versanken alle Beschwerden im Abgrund der Vergangenheit.

Ich weiß heute mehr als zu jener Stunde, da wir einzogen und Memnon uns, unter dem Jubel der speerschwingenden, Tücher breitenden, Blumen werfenden, mit Kalabassen rasselnden, tanzenden Äthiopier, mit der Herzlichkeit eines Kindes und dem Selbstbewußtsein eines Göttersohnes empfing.

Diese Tage am Hofe Memnons, der vor sieben Jahren die Nachfolge seines vergreisten Vaters Thithonos angetreten hatte, zählen mit zu den schönsten meines Lebens. Wir stiegen aus den Schlammfluten des Nils wie aus den Niederungen des Krieges und lebten auf der gebirgigen Höhe von Memnons Stadt wie in einer wiedergewonnenen Klarheit des Friedens und der Schönheit. Zauberhafte Tage, zauberhafte Menschen. Ich liebe die dunkle Farbe ihrer Haut, die vom Lichte der Sonne prahlt. Ihre Nacktheit ist ihr schönstes Gewand. Wie oft – leider – sind die dunklen Männer und Frauen von schöner Gestalt und von grobem Antlitz! Diese Äthiopier aber sind schöne Menschen von Antlitz und Gestalt. Ihre Frauen sind wie das edle Wild ihres Erdteils, die Gazelle; ihre Männer gleichen dem dunklen Panther, der sie schlägt. Sie sind furchtsam und löwenhaft zugleich, grausam und zärtlich wie Kinder – wer sie versteht, dem hängen sie an wie liebende Weiber oder treueste Hunde.

Memnon hatte die zarteste Frau, die ich je im dunklen Erdteile sah. Ihre Haut war glänzend wie die einer geschälten Mandel, wenngleich dunkler als diese, aber doch heller, als die der Äthiopierinnen gewöhnlich ist. Er hatte zwei Kinder mit ihr, welche die Gestalt des Vaters, aber die hellere Hautfarbe der Mutter hatten, und dies war Memnons heimlicher Stolz. Er liebte seine Frau, die ebenmäßig gewachsen und vollkommen war, wie eine in der Sonne gereifte Frucht. Aber ich bin sicher, ihre Schönheit verblaßte in seinen Augen vor der blasseren Schönheit Helenas, die, in das einunddreißigste Jahr gehend, das Inbild vollkommener weiblicher Anziehungskraft war. Die tiefen Blicke Memnons öffneten mir die Augen dafür aufs neue.

Einmal mehr war ich geneigt, meinen Auftrag zu versäumen – aber nicht aus Pflichtvergessenheit. Was wollte ich von diesem Manne? Sein Volk betete ihn an, seine Frau, seine Kinder liebten ihn. Und wenn er, was ich mit Recht argwöhnte, Krieg und Kampf durchaus nicht abhold war – was konnte ihn bewegen, für fremdes Interesse seine dunkle Haut zum Markte zu tragen. Durfte ich diesen Mann ins Verderben locken?

Memnon selbst enthob mich meiner Zweifel.

»Mein Vater«, sagte er mit knabenhaftem Ernst, »liebte deinen Vater, und du bist der Sohn dessen, den er liebte. Sicher bist du gekommen, um unseren Beistand zu erbitten. Aber ich will dich nicht bitten lassen. Ich habe ein großes, wohlgerüstetes Heer. Ich werde euch zu Hilfe kommen.«

Konnte ich da sagen: Bleib, wo du bist, und hüte dein Glück und dein eigenes Reich!? Vielleicht irrte ich. Vielleicht konnte es noch gelingen, die Griechen zu vertreiben und zu besiegen. Wer wollte es denn – damals – wissen?

Er wurde mir Freund, und ich wurde sein Freund. Zehn Tage lang feierten wir unsere Blutsbrüderschaft, jagten auf der Hochebene, feierten seltsame, unvergeßliche Feste – dann brach ich auf, diesmal den Seeweg einschlagend, für den er mir

fünf schwer bewaffnete Schiffe zur Verfügung stellte. Sofort nach ihrer Rückkehr sei er bereit, mit dem besten Teil seines Heeres den Weg nach Norden anzutreten.
Was soll ich viel Worte verlieren... Wir wurden zweimal von Seeräubern angegriffen, schlugen sie jedoch zurück und kamen nach elftägiger Fahrt – zumeist in brütender Hitze – im ägyptischen Golf an, erreichten, von dem Pharao mit aller nur möglichen Hilfe bedacht, unsere im Nildelta harrenden Schiffe und traten mit ihnen die Heimreise an. Nach zwölf Tagen warfen wir in unserem Ausgangshafen wieder Anker. Unsere Rückkunft, zumal wir so gute Botschaft brachten, gab Anlaß zu Aufatmen und zu neuen Hoffnungen. Wie gerne ergreift der Schiffbrüchige doch ein im Wasser treibendes Ruder oder schwingt sich auf eine abgebrochene Ruderbank, den Teil für das Ganze haltend. Und als wenige Tage darauf Penthesilea, die Amazonenkönigin vom Pontus, die für eine Tochter des Kriegsgottes gilt, mit einem Häuflein ihrer streitbaren Jungfrauen in Troja anlangte, um uns ihre Waffenhilfe zu leihen, gerieten meine guten Trojaner gar aus dem Häuschen und hielten wiederum den Teil (das Töchterchen) für das Ganze (ihren Vater Ares). Sie begafften die jünglingshafte, schöngewachsene Männin und ihr kleines Gefolge – es waren nicht mehr als zwölf – mit unverhohlenem Staunen, bewunderten ihre kostbaren Rüstungen, ihre Rosse und ihre Hundemeute, ihre mannhaften Reden und Gebärden und schienen zu glauben, die dreizehn Amazonen wögen dreizehn Hundertschaften kriegsgewohnter Männer auf. Nach wenigen Stunden schon liefen die törichtesten Gerüchte um: Die Pferde, die sie ritten oder die ihnen die Waffen trugen, wären geübt, mitzukämpfen durch Biß und Hufschlag; ihre Hunde, ständig mit dem Fleisch von Männern gefüttert, wüteten in der Schlacht wie Wölfe unter einer Lämmerherde; ihre Speere wären so gearbeitet, daß sie, wenn sie das Ziel verfehlten, von selbst in die Hand der Werferin zurückkehrten (in Wahrheit

ging es um einen Wurfkeil, mit dem sie dieses Kunststück einige Male vorführten); ihre Streitäxte könnten Eisen spalten – und was dergleichen Unsinn mehr war. Und weil streitbaren Weibern immer etwas Widernatürliches anhaftet, verbreitete sich auch das Gerücht, sie hätten statt zweier Brüste, wie die normalen Weiber, deren nur eine, und zwar in der Mitte. Dieser Verdacht rührte einfach daher, daß ihr Panzer, die beiden Brüste zusammendrängend, spitz zulief – eben um diese ebenso köstlichen wie empfindlichen Teile des weiblichen Körpers den unzarten Angriffen der Krieger besser entziehen zu können. Als sie abends, von meinem Vater zum Mahle geladen, in ihren Frauengewändern unter uns saßen, konnte jedermann wahrnehmen, daß sie an den von den Göttern dafür vorgesehenen Plätzen so viel oder so wenig zur Schau trugen wie andere Frauen auch. Aber wenn sie auch keine Unholdinnen waren – Holdinnen waren sie wiederum auch nicht, wiewohl alle Männer sich die erdenklichste Mühe gaben, an ihnen weibliche Reize zu entdecken. Einzig von Penthesilea selbst und einer anderen, die den hübschen Namen Alkibia trug, ließ sich sagen, daß sich in ihrem Wesen Anmut und Wildheit wunderlich paarten.

Indessen: Wir waren der merkwürdigen Bundesgenossinnen recht zufrieden, und ich redete dafür, daß sie unsere Gäste sein möchten, bis Memnon eintreffe, und dann – mit diesem und seinen und unseren Mannen zugleich – den großen Ausfall wagen sollten, der die Wende des Krieges herbeiführen könnte. Mein Vater nickte mir Beifall; aber bei den Amazonen kam ich mit diesem Vorschlag schlecht an. Sie begehrten zu kämpfen, lieber heute noch als morgen, und Penthesilea verstieg sich zu dem Schwure, sie wolle allein den Todfeind Trojas, Achill, in der Schlacht töten und sein Haupt dem Priamos zum Geschenk machen; sie werde die Argiver zu den Schiffen treiben und diese verbrennen, damit keiner von ihnen das Vaterland wiedersähe.

Vermessene, ja närrische Rede – so dachte nicht wohl ich allein; aber jeder nahm sie schweigend hin. Und weil keiner der anwesenden Männer sich von den kampfeslüsternen Weibern beschämen lassen wollte, wurde gegen jede Regel und Vernunft für den nächsten Tag ein Ausfall angesetzt, den die Amazonen mit ihrer Meute zu eröffnen gedachten.
Es kam, wie es kommen mußte, wenngleich das Auftreten der Männinnen, ihre prächtigen Waffen, deren sie sich mit erstaunlichem Geschick bedienten, die Furchtlosigkeit ihrer Rosse, die sie entweder ritten oder die ihnen als Tragetiere für Lanzen und Köcher folgten, vor allem aber der Einsatz der fürchterlichen Hunde den Feind in den beiden ersten Stunden des Kampfes nicht wenig verwirrten. Man hatte die Tiere, die seit drei Tagen kein Fressen erhalten hatten, zunächst zurückgehalten und sie erst, als die Griechen in rasch zusammengestellter Schlachtordnung gegen uns anrückten, aus einer aus Weiden geflochtenen tragbaren Koppel entlassen, und nun stürzten sie sich, etwa hundertzwanzig an der Zahl, auf die anfeuernden Rufe ihrer Herrinnen hin mit tollwütigem Geheule und Gebell auf die vorderste Reihe des Gegners, während aus unserer Phalanx die dreizehn berittenen Ares-Jüngerinnen vorbrachen, gefolgt von unseren Streitwagen und der Masse des Fußvolkes.
Das Überraschungsmoment war vollkommen: Die Griechen, denen dieser Ausfall völlig unerwartet kam, gerieten aus dem Takt, sie wichen zurück, und weil man unter Weichenden ohnehin besser aufräumen kann als unter Angreifenden, vermochten die furchtlosen Weiber tatsächlich viele der Griechen zu töten – durch gezielte Pfeilschüsse, durch Lanzenwurf, nicht selten auch durch die Streitäxte, mit denen sie beherzt auf Nacken und Schultern der Fliehenden einhieben. Entscheidend aber war wohl, daß die Unseren, durch die Amazonen zu äußerstem Ehrgeiz angespornt und durch deren Anfangserfolge ermutigt, wie in den besten Tagen foch-

ten; denn man soll nicht glauben, daß dreizehn Weiber dreizehn griechische Hundertschaften oder mehr in die Flucht geschlagen hätten. Daß Penthesilea wie ein Mann stritt und manchen Griechen in den Staub warf, erregte die von der Stadtmauer zuschauenden Troerinnen so sehr, daß etliche von ihnen – wie mir hernach berichtet wurde – nur mit Mühe davon abgehalten werden konnten, Wolle und Webkorb mit den Waffen der Männer zu vertauschen und stehenden Fußes den Amazonen nachzueifern.

Nach zwei Stunden aber hatte sich das Bild völlig verändert. Die wütenden Hunde waren samt und sonders erschlagen, die Griechen hatten neue Kräfte ins Treffen geführt, und nun kam die Stunde, da Penthesilea ihren Schwur wahrmachen sollte: Auf dem Kampfplatz erschien Achill, von Ajax begleitet.

Es ist schon ein Jammer, Männer von Weibern, aber ein noch größerer, Weiber von Männern erschlagen zu sehen. Die beiden Schlagetote lachten nur, als die Amazone ihnen Kampf und Tod ansagte, und hießen sie eine dummdreiste Törin.

Aber während Ajax es überhaupt verschmähte, mit einem Weibe die Klinge zu kreuzen, drang der Pelide mit seiner Lanze auf sie ein und traf sie mit dem ersten Wurf so schwer in die rechte Brust, daß ihr Ende besiegelt war. Aber um sicher zu gehen, stieß er, auf sie eindringend, noch einmal und so mächtig mit dem Speere zu, daß nicht nur sie selbst, sondern auch das neben ihr gehende Roß durchbohrt wurde. Und so hing sie, an das sich im Schmerz aufbäumende Tier geheftet, wehrlos da, wie ein Gehenkter am Galgen, und brach mit diesem zusammen.

Längst waren ihre zwölf Jüngerinnen den Streichen der ergrimmten Griechen erlegen, und nun, da das letzte heldische Weibsbild zertrümmert war, erlosch auch der Zauber, den die Amazonen auf die trojanischen Männer ausgeübt hatten.

Diese wichen zurück und waren froh, leidlich ungefährdet die schützenden Tore hinter sich schließen zu können.
Viel Blut war vergossen auf beiden Seiten – aber was war gewonnen? Die Griechen ließen uns die Leichname der Amazonen, und wir haben sie in Ehren bestattet, wie es guten Bundesgenossen gebührt. Man mag mich undankbar und herzlos nennen – aber ich mag kriegslüsterne Weiber nicht. Wenn sie es verschmähen, unter liebenden Männern zu liegen, dürfen sie sich nicht wundern, verschmähten und gehaßten Männern zu unterliegen. Ich konnte sie und ihr Ende nicht betrauern; ich habe sie nur bedauert.
Einen aber betrauere ich, und sein Tod sitzt mir wie ein Widerhaken im Herzen: meinen Vetter Memnon, der wenige Wochen nach dieser sinnlosen Schlacht eintraf und seine Hilfsbereitschaft mit dem Tode büßen sollte. Ich habe ihn in sein Verhängnis gerufen – ich trage die Schuld an seinem Sterben.
Mein Vater ehrte ihn wie nie einen Gast zuvor, als er, nach unendlich beschwerlicher Reise, mit zwanzig Hundertschaften seiner besten Krieger eines Morgens, wie die Sonne hinter aufbrechenden Wolken, vor den Toren Trojas erschien. Er war der Sohn seines Bruders, es war der von allen ersehnte Bundesgenosse, an den sich unsere letzten Hoffnungen klammerten; darüber hinaus aber war er ein Mann nach dem Herzen der Götter und Menschen: untadelig an Leib und Seele. Jeder, der mit ihm in Berührung kam, liebte und bewunderte ihn vom ersten Augenblick an.
Die Götter müssen sein Ende beschlossen haben, denn niemand außer ihm war so nahe daran, den Peliden zu besiegen. Und niemand, selbst Hektor nicht, wäre solches Triumphs würdiger gewesen als er.
Sie begegneten einander spät; einen halben Tag lang hatte das Morden zwischen den weißen und den dunkelhäutigen Männern schon angehalten und hüben wie drüben ungezählte

Opfer gefordert, als sie aufeinanderstießen. Es war wie der Kampf zwischen zwei mächtigen Gestirnen: der Kampf der dunklen Nacht gegen den helleren Tag.
Memnon hatte Antilochos, den Sohn des alten Nestor, mit dem Speere getötet, als Achill, von dem jammernden Vater gerufen, sich dem König der Äthiopier stellte.
Ich sah, wie die beiden einander verwundeten – Memnon blutete an der Schulter, Achill floß der rote Saft vom rechten Oberarm über Ellenbogen und Hand –, aber sie kämpften weiter, ohne einen Schritt vor dem Gegner zu weichen. Sie kreuzten die Schwertklingen, griffen wieder zum Speer, gingen einander mit Feldsteinen an, um wieder zu den Waffen zu greifen. Auf und nieder pendelte die Waage, eine halbe Stunde und länger. Der Schweiß floß in Bächen von ihren Leibern, aber es war, als ob er an Felsen entlangränne: Wie zwei Mühlsteine sich aneinander reiben, ohne daß einer dem anderen mehr wegnimmt als dieser jenem, so bedrängten sie sich, und wenn je mit gutem Recht Schiedsrichter ihre Stäbe ausgestreckt haben, um einen gleichen Kampf zu beenden – hier hätte ihr Amt seinen Sinn gehabt. Ich liebte diesen und haßte jenen, aber ich wäre ein gerechter Richter gewesen für Freund und Feind.
Memnon fiel – es war ihm von den Göttern bestimmt. Vom Speer des Peliden durchbohrt, sank er in den Tod. Eine dunkle Wolke schob sich vor die niedergehende Sonne. Seine Krieger schrien auf wie Kinder, die sich plötzlich ihres Vaters beraubt sehen, und warfen – wiewohl sie bis dahin löwengleich gekämpft hatten – die Waffen von sich und flohen. Wir flohen mit ihnen; aber die Griechen setzten uns nicht nach. Eine Sonne sieht man scheiden. Aber man verfolgt sie nicht.

DIE SCHATTENRUNDE · BRETTSPIELERIN KASSANDRA EIN KRUG MILCH

Immer habe ich die Nacht geliebt; und die Stunden, da die anderen schlafen, allein mit mir selbst zu durchwachen, dünkte mich heimlicher Gewinn. Nun aber, da die Tage – selbst im gleißenden Sonnenlicht – stumpf geworden sind von aufgewirbeltem Staub und fleckig von Blut, ist mir die Nacht eine letzte Zuflucht geworden. Einem verschreckten Kinde ähnlich, flüchte ich unter ihren bergenden Mantel, und wenn endlich Stille geworden ist, wage ich mich hervor, vergewissere mich meines Alleinseins und beginne mein eigentliches Leben.

Es ist ein fast schattenhaftes Dasein, das ich da nächtens führe; manchmal fühle ich mich wie ein Zwitterwesen, halb der Oberwelt, halb schon der Unterwelt zugehörig. Wenn mich das Verlangen in die Arme Helenas treibt, empfinde ich sehr wohl, daß ich noch Blut in den Adern und Luft in den Lungen habe. Sitze ich jedoch allein mit einem Kruge Wein auf der Terrasse meines Hauses im blassen Licht des Mondes oder im blässeren der Sterne, so ist mir oft, als nahten sich die Schatten der Unterwelt, bäten, mich stumm umschwebend, mit rührender Gebärde um einen Trunk aus meinem Becher oder einen Schluck aus meiner Schale und kauerten dann, gestillt, friedlich beieinander, erinnerten sich mit mir vergangener Zeit und wiegten sinnend die Häupter. Dann trinken wir den Wein ungemischt – wir haben ja Tränen der Freude und solche der Trauer übergenug, die uns über Wangen und Lippen in die duftende Schale fallen – und fühlen den Rausch des Lebens neu über uns kommen. Mein Herz schwillt; es muß ja ihr verfallenes Leben mitnähren; es quillt über, und nun trinken sie auch mein Blut, und je mehr sie von ihm trinken, umso näher komme ich ihnen, kommen sie mir. Wir sitzen geschwisterlich beisammen, ich erkenne ihre Züge, ihre Gesten, empfinde ihre Zuneigung, ihre Zweifel, ihre Trauer und ihren stummen Vorwurf; aber je länger ich trinke und sie trinken lasse, umso mehr werden wir eins in jenem unsterblichen Geist, vor dem Tod und Leben, Unter- und Oberwelt nur Gewänder und Wohnungen sind, die man wechselt, wenn die Götter es so bestimmen, und in denen Friede zu halten oberstes Gesetz ist. Wir zürnen einander nicht mehr, wir beklagen nur, daß wir uns je zürnen konnten. Wir haben eingesehen, daß wir Gäste sind, Gäste waren, daß wir die Schwächeren sind – Fleisch, das Schatten warf, als wir lebten; Schatten, der das Fleisch abwarf, nun, da wir tot sind. Schatten auf jeden Fall. Und so zechen wir stumm; Blut ist Wein, und Wein wird zu Blut. Das Brot, das ich mir breche, ist ihr Leben und Fleisch von einst; mein Fleisch bröckelt ab wie Brot, das sie nährt. Wir nährten uns einer vom andern ja schon zu Lebzeiten, nur entrissen wir einander meist, was uns nottat, wie Tiere, die ums Futter streiten. Nun geben wir gern was wir einander schulden: Ich gebe ihnen von meinem Leben, sie schenken mir von ihrem Tod.

Zu guter Letzt gehen wir miteinander um, als wären wir alle schon einesgleichen. Ich sehe den zarten Polydoros an meinem Becher nippen – er ist ja noch jung und des Weines nicht gewohnt –, und über seine schmale Schulter blickt Palamedes, sein griechischer Zwilling im Leiden. Mein Bruder Hektor nimmt mir lächelnd die Schale vom Munde und reicht sie weiter an Memnon, der auch als Schatten noch um einen Schatten dunkler ist als die anderen Schatten. Sarpedon, der tote König der Lyzier, ist unter ihnen, meine Freunde Admetos und Pherokles fehlen nicht, und etwas abseits, als fürchte er noch meine Pfeile, erblicke ich auch meinen alten Störenfried Stentor; und wenn ich ihn nicht erblickte, so würde ich ihn wohl hören, denn in dieser nächtlichen Stille ist selbst das leiseste Säuseln des Windes vernehmbar. Sicher hat die immer mitleidvolle Persephone ihren finsteren Gatten bewogen, ihm auch als Bürger der Unterwelt einen Schatten seiner alten Stimmgewalt zu belassen, und so geht ein unendlich sanftes Säuseln von ihm aus, das leiseste aller vernehmbaren Geräusche. Ich muß ihn herzuwinken. Trink, Stentor, trink.

Alle meine toten Brüder sind um mich versammelt und anhänglich, wie Verwandte nun einmal sind; sie wissen noch, daß mein Wein gut ist und daß ich nie geizte mit ihm.

Ich trinke mehr. Ich trinke mir Mut an, und auch die Schatten trinken sich Mut an, an meinem Wein und Blut. Dionysos beflügelt sie alle. Er schickt auch die alten Feinde an meinen Tisch: allen voran Patroklos, der wohl von meiner Sympathie weiß – der Rest meines Fleisches spiegelt sich gewissermaßen in seinem Schatten. Ich lege behutsam meinen Arm um ihn und den anderen um Hektor, und dann dränge ich sie sanft zueinander, und mit einem Seufzer, den nur ich wahrnehmen kann, neigen sie sich einander zu, legen Stirne an Stirn und tauschen den Bruderkuß – der Mörder und der Gemordete. An meinem Tische, vor meinem Becher endet die Feindschaft der Oberwelt; die Schemen müssen wissen, daß ich bald endgültig zu ihnen stoßen werde. Vielleicht sind sie als Werber gekommen, als Werber der Unterwelt – sie könnten keinen bereiteren Lebenden unter der Sonne finden als mich. Denn wer das Leben mit gierigen Zügen getrunken hat, der will auch den Tod herunterstürzen. Ich weiß, daß er bitter ist wie ein Gallapfel oder der Schierlingsbecher. Aber man muß trinken, was einem ansteht.

Schatten über Schatten – ein Fest von Schatten. Ein Fest ohne Frauen. Ich muß Helenas gedenken, die so sehr blühendes Leben ist; doch ich darf sie nicht rufen – sie vertriebe die Schatten. Aber ich kann's nicht verschweigen: Ich wäre glücklich, unter den vielen Heldenschatten auch den einer Frau zu wissen. Ein schwindender Rest meiner alten Natur verlangt nach Zartheit und Anmut, nach einer Blume am Helm.

Ich halte Ausschau – und nicht vergebens. Ein Schatten schwebt näher, und ich schenke ihm ein. Er nippt nur, jünglingshaft, oder wie Frauen nippen. Nippt und weicht zurück. ›Keine Feindschaft‹, flüstere ich, ›keine Scheu! Setz dich zu uns, schwebe mit uns, und wenn es dich nicht entwürdigt, schwebe über meinem Schoß und Knie. Denn du warst schön, Penthesilea, und ich hätte dich besser gerühmt, wenn es dir genügt hätte, ein Weib zu sein. Zwar gefiel mir, um ehrlich zu sein, die zierliche Alkibia noch um ein geringeres besser, aber nur, weil sie weiblicher schien. Schöner, grausamer, tapferer und törichter als du war keine. Bleibe bei uns ...‹

Sie bleibt, aber mir naht sie nicht. Sie läßt, was sie läßt, in der Schwebe. Sie mag fühlen, daß nicht Zuneigung, sondern Mitgefühl mich so sprechen läßt.

Alle sind sie so versammelt um mich, die Schatten der Unterwelt, die mir im Leben nahe oder zu nahe gekommen sind; nur einer fehlt. Der Herrlichste, Grausamste, Siegreichste aller Mörder und Helden, dessen Opfer und Freunde sich so friedlich hier gesellen: *mein* Opfer Achill.

Ich will die Runde der Schatten und ihre stumme Zwiesprache nicht durch prahlerisches Menschengeschwätz zerstören. Ich will nur sagen (weil es noch nicht gesagt ist), daß auch er jetzt bei den Schatten weilt, ausgeschieden aus dem Kreis der Lebenden, eingetreten in die Bruderschaft der Toten, getroffen in seine verwundbare Ferse von dem, der hier als Lebender zu Tisch sitzt mit den Schemen und trinkt. Ich habe aufgejubelt, als ihn während der letzten Schlacht mein Pfeil traf – um Hektors, um Penthesileas, um Memnons, um aller meiner Brüder willen, die ich damit rächte –, aber nun warte ich auf ihn, wie man auf einen seltenen und hochzuehrenden Gast wartet, der die Runde krönen soll. Warte im stillen seit langem, warte beschwörend ...

Und er kommt.

Er kommt wie von weither, und sein Nahen ist ein einziges

Zögern. Der Schatten des Patroklos muß ihm entgegenschweben, überredend und ermutigend. Er kommt näher, aber noch immer scheint er zu zögern.
Da aber bricht – wie ein Blitz aus der Wolke – aus der ruhenden Runde ein Schatten aus und fliegt ihm entgegen, fliegt an seine Brust, verschmilzt mit ihm zu einem Schatten, der nicht mehr Schatten ist sondern Schein, leuchtender Schein, verschwisterter, blendender Schein... Penthesilea umarmt ihren Mörder Achill, der Mörder umschlingt die Gemordete, wird eins mit ihr, wie zwei Flammen sich vereinigen, um sich dann, unmerklich, von ihr zu lösen, aber nur so weit, daß es jeder zu erkennen vermag, daß zwei Schatten hier eins sind.
Und nun nötigt sie ihn sanft, immer schwebend, heran an unseren Tisch, den Schatten des schrecklichen Mannes, den sie töten wollte, da sie ihn ganz besitzen wollte; der sie tötete, da er sie nicht besitzen konnte. Und alle weichen ein wenig zurück und geben ihnen Raum, wie man hohen Gästen Raum gibt. Freundschaft und Brüderschaft, Versöhnung und Friede sind viel, aber hier geht es um das Höchste der Lebenden und der Toten: um die Hochzeit der Feinde.
Wie entbehrt man jetzt, daß sie der sichtbaren Leiber entbehren. Wir würde ihre Wange nun glühen, sein Auge erstrahlen – es anzusehen, würde edelste Seligkeit sein, Seligkeit um der Seligkeit der anderen willen. Aber auch jetzt, da sie nur Schatten sind, empfinden die Schatten die Seligkeit der Schatten und überbieten einander, dem Brautpaare einen Dienst zu erweisen. Memnon rückt die schwebenden Sitze zurecht, Hektor reicht ihnen die Schale, und ich, sein Mörder, gieße ihm ein, gieße ihr ein. Keiner der Schatten, der nicht die Größe der Stunde empfände, die nur vor Schatten so groß erscheinen kann, weil unser lebendiges Fleisch doch so schwach und so klein ist.
Habe ich je einen solchen Kreis bewirtet, je solcher Hochzeit beigewohnt? Hier glänzen keine Gewänder, tanzen keine

Reigentänzer, erklingen keine Instrumente. Und doch versinken vor diesem lautlosen Fest alle die lauten Feste, die ich feierte und gefeiert sah.
Ich kann es nicht hindern, daß mir Polyxena in den Sinn kommt, die lieblichste meiner Schwestern, die wohl in ihrem Bette liegt und insgeheim um den einstigen Geliebten trauert, der ihr so viele Brüder nahm und der nun von einem ihrer Brüder getötet wurde. Ich fühlte es wohl: sie wich mir in diesen letzten Tagen aus, sie zürnt mir; und vor dem Leben hat sie ein Recht, mir zu zürnen. Hier aber, an diesem Tische, würde sie einsehen lernen, daß das Glück der Lebenden und Toten aus der Vergebung aufblüht – Blume auf dem Schutt – und daß die toten Seelen klüger sind als die lebendigen. Längst haben sie ihm verziehen, die er zu den Schatten schickte, und längst auch hat er mir verziehen. Er, der so unversöhnlich war im Leben, weiß nun Großmut zu üben. Und bedarf ich nicht seiner Großmut mehr als jeder andere? Ich bin – wenn auch nur dem Fleische nach – ein Lebender, und mein Schuß in seine Ferse war vielleicht ein Meisterschuß, nie aber ein Heldenstück. Trinke mir zu, Achill, so wie ich euch zutrinke. Wir wollen Polyxena schlafen lassen, die nichts von dieser Hochzeit ahnt. Du hast die rechte Braut erwählt...
Der Mond wandert, die Nacht scheint unerschöpflich, aber mein Krug leert sich. Wäre ich der Wirt sterblicher Gäste – längst lägen sie unter dem Tische oder wären gegangen. Aber die Toten dauern; sie sind auf eine eigene Weise unsterblich, und sei es nur durch den Durst nach ewigem Leben oder ewigem Tod.
Ich hole neuen Wein; denn der Gäste scheinen mehr zu werden, und weil ich mir selbst ein aufmerksamer Wirt bin, fällt es schwer, die Schatten der Erinnerung von den Schatten der Gegenwart und diese von den Schatten der Zukunft zu unterscheiden. Selbst ein Lebender, mit den Toten vermischt, vermische ich diese mit den Lebendigen, die Lebenden mit die-

sen. Ich sehe meines Vaters hohe Gestalt unter den Schemen, erkenne meine Schwestern Polyxena und Kassandra, die meisten meiner noch lebenden Brüder und Verwandten – ich sehe sie alle, Freunde und Bundesgenossen und Untergebene, wie sie näher und näher kommen, von dem Wunsche getrieben, teilzuhaben an unserer lautlosen Feier. Getrieben von ihrem, gezogen von meinem Wunsche? Wer feiert dieses Fest der Vergebung? Feiern *sie* es mit mir? Begehre *ich*, es mit ihnen zu feiern?
Ich sehe einen Schatten in der Ferne – er will nicht nahen und will auch nicht weichen. Er umkreist die Runde, die wir um das hohe Schattenpaar bilden, das Hochzeit feiert, um für immer einander zu gehören, Hochzeit der Seelen, Hochzeit der Feinde. Ein eifersüchtiger Schatten, ein leidender und in sein Leiden verstrickter Schatten. Eine unerlöste Seele zwischen Leben und Tod.
Ach, ich weiß es längst und gestehe es mir doch nicht ein, daß ich es weiß. Ich möchte sie rufen und wage doch nicht, ihren Namen auszusprechen. Es ist der Name meiner geheimsten Schuld. Jetzt, da ich Wirt, Brautvater und Trauzeuge in einer Person an der Tafel des Hochzeiters Achill und seiner wahrhaft über den Tod hinaus geliebten Penthesilea bin, da ich Frieden suche und Frieden gefunden zu haben meine, schreckt er mich auf, dieser Schatten, ernüchtert mich und will mich zurückziehen in den Kreis der Lebendigen, der Schuldigen und Hassenden.
›Bist du tot oder lebendig?‹ so frage ich in stummer Rede. Aber der Schatten antwortet nicht.
›So lebst du…‹ fahre ich fort. ›Du lebst und kannst nicht vergessen.‹
Der Schatten schweigt; aber ich sage für ihn:
›Wie könnte ich denn… Hast du denn vergessen?‹
Und ich antworte mir selbst:
›Nein. Ich habe nicht vergessen. Mich habe ich zwar oft ver-

gessen können und dann schien mir, ich hätte auch dich darüber vergessen. Vielleicht ist es mein Schicksal, immer nur mich, nie aber die anderen vergessen zu können. Wer hilft mir...‹

Aber der Schatten bleibt fern und schweigt. Und indem er schweigt, redet er auf unüberhörbare Weise.

›Komm zu uns!‹ flehe ich. ›Reihe dich ein. In dieser Stunde vermisse ich dich.‹

Und ich antworte mir selbst, dieser Rede spottend:

›Du vermissest mich jetzt, da du in edlen Gefühlen zu schwelgen liebst, in dieser Stunde? Aber meine Stunden zählen nach Jahren, und ich kann sie nicht vergessen um deiner Stunde willen.‹

›Der Tod wird alle Zeit löschen, allen Schmerz, alle Schuld.‹

›Die Schuld nicht!‹ verweist mich der Schatten. ›Deine Schuld nicht.‹

›Du lebst, Oinone‹, sage ich. ›Du lebst. Nur die Lebenden sind unversöhnlich. So weiche zurück in deinen Haß. Quäle mich nicht länger. Auch für dich wird die Stunde kommen, da du zu vergeben begehrst. Sie kam für alle, die hier mit mir vom Weine des Vergessens trinken...‹

›Nie!‹ haucht der Schatten, bäumt sich auf und zerfließt.

Trauer befällt mich. Ich leere meinen Becher, den unvermischten, und wende mich der Hochzeitsrunde wieder zu. Aber die Gäste sind zerstoben. Oinones Nein hat sie vertrieben. Ich bin allein...

Ich blicke um mich. Im Osten kündigt sich der Tag an. Mich fröstelt in dieser grauesten aller grauen Stunden. Ich bin grausam ernüchtert – wie ein Gefangener nach einem Traume, der ihn die Freuden der Freiheit schmecken ließ. Aber träumte ich denn? Sah ich sie nicht alle an meinem Tische? Haben sie mir nicht das Herz erwärmt mit der durchsichtigen Flamme ihrer geläuterten Natur, mich dürsten gemacht nach einem Dasein wie dem ihren, nach einem Anderssein, dem Nichtmehrsein?

Der Tag kommt unaufhaltsam; noch fahl, noch unerwärmt, unbeseelt. Ein milchiger Dunst belagert den Horizont. Ich blicke über die weite Ebene, dieses Leichenfeld, welches mit so viel Blut gedüngt ist, daß keine Blume mehr blühen, kein Same mehr Wurzeln schlagen mag. Vor den Zelten der Griechen, hinter ihrer Schiffsmauer, steigt Rauch auf. Sie kochen ihre Hirse- und Blutsuppen, um sich zu stärken für das Handwerk des Krieges. In den Stallungen jenseits unseres Burghofes höre ich das knappgehaltene Vieh um Fütterung brüllen. Schlachtvieh hier und dort. Wer kommt heute unter das Messer – wer morgen...

Ich überdenke mein Leben; ich halte es wie eine Korallenschnur in der Hand. Mir scheint, die Kette ist vollständig; sie kann sich schließen. Ich selbst könnte sie schließen. –

Meine Schwester Kassandra glaubte, mir ansagen zu müssen, was ich seit Tagen schon fühle, ja weiß. Um es genauer zu sagen: von jener Stunde an, da ich den Scheiterhaufen aufflammen sah, auf dem die Griechen ihren größten Heros verbrannten. Zur gleichen Stunde verbrannten wir in Troja den Leichnam unseres lyzischen Freundes Glaukos, und ich stand dabei, noch mit verbundenem Kopfe – ein Steinwurf des Ajax, den ich durch einen Lanzenwurf reizte, hatte mich für einige Tage aufs Krankenbett genötigt –, und sah dort und hier die Flammen hochauf lodern. Und plötzlich – mag sein, daß mein noch brummender Schädel mir das eingab – stand ich zwischen den beiden Feuern, die aufeinander zubrannten. Ich überwand den Schwächeanfall rasch und wurde wieder klar. Aber ich konnte den Gedanken nicht mehr abweisen, daß die Äxte schon geschliffen sind, die das Holz für meinen Scheiterhaufen schlagen werden. Äxte, die nach dem Holze gieren; Holz, das nach Flammen giert; Flammen, die nach meinem Fleische gieren.

Man kann solches Gefühl haben, ohne ein Hell- oder Schwarzseher zu sein. Der Sand in der Sanduhr steht nicht

still. Auch wenn ich ihn nicht rinnen sehe, so höre ich ihn doch. Ich meine, jedes männliche Ohr in Troja müßte ihn rinnen hören.
Ich war also nicht betroffen, als Kassandra, mit einem Brettspiel unter dem Arm, vor einigen Tagen zu mir kam (sie weiß ja, daß ich von diesem Spiel wenig halte und nicht in Elfenbein besitze, was jeder Gassenjunge sich in den Sand zeichnen kann) und mit mir zu spielen begehrte. Sie hat dergleichen nie getan – wir gehen uns ja unauffällig aus dem Wege –, und daß sie es nun zu tun wünschte, mußte seine Gründe haben. Sie wollte mir meinen baldigen Tod voraussagen, und um taktvoll zu handeln, wollte sie mir ihre Weissagung nicht an den ohnehin noch empfindlichen Kopf werfen – sie wollte mir ihre Hiobsbotschaft spielend unterschieben. Und weil sie weiß, daß derjenige, der beginnt, sofort im Vorteil ist, ließ sie uns denn auch gar nicht erst losen, sondern sagte beiläufig: »Ich darf wohl anfangen…«
Keine Sorge – ich beabsichtige nicht, dieses langweiligste aller Spiele darzustellen, das sie ebenso ernst, wie ich es albern nahm. Sie wollte gewinnen, mich besiegen. Sie mußte gewinnen. Warum sollte ich ihr den Spaß verderben? Sie wählte diesen Weg aus Rücksicht; ich hatte Rücksicht auf ihre Rücksicht zu nehmen.
Sie brachte ihre Mühlen zustande und ihre Zwickmühlen – alles geriet ihr nach Wunsch. Aber gegen das Ende hin machte sie einen ganz dummen Zug, der sie den Sieg gekostet haben würde, hätte ich ihn ausgenutzt. Nun juckte es mich doch, ihr den Spaß zu verderben. Ich war unentschlossen, ob ich es tun sollte oder nicht, und sie nahm mein Zögern für spielerisches Abwägen. Sie zitterte vor Furcht und Ungeduld. Aber schließlich besiegte ich mich selbst und ließ sie siegen.
»Du hast verspielt!« sagte sie doppelsinnig.
»Tod…«, sagte ich ruhig.
»Wessen Tod?« fragte sie stutzend.

»Des Verlierers Tod«, antwortete ich lächelnd.
Sie zog ihre Brauen hoch (das hat sie mit unserer Mutter Hekuba gemeinsam), nahm Steine und Brett und erhob sich. Ich geleitete sie zur Tür.
»Ich hoffe, noch oft dieses langweilige Spiel mit dir zu spielen«, sagte ich, ihr die Hand reichend. »Vergiß nicht, es mitzunehmen.«
»Mitnehmen? Wohin?!«
»In den Hades, meine Liebe. Gute Nacht und Auf Wiedersehen!«

Längst ist die Sonne aufgegangen; sie hat den Dunst gerötet, der über ihr lagerte, und ihn schießlich aufgesogen. Nun beginnt sie zu steigen – man glaubt zu sehen und zu hören, wie Helios sein Gespann vorwärts und aufwärts treibt, mit Zuruf und Peitschenknall. Türen schlagen, Eimer kollern, Winden krächzen – der Tag hat seine Geräusche. Wer lebt, beliebt es zu zeigen. Nur die Toten machen keinen Lärm. Ruf und Gegenruf schallt auf. Ein junger Bursche zieht Wasser aus dem Brunnen und singt dabei. Er mag fünfzehn Jahre haben; auf jeden Fall hat er hübsche dunkle Locken, und ich wünsche ihm, daß er davonkommt. Wenn sie ihn leben lassen, die Griechen, werden sie einen gefälligen Sklaven und vielleicht mehr an ihm haben. Vielleicht wird er gar, wie Alkman, ein Dichter, ein Trojaner, der hübsche Verse hersagt und später – in Sparta, Argos, auf Ithaka oder Lesbos – freigelassen wird, um die Phalanx der griechischen Musensöhne zu stärken und unverderblichen Honig aus den Blüten der hellenischen Kultur zu saugen.
»Guten Morgen, mein Junge!«
»Die Götter mögen dich segnen, Prinz!«
»Mögen sie, mögen sie!« antwortete ich. »Wie heißt du denn?«
»Eleutheros, Prinz!«

»Ah! Der Freie. Mögst du's bleiben oder werden! Kannst du mir ein Maß frischer Milch heraufbringen, Eleutheros?«
»Sofort, Herr! Ich fliege.«
Milch nach einer durchzechten, durchwachten Nacht ist eine Gabe der Demeter. Selbst die Brust Aphrodites könnte – in den Morgenstunden – nichts Kräftigenderes und Tröstenderes enthalten. Ich dürste nach ihr.
Und da kommt er schon, der reizende Bursche, mit einem Krug frischer Milch. Er bebt vor Stolz und Pflichtbewußtsein.
»Was wirst du werden?«
»Das wissen die Götter«, sagte er bescheiden.
»Und was möchtest du werden?«
»Ein Held!« sagt er fest.
Ach, diese jungen Leute, denke ich enttäuscht. Immer haben sie nur den einen Wurm im Hirn: ein Held zu werden. Als ob das ein Beruf wäre...
»Werde, wie du heißt!« sage ich, den Krug ansetzend. Ich trinke und schlucke zugleich erheitert sein Unverständnis.
»Du hast mich verstanden?« Er schüttelt den hübschen Kopf.
»Du bist wenigstens ehrlich«, sage ich, »also auf dem besten Weg, ein freier Mann zu werden. Hast du einen heimlichen Wunsch?«
Er stutzt, denkt nach. Dann strahlt er mich an:
»Ein Pferd zu reiten...« Er stockt erschreckt.
»Geh«, sage ich, »zum Aufseher der Pferde und bestelle ihm: Der etwas kurzbeinige Braune – ich glaube, Thesipho heißt er – solle von heute an dir gehören. Pflege ihn gut, und wenn uns (was die Götter verhüten möchten) eines Tages die Griechen besiegen sollten, so führe ihn beizeiten an das vierte Tor, setze dich auf ihn und reite davon, in Richtung auf das Idagebirge.«
»Soll ich mich dann nicht mit Thesipho in die Schlacht werfen?« fragte er erstaunt.

»Thesipho«, sage ich, »ist mein liebstes Pferd. Ich will, daß es nicht in der Schlacht stirbt. Du sollst es retten!«
»Ich werde es retten!« sagt er wie ein Mann.
Wahrhaftig: man kann sie für alles begeistern, man muß sie nur anzusprechen wissen. Sie wollen ja nur ihren Mann stehen.
Die Milch ist getrunken, Eleutheros entlassen. Er hat mir die Hände geküßt und wird jetzt den Aufseher in Erstaunen versetzen. Ich bin von neuer Kraft erfüllt und segne die trojanischen Kühe. Mein Durst nach Milch ist gestillt. Woran könnte es mir noch gebrechen...
Es gebricht mir an nichts, meine Freunde. Der Krug Milch hat mich auf den Stand eines unschuldigen Säuglings zurückgeworfen. Ich bin weder todestrunken noch lebensgewillt. Ich bin einfach müde.
Aber da die Sonne nun mächtig am Himmel prahlt – diese Vettel der Wollust, diese annehmbarste aller Wiederholungen, diese wahrhaft unumstößliche goldene Regel in all unserer Regellosigkeit –, geziemt es mir, aus der Reihe der Lebenden zu tanzen und mich demütig einverstanden zu erklären mit allem auf der Welt: dem Willen der Götter, der Voraussage Kassandras, dem mir verhängten Schicksal und nicht zuletzt meiner ganz persönlichen Empfindung, daß meine Tage gezählt sein dürften.
Niemand wird mir verübeln, daß ich es ablehne, sie selbst zu zählen. Ich bin bereit, zu leben – zu sterben.
Zuvor aber treibt es mich, einen langen und tiefen Schlaf zu tun.

Eines Tages, meine schöne Leserin, wirst du – möglicherweise – bemerken, daß ich dir einen Brief schrieb, der nie in deine Hände gelangte. Du magst zunächst erstaunen darüber; später wirst du einsehen, daß mein Verfahren sich auf gute Gründe berufen kann.
Du weißt, was ich in den Stunden der Zurückgezogenheit treibe: ich denke (auf eine für andere nachlesbare Art) über mein Leben nach. Also auch über dich, mit der ich nun elf Jahre zusammengelebt habe. Ich habe manches aufgezeichnet, was dich oder uns beide betrifft. Ich habe dich mit erlesenen Vokabeln behängt, mit meinen Ekstasen und Exaltationen angestrahlt, deine Anmut, deinen Witz gerühmt, dein blühendes Fleisch besungen. Dein Körper ist noch heute paradiesische Landschaft für mich; ich lustwandelte in ihr, ohne jemals Langeweile oder Übersättigung gespürt zu haben. Du bist – ich sage es ohne jeden Anflug von Ironie – ein Idol unserer Zeit, und da der Ruhm weiblicher Schönheit sich letzten Endes immer wieder auf die gleichen Attribute gründen wird, halte ich es für möglich, daß dein Name auch künftigen Generationen zum Kennwort, zum Inbegriff für – ja, für was eigentlich? – werden könnte.
Für das Weibliche, höre ich jemanden sagen. Und was träfe die Summe dessen, was uns Männer überwältigt, genauer und ungenauer zugleich als dieses augenlidklappernde Neutrum: *das* Weibliche? Inbegriff des Weiblichen – klingt das nicht? Es ist so vielsagend nichtssagend. Es ebnet alles ein. Verstand, Büste, Profil, Hüften, Seele – alles Größen derselben Kategorie. Wir sprechen von den Attributen des Weiblichen wie von denen einer Schneckenrasse, einer Pilzart. »Ach, mein lieber Freund, es geht doch nichts über das Weibliche ...« – können das Männer untereinander im Ernst sagen? Wohl nur, wenn sie von ihren eigenen Surrogaten reden.

Trotzdem: lassen wir das Weibliche stehen. Es muß vorerst genügen. Auf jeden Fall genügt es mir, da ich dich gekannt habe, dich kenne. Aber – mich interessiert nicht, was ich weiß; mich interessiert zu wissen, was ich nicht weiß. Und da *ist* einiges, das ich nicht weiß, aber wissen möchte. Und weil du es mir gewiß nicht sagen würdest (sofern überhaupt Gelegenheit wäre, so entlegene und naheliegende Dinge zu erörtern), so sage ich es mir selbst. Damit aber deine persönliche Meinung nicht verborgen bleibt, werde ich *an deiner Statt* auch die Antwort auf diesen Brief aufsetzen. Nicht, um dir eine Rede in den Mund zu legen, die mir genehm wäre, sondern um deiner Selbsterkenntnis auf die Sprünge zu helfen. Jener Selbsterkenntnis, von der ich überzeugt bin, daß sie – als Tugend – der Frau weder förderlich noch natürlich sein dürfte. Der Frau liegt daran, das Handeln des Mannes zu beeinflussen. Solange sie sich dazu fähig glaubt, kann ihr an Selbstinterpretation nichts gelegen sein. Selbsterkenntnis ist eine Tugend alternder Männer.

Angesichts dessen, was ich mit dir teilte, beschäftigt mich die Frage: ... nein, ich will darauf verzichten, Fragen zu stellen. Mich beschäftigt keine Frage. Ich habe nur meine Ideen und Vorstellungen und möchte sie in diesem Briefe niederlegen – als Vermutungen, Möglichkeiten, Wahrscheinlichkeiten... Du sollst jedenfalls wissen, daß ich mir Gedanken machte, wo du den Gedanken hattest, ausschließlich an meine Gefühle zu glauben.

Ich werde mir dabei nichts abhandeln, was diese meine Gefühle betrifft. Ich achte meine Empfindungen im Grunde mehr als gewisse Erwägungen und Gedanken, die uns angeblich unsere Empfindungen einzuordnen, ja zu beherrschen helfen sollen – etwa in dem Sinne, als wäre das elementare Ereignis eines Regens nur geschickt, um den Regenschirmen Geltung zu verschaffen. Ich stehe zu meinen Gefühlen und Empfindungen. Aber es gibt Stunden oder auch Tage im Leben eines Mannes – die Zeitmaße dürften mit zunehmendem Alter an Ausdehnung gewinnen –, in denen man über Gefühle nachdenkt, anstatt das Denken von Gefühlen überflügeln zu lassen. Ich weiß nicht, ob der Tätigkeit des Schriftstellers ein allgemeiner Nutzen zugeschrieben werden kann. Aber ich weiß, daß der Schreibende selbst sehr gut auf seine Kosten kommt, indem er nämlich schon bei Lebzeiten gewissermaßen aus seiner Haut fährt, dadurch über seinen Schatten zu springen befähigt wird und über diese Selbstentäußerung endlich auf sich selbst stößt. Wobei zu sagen wäre, daß damit weniger ein selbstherrliches Einzelwesen zum Vorschein kommt als vielmehr die Gattung Mensch überhaupt, ihre Freuden, Leiden, Krankheiten, Verhängnisse, Schwächen und Stärken allgemein. Der Liebende zum Beispiel, der sich zu entdecken wünscht, entdeckt in Wahrheit die Liebe. Ähnlich oder gleich ergeht es ihm mit der Geliebten. Ja ähnlich oder gleich ergeht es ihm schließlich mit dem Phänomen der Liebe selbst, das sich, kaum glaubt er, es in den Blick bekommen zu haben, in hundert Spiegeln bricht. Er entdeckt immer nur die Brechung und immer neue Brechungen des Entdeckten. Er entdeckt, daß es unendlich viel zu entdecken gibt. Er entdeckt zum Beispiel, daß er liebt oder lieben kann – allein um der Liebe und ihrer Entdeckungen willen. –

Vor nicht allzu langer Zeit, eines Vormittags sah ich dir zu, als du vor dem Spiegel saßest. Du hast immer auf ebenso entschiedene wie unbefangene Art Gebrauch von diesem Instrument gemacht, aber an diesem Vormittag hattest du alles um dich vergessen, offenbar auch mich, der ich von einem Ruhebett aus dir zusah.

Du handhabtest während einer Stunde einige kleine Geräte; aber das geschah fast mechanisch. In Wahrheit betrachtetest, genossest, kostetest du dich selbst, deine Schönheit, dein so schönes Dasein. Du schienst mir Narziß in Weibesgestalt. Aber nur für eine kurze Weile. Natürlich sah ich, daß du verliebt in dich warst, entzückt von dir, hingerissen von dir. Aber es war kein naives, spontanes Entzücken mehr – es war zu viel Sicherheit, zu viel Bewußtheit, zu viel Triumph in diesem Entzücken. Du warst schön, außermenschlich, ja unmenschlich schön; aber du warst es nicht um meinet- oder irgendeines Mannes willen, auch nicht um der Liebe willen (womit ich sagen möchte, daß du auch für einen andern schön sein könntest, und ich nähme es mit Vergnügen wahr, selbst wenn es ein peinigendes Vergnügen wäre). Mir schien auf einmal, daß deine Reize einen Grad von Selbstherrlichkeit, Selbstgefälligkeit, Eigentümlichkeit erreicht hätten, der sie beziehungslos machte. Ich begriff plötzlich, daß du keinem einzelnen Manne gehörst oder bestimmt bist. Du bist die Frau, von der alle träumen, auch wenn sie nie deinen Namen hörten, dich nie sahen; die Geliebte der hoffnungslos Liebenden – der Krüppel, der Schwachsinnigen, der Halbwüchsigen, wie die der Kraftprotzen, der Angejahrten, der Helden: Menelaos, Theseus... und was da ficht und sticht. Daneben bist du meine Frau; daneben oder zugleich. Bist es gern, mit Talent und Anstand, mit Vergnügen, mit Leidenschaft. In Sparta, an der Wiege Hermiones, hättest du wenig Aussicht gehabt, ein Mythos zu werden. Die schönsten Frauen hinterlassen kaum mehr als eine wehmütig-spöttelnde Erinnerung, wenn sie sich auf den Weg der gebärfreudigen Mutter begeben. *Du* wußtest, was dir kleidsam ist, was du dir schuldig warst: ein Töchterchen, eine abenteuerliche Flucht, ein durch Widerspruch und Gefahr großes Leben. Es bleibt im Grunde belanglos, ob du es früh endest als die kühne Liebende oder ob du es spät beschließen wirst als die mit Tausenden von Männerleichen aufgewogene, zurückeroberte Geliebte. Sowohl die geopferte wie die triumphierende Schönheit – Tod wie Überleben – werden deinen Namen groß machen. Ich raubte dich zwar und trotzte der Welt Jahr für Jahr meinen Raub ab. Dennoch gehörst nicht du zu mir – ich gehöre zu dir. Deine Schönheit

duldet nicht, daß ich sie mir unterworfen haben könnte. Schönheit soll offenbar herrschen. Ich liege zu Füßen, bin Weiberknecht, Schürzenjäger – so sieht es die Welt.
Zweifellos bist du mir in mein Bett gefolgt, weil des Weibes Lust ohne die eines Mannes schwerlich denkbar ist. Aber wenn heute einer aufstände und behauptete, ich hätte zwar dich geraubt, aber ein Jahrzehnt vergebens vor deinem Bett gewinselt – könnte ich ihm das handgreiflich widerlegen?
Was mich angeht, so liebe ich zum Beispiel Kinder. Ich halte es für möglich, daß diese Neigung einer Sentimentalität entspringt: ich sehe in jedem neugeborenen Wesen einen neuen Entwurf der Schöpfung, eine neue, bis dahin noch nicht wahrgenommene Möglichkeit des Menschen.
Wir lebten mehr als ein Jahrzehnt zusammen und hatten dennoch kein Kind. Haben die Götter deinen Schoß zur Unfruchtbarkeit verdammt? Hast du selbst – mir wollte es zuweilen so scheinen – Sorge dafür getragen, daß uns vorenthalten blieb, was anderen vielfach geschenkt, ja aufgedrängt wurde?
Ich mache keine Staatsaktion aus dieser offenbleibenden Frage. Ob aus eigenem Entschluß, ob auf Wunsch der Götter – eine kinderlose Helena erscheint aller Welt anziehender als eine mit vier oder fünf Kindern. Warum nicht auch mir? Warum nicht auch dem Menelaos? Und warum nicht auch sich selber …? Ganz vernünftige Familien lassen den Krieg erst zu Ende gehen, ehe sie sich durch erhöhte Stückzahl für die Angelegenheiten des Vaterlandes engagieren. Die Götter, die dich öffentlich strafen wollten, standen dir insgeheim bei; du selbst widerstrebtest ihnen nicht; und mir warst du auf ein Jahrzehnt eine nie entstellte Geliebte. Und wenn das Geschick es will, wirst du sogar auf diese Art als unbeflecktes Opfer trojanischer Willkür auf die Ritterlichkeit deiner Befreier hoffen dürfen. Vollkommene Schönheit entwaffnet selbst den Gehörnten.

Ich verspüre keinerlei Eifersucht bei all diesen Gedanken und Erwägungen. Ich bin dabei, Abschied von dir zu nehmen, und Abschiednehmende – für immer Abschiednehmende – sehen den Gegenstand, von dem sie scheiden, bereits mit den Augen der Erinnerung an. Das heißt: sowohl verklärter, sehnsüchtiger, gesteigerter – wie auch zugleich wahrer, nüchterner, sachlicher. Erkennen wir einander denn, wenn wir uns im Arme halten? Es beginnt alles sehr schön. Dieses Begehren und sich zugleich Begehrtfühlen läßt unsägliches, fieberndes Behagen zusammenschießen. Die gleichen Instinkte, Stauungen, Wallungen werden gespürt und zielen, drängen, werden gedrängt zu dem einen erflehten, verzweifelt ersehnten, gemeinsamen Sturz ins Vergessen, Verflammen, Erlöschen.
Betrug, meine Liebe. Just, da wir gemeinsam zu erlöschen hoffen, entdecken wir unsere höchstpersönliche Leiblichkeit neu. Und – beinahe schmerzender noch – die des anderen. Und wenn neulich jemand sagte, ein Ehepaar gleiche einem doppelköpfigen Tier, so möchte ich diesem Bilde entschieden widersprechen. Es setzt voraus oder unterstellt, daß man zwar getrennt, ja in verschiedenen Richtungen denken, also auseinanderdenken kann, aber daß es natürlich und gewöhnlich sei, eins im Fleische zu sein. Das Gegenteil ist der Fall, möchte ich meinen. Daß sich zwei Menschen auf ein Ziel, einen Lebensstil einigen, ist das Allergewöhnlichste von der Welt, zumal das Weibchen in dieser Hinsicht nur zu gern die Führung des Männchens anerkennt. Aber einmütig, eins im Mute sein, heißt nicht: eins im Fleische sein. Es bleibt beim Paar, bei Zweien. Bestenfalls handelt es sich um zwei Leiber, die zu einem Kopfe gehören. Ich hege den begründeten Verdacht, daß dort, wo sich die beiden Geschlechter am engsten zusammenfinden sollten, die meisten Entfremdungen eingeleitet werden, die heftigsten Widersprüche zutage treten.
Aber – was geht das uns an...
Wir, so scheint mir, waren weder ein Tier mit zwei Köpfen

noch ein Kopf mit zwei Leibern. Wir waren zwei Wesen; jedes hatte seinen eigenen Kopf, seine eigene Seele, seinen eigenen Leib. Nur so, scheint mir, kann die Liebe ein reiches, annähernd gerechtes, immer wechselndes Spiel sein: wenn jeder eins für sich ist. Ein Bruch und eine Gleichung sind zwei Dinge. Weder war ich der Zähler und du der Nenner; noch umgekehrt. Wir rangen spielerisch um das Gleichgewicht einer flüchtigen Gleichung. Und wenn es bei diesem Bemühen zu immer neuen heimlichen Varianten und Differenzen kam, so deshalb, weil jeder von uns – als Einzelner also – ein doppelköpfiges Wesen, eine Doppelexistenz aus Tier und Geist ist. Da konnte es sich wohl fügen, daß ich, edler Gedankenflüge voll, ein Leichtgewicht über dir war, die du in der irdischen Erwartung des Tieres das Schwergewicht des Herrschers oder Männchens verlangtest. Oder ich war der mühsamen Flüge müde und wollte nichts als Tier beim schönen Tier sein, und dir stand der Sinn nach zärtlicher Allegorie, nach Schwanenhals und Ledastunde. Ich weiß nicht, ob es deine Klugheit war oder deine ungeheure Erfahrenheit im Fleisch, die bewirkten, daß wir ohne jeden Zweifel und zugleich ohne Pflichteifer uns immer wieder verführt und verlockt sahen, die Gleichung des Glücks zu versuchen. Aber du darfst sicher sein, daß ich dich für die begehrenswerteste Frau unter der Sonne halte, heute, hier, in diesem Augenblick.
Ich weiß dabei natürlich, daß alle Liebe, auch die meine, nicht existent wäre ohne die Phantasie, die in der Erinnerung (oder auch in der Vorfreude) schwelgt; nicht existent ohne den barbarischen, noch der niedrigsten Kreatur eigentümlichen Stachel des Fleisches in der Gegenwart. Liebe ist ein Gemisch aus Notdurft und Seelenflug (zukünftigem oder gehabtem) – mithin also der elementarste und redlichste Ausdruck unserer Doppelexistenz. Liebe ist eine heilige Wahrheit und zugleich eine listige Täuschung und eine fromme Selbsttäuschung dazu. Man kann sie nicht bereden oder beschreiben zu ir-

gendeinem Ziel oder Schluß hin; aber wenn man auf Ziel und Schluß verzichtet (was jeder Kluge tun sollte), könnte man bis an sein Lebensende die interessantesten oder unterhaltsamsten Dinge über die Liebe, das Geschlecht, die Geschlechter und so fort erzählen, erfinden und beobachten, ohne je zu langweilen oder gelangweilt zu sein. Die Liebe als die langweiligste Kurzweil erzeugt die kurzweiligste Langeweile des Daseins. Ein geschickter Erzähler könnte siebenmal oder siebzigmal das gleiche Thema variieren und seine Hörer entzücken, vorausgesetzt, daß die *Liebe* der Held seiner Geschichte wäre. Es ginge uns im Grunde auch gar nicht um die Geschichte. Es ginge und geht um die Immerwiederkehr des Liebesaktes, das stürmische Bißchen irdische Seligkeit, den Inbegriff des scheinbar habhaften Glückes. –

Ich sehe schon: ich will von dir und mir schreiben und schreibe immer nur von der Liebe. Sagte ich nicht, daß uns stets das Dritte, dem wir uns anzugleichen suchen, in den Blick kommt? – Ich könnte so fortfahren, immer wieder die Erinnerung zu Rate ziehend, die Erinnerung an dich, von der Liebe zu reden; aber welchen Sinn könnte das haben? Müßte es dich nicht verkleinern? – Ich weiß, daß du deine Art, dein Geschlecht vertrittst wie eine Bienenkönigin ihr Volk. Darfst du mir da zur Verallgemeinerung dienen?

Ich sage: ja – aber ich füge hinzu: Es gibt diese Verallgemeinerung überhaupt nicht. Es gibt Paarung auf dieser Welt, sekündlich, millionenfach – das wäre die Verallgemeinerung. Wie lächerlich, daraus Schlüsse zu ziehen für dich oder mich! Wie lächerlich aber auch, von dir oder mir auf die Allgemeinheit zu schließen. Wenn wir zugestehen, daß jeder eine einmalige, erstmalige, auf seine Weise unwiederholbare Existenz ist, so gestehen wir damit zugleich, daß Liebe, die sich hunderttausendfach in der Sekunde »wiederholt«, im Eigentlichen einmalig, erstmalig, unwiederholbar, das heißt millionenfach verschieden ist. Wo Paris liebt, geschieht Liebe,

Begierde, Eroberung, Unterwerfung erstmalig; Helena *erfindet* geradezu die Liebe und den Liebesruhm der Frau. Jeder Grieche und Trojaner weiß, daß Helena und Paris bis in die geringste und niederste Lebensäußerung ihnen gleich beschaffen sind, daß sie Mann und Frau sind, wie andere auch. Aber aus irgendeinem Grunde glaubt die Mitwelt und glauben wir selbst vielleicht an eine Steigerung unserer Gefühle, unserer Handlungen, unseres Dranges über alles Gegebene hinaus. –

Ein Ehebruch ist verpönt – aber wer beginge ihn nicht gern... Du hast ihn für alle Feigen und Zaudernden geleistet. Dein Ehebruch (und der meine) machte sogar Geschichte: er führte, wie man wenigstens sagt, zum Kriege. Auch wenn er nur zum Vorwand für diesen Krieg herhalten muß – die Tatsache, daß man vor aller Welt so argumentieren kann, ohne daß die Menschheit sich über diesen Unsinn totlacht, beweist, daß man unseren Fall so hoch ansetzt: man hält für glaubhaft, daß Völker zehn Jahre Krieg führen um einer Frau willen. Das aber ist so gegen jeden Verstand, gegen jedes menschliche Maß, daß dieser Fall Furore machen muß. Aber wir selbst, sind wir darüber, daß alle Welt in uns das Exempel tollkühner Liebe erkannt zu haben glaubt, nicht zu Gefangenen geworden? Ist nicht deine Ehre, dein Ruf als große Liebende an die Bedingung geknüpft, daß dein Mann Abertausende gegen unsere Mauern anrennen läßt und in den Tod führt? Bin ich nicht verpflichtet, immer wieder gegen deine Auslieferung zu protestieren, selbst wenn du mir gleichgültig geworden wärst?

Was übrigens dies angeht: ich schickte einmal meinen Bruder Hektor als eine Art Scheidebitter zu dir, damit er dich ausforsche. (Du wirst dich vielleicht erinnern – es war nach seiner Niederlage gegen Ajax). Ich hatte gelobt, dich ziehen zu lassen, wenn du ihm auch nur eine Andeutung von Wankelmut gezeigt hättest. Aber du bliebst fest – möglicherweise, weil es unmöglich war, vor dem fleischgewordenen Ruf der Zuverlässigkeit – Hektor – unzuverlässig zu erscheinen. Ich wäre bereit gewesen, dich aufzugeben (wenn ich nicht mehr an deine Liebe hätte glauben können) – da bekanntest du dich eindeutig zu mir. Aufs neue war ich also der Gefangene meiner Gefangenen.

Der Gefangene meiner Gefangenen – ist damit das Entscheidende über unsere Situation gesagt? Was schreibe ich nicht alles in diesem Brief nieder, an das ich zu Beginn nie gedacht habe, und wieviel von dem, was ich schreiben wollte, vergaß ich zu schreiben! Habe ich Ausflucht an Ausflucht, Umweg an Umweg gereiht, mich von einer Brechung in die andere Brechung gerettet und meinen Scharfsinn aufgeboten, nur um bei einer Frage zu enden, die genau so naiv, so unbedingt, so schwärmerisch, bestialisch, flehend, lauernd, richterlich gemeint ist, wie sie klingt...?

Welcher Frage also?

Es gibt keine Form für sie, wenigstens keine, die ich nicht im gleichen Augenblick erläutern, einschränken, ja vielleicht zurücknehmen möchte. Denn wie kann ich nach der Beschaffenheit, nach dem Wahrheitsgehalt deiner Liebe fragen, da ich doch selbst zu wissen glaube, daß sie alles in eins ist: fest und verborgen wie die Wurzel eines Baumes, beweglich und ungreifbar wie ein Blatt in seiner Krone, brutal und zwingend wie eine Vergewaltigung; scheu und ungegenständlich und doch durchbohrend wie ein Blick. Wo ist Faßliches, Herausforderndes, Tierisches, Schwebendes, Flüchtigstes, Zärtlichstes so hoffnungslos miteinander vermischt wie in diesem unaufhörlichen, lautlosen Aufeinanderprall der Geschlechter, der noch im Schlaf und Traum sich fortsetzt, den unsere Gedanken denken, ohne es zu wollen, den unsere Sinne wollen, ohne daß wir an ihn denken!

Ich könnte auf die Knie fallen, die deinen umschlingen, meine Wange an deinen Schenkel legen und dich fragen, mit ge-

schlossenem Blick, wie ein zum Tode Verurteilter, fragen wie einer, der die Wahrheit liebt und fürchtet zugleich, der hofft und mißtraut, Abschied nimmt und Abschied gibt. Könntest du denn sagen, was du *nicht* weißt? Und könntest, würdest du sagen, was du weißt? Willst du überhaupt *wissen?* Ist nicht vielleicht gerade dies dein Wesen: daß du fühlen, lieben, leben, sein willst, *ohne* zu wissen... vielleicht gar ohne wissen zu *wollen, was* du weißt?
Mir scheint, du gingst gestern und gehst heute einen Weg, der kein anderes Ziel hat als das, *dein* Weg zu sein – lächelnd, durch Blut, an Abgründen vorbei, auf Abgründe zu, ohne dich umzusehen, zu zögern, ohne es vielleicht überhaupt zu bemerken...
Zitterst du nicht vor morgen?!
Ich will aufhören – es wäre sinnlos, das in sich selbst kreisende Spiel fortzusetzen. Ich wollte Argwohn aussprechen, Verdächtigungen, Mutmaßungen... ich wollte dich herausfordern, anklagen... du siehst, was daraus wurde. Und wenn ich frage: Zitterst du nicht vor morgen? – was meint das im Grunde anderes als die Frage: Liebst du mich heute? Liebst du mich noch?
Ich sollte zu dir gehen, tun, was Hunderttausende vielleicht in diesem Augenblick tun, und das für einen Handel der Liebe erklären. Vielleicht würde meine Verzweiflung dich so überfallen und so erschüttern, daß keine Frage, kein Wort vonnöten wäre: du würdest meine Not fühlen und freiwillig, ja überschwenglich, ekstatisch versichern, daß du mich liebst, liebst vielleicht wie nie zuvor. Du würdest es glauben – denn wer außer sich ist, hat das Recht, alles von sich zu glauben –, und ich würde es für Sekunden glauben, denn auch ich wäre außer mir. Unsere Seelen, dem Leibe für winzige Frist entzogen oder von ihm wie in einer Geburt ausgestoßen, begegneten sich in diesem körperlosen »Außen«, küßten sich, beweinten ihre Flüchtigkeit, ihren unstillbaren Durst und

kehrten zögernd, aber unausweichlich in ihren fast gestorbenen, erloschenen Körper zurück.
Alles wird sein wie zuvor. Keine Antwort auf »letzte Fragen«. Neue Brechungen.
Endet dies alles vielleicht, wenn wir alt sind, in diesem Mitleid der Seelen, das die Nachsicht mit sich selbst auf den anderen überträgt? Das wie die Verschwendung der Armen anmutet und deshalb so hoch bewertet wird, daß es als geistige, geadelte Liebe gilt, als die Krone, die über dem Leiblichen schwebt und glänzt?
Nun, das zu erfahren, könnte dir vielleicht beschieden sein – mir nicht. Ich gehe nicht zu dir, um eine Antwort zu erfahren, die keine ist. Ich werde auch die des Alters nicht abwarten können. Ich frage einfach wie einer, der nach einer Straße fragt...

Ich lasse dich antworten:
Es ist ein langer, unruhig schweifender Brief, Paris, auf den du eine Antwort verlangst; aber ich will sie zu geben versuchen. Sie wird kurz sein, denn du fragst nach der Gegenwart. Alle Rede über Vergangenes könnte auch von dir als Bestechungsversuch mißdeutet werden.
Zum Glück erwartest du nicht, daß ich über das Wesen der Liebe philosophiere – ich könnte es nicht, wenn ich es auch wollte; ich täte es nicht, wenn ich es könnte. Ich habe die Gabe des Verstandes nicht empfangen, um zu untersuchen, welchen Brechungen die Liebe ausgesetzt ist – meine, deine, die sogenannte Liebe überhaupt –, woraus sie sich zusammensetzt, welchen Wandlungen sie unterworfen ist, welche Schlüsse sie zuläßt, Fragen aufwirft und so fort. Ich nutze meinen Verstand, meinen Geist und meinen Instinkt, der ja auch eine, und unter Umständen eine außerordentliche, vielleicht sogar die kostbarste Mitgift der Götter ist, beinahe ausschließlich zur Erhaltung, Erfrischung, Verfeinerung, Vertie-

fung aller der Kräfte, die mich als Frau erfüllen, spannen, in Atem halten. Nicht die Liebe als Erscheinung beschäftigt mich, sondern die Liebe als meine persönliche Handlung, Entscheidung; meine bewußte und gewollte Teilnahme an dem, was man Schicksal nennt.

Als mich Theseus entführte, war er mein Schicksal, und ich nahm es an. Als mein Vater mich dann später dem Menelaos zusprach, nahm ich auch das an. Als du mich aus Sparta entführtest, ging ich mit dir. Wenn du morgen in der Schlacht fällst, werde ich trauern um dich – ich weiß nicht, wie lange. Aber ich glaube, eines Tages wird meine Seele der Trauer satt und meine Sinne werden begierig sein, aus ihrer Vernachlässigung erlöst zu werden. Dann würde ein Mann, wie etwa dein Bruder Deiphobos – ihr seid nicht nur Brüder, sondern auch Freunde und habt vieles gemeinsam – wohl damit rechnen können, daß ich ihm eine liebegewillte und liebenswerte Gattin wäre. Ja, selbst wenn morgen meine Landsleute die Mauern ersteigen und Troja erobern sollten und mein von mir verlassener Mann mir als Richter und Rächer gegenüberträte – ich wiche ihm nicht aus, sondern hielte ihm stand, um zu erfahren, was mein Schicksal ist. Ich will nichts anderes, als mein Schicksal leben. Ich weiß, daß mir ein sehr bewegtes, gefährliches, absonderliches Schicksal bestimmt ist – von Jugend auf bin ich gewohnt, begehrt, umworben, umstritten, entführt und wieder begehrt zu werden. Ich wundere mich, daß du aus diesem Tatbestand keine Theorie abgeleitet hast, die Theorie der gefügigen, nach Gewalt dürstenden, von Jugend an (durch Theseus) traumatisch versehrten Frau, die durch Geburt zwar für Königsbetten bestimmt, aber von Natur eine Hetäre, eine halbgöttliche Dirne ist. Wirklich, ich wundere mich. Aber vielleicht gehört dieser Fall, diese Theorie zu jenen Verdächtigungen und Mutmaßungen, die du nicht auszusprechen wagtest? Warum sprachst du sie nicht aus?

Ich fürchte, ihr habt alle mehr oder minder törichte Vorstellungen von den Frauen, ihr erfolgreichen Männer. Und natürlich auch törichte Vorstellungen von den Idolen eures Geschlechtes. Ich kann mir keinen behutsameren, betulicheren, ängstlicheren Liebhaber denken, als Theseus es war. Er war das schlechte Gewissen in Person. Und was Menelaos betrifft, so war auch er nicht das Äußerste an erotischem Kunstverstand, an Fingerspitzengefühl oder Geschmack. Aber er hatte doch ein gutes Gewissen und zeigte es auch.
Nein, mein Guter: hoffe nicht, ich würde nun dein Lob singen. Ich ging mit dir, weil du mir gefielst, sozusagen über das vertretbare Maß hinaus, also über die Maßen gefielst. Ich setzte Hoffnung in dich, ohne zu wissen, welche. Jede Frau hat Vorstellungen, hat ein Bild von dem Manne, den sie zu lieben, von dem sie geliebt zu sein wünscht. Wer wollte sie schelten darum! Warum haßt Menelaos seinen Gegner Paris? Weil dieser ihm die Frau entführte?
Er haßt ihn weit mehr, weil dieser Paris Grazie hat, die mehr ist als Kraft; weil er Witz hat, der liebenswürdiger ist als Zorn; weil dieser Paris glücklicher zu machen versteht, als er selbst es auch nur zu erstreben für angebracht hielte.
So also, mein lieber, eitler Freund, liegen die Dinge. So lagen sie gestern, liegen sie heute, wunderbarerweise, das muß ich selbst sagen. Ich liebte dich von jenem Augenblick an, da wir uns im Tempel begegneten. Ich liebe dich noch heute, im zehnten Jahr des Krieges. (Schlachten sind offenbar ein vortreffliches Mittel, dem Verschleiß der Gewohnheit und Gewöhnung entgegenzuwirken.) Gefahr und Angst mögen uns dankbar stimmen – ich verspüre keine Neigung, über meine Gefühle nachzudenken. Ich fühle, wenn ich fühle; ich denke, wenn ich denke. Und als Frau liebe ich vor allem, was mir gefällt.
Ihr Männer gebärdet euch zuweilen so, als liebtet ihr mit besonderem Ernst und Eifer, was zu lieben Anstrengung, Über-

windung, Selbstverleugnung kostet. Wie oft habe ich Männer unliebenswerter Frauen versichern hören, sie liebten das Unliebenswürdige. Ich liebte stets das Liebenswürdige, das also, was mir gefiel; und ich liebe, was mir gefällt. Und wenn du mich fragtest, was ich in Zukunft zu tun gedächte, so würde ich antworten: Ich werde lieben, was mir gefällt. Es sind hundert und mehr Dinge, die mit dir verbunden, die ohne dich nicht denkbar sind; die mir gefallen, mich entzücken, mich zu der machen, die ich in deinen Armen sein kann. Wenn du aber stürbest – könnte ich deiner besser und aufrichtiger gedenken als in den Armen eines anderen Mannes? Sprich mir nicht von Verrat, von Vergessen! Dann verrieten wir einander hundertmal am Tage, weil wir uns nicht zuschreien, was wir eben denken. Ach, was denken wir nicht alles! Denken wir's, weil wir schlecht oder gut sind? Wir denken Unmögliches, Fluchwürdigstes, Mörderisches, und wir denken Freundliches, Erhabenes, Zärtlichstes. Unsere Gedanken kommen wie ein Wind, der durch die Wipfel der Bäume streicht. Ich nehme die Gedanken an, die kommen, und die Gedanken nehmen mich.

Darum muß ich dir, wenn du fragst: Zitterst du nicht vor morgen? – mit einem ruhigen Nein antworten. Ich zittere vor allem, vor dem Menschen zittern können oder zittern dürfen. Aber ich zittere nicht vor dem Unbekannten, das sich als mein Schicksal zu erkennen geben muß. Ich nehme es an, wie ein Wald den Wind, wie die See den Sturm annimmt.

Und was deine letzten Fragen angeht, so sind sie mit den ersten eins. Sage mir: Ich liebe dich! – und ich kann dir antworten: Ich hasse dich. Sage: Ich hasse dich! – was kann mich hindern, dir lächelnd zu gestehn, daß ich dich trotzdem liebe? In diesem Bereich wohnen die Extreme so dicht nebeneinander; im Rausch der Liebe übersehen wir, wie nahe der tödlichste Haß lauert. Liebe und Haß sind einander viel näher verwandt als wir uns eingestehen möchten. –

Du hast recht, wenn du sagst, ich ginge einen Weg, der kein anderes Ziel habe als das, *mein* Weg zu sein. Ich gehe ihn, ohne zu zögern, ohne zu berechnen, ohne auf Abgründe oder auf Gipfel zu achten. Und wenn du mich fragst wie einer, »der nach einer Straße fragt«, so kann ich dir nur antworten: Geh! Geh zu! Wir werden niemals ankommen, wenn wir nicht gehen...

LETZTES DIKTAT DES VERWUNDETEN VERFASSERS

Schreib, Chalazokontaros, schreib, schreib alles, was ich sagen werde. Ich will – ah, diese Schmerzen – sie machen mich wahnsinnig. Ein Feuer frißt in meiner Seite. Gift, Gift der toten Hydra – ah, tot! Wer solches Gift hinterläßt, ist nicht tot, kann nicht tot sein. Schreibst du? Aah... du schreibst doch nicht mein Gestöhn auf?! Gib mir zu trinken. Ich bin ein Wurm, der sich windet – zerteilt, zerrissen – in Denken und Leiden. Unsere Ärzte sind Stümper. Ihre Mienen! Ich kann sie nicht sehen! Ruf sie! Nein, schreib... Ich will mich bemühen – ich will! Was sagte ich zuletzt? Aah, laß mich stöhnen – das befreit. Nein, es befreit nicht. Es treibt mich auf wie ein Blasebalg. Nicht atmen... ganz leise atmen. So... Hörst du mich noch? Komm näher, komm näher, komm...

Es geht besser, wenn ich flüstere – etwas besser. Warte...

Die Schlacht – nein, keine Schlacht mehr. Ich könnte nicht – müßte erbrechen. Es war die letzte, meine letzte. Schreib nur den Namen: Philoktet ... sein Pfeil war's. Schreib Philoktet. Nur den Namen: Philoktet... Hast du? Weiter!

Das Fenster auf! Diese Luft... es riecht unerträglich. Was riecht hier, Chalazokontaros? Was haben sie auf die Wunde geträufelt? Ach, Pherokles tat recht – er haßte sie. Es fängt wieder an. Oh, es fängt wieder an. Schließ das Fenster! Ich will nicht... will nicht, daß sie mich – stöhnen hören...

Was ist der Mensch... ein Gott in gesunden Tagen – ein Wurm wenn er... Muß ich sterben? Muß ich schon? Ist dies das Ende?! Aaah... es ist – unerträglich.
Nein. Ich will niemanden sehen – keinen. Auch Helena nicht – auch sie nicht. Kein Mitleid... Ich hasse es. Was hilft Mitleid... nichts, nichts! Wenn es helfen würde... Halt dir die Ohren zu, Chalazokontaros! Ich liege auf einem Rost. Ich muß – schreien! Hol einen Arzt, rasch, rasch! Lauf. Warum zögerst du?! Und wenn er nicht helfen kann, soll er töten... Eile, eile... aber gibt mir zu trinken!
Schreib weiter jetzt. Ich spüre Linderung. Wer weiß, wie lange. Schreib. Aber was – was? Der Schmerz als Läuterung, Larifari! Wenn er wie Regen kommt... vielleicht. Aber Sturm, Entwurzelung, Zerstörung, Feuer... Wir sind kein Metall. Sengendes, zischendes, stinkendes Fleisch, Fleisch im Feuer, Feuer im Fleisch – ich spüre es: Ich brenne, verbrenne. Ich rieche es: Ich – ach... wozu? Müde..., auf den Tod müde. Bleib, Chalazokontaros. Warte...
Wo bin ich?! Dies Gelächter... Ich mit ihr, unter dem Netz des Hephaistos, nackt mit ihr, gefangen – und die Griechen bersten vor Lachen – aber sie hatte nicht nur einen, hatte viele Köpfe – Hundeköpfe – Penthesileas Hunde! Eine weibliche Hydra, eine Hydra von Weib. Welcher Kopf gehört mir, welcher? Einer dem Theseus, einer dem Menelaos, einer mir – wer dann?! Deiphobos soll sie haben. Er wird sie nicht behalten. Sie wandert... Preis ihrer Schönheit! Preis – Wanderpreis... Ob ihr Menelaos das Haupt abschlägt? Welches? Er wird nicht...
Du bist noch da? Warte... wache, warte, Chalazokontaros. Ich bin wieder klar. Was für ein Traum...!
Bette mich um, Chalazokontaros. Ich liege auf Messern. Nein, schreib und bleib! Ich weiß – das Gift Philoktets – es frißt sich weiter. Ich fühle es. Zelle um Zelle. Frißt wie Würmer. Sind Würmer! Kriechen in meinem Gedärm, schleichen

in jede Vene, Ader, Röhre ... fressen, stinken, fressen, sterben ab, stinken ...
Hektor, Memnon, Penthesilea, Patroklos – mit dem Speer ... Gefällt wie Ochsen – abgestochen wie Kälber – blutend, verblutend. Ich faule, faule lebendig, koche wie Mist, wie der Mist, der in großen Haufen hinter meinem Hause – auf dem Ida ...
Chalazokontaros, Mann! Warte ... der Schmerz hält mich – mit Zangen, glühenden Zangen. Ich muß leiser sprechen. Komm näher ... du hörst mich?
Vielleicht, vielleicht ... ich denke zurück – zurück an den Spruch – orakelnden Spruch: Und kommst du in Not – die äußerste Not – die Not auf den Tod – so kehre zurück – so kehre zurück – so – kehre – zurück ...
Nie, nie ... ich höre es noch. Aber – ich war doch trunken, Chalazokontaros. Sicher war ich trunken. Vielleicht war es Traum? Trug? Alp? Es gibt Rettung, Chalazokontaros! Ich weiß einen Weg – schweren Weg – bitteren ... ich muß ihn gehen. Der Schmerz! Ich werde ihn gehen ... Ich muß ...
Schreib, schreib! Schreib, daß ich leide, daß ich sterben werde, aber – daß Heilung noch möglich ist. Heilung von Schmerzen, zum Leben ... vielleicht ... vielleicht ...
Schreib, daß ich Befehle gebe, eine Sänfte zu richten, augenblicks. Ich kehre zurück, zurück an die Schwelle – meines ersten Hauses – zu meinem ersten – Weibe – Oinone ... Diener! Tragetiere! Keinen Arzt!! Laß uns aufbrechen! Sofort! Ich brenne. Ich verbrenne ...
Warte!
Ach, ich kann nicht denken ... Nimm, was ich schrieb. Rette es! ... Hier bleibt kein Stein ... Flieh, wenn die Stunde naht! Flieh! Rette mich ...
Eile dich, eile. Der Weg ist weit. Meine Befehle! Der Tod – das Leben – – Ein Name ...
Eile, Chalazokontarus ...

SCHLUSSBEMERKUNGEN DES SCHREIBERS

Ich, Chalazokontaros, Schreiber einstens am Hofe des Priamos zu Troja und seit der Zerstörung meiner Vaterstadt durch die Griechen lange nach neuer Heimat suchend, nehme mir die Freiheit, dem letzten Diktat meines prinzlichen Herrn Paris einige wenige Zeilen anzufügen. Ich tue dies nicht, um mein geringes und am Ende doch gnädiges eigenes Schicksal mit dem großen und schließlich bitteren meines Herrn in ungebührliche Verbindung zu bringen oder mich vollzogener Pflicht oder gar meines Namens zu rühmen. Diesen hat ja mein Herr selbst in seinen Lebensbericht aufgenommen, als er mir, leidend und fiebernd, befahl, aufzuschreiben, was er selbst nicht mehr niederzuschreiben vermochte. Es war seine letzte Sorge und Bitte, daß gerettet werden möchte, was er in vielen Nächten aufzeichnete; und da es mir – wunderbarerweise – gelungen ist, sein nachgelassenes Werk zu erhalten und durch alle Fährnisse der letzten Kriegstage, über Flucht und jahrelange Irrfahrt hinaus bis in diesen gastfreundlichen Landstrich mit mir zu führen, und da auch mein Leben sich seinem Ende zuneigt, ist es nicht unbillig, wenn ich so kurz und sachlich, wie meine Mittlerrolle es mir auferlegt, über seine letzten Stunden berichte und damit abschließe, was er selbst nicht mehr abschließen konnte. –

Er war schon vom Tode gezeichnet, als er den Befehl gab, ihn in einer Sänfte dorthin zu tragen, wo er nicht nur als armer Hirte seine Kindheit und Jugend verlebt, sondern auch mit seiner ersten Frau aufstrebende und glückliche Jahre verbracht hatte. Die Ärzte meinten, der vergiftete Pfeil, von dem er in der letzten Schlacht getroffen wurde, habe das Mark berührt und das Gift rasch in die Blutbahn des Körpers getragen – es sei kein Mittel erfunden, ihn am Leben zu erhalten. Und auch er selbst mochte den nahenden Tod wohl gefühlt haben. Aber der Mensch, der in gesunden Tagen so tapfer und tod-

bereit sein kann, giert, wenn er den Tod kommen sieht, doch verzweifelt nach dem Leben. Sein geschwächter, entmannter Leib klammert sich an die zum Fluge bereite Seele und zieht sie zu Boden. Und je ärger die Schmerzen sind, die ein Sterbender leidet, um so leichter betrügen sie ihn um die Würde eines erhabenen oder doch gelassenen Todes. Mein Herr bot in diesen letzten Stunden ein Bild des Jammers – er litt wie ein Kind, das auf die Folter gespannt ist. Seine rechte Seite war schwarz vor Fäulnis; seine Wunde verbreitete einen Pesthauch, der ihn selbst, der ja so viel auf schöne, reinliche Kleidung, auf Pflege des Leibes, auf wohlriechende Salben, Bäder und dergleichen hielt, am meisten quälen mochte. Der Geruch, den der wohlgestaltete Mann sterbend verbreitete, war so unausstehlich, daß die Träger der Sänfte immer wieder gewechselt werden mußten – und das merkte er wohl. Zugleich litt er gewiß unter der Einsicht, daß er zu guter Letzt einen Weg einschlug, der sein halbes Leben oder mehr zurücknahm. Er hatte sich beharrlich geweigert, seine schöne Frau, die Griechin, auf seinem Krankenbett zu empfangen. Es demütigte ihn wohl zu tief, daß sie ihn so schwach, so entstellt, so hilflos und so von Verwesungsgeruch umgeben antreffen und in Erinnerung behalten könnte. Umso tiefer noch demütigte es ihn, daß er nun – von unsäglichen Schmerzen gepeinigt – zu seiner einst verlassenen ersten Frau zurückkehren sollte, um von ihr Heilung zu erflehen.
Er ließ etliche Male anhalten – mir schien, um den Befehl zur Umkehr zu geben. Aber dann trieb er uns alle zu umso größerer Eile an. Die Schmerzen des Leibes überwogen so sehr – er stöhnte und weinte, daß es uns allen ans Herz griff. Wir kannten seinen Stolz, seine Heiterkeit und Gelassenheit und konnten so ermessen, was er leiden mußte, so verwandelt, so um seine Natur betrogen zu sein.
Als wir endlich nach langem, mühevollem Wege uns seinem schönen Hause – es war das erste Mal, daß ich es sah, aber ich

hatte ihn oft es rühmen gehört – näherten, schien sich sein Wesen zu festigen. Vielleicht ließen die Schmerzen nach; vielleicht auch ließ ihn das bevorstehende Wiedersehen alle Kräfte sammeln, die noch in seinem siechenden Leibe wohnten. Er schien ruhiger zu werden; ja, mir schien, als hellte zuweilen ein schmerzliches Lächeln seine entstellten Züge auf. Vielleicht trösteten ihn Bilder und wiederauflebende Empfindungen vergangener Zeit. Wer will in die Seele eines Sterbenden sehen...

Ich weiß nicht, weshalb er *mich* bat, in das Haus zu gehn und seine Ankunft zu melden. Mag sein, daß er meinen grauen Haaren vertraute und der gewissenhaften Wortwahl, zu der mich mein Beruf erzogen hat. Vielleicht auch bewog ihn der Umstand, daß ich schon zuvor Zeuge seiner Schmerzen gewesen war. Ich trat schweren Herzens ins Haus; die Sonne stand fast im Scheitelpunkt. Ich sagte, was zu sagen war. Ich stieß auf völlige Überraschung. Die Dienerinnen riefen ihre Herrin, und diese kam: eine schlanke, hohe, sehr herbe Frau, die ich auf eigene Weise schön nennen würde.

Als ich ihr meine Botschaft vortrug, verdunkelte sich ihr Blick. »Wo ist er?« fragte sie nur. Wir traten vor das Haus, und in diesem Augenblick richtete sich mein Herr auf, ließ sich aus der Sänfte heben, stand schwankend da, ging ein paar Schritte und fiel – ich weiß nicht, ob aus Schwäche oder in selbstgewählter Unterwerfung – auf seine Knie, bat um Verzeihung, bekannte sich des Treuebruchs schuldig, widerrief sein halbes Leben und beschwor die Gefährtin seiner jungen Jahre, ihn von seinem Leiden, seiner schrecklichen Wunde zu befreien. »Du allein kannst es!« rief er. »Hilf mir! Ich flehe dich an!«

Wir alle hielten in dieser Minute den Atem an, und noch der Einfältigste mag empfunden haben, daß hier nicht nur zwei Leben sich gegenüberstanden, zwei Naturen, zwei Schicksale – hier spielten auch die Götter ihr Spiel.

»Ich will dich nicht sehen«, sagte sie ruhig, aber geschlossenen Blickes. »Ich will dich nicht hören. Ich will deinen Namen nicht aussprechen. Ich habe vergessen, daß es dich gibt. Ich will nicht wissen, daß du leidest. Es rührt mich nicht, daß du stirbst. Suche Heilung, wo du Liebe suchtest. Spare deine Worte. Sie erreichen mich nicht.«

»Kommt!« sagte sie hart zu ihren Dienerinnen und ging zurück ins Haus.

Wir hoben unseren Herrn vom Boden auf – er wäre nicht mehr fähig gewesen, sich aus eigener Kraft zu erheben – und trugen ihn in die Sänfte zurück. Und da er uns keinen Befehl gab und wohl keinen mehr geben konnte, traten wir den Rückweg nach Troja an.

Wir kamen freilich nicht weit. Nach zwei Stunden wortloser, aber von unaufhörlichem Stöhnen begleiteter Agonie kam noch einmal Klarheit über meinen Herrn.

Er befahl uns, anzuhalten und ihn hier sterben zu lassen, auf den Höhen des Ida.

»Hier empfing ich mein Leben zum zweiten Male, hier empfing ich zum zweiten Male meinen Tod«, sagte er mit gepreßter, verlöschender Stimme. »Laßt mich sterben hier und wieder zu Staub werden. Laßt die Hirten den Hirten begraben...«

Wir betteten ihn ins schon leicht gilbende Gras, gaben ihm Quellwasser zu trinken und wachten bei ihm. Aber am treuesten wachte bei ihm der Schmerz – er verließ ihn keinen Augenblick. Als sich seine verzerrten Züge endlich lösten, wußte ich, daß er tot war. –

Wir alle waren müde und schliefen unter freiem Himmel, die Lebenden mit dem Toten. Am anderen Morgen jedoch gingen wir daran, seinem Wunsche gemäß an Ort und Stelle einen Scheiterhaufen zu errichten, und die Hirten, die von der Wiederkehr ihres einstigen Anführers gehört hatten, stießen einer nach dem anderen zu uns, halfen uns, das Holz zu schlagen,

trugen Reisig und Krüppelholz bei, schichteten alles sorgsam auf, und je weiter das traurige Werk fortschritt, umso mehr schien der Tote zu ihnen zurückzukehren. Als wir ihn – ohne Waffen und Gepränge – auf das bescheidene Gerüst betteten, waren nicht wenige, die weinten – ob um ihn, ob um ihren eigenen oder den Tod überhaupt, das wage ich nicht zu entscheiden.
Ein Hirte war Prinz geworden, der Prinz wieder Hirte.

Als die Flammen am hellsten brannten und den lebendig Verwesten schon halb verzehrt hatten, stürzte wie eine Furie, von ihren jammernden Dienerinnen gefolgt, Oinone herbei und sprang, ihr Haupt verhüllend, mit grellem Aufschrei zu dem toten Gatten in die Flammen. Niemand konnte es hindern – niemand wollte es vielleicht hindern. Späte Reue mochte sie getrieben haben, den Sterbenden einzuholen, um ihn noch zu retten, und da sie ihn tot fand, wählte sie den Tod. Wir haben ihre Gebeine vereint bestattet. –

Dies war das Ende meines Herrn, des trojanischen Prinzen Paris, den manche haßten und viele liebten – oder beides zugleich. Mir ist er ein freundlicher Herr gewesen, und alle, die ihn näher kannten, bezeugten das gleiche. Es mag sein, daß er Schuld auf sich geladen hat. Er war stattlich, von gewinnendem Äußeren, freiem Gebaren und mit mancherlei Gaben des Geistes ausgestattet; und an solchen Menschen versuchen die Götter ja gern ihre Kraft. Sie haben ihn zu Höhen emporsteigen lassen, die wenige Sterbliche erreichen, und ihn am Ende geprüft, erniedrigt und mit Schmerzen bedacht wie wenige von uns. Nichts blieb von seinem strahlenden Leben übrig als ein Häuflein Asche und bleicher Gebeine.
Aber wir alle – was werden wir am Ende denn mehr sein als Staub…?